兪吉濬의 사상과 시문학

許 聖 一

한국문화사

저자와의
협의하에
인지생략

兪吉濬의 사상과 시문학

인　　　쇄　2005년 9월 10일(초판 1쇄)
발　　　행　2005년 9월 20일(초판 1쇄)
지 은 이　허성일
발 행 인　김진수
편　　　집　박미영
발 행 처　**한국문화사**
등　　　록　제2-1276호(1991.11.9)
주　　　소　서울시 성동구 성수1가2동 656-1683 두앤캔B/D 502호
전　　　화　(02) 464-7708, 3409-4488
팩　　　스　(02) 499-0846
홈페이지　www.hankookmunhwasa.co.kr
이 메 일　hkm77@korea.com
가　　　격　15,000원

ISBN 89-5726-321-7 93810

兪吉濬의 사상과 시문학

추천사

許聖一 君의 저서 『兪吉濬의 사상과 시문학』을 간행하게 된 것을 축하해 마지않는다. 허군은 한국에서 10여 년에 걸친 유학 생활 중 온 갖 신산을 맛보았다.

조국이라고 하지만 대학과정까지 타국에서 생활해온 그로서는 보고 듣고 생각하는 것 그 하나하나가 異文化와의 마찰과 충돌의 연속이었 다. 외로움과 이문화의 벽을 넘으려고 고투하다 교통사고까지 겹쳐 생 사를 넘나드는 순간도 있었다.

이 저서는 그의 학위논문을 정리한 것이다. 그런 면에서 그의 한국 생활을 총정리한 것이라고 할 수 있을 것이다.

이 저서가 간행되기까지는 그의 유학기간만큼이나 긴 시간이 지난 것 같다. 이를 계기로 한·일 양국학계에 유익한 허성일 군의 저서가 계속해서 간행하기를 빌어마지 않는다.

사실 그간의 한국학계를 살펴보면 개항 이후 활약했던 수많은 선각 자들에 대한 연구가 부진함을 면치 못한 점도 없지 않다. 이번 허성일 군의 『유길준의 사상과 시문학』을 계기로 이 시기의 연구에 보다 활력 소가 되었으면 하는 바램이 간절할 뿐이다.

2005. 9. 10

約齊書室에서 최 박 광

책머리에

구당(矩堂) 유길준(兪吉濬)과의 만남은 필자에게 많은 변화를 가져다주었다. 필자는 오사카에서 출생하여 동경에서 대학을 다녔다. 1982년도에 한국어를 연수하고자 처음 한국을 방문한 것이 계기가 되면서 모국(母國)에 대한 애착심을 갖게 되었고, 한국외국어대에 편입하였다. 그리고, 성균관대학 대학원에서 한국문학을 전공하였다. 이때부터 구당 유길준의 개화사상과 시문학에 관심을 갖게 되었다. 구당 유길준이 조선 사람으로는 처음으로 해외유학을 한 선각자라는 사실이 필자의 마음을 사로잡았던 것 같다. 그의 대표적인 저서 『서유견문(西遊見聞)』은 필자의 연구 방향을 제시해준 소중한 자료였을 뿐만 아니라, 새로운 세계를 접할 수 있는 눈을 뜨게 해주었다.

구당 유길준을 알고부터 모국인 한국 문화와 일본 문화의 비교, 그리고 더 나아가 세계 문화와 문명의 비교에 대해 생각할 수 있는 기회가 많았다. 현실 생활에서는 문화와 문명이라는 것은 중층적(重層的)으로 쌓인 것이며, 어떤 나라이든 근시안(近視眼)적인 시각으로서는 도무지 파악 못 한다는 것을 실감하였다. 동양에 있어서 근대라는 것이 동양 독자적인 문화는 있어도 서양문명의 압도적인 물질적 범위 안에서 이루어지는 느낌이 들었다. 기반에서는 동양이라는 전통적인 공통점이 있어도 서양문명 섭취와 응용에 있어서는 각 나라마다 수용양상이 다르고, 반면에 거기서 그 나라 독특한 문화가 형성된다는 사실을 깨달았다. 필자의 박사학위 논문인 『구당 유길준 연구』(1998)는 그 같은 깨달음을 정리한 것이었다.

　누구든지 태어나 성장한 환경과 다른 문화를 처음 접하게 될 때는 민감해질 수밖에 없다. 반대로 익숙해진 문화에서는 안도감을 느끼게 된다. 그것은 마치 해외여행을 하면서 처음에는 현지의 환경에 적응하는데 긴장이 되지만, 어느 정도 기간이 지나면 익숙해지는 것과 마찬가지이다. 한국이 모국인 데도 불구하고 10여 년 간 수학하던 기간동안 적지 않은 이질감을 느꼈다. 새로운 문화에 대한 적응 과정에서의 이질감 때문이었다. 귀국한 지 10년이 되는 지금에는 그 이질감이 점점 잊혀져 가고 있다. 흔히 말하지만, 이국의 인상은 현지에 도착한 후 가능하면, 빨리 메모지에 적으라는 말이 있다. 아마 이런 경우를 두고 하는 말일 것 같다.

　필자가 서둘러 박사학위 논문을 다시 정리하여 책자를 펴내는 것은 그 때문이다. 지금 생각해 보면, 처음 한국문화를 접하면서 느꼈던 이질감은 단지 두려움이 아니라, 새로운 문화를 접하면서 느낀 가슴 벅찬 충격이었던 것 같다. 모국이지만 낯설었던 한국의 문화에 대하여 관심을 갖게 해주신 여러 은사님들께 진심으로 감사드리고 싶다. 어리석은 필자를 학문의 세계로 이끌어주신 최박광 선생님의 은혜를 어찌 잊을 수 있겠는가. 부끄러운 책자를 공간하는 것도 허락해주시고 격려의 글까지 써주셨다. 충심으로 감사드린다. 매사를 꼼꼼하게 챙겨주시며 자상하게 일깨워 주시는 강동엽 교수님, 윤병로·조건상·김태준 교수님에게도 감사드린다. 논문 작성할 때 한시부분에 관해서 지도해주신 김문태 선배님, 근무지 중국에서 일본까지 달려와 도움을 준 박성태 후배에게도 감사드린다.

　그리고, 현재 필자가 강의를 하고 있는 일본의 오사카부립대학, 류코쿠대학, 덴리대학, 나라대학의 여러 교수님들에게도 감사드린다. 그

분들의 따뜻한 격려는 언제나 큰 힘을 솟게 해준다. 아울러, 거친 논문을 정리하여 책으로 출판하는 기회를 열어주신 홍순석 교수님과 한국문화사 김진수 사장, 편집부 직원 여러분께도 감사드린다.

그동안 학문을 한답시고, 장남으로서의 제몫도 다하지 못했는데, 이 기회에 부모님께 감사의 인사를 올리고 싶다. 영점짜리 가장을 믿고 그 동안 고생을 즐거움으로 생각하며 참아준 아내와 귀여운 두 딸 영미 · 영실에게도 여간 미안하지 않다. 그들과 함께 이 작은 책의 간행을 자축하고 싶다.

2005년 8월 여름 大阪 住吉에서

許 聖 一

목차

I. 序 論

1. 문제제기와 연구범위

이 글은 19세기 한국의 近代化 과정에서 유길준이 어떻게 자신의 傳統的 기반과 新文明을 조화시키며, 국가 발전을 이루고자 노력했는지에 주목했다. 유길준은 開化思想을 체계화한 인물로서, 새로운 西歐文物에 대한 지식을 일본과 미국의 유학생활을 통하여 경험한 개화 초기 선각자로서, 甲午改革의 주역으로서, 또한 대한제국시기 국권수호를 위한 애국계몽가로서 우리 역사와 흥망을 같이한 개화사상가라는 점은 주지의 사실이다. 이러한 유길준의 모습을 기존의 연구 자료를 통한 역사·사회적 접근과 더불어 『矩堂遺稿』, 『矩堂詩鈔』 등의 문학적 자료를 개괄적으로 검토하여, 유길준에 대한 보다 심도 있고 입체적인 조망을 하고자 함이다.

여러 학문분야에서 논의하고 있듯이 오늘날의 생활에 대한 직접적인 始原으로서의 근대화의 기점은 가장 치열하고 정의 내리기 어려운 부분 중에 하나일 것이다. 무조건적인 국수주의로 근대화의 기점을 한없이 끌어올리고도 싶지만, 세계 보편주의의 기준에서 볼 때, 그처럼 비난받기 쉬운 행동도 없다고 할 것이다. 이에 우리의 근대화와 서구 문물의 수용에 대한 자발적인 노력을 객관적 정황을 바탕으로 주의 깊게 살피고, 한국적인 근대화의 독자성을 밝히는 진지한 노력이 더욱 절실한 시기라고 생각한다.

19世紀 東아시아의 近代化는 그 自生的 基盤이 어느 정도 갖추어져 있었음에도 불구하고, 서양 제국주의 세력의 문명적 충격에 의하여 기술과 제도 그리고 사상까지를 반자율적으로 받아들일 수밖에 없는 왜곡된 과정을 밟는다. 그러나 이러한 동양 각국의 근대화 과정은 익히 알고 있듯이 처지와 상황이 각기 다르다. 한발 앞서 직접적으로 서구의 신문명을 수용한 나라가 있는가 하면, 시간상으로 뒤지고 수용과정에 있어서도 간접적이었던 나라가 있다.

이러한 전면적인 西勢東漸의 물결은 이전에 겪어보지 못한 새로운 충격임에 틀림이 없었다. 따라서 당시의 한국사회가 이 새로운 종류의 침략에 적절하게 대응하기 위해서는 이전의 전근대적 대처로는 불가능하다는 사실이 일부의 지식인들 사이에서 인식되기 시작했다. 때문에 이러한 사회적 위기를 극복하려는 당시의 새로운 구상은 크게 개화사상, 동학사상, 위정척사사상 등 세 개의 思潮로 진행되었다. 하지만 이러한 세 갈래의 흐름도 단순화시켜보면, 서구문명의 갑작스럽고 전폭적인 충격에 대하여 西歐文化를 수용할 것인가, 배척할 것인가의 兩面으로 나뉠 뿐이다. 이중 開化思想은 1800년대 중반에 양반계층과 중인계층 중의 소수 지식인 사이에 형성되어 보급되기 시작하였다. 이러한 개화사상가들은 서구열강의 힘의 원천이 근대적 과학기술과 자본주의 사회경제제도에 있다고 보고, 이에 대항하기 위해서는 우리나라도 근대적 과학기술을 발전시키고 나라를 개화시켜서 이 위기를 해결해야한다고 생각하였던 것이다.

개화사상가들은 이러한 문제를 해결하기 위해서 대외적으로는 종래 청국과의 형식상 종주권을 부정하고 事大의 허실을 폐지하여 명실상부한 '自主獨立'을 강화하자고 주장했으며, 대내적으로는 양반제도를 폐지하여 '人民平等之權'을 세움으로써 자주·부강한 나라와 사회를 수립하려는 구상을 했다. 아울러 이들은 서구선진국의 과학기술을 적극적으로 습득해서 사용해야 함을 역설했다. 이는 이들이 동양과학기술의 낙후성을 인식한 것이며, 동시에 동양과학기술이 낙후된 이유를 사회제도상의 결함에 있다고 생각하여 사회 각 부문의 제도 개혁도 동시에 단행해야 한다고 인식한 데서 비롯된 것이었다.

그러나 개화사상은 그 사상의 측면에만 한정되었으므로 이 사상을 실천한 주체세력과 그것을 지지한 사회계층은 과제해결능력의 측면에 있어서 취약할 수밖에 없었다. 즉 당시의 국민대중은 청년지식인의 개화사상을 이해하지 못하였던 것이다. 개화사상은 당시의 사회세력의 성장보다도 너무 앞서 나아갔던 선진적 사상이기 때문이었다.

이 때 이러한 시대의 흐름을 적적히 파악하여 서구의 신문명을 적극적으로 수용하고자 외국에까지 나아가서 서구문화를 배우려고 노력했던 유학생들이 있어 주목된다. 이러한 개화유학생 중 가장 주목할만한 인물이 矩堂 兪吉濬이다. 그는 개화사상을 체계화한 인물로서 서구의 사조, 즉 근대사상에 기초한 새로운 문물과 지식을 미국·일본 등지에서 유학 및 여행을 통하여 직접 접했던 것이다. 따라서 개화기 지식인의 한 사람으로 兪吉濬이 당시의 서구 문물이나 문명을 어떻게 보고 무엇을 느꼈는가 하는 것은 당시의 개화사상을 살피는 데 있어 필수불가결한 일이라 할 것이다.

兪吉濬의 활동은 그의 생애를 통해서 살펴보면 크게 두 시기로 구분된다. 전반기와 후반기로 나뉘는 유길준의 생애는 나름대로의 특수성을 보이며, 국내·외적 상황에 의해 규정되는 의미 있는 삶을 살아간다. 또한 각 시기 안에서도 浮沈이 뚜렷하여 다음 시기의 활동을 위한 준비적 기간이라는 의미도 지닌다.

전반기는 크게 두 시기로 나누어 볼 수 있다. 그 첫 번째 시기는 兪吉濬이 25세가 되는 1880년까지로, 그해 7월 우리 정부에서는 일본에 수신사를 파견하였고, 다음해인 1881년에는 신사유람단을 파견하였는데 여기에 俞吉濬도 동행하게 된다. 이러한 사건이 있기 전까지 俞吉濬은 여느 선비와 마찬가지로 전통적인 교육에 집중했으며, 특히 외조부 李敬稙의 도움으로 漢學을 수학하고, 과거준비를 충실히 수행하였다. 당시 俞吉濬은 총명하여 神童이라는 명성을 얻을 정도로 뛰어난 재능을 보이고 있었다. 그러나 그의 나이 18세에 박규수를 만나 세상의 새로운 변화에 대하여 알게 되었고, 특히 魏源이 지은『海國圖志』를 읽게 됨으로써 지금까지 주력했던 과거공부를 그만두고, 時務經世學에 관심을 갖게 된다. 또한 이 때 박규수를 통하여 이후 핵심적인 개화사상가로 성장하는 데 결정적 역할을 한 김옥균, 박영효, 서광범 등과도 교류하게 된다.

두 번째 시기는 俞吉濬이 26세에서 37세가 되는 1881년에서 1892년까지이다. 이 때의 俞吉濬은 일본과 미국에서 유학을 하며 서구의 문명을 직접 체험하고, 그 곳에서 배웠던 여러 신학문을 고국에 돌아와 알리거나, 직접 시행해 보려고 노력하였다. 미국에서 유학 중 고국에 갑신정변이 일어났다는 소식을 듣고 귀국하나, 開化黨이라는 혐의를 받아 한규설의 집에 연금되어 이 시기의 절반정도인 1885년부터 1892년까지 7년의 세월을 보낸다. 이 때에 俞吉濬은 자신의 역저인『西遊見聞』을 완성하게 된다.

후반기는 유길준 자신이 해외 유학생활에서 얻은 경험과 지식을 실제 국가 경영에 펼치는 시기라고 할 수 있다. 이러한 유길준의 時務學이 펼쳐지는 절정이 1893년부터 1906년까지의 기간이다. 이 시기에 俞吉濬은 연금에서 풀린 후, 과거에 응시하여 급제하기도 하고, 갑오개혁의 추진에 있어서 군국기무처의 會議員과 內閣書記長으로 활약하여 1895년 10월에는 內部大臣에까지 오른다. 그러나 1896년 2월 俄館播遷으로 인하여 정권을 잃게 되자, 일본으로 망명할 수밖에 없었다. 일본에서의 망명도 순탄하지는 않아 먼 남쪽의 小笠原諸島와 八丈島 등으로 유배를 당하기도 했다. 이후 1906년 3월 일본이 러시아와의 전쟁에서 승리하고, 한국과 보호조약을 맺은 후에야 兪吉濬은 유배에서 풀려나 일본 본토로 돌아갈 수 있었다.

유길준은 그의 말년에도 적극적인 계몽활동에 힘썼다. 1907년 일본에서의 망명에서 풀려나 고국으로 돌아와 적극적으로 활동을 하다가 59세로 棄世하는 1914년까지이다. 고국에 돌아온 兪吉濬은 민간 활동에 힘을 써 興士團을 조직하여 민중계몽에 힘쓰는 한편, 漢城府民會 등도 결성하여 국민의 자치의식 고취에 힘을 기울였다. 또한 1908년 『勞動夜學讀本』, 1909년 『大韓文典』의 간행 등 저작활동에도 힘을 쓴다. 그러나 1910년 조선이 일본에 의해 강제 병합되자, 일본이 주는 男爵의 지위도 사양하고, 조용히 은거하다가 59세의 나이로 별세하였다.

이렇듯 兪吉濬의 생애는 각각의 개별적인 시기 안에서도 浮沈이 심한 인생이었다. 이러한 험난한 兪吉濬의 인생은 당시 조선의 개화과정, 즉 근대화 과정과 긴밀히 연결되어 있다는 점에서 의의가 있다.

본 연구에서는 유길준의 인생에 있어 전반기에 해당하는 20-30대를 중심으로 兪吉濬의 사상이 어떻게 이루어져가며, 당시 주변국의 경우와는 어떻게 다른지 살피고자 한다. 특히 이 시기에 쓰여진 『西遊見聞』은 그의 개화사상을 이론적으로 체계화한 책으로서 兪吉濬의 근대사상의 형성과정과 근대사상의 면모를 그대로 드러내고 있다는 점에서 주 연구 자료로 삼았다. 그 외의 시기는 兪吉濬의 시문집인 『矩堂遺稿』・『矩堂詩鈔』 소재의 한시를 중심으로 살펴볼 것이다. 이를 위해서 본고에서는 우선 당시의 개화사상은 일본과의 연관성 하에서 이루어졌고, 개화사상가들이 주로 일본에 유학했으며, 그 가운데서도 兪吉濬이 초기 유학생으로서 선구적인 역할을 했다는 점에 주목하여 초기 유학생인 兪吉濬이 일본유학에서 무엇을 배웠으며, 그 결과로서 어떤 성과를 갖게 되었는가를 고찰할 것이다. 또한 兪吉濬은 유학과 여행을 통해 해외 사조를 어떻게 받아들였으며, 스스로의 사상을 어떻게 변화 · 발전시켰는가 하는 점을 고찰할 것이다. 이는 그의 사상전반을 연구하는데 있어 필수 불가결한 것이기 때문이다. 특히 그에 대한 연구는 해외에서 접촉하여 영향을 받은 인물과의 관계를 무시하고서는 제대로 이루어질 수 없다. 따라서 본고에서는 어떤 점에서 兪吉濬이 그들의 사상을 받아들였고, 이를 어떻게 확립시켰는지를『西遊見聞』 · 『矩堂遺稿』 · 『矩堂詩鈔』 등을 통해 구체적으로 살피고자 한다. 본고의 전개과정을 개괄하면 다음과 같다.

첫째, 전통적 학문에 몰두하던 兪吉濬이 실학사상을 바탕으로 한 의식의 전환을 이루어 신학문에 매진하는 과정과 일본유학을 통해 신학문과 근대사상을 습득하는 과정에 대해 살피고자 한다. 이를 위해 우선 유길준과 朴珪壽로부터 비롯된 신학문과 근대사상에 대한 자각이 어떻게 이루어지고 있으며, 개화기 일본유학의 배경과 성격을 살펴봄과 더불어 유길준의 존재가 다른 유학생과 어떤 차이점이 있는가를 살필 것이다. 또한 서구의 충격에 반응하는 한국과 일본의 양상을 비교하여 당시 한국의 서구문명 수용에는 어떤 특징이 있는가를 살피고자 한다. 이를 위해 우선 유길준이 紳士遊覽團의 일원으로 일본에 가 유학하게 된 과정과 福澤諭吉의 영향, 그리고 報聘使節團의 일원으로 미국에 가 유학하게 된 과정과 모스(E. S. Morse)의 영향에 대해 살펴보고자 한다.

둘째, 이상의 과정에서 兪吉濬이 보고, 배우고, 느낀 모든 것을 집대성한『西遊見聞』에 대해 살펴보고자 한다. 이를 위해 우선 이 책을 집필할 때, 많은 영향을 주었다고 하는 福澤諭吉의『西洋事情』의 내용을 분석해보고, 이어 유길준의『서유견문』과 비교하고자 한다. 즉 유길준이 서양문명과 근대사상을 어떻게 보았으며, 이를 어떻게 구현하고 있는가를 이해하기 위해 우선『서양사정』이 어떻게 구성되었는가를 검토하고, 이어『서유견문』과의 비교를 통해 福澤諭吉과의 영향관계를 밝힘으로써 유길준 자신의 독자성이 어떻게 나타나는지를 살펴보고자 한다.

셋째, 지금까지는 거의 논의되지 않았던 유길준의 문학에 나타난 근대적 사상을 그의 漢詩를 통해서 논하고자 한다. 유길준은 어려서 한시를 통해 신동이라는 칭호를 들을 정도로 뛰어난 문장가였음에도 불구하고, 개화사상을 적극적으로 추진하였던 정치가로서 또는 사상가로서만 이해되어 왔던 것이 사실이다. 유길준의 한시에는 일본과 미국, 그리고 유럽에서의 이국체험이 생생하게 구현되고 있으며, 그의 개화에 대한 정열과 조국에 대한 애국심, 그리고 한 인간으로서의 회한이 잘 드러나고 있다. 따라서 본고에서는『矩堂遺稿』·『矩堂詩鈔』에 수록되어 있는 한시를 중심으로 유길준의 정치사상가로서 뿐만 아니라 문인으로서의 면모, 나아가 한 인간으로서의 면모를 살피고자 한다.

2. 연구사 검토와 연구방향

지금까지의 兪吉濬에 관한 연구는 크게 세 시기로 나눌 수 있다. 제1기는『兪吉濬全書』가 간행되기 전까지의 연구로 주로 유길준에 대한 자료수집이나 번역작업을 중심으로 한 시기다. 이러한 작업으로 해서 그의 생애, 사상을 연구하는 기본적 자료를 갖추게 되었다. 제2기는 주로 그의 생애를 다루고, 그의 사상 형성과정과 그 의미를 다루는 시기라고 할 수 있다.『兪吉濬全書』를 통해서 볼 수 있는 그의 사상을 보다 자세히 연구한 시기이다. 제3기는 유길준에 대한 본격적인 연구가 진행되었던 시기이다. 이전의 연구는 주로 자료의 발굴 및『西遊見聞』과『西洋事情』의 목차를 통한 대략적인 비교연구인데 반해서, 이 시기에서는 구체적인 비교연구가 시도되었다. 그러나 福澤諭吉의『西洋事情』및 다른 그의 저작물과의 연관성이 충분히 밝혀지지 않았다는 점에서 아직은 두 사람의 저작을 통한 균형 있는 비교연구라고 할 수 없다는 한계를 지니고 있다.

제1기의 중심자료로는 1971년에『兪吉濬全書』[1]가 발간되기 전의 것으로서 1914년 11월 16일에 발간된『公道』第1卷 第1號에 실린「矩堂居士略史」가 있다. 그리고 그의 아들인 兪萬兼이 정리한「先親略史」도 들 수 있다. 이 두 편의 유길준에 대한 略史는『유길준전서』V권에 포함되어 있으며,「矩堂略史」가「先親略史」보다 자세히 기록되어 있다.[2] 1922년『開闢』通卷 第21號에 실린「民衆의 親友 - 兪吉濬先生」이라는 기사도 있다.[3] 이러한 일련의 글들은 유길준의 생애를 전반적으로 고찰하는데 도움이 된다. 또한 같은 권「別乾坤」第16號 (1926년)에「나는 민중과 始終하얏소」라는 글이 실려 있는데, 여기서는「島山安昌浩先生이 본 矩堂先生」이라는 기사로 다른 사상가가 본 유길준에 대하여 언급하고 있다.

> "(우리는) 꼭 지도자로 삼고 후원하여야만 할 처지었거늘 선인들은 시기하고 모함하여 꺾고야 말았고, 근래에도 兪吉濬 같은 어른은 우리의 지도자 되기에 합당하였건마는 우리의 선인들은 그를 지도자로 삼지 아니하고 압박과 무시를 더하다가 마침내 그의 불우의 일생이 끝날 때에야 성대한 회장을 한 것을 보고

---

1)『兪吉濬全書』권5, 兪吉濬全書編纂委員會編, 一潮閣, 1971.
2) 上揭書,「先親略史」(pp.363-365):「矩堂居士略史」(pp.366-370).
3) 上揭書,「民衆의 親友 - 兪吉濬先生」, pp.371-383.

나는 슬퍼하였습니다."4)

당시 우리 사회가 유길준을 지도자로 삼지 않고 압박과 무시를 다했던 것을 말하고 있다. 또한 『兪吉濬全書』 跋文에서 朴鍾鴻 교수는 당시 유길준의 문헌을 확보하는데 어려움이 있었음을 밝히고 있다.

> "나는 平素에 우리 근대사상사의 일환으로서 한말에 개화사상을 알고 싶어 나대로 문헌에 관심을 갖고 있는 터이나, 대개가 흥미본위의 피상적 사실을 전하는 예가 많았고, 과연 사상의 골자를 알려주는 것은 매우 드물었다. 兪吉濬에 관한 문헌만 하더라도 다른 것은 고사하고 『西遊見聞』조차 얻어보기 힘들었다."5)

즉 문헌의 정리와 자료 수집의 어려움이 본격적인 연구의 지연을 초래해 왔다고 한다.

> "兪吉濬의 令孫인 兪炳德 그리고 개화사의 연구가인 李光麟, 金泳鎬 제위가 소장하고 있는 귀중한 遺稿를 전부 모아 『兪吉濬全集』 五卷으로 간행케 되었음은 참으로 時宜를 얻은 고맙고도 뜻깊은 일이 아닐 수 없다."6)

이러한 의미에서 유길준의 저작이 정리되어서 全書로서 간행된 것은 기본 자료의 확보에 있어서 대단히 큰 공헌이었다. 또 전서가 간행되기 이전에 그의 저작에 관해서 언급한 논문으로서는 1957년에 쓰여진 金敏洙 교수의 「大韓文典」攷가 있다.7) 이 논문은 국어학적 연구로

---

4) 上揭書, 「島山安昌浩先生이 본 矩堂先生」, p.389.
5) 上揭書, p.401.
6) 上同.

서「大韓文典」을 다룬 논문으로서 주목할 만하다.

이상과 같이 제1기의 연구 성과는 주로 유길준에 관련된 자료의 정리에 중점이 있었다고 할 수 있다.

제2기에 접어들면 兪吉濬에 대한 기본 자료가 간행되었기 때문에 『西遊見聞』을 중심으로 한 연구가 활발하게 행해진다. 특히 『서유견문』을 現代文으로 옮기는 작업이 1976년에 金泰俊 교수에 의해서 이루어진다.[8] 이러한 現代譯의 작업 뒤에 『서유견문』에 대한 해제를 싣고 있는데, 이 글에서 福澤諭吉의 『西洋事情』과 『西遊見聞』의 비교가 시도되어 주목을 끈다.

『西遊見聞』을 現代文으로 바꾸는 작업은 蔡薰 교수에 의해서도 이루어진 바가 있다.[9] 그런가하면 역사학에서는 李光麟 교수에 의한 한국개화사상에 관한 일련의 집중적인 연구가 있었다.[10] 이중 <미국유

---

7) 金敏洙,「大韓文典」攷, 서울대논문집『인문사회과학』第5輯, 1957.
8) 金泰俊,「西遊見聞」解題, 博英祉, 1976.
9) 蔡薰,『西遊見聞』, 大洋書籍, 1976.
10) 이광린 교수의 연구 성과를 연도별로 보면 다음과 같다.
　① 1968년 미국유학 시절의 兪吉濬
　② 1965년 개화사상연구
　③ 1977년 유학생의 서한
　④ 1977년 兪吉濬의 개화사상
　⑤ 1977년 구한말 진화론의 수용과 그 영향
　⑥ 1986년 일본망명시절의 兪吉濬
　⑦ 1988년 兪吉濬의 영문서한
　⑧ 1992년 미국유학 시절의 兪吉濬
　⑨ 1992년 追錄 兪吉濬과 「모오스」(편의상 숫자를 부기하며, 이 순서에 의하여 서술함).

　각 논문은 『한국개화사연구』(일조각, 1969년)·『개화당연구』(일조각, 1973년)·『한국개화사상연구』(일조각, 1979년)·『개화파와 개화사상연구』(일조각, 1989)·『兪吉濬과 개화의 꿈』(국립중앙박물관, 1992)에서 재수록하고 있다. 또한 『兪吉濬』이라는 이름으로 된 評傳도 있다.

학 시절의 兪吉濬>이라는 논문은 李光麟 교수가 직접 미국에 가서 셀럼 박물관을 방문한 기행문의 형식으로 쓰여지고 있다. 이광린 교수가 이 박물관을 방문한 계기가 된 것은 1920년대 구미 각국의 박물관을 순방한 일본인 고고학자 藤田亮策의 기행문 <歐美의 博物館과 朝鮮>의 내용 중에 셀럼시 피바디 박물관에 한국유물이 진열되어 있으며, 그 가운데는 유길준이 기증한 것이 있다는 내용을 보고, 직접 찾아가 유길준의 미국유학 시절의 자료를 소개하고 있는 것이다. 필자는 藤田亮策의 기행문을 찾으려 했으나 발견하지 못했다. 그러나 「朝鮮古文化綜鑑」[11] 第1卷을 통하여 그가 경성제국대학의 교수였으며, 조선총독부 보물고적명승천연기념물 조사보존위원회 위원이라는 약력을 알 수 있었다. 李 교수는 이 논문에서 "그런데 그의 사상을 형성함에 있어서 짧은 15, 6개월이나마 그의 미국유학 시절은 중요한 의의를 갖고 있을 것이므로…"[12]라고 해서 矩堂의 미국유학 시절 자료를 소개하는 취지를 밝히고 있다. 또한 이광린 교수는 「일본망명시절의 兪吉濬」·「兪吉濬의 명문서한」이라는 논문을 발표했다. 이들 논문은 유길준이 1903년 일본 정부에 의하여 강제적으로 八丈島에 유배되어 있던 삼 년에 관해서 기행문 형식으로 고찰하고 있다. 지금까지 다루지 않았던 유길준의 망명생활의 일면을 소개하여 새롭게 시야를 넓힌 것이라고 할 수 있다. 1982년에는 『兪吉濬傳』[13]이란 책이 兪東濬 씨에 의해서 간행되었다. 이 책은 전기적인 성격을 띤 것이지만, 유길준의 전체적인 면모를 파악하는 데 유익하다고 할 수 있다. 이 시기의 논문들은 그의 사상에 관해서도 언급했지만 그의 생애나 자료의 보완이 주를 이루고 있다.

---

11) 藤田亮策, 『朝鮮古文化總鑑』(第一卷), 養德社(日本), 1947.
12) 이광린, 『韓國開化史研究』, 一潮閣, 1969.
13) 兪東濬, 『兪吉濬傳』, 一潮閣, 1982.

제3기에 들어와서 비로소 유길준을 연구한 박사학위 논문이 나왔다. 역사정치학적으로 유길준의 개화사상을 연구한 金鳳烈의 『兪吉濬의 개화사상연구』가 바로 그것이다.[14] 이 논문은 주로 정치사상이나 경제사상 면에서 다룬 것이다.

> "兪吉濬의 개화사상의 전반을 완전히 이해하기 위해서는 이들 이외에도 문화, 종교 등에 대한 논리를 비롯하여 개화사상을 전후한 시기에 등장하는 여러 사상과의 사상적 연관성, 그리고 서구근대사상 및 일본, 중국 등의 근대전환기의 사상체계를 동시에 연계시켜서 연구해야 한다고 생각한다. 그러나 필자의 능력은 아직은 거기까지 미치지 않고 있다."[15]

이처럼 정치·경제사상을 중심으로 유길준의 개화사상을 자세히 논하고 있는 점에서 주목할 만하다. 이후 1998년 같은 제목의 저서를 내면서, 기존의 논문에 <傳統認識>과 <對外認識>이라는 연구를 추가하고 있다. 이중 <傳統認識>에서 유길준은 서구 근대사상의 이론을 바탕으로 한 대표적인 개화주의자이지만, 그는 항상 전통과 관습을 중요시하는 사람으로 동양적 윤리기반과 전통적 가치체계를 무엇보다도 우선시 하였다는 것을 밝히고 있다. 또한 <對外認識>에 관한 논문에는 유길준이 가지고 있는 일본이나 중국에 대한 인식을 보다 심도 있게 다루고 있다. 근대화나 근대국가의 수립에 必要惡으로 나타나는 외국, 특히 중국과 일본에 대한 국제적 지위와 관계에 대하여 논하고 있

---

14) 金鳳烈, 『兪吉濬 개화사상의 연구』, 慶熙大 大學院 博士學位論文, 1989.
    金鳳烈의 『兪吉濬 개화사상의 연구』(경남대학교 출판부, 1998)에서는 기존의 학위논문에서 논한 내용을 보다 확대하여 전통인식과 대외인식에 대하여 보충하고 있다.
15) 金鳳烈, 上揭 論文, 1989, p.4.

다. 다만 유학기간에 접한 해외사조와의 관계에 대해서는 그다지 깊게
논하지 않았다. 그러나 유길준을 연구할 경우 해외사조의 영향을 무시
할 수 없고, 해외사조와 관련된 방면에서의 비교연구가 보다 효과적이
라는 점에서는 이러한 작업은 한계를 지니고 있다.

한편 정치학적으로 유길준을 논한 <兪吉濬의 立憲君主制>[16]라는
논문이 尹炳喜에 의해서 쓰여졌다. 이 논문은 유길준의 전서 가운데
『政治學』[17]을 논한 것이며, 국권론을 중심으로 유길준의 정치학적 측
면을 논하고 있다. 특히 윤병희는 「兪吉濬 연구」[18]에서 기존의 연구에
서 깊이 연구되지 않았던 유길준 생애의 후반기, 즉 1907년 귀국 이후
의 국내활동에 중심을 두어 흥사단의 설립이나 한성부민회의 운영 등
을 깊이 있게 살핌으로써 유길준의 또 다른 면모를 보여주고 있다.
1990년에는 『西遊見聞論』이 柳永益 교수에 의해서 발표되는데, 여기
서는 『서유견문』을 민족주의적 요소, 민주주의적 요소, 자유주의적 요
소 등으로 나눠서 논하고 있다.[19] 또 유영익 교수의 「『西遊見聞』과 兪
吉濬의 보수적 漸進」이라는 논문 역시 앞에서 나온 논문과 거의 같은
논지로 쓰여졌다.[20] 비교문학적 측면에서 접근한 연구로는 김태준 교
수의 「『日東記游』와 『西遊見聞』」이 주목된다.[21] 여기서는 전술한 논
문에 첨가해서 김기수의 『日東記游』와 『西遊見聞』이라는 두 개의 해
외기행문을 비교해서 논하고 있다.

여기서 김태준 교수는 이 두 개의 해외기행문을 통해서 그들의 차이

16) 尹炳喜, 「兪吉濬의 立憲君主制」, 『東亞研究』 第13輯, 1987.
17) 『兪吉濬全集』 권4, pp.392-767.
18) 윤병희, 『兪吉濬 研究』, 국학자료원, 1998.
19) 柳永益, 「西遊見聞論」, p.127, 1990.
20) 柳永益, 「西遊見聞과 兪吉濬의 保守的漸進改革論」, 『韓國近現代史論』, 1992.
21) 金泰俊, 「『日東記游』와 『西遊見聞』」, 『比較文學』 第16輯, 韓國比較文學會, 1991, pp.70-100.

점을 다음과 같이 결론짓고 있다.

　　"『日東記游』에서는 일본의 문명을 奇技淫巧의 사용과 서두름
으로 평가하고, 저들이 부국과 강병을 강조할 때, 이쪽은 근신수
졸로 대답했다. 『西遊見聞』에서도 『西洋事情』에 많은 것을 의지
하면서도 저쪽의 서두름에는 따르지 않고, 온건 개화의 주장을
폈다."22)

　『西遊見聞』도 『日東記游』와 같이 일본쪽의 서두름에 따르지 않는다
고 논평한다. 그리고 이러한 기행문의 문체의 변화에 관해서도 논하고
있다.

　　"한편 몇 년 사이에 이들의 기행 일기는 한문에서 국한문으로
바뀌어갔고, 또 국어의식도 크게 반영되었다. 그 문체가 새로운
내용을 담기에는 아직 세련되지 못했지만, 그런대로 독자를 대
중층으로 내려 잡고 넓히고 있었던 것에서는 특기할만하다. 이
국어의식은 『大韓文典』과 같은 문법연구서로 이어지고, 나라의
교육의 방침과도 맞았다. 그들의 세계 인식은 아직도 지리함을
벗어나지 못했지만, 급변하는 세계에 대한 인식은 전통에 대한
고집 속에서도 넓은 독자층을 의식하는 변화를 충분히 반영하고
있었다."23)

　'한문에서 국한문으로 바뀌어 갔고'라고 하듯이 새로운 문학적 차이
까지 언급하고 있는 것이 주목된다. 한편 일본에서도 福澤諭吉과 俞吉
濬의 비교연구를 시도하고 있다. 姜在彦 교수는 한국근대사의 일환

---

22) 김태준, 上揭書, p.100.
23) 김태준, 上揭書, p.100.

으로서『西遊見聞』을 논하고 있다. 특히 강 교수는『西遊見聞』에 대해서『근대조선의 변혁사상』[24]·『조선근대사연구』[25]·『서양과 조선』[26] 등에서 논하고 있다.『근대조선의 변혁사상』에서「서유견문과 자유민권사상」이란 제목의 장에서『西遊見聞』의 특징을 다음과 같이 기술하고 있다.

　　"『西遊見聞』은 그 문체와 내용에 있어서, 큰 두개의 특징을 지적할 수 있다. 그 첫째는 알기 쉽게 국문과 한문의 混合體를 썼던 것이다. …(중략)… 그 둘째는「本書가吾人의西遊ᄒ者를記홈이나或我의現存ᄒ事實을論議添補ᄒ者는彼我相較ᄒ기를爲홈이오」라고 서문에 써 있듯이『西遊見聞』은 上下·貴賤·婦女·孺子에게 널리 세계의 신지식을 객관적으로 전함으로써 시대에 뒤떨어진 조선의 현실을 인식시켜 저자 자신의 적극적인 개혁의견을 제기한 사상서다."[27]

　이 책의 역사적 의미를 한국 근대사상의 입장에서 논하고 있는 것이다. 또『朝鮮近代史硏究』에서도 짧지만『서유견문』을 다음과 같이 기술하고 있다.

---

24) 姜在彦,『近代朝鮮の變革思想』, 日本評論社(日本), 1973.
25) 姜在彦,『朝鮮近代史硏究』, 日本評論社, 1982.
26) 姜在彦,『西洋と朝鮮』, 文藝春秋, 1994.
27) 姜在彦,『近代朝鮮の変革思想』, pp.129-131.
　『西遊見聞』はその文體と內容において大きな二つの特徴を指摘することができる。その第一は、分り易いように國文と漢文の混合文をつかったことである。…(中略)… その第二は、「本書は吾人が西遊した時に見聞したのを記したものだが、或いは我が現存事實を　論議添補したのは、彼我を對比するためであり」と序文で書いているように、『西遊見聞』は上下·貴賤·婦女·孺子にあまねく、世界新知識を客觀的に伝えることによって時代おくれの朝鮮の現實を認識させ、著者自身の積極的な改革意見を提起した思想の書である。

"김옥균의 『甲申日錄』, 박영효의 『建白書』는 후일 갑오개혁
(1894 - 5)에 있어서 주역을 맡아 한 俞吉濬의 『西遊見聞』과 더
불어 개화파가 그 사상적 유산으로써 남긴 적은 문헌 가운데 삼
대문헌이라고 해도 좋을 것이다."28)

『서유견문』을 개화파가 남긴 귀중한 문헌의 하나인 것으로 평가하
고 있다. 또한 강재언 교수는『서양과 조선』에서도「너무 늦어진 서양
관의 전환」이란 장에서 다음과 같이 언급하고 있다.

"조선인의 손에 의한 서양지식서는 이미 기술한 바와 같이 미
국유학의 최초의 사람인 俞吉濬이 쓴 전 이십 편으로 된『西遊
見聞』이다. 갑신정변 후에 미국에서 귀국한 그는 김옥균의 일파
라는 점 때문에 軟禁되어 있었다. 그는 미국유학 중에서「자가의
聞見을隨ᄒ야論議를立ᄒ 者도有하고他人의書를傍考ᄒ야譯出ᄒ」
草稿를 정리해서 1889년 晩秋에 완성. 그러나 그 출판은 1895년
에 東京의 交詢社에서이다. 이 책은 읽기 쉽고, 國文(한글)과 한
문의 혼합문체를 쓰고 있으나 결국 국내에서 일반적으로 보급된
책이 아니었다. 그만큼 '수구(守舊)'의 벽이 두꺼웠던 것이다."29)

28) 姜在彦,『朝鮮近代史硏究』日本評論社, 1983年, p.111.
  金玉均の『甲申日錄』、朴泳孝の『建白書』は、後日甲午更張(1894-5)において主
  役を演じた俞吉濬の『西遊見聞』(1895年刊)とともに、開化派がその思想遺産とし
  て殘した数少ない文獻のうち、三大文獻といってもよい。
29) 姜在彦,『西洋と朝鮮』, 文藝春秋, 1994年, p.270.
  朝鮮人の手による西洋知識書は、すでにのべたことがあるようにアメリカ留學の第
  一号なった俞吉濬が書いた、全二十編からなる『西遊見聞』である。甲申政變後
  にアメリカから歸國したかれは、金玉均の一味ということで軟禁されていた。かれ
  はアメリカ留學中から「聞いたものを記し、見たものを寫し、また古今の書に披瀝し
  ていることを譯出」(序文)した草稿を整理して一八八九年晩春に完成、しかしその
  出版は一八九五年に 東京の交詢社からである。この本は読み易く、國文(ハング
  ル)と漢文の混合文體を使っているが、やはり國內で一般的に普及した本ではな

『서유견문』이 읽기 쉽고, 국한문체라는 混合文體를 쓰고 있으나 결국 국내에서 일반적으로 보급되지 않았던 이유로서 '수구의 벽'이 두꺼웠던 것을 들고 있는 것이다. 또 일인학자 上垣外憲一 교수가 논한 『日本留學と革命運動』[30]에서도 『서유견문』의 문체에 관해서 지적하고 있다.

> "兪吉濬의 국한문체의 문장도 福澤의 『학문의 권장』에 비하면 한문 투에 가까운 딱딱한 문장으로 널리 민중에게 읽히려 하는 의도가 있었다고 해도 극히 난해한 것이었다. 福澤의 『西洋事情』은 25만부도 넘게 나왔으나, 그것으로부터 삼십 년 후에 나온 『西遊見聞』은 천부밖에 발간되지 않았다. 그만큼 서양문명에 대한 부정적 태도가 한국에서는 강했다고 할 수 있으나, 兪吉濬의 문체가 難解했다는 것도 하나의 원인이라고 할 수 있다. 하여간, 당시의 한국에 있어서는 유일한 종합적인 서양문명 소개의 책인 『西遊見聞』은 극히 적은 독자밖에 얻을 수 없는 상황 가운데에서 兪吉濬을 위시한 「穩健開化派」가 기도한 개혁도 강한 저항을 받게 된다. 개혁에 대한 반감이 강했던 것은 다만 신기한 것에 대한 것보다 오히려 일본에 대한 반감에 의해서였다."[31]

かった。それだけ「守旧」の壁は厚かったのである。

30) 上垣外憲一, 『日本留學と革命運動』, 東京大學出版會, 1982.

31) 上垣外憲一, 前揭書, pp.28-29.

兪吉濬の國漢文體の文章も、福澤の『學問のすすめ』にくらべれば、漢文の書き下し文に硬い文章で、廣く民衆に讀ませる意圖はあったにせよ、晦渉に過ぎるものである。福澤の『西洋事情』は二十五萬部も出たが、それから三十年後に出された『西遊見聞』は千部しか發行されなかった。それだけ西洋文明に對する否定的態度が韓國では强かったとも言えるが、兪吉濬の文體の難解なことも、一つの原因と言えよう。ともあれ、當時韓國にあっては唯一の綜合的な西洋文明紹介の書、『西遊見聞』が極くわずかな讀者しか持ち得ない狀況の中では、兪吉濬をはじめとする「穩健開化派」の企圖する改革も、强い抵抗にあうことになる。改革に対

역시 앞에 나온 '수구의 벽'이 생각보다 두꺼웠던 것, 그리고 거기에
서 나온 일본에 대한 반감을 덧붙여 설명하고 있는 점을 주목해야 할
것이다. 또 경제학의 관점에서는 구한말의 도일유학생과 경제학을 관
련지어 논한 李基俊 교수의 『서구경제사상과 한국근대화』가 있다.[32)
이 책은 한말유학생의 실태를 연구하는 데에 유익하다고 할 수 있다.
또 1986년에 芳賀登 교수에 의해서 『일한 문화 교류사의 연구』라는
책이 출판되었다. 거기서는 福澤諭吉의 「「脫亞論」의 誤診」라는 장에
서 다음과 같이 지적하고 있다.

> "그리고 주위의 반대를 거슬러 『西遊見聞』을 국한혼용으로
> 저술했다. 또 문법서 『大韓文典』도 내고, 개화와 전통에 대해서
> 극히 선구자의 길을 선택하고 있다. 이러한 계승은 福澤의 것을
> 그대로 계승한 것이 아니라 그 발전계승이다. 兪가 쓴 것은 福澤
> 說이 아니라 때로는 加藤弘之의 것을 받아들이며, 서구의 고전
> 그 자체에서 다시 배웠던 곳이 적지 않았다. 그러나 兪의 노력에
> 도 불구하고, 이러한 방향이 일본에서 평가되지 않았던 것은 일
> 본이 조선보다 문명국관이 탁월했기 때문이다."[33)

이 설명에서 유길준이 福澤諭吉의 것을 그대로 받아들인 것이 아니

する反感の强かったことは、單に新奇なものに對するという以上に、むしろ日本に
對する反感によっていた。
32) 李基俊, 『西歐經濟思想と韓國近代化』, 東京大學出版會, 1986.
33) 芳賀登, 「日韓文化交流史の研究」, 雄山閣出版社, 1986, p.364.
そして周囲の反對にさからって『西遊見聞』を國漢併用で著した。また文法書『大韓
文典』をも出し、開化と傳統に對して極めて先驅者の道を選擇している。この種の
繼承は、福澤のままのうけつぎでなく、その發展繼承である。兪の書いたもの
は、福澤說ではなく時には加藤弘之のものをとり、西歐の古典そのものより學び直
したところが少くない。しかし兪の努力にもかかわらず、そのような方向が日本で
は評價されなかったのは、日本が朝鮮より文明國觀が卓越していたことによる。

라, 그것을 계승 발전시킨 점과 때로는 加藤弘之 등 명치시대의 다른 사상가와 더불어 서구의 고전에서 배웠던 것이 적지 않았다는 점을 들고 있다. 그리고 일본에서 유길준의 노력이 평가되지 않았던 것은 문명국관을 중점에 둔 시점에서 논했기 때문이라고 설명하고 있다. 또 1994년에『日本에 있어서 朝鮮人의 文學의 歷史』라는 책이 任展慧 교수에 의해서 출판되었다.[34] 이 책은 지금까지의 연구 성과를 검토해서 유길준의 생애,『서유견문』과『서양사정』의 同異,『서유견문』의 평가 등 이상 세 개의 항목으로 기술하고 있다. 요컨대 任 교수는『서유견문』에 대한 평가를 다음과 같이 결론짓고 있다.

"『西遊見聞』은 兪吉濬 자신 스스로가「他人의書를傍考ㅎ야 讀出ㅎ者도有ㅎ니」라고 쓰고 있음에도 불구하고 1895년 간행이후 1970년대에 이르기까지의 긴 기간,「타인의 書」와의 관계가 지적된 일은 없었다. 따라서 이 책은 근대 조선에 있어서 처음으로 개화사상을 구체적으로 기술한 명저로서 계속 평가되어 왔다. (中略)『西遊見聞』과『西洋事情』모두 외국 책의 抄讀·編述·飜案이었다고 할 수 있다. 福澤諭吉이 참고한 書名이 많은 해설서에서 밝혀져 있다. 그에 대해서 유길준이 참고헌 書名이 그 간행한지 70여 년이 지난 1974년에 처음으로 밝혀진 것이다. 조선에서는 왜 그러한 긴 동안『西遊見聞』과『西洋事情』과의 관련이 지적되지 않았던 것인가? 그것은『西洋事情』의 저자가 바로「脫亞論」의 주장자인 福澤諭吉이었기 때문에 의식적으로 서명을 숨겼다고 봐도 지장이 없을 것으로 생각한다. (中略)『西遊見聞』이 이러한 福澤諭吉의『西洋事情』의 영향을 받았다고 인정하는 일은 朝鮮人에게 유쾌한 일이 못 되었다. 그렇다고 하더라도『西遊見聞』이 兪吉濬의 독자적인 책이라고 말한 것은 편협

34) 任展慧,『日本における朝鮮人の文學の歷史』, 法政大學出版局, 1994.

한 내셔널리즘에 의한 잘못된 평가이다. 또 兪吉濬의 개화에 대
한 자세를 새삼스럽게 다시 재평가하기 위해서도『西洋事情』
이외의 책과의 관계도 밝혀져야 한다. 이 일은『西遊見聞』연구
에 남긴 앞으로의 과제의 하나라고 생각한다."35)

　오늘까지의 연구사를 정리하는 형식으로『서유견문』과『서양사정』
의 차이점과 유사점을 기술하였으며, 더욱이『서유견문』의 연구과제
로서『서양사정』이외의 책과 관련해서 검토해야 한다는 견해는 주목
된다.
　이상과 같이 지금까지의 兪吉濬에 관한 연구를 살펴보건대, 유길준
의 전반적인 모습이 드러났다고 하기는 어려울 것이다. 초기의 연구
가 유길준이 쓴 저작의 정리와 생애를 밝히는데 주력했으며, 그 이후
에서는 이렇게 정리된『兪吉濬全書』을 중심으로 그의 정치사상을 연

---

35) 上揭書, pp.49-52.
　　『西遊見聞』は、兪吉濬自身が「他人の書を參考にして譯出したものもである」と書
　　いているにもかかわらず、一八九五年の發行以後一九七〇年代にいたるまでの長
　　い間、「他人の書」とのかかわりようが指摘されることはなかった。したがって、本書
　　は近代朝鮮において初めて開化思想を具體的に述べた「名著」として評價され
　　つづけてきた。…(中略)…『西遊見聞』と『西洋事情』とは、ともに外國の書物の抄
　　讀、編述、飜案であったといえよう。福澤諭吉が參照した書名は、多くの解説書
　　のなかで明らかにされている。それに對して兪吉濬が參照した書名は、その刊行
　　から七十餘年を過きた一九七四年に初めて明らかにされたのである。朝鮮ではな
　　ぜ、そのように長い間、『西遊見聞』と『西洋事情』との關聯が指摘されなかったの
　　であろうか。それは『西洋事情』の著者が、他ならぬ「脫亞論」の主張者、福澤諭
　　吉であったために、意識的に書名が伏せられたとみてさしつかえないように思われ
　　る。…(中略)…『西遊見聞』がこのような福澤諭吉の『西洋事情』の影響を受けて
　　いたことを認めることは、朝鮮人にとって、こだわりを感じずにはいられなかっただろ
　　う。とはいうものの、『西遊見聞』を兪吉濬獨自の書とするのは、偏狹なナショナリ
　　ズムによる誤った評價である。また兪吉濬の開化に對する姿勢を改めて見直すた
　　めにも、『西洋事情』以外の書物との關係も明らかにされなくてはならない。このこと
　　は、『西遊見聞』研究に殘された今後の課題のひとつであると思われる。

구하는데 집중하였기 때문이다. 최근 들어 김봉렬 교수에 의해 이루어진 유길준의 전통적 사상의 측면과 급변하는 개화초기 일본과 청국에 대한 인식 양상에 대한 연구와 윤병희에 의해 이루어진 유길준 생애의 후반부 활동에 대한 고찰은 또 다른 유길준의 면모를 드러내는 데 충분한 역할을 했다고 볼 수 있다. 그러나 유길준에게 가장 큰 영향을 준 것으로 생각되는 福澤諭吉과의 영향관계를 연구하는데 있어서 기존의 연구는 福澤諭吉의 『서양사정』과 『서유견문』의 단순한 내용 비교에 그치고 있다는 한계도 동시에 드러내고 있다. 따라서 이제는 이러한 초기 연구 이후 보다 많은 자료가 발굴된 연구 상황을 감안하면서 또 다른 관점에서의 연구가 필요한 시기라고 하겠다. 이는 유길준에 대한 외래의 영향을 보다 구체적으로 밝히는 계기가 될 뿐만 아니라, 격변기의 지식인이자 선각자로서의 유길준의 모습을 온전히 드러내는 데에 一助를 한다고 할 것이다.

유길준의 개화사상 내지 근대사상의 본질과 그 성립과정을 올바르게 밝히기 위해서는 『서유견문』 자체에 대한 깊이 있는 연구뿐만 아니라, 유길준의 兩國 유학생활 중 깊은 영향을 미쳤던 福澤諭吉과 E. S. 모스의 사상과 행적을 구체적으로 분석함으로써 그 영향관계와 독자적 수용과정에 대한 보다 심도 있는 연구가 진행되어야 할 것이다. 아울러 『서유견문』의 분석에 있어서도 일차적인 영향의 문제에만 국한될 것이 아니라, 유길준만이 가지는 독자성을 고려하여 그 변별성의 측면에 주목해야 할 것이다.

이와 더불어 지금까지의 연구 성과에서 뿐만 아니라, 문학적 측면에서 가장 중요한 문제로 부각되는 것은 유길준의 진솔한 감정과 사상이 그대로 드러나 있는 문집에 대한 검토이다. 유길준은 생전에 『矩堂詩鈔』와 『矩堂遺稿』를 남겼지만, 이에 대한 연구는 아직까지 全無한 실정이라 해도 과언이 아니다. 유길준은 어린 시절부터 당시 홍문관 대제학이었던 朴珪壽의 칭찬을 받을 정도로 詩才가 높았으며, 일본과 미국에서의 유학과 유럽 여행의 과정에서, 또한 연금생활 중이나 망명생활 중에서 자신의 솔직한 심정을 토로한 많은 한시를 써서 그의 행적과 사상을 살피는데 시사하는 바가 크다. 때문에 본 연구에서는 이제껏 논의가 미진했던 유길준의 문학관에 주목하여 표면에 드러난 정치가나 사상가로서의 유길준이 아닌, 문장가이자 시인으로서의 유길준을 살펴봄으로써 이전까지 알려지지 않았던 그의 참모습을 찾고자 한다.

II. 新學問에의 자각과 海外留學

1. 實學思想의 수용과 新學問에의 자각

오늘날 개화기 선각자 중 한 사람이었던 兪吉濬의 개화사상을 고찰하기 위해서는『西遊見聞』을 분석하는 것이 통상적이다. 또한 이러한 과정 중에서 지금까지 예외 없이 거론된 바는『서유견문』의 완성이나 그의 개화사상 형성에 일본과 미국에서의 유학생활이 다대한 영향을 주었다는 것이다. 물론 이 글에서의 결과도 기존의 선학들이 부단한 연구를 통해서 밝혔듯이, 유길준의 사상 형성에 일본과 미국의 유학체험은 그 비중이 자못 크다고 할 수 있다. 그러나 이러한 유길준의 개화사상이 아무런 뿌리나 사상적 기반 없이 허공에서 이루어진 것은 아니었다.

『西遊見聞』의 출간은 1895년(고종 32년) 그의 나이 39세의 일이지만, 실제에 있어『서유견문』의 완성은 그가 미국유학을 마치고 귀국한 후, 6년간의 유폐생활 중이었던 1889년 그의 나이 33세 때의 일이다. 이 시기까지의 유길준의 행적을 年譜[1]를 통하여 보다 세밀히 검토해 보면, 유길준은 그의 나이 8세였던 1864년부터 祖父 兪致弘에게 전통적인 漢學을 공부하기 시작한다. 유길준의 조부인 유치홍은 朝鮮朝 중

---

1) 兪吉濬의 年譜는 김태준 譯, 博英社 版『西遊見聞』에 실린 것을 참고로 하였다.

기 이래 老論系 名門인 杞溪 兪氏의 후손으로서 醴泉郡守와 靑松府使
職을 역임한 사대부였다. 또한 14세였던 1870년부터는 外祖父 李敬稙
에게 수학하며 본격적인 과거준비에 힘을 기울인 것으로 보인다. 그러
나 이러한 전통적인 漢學과 과거 준비만을 위한 학문의 연마는 유길준
이 16세를 지나면서는 더 이상의 흥미를 끌어 내지 못했다.

유길준이 전통적인 유교사상의 세계에서 눈을 돌려 신학문을 배우
고자 하는 계기는 瓛齋 朴珪壽(1807-1876)와의 만남에서 비롯된다. 지
금까지의 연구에서는 유길준의 개화사상이 일본과 미국의 유학생활에
서 비롯된 것으로만 보아왔다. 그러나 이러한 새로운 학문을 수용할
수 있는 기본적인 토대로써 유길준과 실학사상의 관계에 대한 언급은
불가피하다고 하겠다. 따라서 본 장에서는 본격적인 유길준의 해외유
학 체험을 살피기 전에, 개화사상의 자생적 기반이 되었던 실학사상의
영향에 대하여 간략하게 검토하기로 한다.

유길준에게 미친 실학사상의 영향은 크게 두 가지 방향에서 이루어
진 것으로 볼 수 있다. 하나는 집안의 어른들로부터 자연스럽게 익히
게 된 사상적 기반이고, 다른 하나는 朴珪壽나 兪萬柱 등 외부의 학자
들을 통해 받은 영향이라고 하겠다. 그러나 전술한 집안 어른을 통한
영향은 그 자료가 극히 적어 구체적인 사실을 밝히기 어려운 형편이
다. 다만 祖父인 유치홍과 父親인 兪鎭壽가 높은 벼슬은 아니나마 벼
슬살이를 했고, 淸宦職은 사양하기도 하는 등의 청렴함을 보인다는
점에서 선비로서의 풍모를 지닌 집안임을 알 수 있다.[2] 특히 外祖父
인 李敬稙의 경우에는 從四品 都正을 지낸 사대부로서 넉넉한 경제적
형편에 선대로부터 많은 책도 소장하고 있어 유길준의 교육에 큰 영
향을 준 듯하며, 박규수와의 만남도 평소 교분이 깊었던 외조부를 통

---

2) 『兪吉濬全書』 권5, 「先考嘉善大夫同知中樞院事府君墓表」 참조.

해서 이루어짐으로 外家를 통하여 받게 된 실학사상의 영향도 크다고
하겠다.

그러나 유길준에게 보다 결정적인 사상 형성의 계기가 된 사람은
瓛齋 朴珪壽이다. 유길준은 16세 때 외조부 이경직을 통하여 처음 만
나게 된 박규수에게 총명함과 비범함을 보여주어 크게 칭찬을 받았으
며, 본격적인 만남을 갖게 된 18세 이후부터는 세계 대세에 대한 새로
운 지식이나 선진적인 외국서적을 받음으로써 인생의 큰 전환기를 갖
게 된다.[3]

익히 알려진 것처럼 瓛齋 朴珪壽는 燕岩 朴趾源의 손자이며, 선구
적인 개화사상가이다. 당시 박규수는 홍문관 대제학의 높은 벼슬에 있
었고, 實學에 조예가 깊었을 뿐만 아니라, 1872년 進賀兼謝恩使로 중
국을 다녀온 뒤, 개화사상을 펴고 있는 경륜가이기도 했다. 유길준이
박규수를 만난 시기도 바로 이러한 전환이 일어나고 있던 시기였는데,
박규수는 祖父인 연암 박지원으로부터 이어받은 '北學思想'을 보다 확
대 발전시켜 전통적 小中華意識에서 탈피한 다원적 세계의식을 가르
치고 있었다. 이러한 취지에서 박규수는 유길준에게 『海國圖志』를 전
해주어 유길준이 새로운 세계관을 갖게 하는 결정격인 계기를 마련해
주었던 것이다.

박규수의 '多元的 世界觀'은 '華夷一也'的 世界觀을 바탕으로 한 것
으로 연암시대의 北學思想의 이론적 기반으로서 활발히 전개되던 논
제였다. 즉 洪大容, 朴趾源, 朴薺家 등의 老論系 北學派 學者들은 朱
子學의 관념적 학풍에서 벗어나, 實事求是의 經濟之學, 名物之學을 중
시하는 새로운 학풍을 일으켰다.[4] 이러한 利用厚生을 앞세우는 새로

---

3) 兪吉濬이 박규수를 통하여 魏源의 『海國圖志』 등을 전해 받고, 經世致用의 학
   문을 할 것을 권유받은 것은 주지의 사실이다.
4) 朴悟暎, 「兪吉濬의 文明開化論에 關한 硏究」, 성균관대 석사논문, 1995, p.10.

운 학풍의 중심적 사상가였던 祖父의 학풍을 이어받은 박규수는 한발
더 나아가 개화사상의 필요성과 중요성을 당시 젊은 학자들에게 꾸준
히 전파하고 있었던 것이다.

北學派가 주장하는 내용의 핵심은 文化自尊(小中華)主義의 반성, 자
기문화의 후진성 인정, 淸의 문물이 中華文物임을 인정하는 것이라고
할 수 있다. 이러한 북학파의 주장은 박지원이 쓴 박제가의 『北學議』
「序文」에서 찾아볼 수 있다.

> 所謂 士農工商의 四民이라는 것은 겨우 名目만 남았고, 利用
> 하고 厚生하는 財源은 날로 困窮해지기만 한다. 이것은 다름 아
> 닌 學問하는 道를 모르기 때문이다. 장차 학문을 하려고 하면 中
> 國을 배우지 않고 어떻게 할 것인가. 그러나 그들이 말하기를
> "지금 중국을 지배하는 자들은 오랑캐이니 그것을 배우기가 부
> 끄럽다." 하면서, 중국의 옛 制度까지도 아울러 더럽게 여긴다.
> (중략) 法이 좋고 制度가 아름다우면 아무리 오랑캐라 할지라도
> 떳떳하게 스승으로 삼아야 한다.5)

이러한 박지원의 말에는 위에서 말한 북학파의 핵심적 주장들이 잘
드러나 있다. 백성을 위해서는 利用厚生의 학문을 해야 하고, 그러기
위해서는 야만시 했던 淸을 다시 보아야 한다는 것이다. 이러한 文化
自尊(小中華)主義의 반성이나 淸을 진정한 中華로 인정하는 것 등이
계승되어 박규수에게는 다원적 세계관의 기반을 형성하게 하였으며,
다음 세대인 개화파에게는 새로운 세계를 바라보게 하는 기회의 제시
와 時務經世學을 해야 하는 필요성을 느끼게 하였던 것이다. 유길준의
주변에는 박규수 뿐만 아니라, 집안의 어른들도 노론계열의 북학파에

---

5) 朴趾源, 『燕巖集』 권7, 「北學議」 序.

영향을 받은 인사들이 있었기에 유길준은 서양문물, 당시 오랑캐로 간주했던 異國의 문화를 거부감 없이 수용하는 자세를 어린 시절부터 자연스럽게 키울 수 있었던 것이다.

또한 이외의 다른 북학파 학자들의 견해 역시 당시 외세의 침략 앞에 갈 곳을 몰라 하며 방황하던 우리 민족에게 큰 지침이 될 만한 것이었다. 洪大容은 그의 문집인『湛軒書』중「毉山問答」이라는 글을 통해 세계는 정히 중국만이 중심이며 가운데가 아니라, 서양은 자신을 중심에 놓고 생각하며, 모든 것은 하늘을 받들고 땅을 밟고 界에 따라 정한다6)는 상대주의적 세계관을 피력하고 있다. 이러한 상대주의적 세계관은 기존의 華夷論的 세계관과는 전혀 다른 破天荒의 생각이기도 하다. 박규수는 이러한 세계의 모든 국가를 그 자존적 가치로 인정하는 다원적 세계관을 가졌으며, 이를 개화파의 젊은 학자에게 끊임없이 전달했던 것이다. 또한 이러한 진보적 사상의 실현은 유길준의 일본과 미국의 유학생활, 더불어 유럽 체험을 통해 그 실제적 의미를 띠고 나타났다고 볼 수 있다. 즉 박규수에 의해 나타났던 다원적 세계관은 유길준에 의해 비로소 꽃을 피우게 되었던 것이다.

그러나 박규수가 아직도 東道西器的 인식에서 벗어나지 못하고 있는 반면, 유길준은 미국의 유학생활에서 배우고 체험했듯이 서구문명의 우월성은 그 제도와 국민의 의식에 있다는 사실을 깊이 인식하게 된다. 결국 유길준은 조선후기 北學派에서부터 비롯된 實事求是的 세계관과 利用厚生의 학문적 태도로 사상적 스승이었던 박규수를 뛰어넘어 진정한 '多元主義的 世界觀'과 '華夷一也的 世界觀'을 이루고, 조선의 開化를 위해 일생을 바치게 되는 것이다. 물론 유길준의 이러한 근대사상의 맹아는 일본과 미국유학을 통해 보다 성숙해지고, 꽃을

---

6) 洪大容,「毉山問答」,『湛軒書』內集 4卷.

피우게 됨은 말할 나위가 없다.

2. 紳士遊覽團과 일본유학

1) 개화기 일본유학의 배경과 성격

1876년 일본에 의해 개항된 조선은 계속해서 미국, 영국 등의 서양과 유럽 등 여러 나라에 문호를 개방하고, 새로운 국제 질서 속에 편입되어 간다. 동양제국 가운데 한 나라인 일본에 의해 개항되었지만, 이는 이전의 통신사를 통해서 본 일본이 아니었다. '근대화'를 거친, 다시 말해 서양제국의 충격을 이겨낸 후의 일본이었다. 이 시기의 한국 근대화 과정을 보면, 일본 사절단이 미국 등의 서구제국에 사절을 파견시켰듯이 한국에서 일본으로 사절단을 파견하고 있다 그 역사상의 상황을 도식화한 것이 <表 1>이다.

이 表를 보면 알 수 있듯이, 일본은 1860년 최초로 서양에 사절을 파견한 이후 1867년 막부말기 최후로 보낼 사절파견까지 6번 파견하고 있으며, 그 파견이 끝나고 메이지유신을 맞아 약 8년이 채 못 되는 기간에 한국으로부터 사절을 받아들이기에 이른다. 당연히 그 동안의 일본은 급격한 사회변화를 거쳐 왔지만, 한국의 경우는 최초의 수신사의 파견이 1876년이다. 그러니까 한국의 경우는 단순히 시간상의 비교만을 해보아도 일본의 경우에 비해 이미 16년이라는 시간의 차이를 보이고 있는 것이다.

〈表 1〉日本의 경우

차례	일시	파견 목적
제1회	1860년 (万延元年)	新見豊前守正興 一行 日美修好通商條約의 批准을 위한 美國 파견
제2회	1862년 (文久2년)	竹內下野守保德 一行 에도(江戸), 오오사카(大阪), 효고(兵庫), 니이가타(新潟)의 개항 연기를 유럽 모든 나라에 인정받기 위해 유럽에 파견
제3회	1864년 (元治元年)	池田筑後守長發 一行 프랑스에 사절 파견
제4회	1865년 (慶應元年)	池田筑後守長發 一行 외교사절이 아닌 柴田剛中 一行 橫須賀製鐵所 설립 준비를 위해 特命 理事官 으로서 프랑스, 영국에 걸쳐 파견
제5회	1866년 (慶應2년)	小出大和守秀實 一行 러시아에 파견
제6회	1867년 (慶應3년)	德川昭武 一行 파리 만국 박람회에 참석하기 위해 파견

韓國의 경우

차례	일시	파견 목적
	1876년	金綺秀 일행을 수신사로서 일본에 파견
	1880년	金弘集 일행을 수신사로서 일본에 파견
	1881년	紳士遊覽團을 일본에 파견
	1882년	朴泳孝 일행을 수신사로서 일본에 파견
	1883년	閔泳翊 일행을 報聘使로서 미국에 파견

이 表를 보면 알 수 있듯이, 일본은 1860년 최초로 서양에 사절을 파견한 이후 1867년 막부말기 최후로 보낼 사절파견까지 6번 파견하

고 있으며, 그 파견이 끝나고 메이지유신을 맞아 약 8년이 채 못 되는 기간에 한국으로부터 사절을 받아들이기에 이른다. 당연히 그 동안의 일본은 급격한 사회변화를 거쳐 왔지만, 한국의 경우는 최초의 수신사의 파견이 1876년이다. 그러니까 한국의 경우는 단순히 시간상의 비교만을 해보아도 일본의 경우에 비해 이미 16년이라는 시간의 차이를 보이고 있는 것이다.

또 일본의 경우, 遺米使節의 파견에서 하나의 정리된 보고서로서 서양탐색의 성과라고도 할 수 있는 福澤諭吉의『西洋事情』이 발간된 것이 1866년이다. 福澤諭吉은 幕府末期 7년간에 제1회와 제2회, 그리고 제6회 등 세 차례에 걸쳐 미국과 유럽의 순방에 참가하고 있다. 그리고 이러한 渡美의 성과로서 1860년에『增訂華英通語』라는 사전을 간행하고, 1866년에는『西洋事情 初編』을 발간하고 있다. 불과 6년 남짓한 세월에 이러한 책이 발간된 것은 일본인들의 놀랄만한 용의주도함과 이러한 책을 받아들일 수 있는 일본 독서 인구층의 폭발적인 요구가 뒷받침되었기에 가능한 것이었다.

이에 비하여 우리 정부의 경우는 1876년 강화도 조약 체결 이후 처음으로 일본과 미국에 사절을 보낸다. 유길준은 한말에 1881년 신사유람단의 수행원으로서 참가하여 같은 해 慶應義塾에 입학하고, 다음해인 1882년에 박영효 일행과 함께 귀국한다. 이어 미국유학을 통해 서양 탐색의 성과인『西遊見聞』을 1889년에 완성하여 1895년에 東京 交詢社에서 이 책을 발간하였다. 그 동안 원고 분실 등의 뜻밖의 사건도 있었지만, 어쨌든 실제로 발간된 것은 최초의 수신사 파견의 해(1876년)로부터 19년이 지나고 있다. 또 이처럼『서양사정』과 달리『서유견문』이 늦게 출간된 것은 이 책이 사회에 미칠 영향 때문이라는 것 역시 간과할 수 없는 점이다. 유길준의『서유견문』이 당시 사회에 준 영향이라는 것은 다음과 같은 지적에서 잘 드러나고 있다.

근대 계몽기(舊韓末)에 접어들면서 서양의 학술·사상이 본격적으로 들어오기 시작했는데도 우리나라의 보수적인 풍토는 일반적으로 그것을 좀체 흡수하려 들지 않았다. 兪吉濬이 일본, 미국 등지를 거쳐 돌아와, 國文으로 글을 써서 계몽활동에 착수했을 때에도, 좀처럼 먹혀들지 않았다. 그러던 것이 중국을 통해서 들어온 계몽적 서적들, 특히 梁啓超의 『飮氷室集』이 서울에 들어오자 진작 일세를 풍미하였다. 이 시기의 우리나라의 애국적 정치문화 활동가들 이를테면 朴殷植, 張志淵 등 선진들은 모두 이 『飮氷室集』에서 서양의 학술, 사상을 섭취한 사람들이다. 兪吉濬식의 국문에 비하여 양계초의 漢文文章이 훨씬 세련되고 탁월한 설득력을 가진 탓도 있었겠지만, 중국 사람의 손에서 여과되고 정리된 내용이, 그리고 중국의 전통적 술어로 표현되고 서술된 양식이 훨씬 신뢰를 받았던 때문이었다고 생각된다.[7]

이 지적은 당시 독서계층의 보수적인 측면을 여실히 보여주고 있다. 이러한 면은 당시 한국의 사정을 여실히 드러내고 있는 것으로 일본에서 福澤諭吉의 『西洋事情』이 內田正雄의 『輿地志略』, 中村正直의 『西國立志編』과 나란히 메이지(明治) 문명개화의 3대 베스트셀러로 되었던 것과 대비된다.

이 당시에는 일반적으로 비서구제국, 좀더 구체적으로 말하면, 미처 근대화하지 못한 동아시아의 나라들은 서양문명의 근대적인 요소인 기술문명과 생활관습의 수용이 '近代化의 完成'이라고 서서히 자각하고 있었다. 하지만 서구제국의 근대화와 이러한 비서구제국의 근대화 과정에는 본질적인 차이가 있다. 서구제국의 경우에는 근대화가 내재적이고 자발적으로 이루어졌던 데에 비해, 비서구제국의 경우에는 지금까지 누리고 있던 전통적·관습적 문화양식과는 달리 국가적 차원

7) 李佑成, 『韓國의 歷史像』, 創作과 批評社, 1983, pp.274-275.

에서나 그 구성원인 개개의 국민에게 있어서나 당시에 가장 심각하고
도 숙명적인 근대화의 과제가 외부로부터 주어졌다는 것에 문제가 있
는 것이다.

특히 우리의 경우, 외부로부터 갑자기 주어진 근대화 실현의 강압적
요구를 수용하기 위해서는 한 발 먼저 근대화의 과정으로 들어선 일본
으로 시선을 돌리는 것은 당연한 것이었다. 그러나 실제에 있어 韓末
의 일본유학은 여러 가지 문제를 내포하고 있었다. 당시 상황에서 볼
때, 1876년 한일수호조약(강화도조약)의 체결 후, 일본으로 한국학생
의 일부가 유학하는 것은 양면적인 반응을 가져온다. 우리의 개화주의
자들은 일본을 통한 서구문물의 수용을 필연적인 것으로 생각한 반면,
보수주의적 유학자들은 이전까지의 관습에 사로잡혀 일본으로의 유학
은 상상도 못 할 일이라는 반응을 보이는 것이다. 하지만 국내·외적
인 불평등 조약이 계속 강요되는 과정에서, 근대문화·과학 등을 단기
간에 일본에서 도입, 소화해서 自立富强한 국가를 다시 세우려고 한
것은 현실적이고도 필연적인 과제였다 할 것이다.

開化初期, 즉 1880년대 초 우리 정부에서는 新武機關을 설치하고
외국 고문관을 초빙하는 한편, 使節과 留學生을 외국에 파견하여 새로
운 서구문화를 받아들이고자 적극적으로 나선다. 이러한 과정에서 나
타난 초기 유학의 형태는 대개 일본유학으로 집중되는데, 처음의 논의
는 1876년 김기수 일행이 수신사로 일본에 다녀오는 과정에서 이루어
진다. 일본이 富强에 힘쓰고 있으며, 제작한 機械類 또한 성능이 뛰어
나다는 것을 알고 우리 정부는 김기수를 修信使로 하여 각종 공장과
관청을 시찰하게 한다. 이에 일본 정부는 일본의 위력을 실감한 김기
수 일행에게 유학을 권하나, 당시까지만 해도 중국에 대한 유학은 있
었으나 일본에 대한 유학은 상상도 할 수 없었던 사회적 분위기라, 김
기수는 자신들의 일본 방문 목적이 修信이라 하여 유학생 파견 요청을

거절한다.

이후 4년이 지난 1880년, 金弘集 일행을 제2차 修信使로 파견하면서 유학생 파견에 대한 논의는 진전을 보게 된다. 2차 수신사 파견시, 수신사 김홍집은 동경의 淸國 公使館에서 黃遵憲을 만나『朝鮮策略』이라는 책을 받게 되는데, 이 책에는 "學生을 中國 北京의 同文館에 보내 西洋語를 배우게 하고, 直隸에 보내어 軍事를 익히게 하며, 上海의 製造局에 보내 機械製作을 배우게 하고, 福州 船政局에 보내 造船의 기술을 배우게 하며, 또한 日本의 船廠, 火砲局, 軍營에 보내고, 서양의 天文, 化學, 鑛山學, 地學 등을 배우도록 해야 할 것이다."라는 내용이 있다. 다시 말해 일본이나 중국에 유학생을 보내 새 기술을 배워와야 되고 그렇게 함으로써 自强을 도모할 수 있다는 것이다.[8] 이러한『朝鮮策略』의 내용에 힘입어 한국의 위정자들은 일본과 중국에 유학생을 파견하여야겠다고 생각한다.

그 결과 이 시기 최초의 유학생 파견이 1881년 이루어진다. 물론 중국에 대한 유학생 파견 계획은 이전에 체결되어 군사기계의 조정과 제조에 대한 유학이 구체화되고 있었지만, 일본에 대한 유학생 파견의 문제는 결정을 내리지 못하고 있던 바였다. 1881년 신사유람단의 일본 파견과 발맞추어 유학생들을 비밀리에 유람단의 朝士 밑에 隨員으로 임명하여 파견하였다. 이 때의 유학생 중 대표적 인물이 朝士 魚允中의 隨員으로 임명·파견된 兪吉濬·柳正秀·尹致昊 등 3명이었다. 이렇듯 일본에 대한 유학생 파견은 순탄하지만은 않았다. 오랜 기간의 기다림을 필요로 했고, 보수주의자들의 눈을 피해 비밀리에 파견할 수밖에 없었던 것이다. 그러나 한번 유학이 이루어지자 이후부터는 중국 유학보다도 더 많은 유학생의 파견이 있었다.

8) 이광린, 「開化初期 韓國人의 日本留學」,『韓國開化史의 諸問題』, 일조각, 1996, pp.41-42.

우선 개화 초기인 1881년부터 1884년까지 4년 간의 일본유학생의
실태를 살펴보면 다음과 같다.

1881년(고종 18년) 우리나라 최초의 일본유학생은 3명으로 신사유
람단의 일원이 되어 일본유학을 시작한다. 3명 중 兪吉濬·柳正秀는
福澤諭吉이 경영하던 慶應義塾에 입학하여 정치와 경제학을 중점적으
로 공부하였다. 당시 일본에서도 한국유학생의 존재는 매우 이례적인
일로 취급되어 1881년 6월 14일자 <郵便報知新聞>에 그들에 대한 기
사가 실리고 있다. 또한 尹致昊도 거의 같은 시기 中村正直이 경영하
는 同人社에 입학하여 어학 특히 영어를 중점적으로 공부한 것으로 보
인다. 이러한 3명의 유학기간은 그리 길지는 못하여 유길준과 유정수
는 다음 해 1월에 귀국하였으며, 윤치호는 좀더 머물다가 같은 해 6월
에 귀국한다. 이와는 달리 金亮漢은 같은 시기 어윤중의 수행원이 되
어 일본에 들어갔다가, 橫須賀 造船所에 들어가 汽船製作의 제반 기술
을 배워 1883년 5월에 정식으로 卒業證書를 받고 귀국한다.

이렇게 신사유람단의 수행원이 되어 일본으로 유학을 간 사람은 위
의 4명만이 아니었다. 朝士 金鏞元과 隨行員 王濟膺, 孫鵬九, 宋憲斌,
沈宜永 그리고 通事 金正植 등도 각기 일본에 남아서 유학생활을 한
다. 이들은 대개 硝予製造나 金銀分析術 등을 공부한 것으로 보인다.
또한 신사유람단의 파견과는 달리 일본으로 유학을 떠난 경우도 보인
다. 1881년 5월에는 林泰慶과 金在遇가 銅製鍊術과 革製造術을 배우
기 위하여 大阪으로 떠났으며, 7월에는 鄭重羽와 金采吉이 관세규칙
을 배우기 위하여 長崎에 유학하였다. 이 밖에도 군사적 교육을 목적
으로 몇 차례의 파견이 더 있는 것으로 보인다. 또한 1882년에는 4월
경 김옥균이 일본으로 갈 때에 거느리고 간 10여 명의 수행원 중에 일
부가 유학을 한 것으로 보인다. 또 壬午軍亂이 일어난 뒤에 朴泳孝가
수신사로 파견되는 과정에서 데리고 간 학도 중 朴裕法과 朴命和를

慶應義塾에, 金和元을 製皮所에, 金和善을 造幣所에 유학시켰다. 1883
년 5월에는 서재필 등 17명이 유학하였다. 이들은 대부분 군사교육을
받기 위하여 처음에는 慶應義塾에서 어학을 배운 후, 그해 10월 陸軍
戶山學校에 입학하였다. 또 8월에는 白喆鏞이 電信事業을 배우기 위
하여, 玄曘運은 慶應義塾에서 정치·경제학을 배우기 위하여 유학하
였다. 그 밖에도 10월과 11월에도 수 명의 사람이 유학을 떠난 것으로
보인다. 더욱 흥미로운 것은 <漢城旬報> 6號 1883년 음력 11월 21일
刊 기사에 <駐日生徒>라는 제목 下에 "今(1883년) 3월 이후 50여 명
이 유학하고 있다"고 적고 있다.9) 1884년에는 개별적인 유학의 경우
가 많았다. 4월에 具然壽, 7월에 朴泳斌, 8월에 徐景弼 등 여러 사람이
계속해서 유학을 떠나는 것으로 보인다. 그러나 1884년 12월 甲申政變
이 일어난 것을 계기로 많은 일본유학생을 국내로 소환 조치한다.

　개화 초기 약 4년 간 우리나라에서 일본으로 유학을 간 학생의 수는
약 67명 이상이 되었다. 이러한 숫자는 당시 사회적 분위기로 볼 때,
대단한 숫자라고 아니할 수 없다. 그러나 유길준과 윤치호 등 몇몇의
유학생을 제외하고는 대부분 당장에 필요하다고 생각되는 기술교육과
군사교육에 집중되었으며, 그 기간도 그리 길지 못하였다는 단점을 지
니고 있다. 때문에 이러한 전후의 사정을 감안한다면 유길준의 일본유
학과 미국유학은 특별한 의미를 지닌다고 하겠다. 이밖에도 韓末까지
의 일본 유학생에 관한 자료로는 阿部洋 教授의 선구적 자료발굴과
연구결과를 들 수 있다.10)

　참고로 그가 연구한 구한말의 일본유학생에 대한 결과를 요약·정

9) 이광린, 위의 글, pp.46-57.
10) 阿部洋, 『福澤諭吉と朝鮮留學生』, 『福澤諭吉年鑑 2』, 福澤諭吉協會, 1975.
　「舊韓末の日本留學(I) - 資料的 考案」, 『韓』 VOL.3, NO.5, 韓國硏究院(東京).
　「舊韓末の日本留學(II) - 資料的 考察」, 『韓』 VOL.3, NO.7, 韓國硏究院.
　「史料 留學生 規定」, 『韓』 VOL.11, NO.9, 韓國硏究院, 1972.

리하면 <표 2>와 같다.

<표 2> 구한말 일본유학생 현황

차례	일시	유학생 및 내용
1기	(1881-83년)	1881년 神士遊覽團 일원으로 兪吉濬, 尹致昊 등이 유학 1883년 徐載弼 등 44명 慶應義塾에 입학
2기	(1895-97년)	1895년 제1회 유학생 192명 慶應義塾 입학 1987년 제2회 유학생 64명, 成城學校, 東京法學院 등에 입학
3기	(1904년)	한국 王室特派 유학생 崔南善 등 50명 東京府立一中 등에 입학
4기	(1905-)	自費留學生 격증기(激增期) 1907년 한국 정부「留學生 規定」을 제정하다

2) 유길준의 일본유학의 특성과 의미

兪吉濬이 1881년, 신사유람단의 일원으로 일본에 유학할 수 있었던 근본적인 이유는 국내의 정책변화에 있었다. 그전까지 쇄국에 의한 守舊的 태도를 유지하던 정부는, 개화파의 진출확대와 국제적 정세의 변화 속에서 더 이상의 쇄국정책을 주장할 수가 없게 되었고, 이러한 변화의 분위기 속에서 정부는 적극적인 해외문물의 수용책으로 신사유람단을 일본에 파견하기에 이른다. 신사유람단 구성원 중 대부분의 隨員은 일본에 유학을 목적으로 참가한 사람들이었던 것이다. 복잡한 국내외적 상황 속에서 개화 초기[11] 일본유학을 감행한 유길준의 유학생활은 이후 실행되는 韓末[12] 일본유학생의 실태와는 다르다. 유길준의

---

11) 여기서 본 연구는 開化初期의 기간을 1881년에서 1885년까지의 5년간으로 정의하고자 한다.

일본 유학생활은 정부차원에서 일본에 파견한 최초의 유학생이라고
하여도 무리가 아닐 것이다. 어찌 보면 그로 인해서 구체적인 일본유
학생의 유파가 시작되었다고 해도 좋을 것이다. 특히 유길준의 경우는
일본유학 제1기에 속하지만, 대부분의 초기 유학생의 유학 목적이 개
화문물의 관찰이었던 반면, 유길준만은 초기단계에서부터 福澤諭吉이
경영하는 慶應義塾에 입학하여 적극적으로 서구문물을 받아들이고자
노력했던 것이다.

일본 체류 중의 유길준의 유학생활에 대해서는 자신의 일기 등 구체
적인 자료가 없기 때문에 당시의 상황을 정확하게 알 수는 없다. 하지
만 동아일보(제3378호 1930년 1월 11일-15일자)에 전재된 「풍우 20년-
한말정객의 회고담」 가운데, 「독립협회 회장 尹致昊」의 懷古談이 있어
당시의 상황을 엿볼 수 있다.

> 예순 여섯이라는 로령이면서도 오히려 젊은 사람을 릉가할 건
> 강과 발랄한 긔운을 가진 尹致昊선생의 堅志洞 저택을 방문하얏
> 습니다. 일각대문가티 족으마한 안사랑 중문을 들어서니, 꼭 쌍
> 둥이가튼 귀여운 세 어린 슈息, 令孃의 재롱을 보며, 영문서적을
> 펴들고 안젓든 선생은 긔자를 마저 온돌침방으로 안내합니다.
> 밧갓 마루방에는 세 어린이의 작난이 투당탕거리는 것이 매우
> 요란스러웟습니다. 윤치호씨는 말의 실마리를 풀기 전에 약 5분
> 동안이나 명상을 하얏습니다. 입술엔 미소가 떠돌되 안색은 흥
> 운에 차혓스니, 침통한 과거의 회억에 감정이 격분된 모양입니
> 다.
> 그는 먼저 그의 공적 생활의 第一步를 밟는 이야기부터 시작

---

12) "韓末"이라는 시기적 개념은 넓은 의미와 폭을 지닌다고 하겠다. 다만 본 논
문에서는 1894년 갑오경장 이후부터 1910년 한일합방의 시기로 정의하고자
한다.

합니다.

僧 李某의 發議로 日本 新文明視察

西曆 일천팔백팔십일년이니 태황제 십구년 辛巳年이외다. 그
때 청년재상 민영익씨 집 사랑에 리모(李某)라는 중이 잇섯지요.
이사람은 본시 볼모(人質)로 일본에 가 잇다가, 1876년인가 일본
유신 이후 조선서 처음 일본으로 갓든 修信使 김긔수(金綺秀)가
다녀올 때, 일본말을 잘 함으로 데리고 귀국하야 민영익 뒷사랑
에 잇스면서 일본 사정을 잘 알고 일본의 개화하는 이야기를 재
미잇게 잘 하얏슴으로 민영익의 총애는 물론, 상감께서도 여러
번 불러 보실새 그의 발의(發議)로 일본의 신문명을 시찰하고저,
량반 십이인을 선정하야 일본으로 보내엇소.

十二 紳士遊覽團 魚氏 隨員이 돼 도일(渡日).

이것이 소위 十二紳士의 일본 유람인데, 그들은 각기 두 사람
씩의 隨員을 거느리게 되잇소. 수원이라는 것은 지금 서생과 마
찬가지로, 견학을 시킬 작정이엇겠지요. 십이신사(十二紳士) 중
에는 朴定陽, 洪英植, 趙秉稷, 魚允中씨도 잇섯는데, 나는 兪吉
濬씨와 한가지로 어윤중씨 수원으로 뽑히엇소.

우리 일단은 육로로 부산에 이르러 통역으로 우리 나라 사람
과 일본 사람몃츨 데리고 安寧丸이라는 족으마한 긔선을 타고
일본으로 건너갓습니다. 지금 생각하니 긔선으론 말할 수 업시
작은 배엇지마는 그때는 화륜선이라고는 처음 보는 배라 이런
배도 세상에 잇고나 하고 깜작 놀랏지오.

十八歲 少年, 同人社의 첫 受學.

유람단 일행은 각기 방면을 달리하야 혹은 내무성, 혹은 외무
성 등 여러 곳을 논하 약 사오삭 동안 견학을 하고, 그해(1881년)
가을에 귀국 하얏는데, 수행원만이 십사인이나 잇섯지마는 별로

열심을 내어 공부를 하는 사람은 업섯고 오즉 兪吉濬과 나만이
떨어저서 일본말을 연구하기로 하고, 兪吉濬씨는 慶應義塾에 입
학하고, 나는 동인사(同人社)에 입학하야 일본말을 배우기 시작
햇소. 그때 내 나히는 열여덜살이엇지오. 우리는 우선 일본말부
터 배와야 신문명을 가장 갓가운 일본에서 수입할 수 잇으리라
는 선견(先見)이라 할는지 생각을 가지엇든 것이오.13)

위의 자료에서는 유길준과 함께 윤치호가 어윤중의 隨員으로서 渡
日해서 각각 慶應義塾과 同人社에 입학한 사실이 기록되어 있는데, 어
떻게 하여 입학하게 되었는지 경위가 기록되어 있지 않다. 또 이 신사
유람단이 단체행동을 취하지 않고, 대부분 분산해서 행동한 일이 명확
하게 기록되어 있다. 이 경위에 대해서는 福澤諭吉이 1881년 6월 17일
런던에서 小泉信吉과 日原昌浩에게 보낸 서신 속에 다음과 같이 기록
되어 있다.

이번 달 초순, 조선인 數名이 일본 사정을 시찰하기 위하여 건
너와, 그 중 소년 두 명이 본 의숙에 입숙하였기에 두 명 모두를
우선 拙宅에 두고, 친절하게 이끌었다. 참으로 이십 여 년 전, 본
인의 일을 생각하면 同情相憐의 생각이 없을 수 없다. 조선인의
외국유학도 초기이며, 본 義塾이 외국인들을 받아들이기 시작한
것도 처음이라서, 실로 뜻밖의 만남이라고 해도 좋을 것이다. 이
것을 인연으로 해서 조선인은 貴賤이 없이 매번 졸택을 방문해
그들의 탄식하는 이야기를 들으면 다름없는 삼십년 전의 일본이
다. 부디 앞으로도 잘 교유하여서 개방하도록 하고 싶다.14)

13)『國譯 尹致昊 日記』下卷, 探求堂, 1975, pp.339-341.
14)『福澤諭吉選集』第13卷,「明治14年(1881年) 小泉信吉・日原昌浩 宛」, p.212
本月初旬朝鮮人數名日本の事情視察の爲渡來、其中壯年二名本塾へ入社い
たし、二名共先づ 拙宅にさし置、やさしく誘導致し遣居候。 誠に二十餘年前自

'소년 중 두 명'이라는 것은 紳士遊覽團의 朝士 魚允中과 함께 온 兪吉濬, 柳正秀 두 사람을 가리킨다. 또한 두 사람을 慶應義塾에 入塾시킬 당시, 어윤중은 福澤諭吉의 慶應義塾이 인재육성에 성과가 높다는 것에 지극히 감사하며 두 사람을 부탁하고 있다. 어윤중의『中東記』에는 다음과 같이 기록되어 있다.

> 此人先於國人 遊歷歐米諸邦 備諳外國情形 而不仕 家居設義
> 塾 敎育人材 多所成立 曾以柳兪二友托之.[15]

귀국 후의 어윤중은 김옥균을 福澤諭吉에게 소개했다. 그 후 김옥균을 비롯한 조선의 진보적인 청년들의 다수는 복택과 일정한 관계를 갖게 되었다. 또 그것에 관해서 같은 해(1881년) 6월 10일자 <郵便報知新聞>에는 "조선의 두 명의 수재 慶應義塾에 입학"이라고 제목을 붙인 다음과 같은 기사가 있다.

> 요전에 渡日한 조선인 兪吉濬(25), 柳正秀(26) 이들 두 명은 대단히 분발하여 그저께 三田의 慶應義塾에 入塾했다. 이들은 그들 나라의 士族이며, 관직이 없는 소년이지만, 자기 나라에서 文才가 있다는 것으로 소문이 높았다. 일본인을 접한 지, 부산을 출발해서 오늘까지 겨우 30여 일 남짓한 기간밖에 되지 않지만, 그간에 어느 정도 일본어를 배워서, 時候人事 정도도 대강 할 수 있다고 한다. 그들은 우선 일본어를 학습하고, 번역서를 얻어 읽은 후에, 서양서적을 講究할 생각으로 단지 수업에 열심이어서

分の事を思へば同情相憐むの念なきを不得、朝鮮人が外國留事の頭初、本塾も赤外人を入るゝの發端、實に奇遇と可申、右を御緣として朝鮮人は貴賤となく毎度拙宅へ來訪、其咄を聞けば、他なし、三十年前の日本なり。何卒今後は良く附合開らける様に致度事に御座候。

15)『金玉均傳』上卷, 東京 慶應出版社, 1944, p.108.

受學에 힘을 다하고 있는 모양이다. 지금까지 이 학교에 일본 부
인이 낳은 외국인 아이는 많이 入塾했지만, 순수한 외국인이 입
숙한 것은 이 두 명이 효시이다.16)

일본에 있어서 처음으로 유학생을 받아들였다는 것에 관해서는
1860년에 처음으로 일본에서 미국에 외교사절을 파견한 이래, 입장이
거꾸로 되어 받아들이는 입장이 된 것에 관해서 여러 가지 생각이 있
었던 것 같다. 慶應義塾이 사숙을 연 것이 1858년이고, 정식으로 경응
의숙이라 명명한 것이 1868년의 일인지라 10년 남짓 후에 유학생들을
받아들인 입장이 된 것도 매우 감개무량하였을 것이다.

이러한 감개무량함은 유길준, 유정수라는 유학생을 받아들이기 이
전인 1880년 수신사 金弘集 일행이 訪日한 때에, 福澤이 수신사 일행
이 조선식 복장으로 행렬을 이루어서 奏樂을 하면서 東京시내를 천천
히 걷는 모습을 보고 "八月十二日韓使入京(8월 12일 韓國의 修信使
東京에 오다)"라는 제목의 漢詩를 지은 데에서 여실히 드러나고 있다.

　　　<八月十二日韓使入京>

　　　異客相逢何足驚
　　　今吾獨怪故吾情

---

16) <郵便報知新聞>, 明治 14年(1881年) 6月 10日字.
　　'頃日渡航した朝鮮人 兪吉濬(25) 柳正秀(26)の二名は非常に奮發し、一昨日三
　　田の慶應義塾に入學した。同人等はあの國の士族で假令官職がない少年生で
　　あるが、本國內で文才があるものとして噂があり、日本人と接するのは釜山を出
　　發し今日までわずか30餘日しかならないが、その間に旣に日本語を學び寒暄の
　　人事も大體する事ができたと言う。同人等は先に日本語を學び飜譯書を讀んだ後
　　に、洋書等を講究する考えで熱心に修學に盡くしている樣子。今日まで同塾には
　　日本婦人から出生した外國人の子供が多く入塾したが、純粋な外國人が入塾し
　　たのはこの二人が嚆矢である。'

西遊想起卅年夢
帶劍橫行倫動城

異國 나그네 상봉해도 어찌 놀랍겠는가
이제 홀로 생각하는 옛날의 나의 정
西遊를 생각하면 떠오르는 이십년의 꿈
칼을 차고 누볐던 런던의 성이여.

　福澤은 이미 20여 년 전, 德川幕府 末期에 제2회(1862년) 막부 사절
단의 일원으로 유럽 각국을 방문하였다. 이 시에서는 이러한 과거의
자신을 떠올리며, 조선사절단 일행을 바라보고 있음을 알 수 있다. 특
히 수신사절의 일행을 '異客'으로 표현하며, 자신도 한때 異客으로 런
던성에서 劍을 가지고 종횡했던 시절을 떠올리고 있는 것이다. 福澤은
일본이 문명국이 되기를, 또 자신 스스로도 당시 문명국의 일원이 되
고 싶다는 이상을 다하기 위하여 유럽으로 떠났던 것이다. 이러한 회
고에서 20년 전 젊은 날, 야만인이라 불리었던 자신의 모습은 어쩌면
오늘 바라보는 조선 사절의 그것과 같은 것일 것이다. 福澤은 당시 서
양을 향해서 정신을 집중하고, 그 나라의 모든 것을 알려고 끊임없이
노력하던 젊은 날의 모습을 떠올린 것이다. 그러나 이와 같은 福澤의
생각은 당시 일본사회의 보편적 견해에서 보면 지극히 호의적인 관점
이라고 해도 좋을 것이다. 그러나 다른 한편으로는 훗날 福澤이 小泉
信吉에게 보낸 편지 중에서 '참으로 이십여 년 전의 자신의 일을 생각
하면 동정해서 가엾게 여길 따름이다.'[17]라는 기록에서 볼 수 있듯이
이러한 감정은 당시 조선의 미개화 상태에 대한 同情이라고도 말할 수

---

17) 『福澤諭吉選集』第13卷, 「明治14年(1881年) 小泉信吉・日原昌造 宛」, p.212.
　　誠に二十餘年前自分の事を思へば、同情相憐むの念なきを不得。

있을 것이다.

그러나 일반적인 사회 풍조와 與論이라 말할 수 있는 신문의 논조
는 앞서의 福澤의 한시와는 사뭇 다른 시각으로 수신사절을 바라보고
있다. 1880년 이루어진 修信使의 訪日은 비밀리에 행해진 1881년 紳
士遊覽團의 방문과는 달라서 수신사와 후에 관광단에 대한 신문기사
가 있다. 이는 조선의 수신사에 대한 당시 일본사회의 반응을 알려주
는 귀중한 단서가 된다. 明治 9년(1880년) 5월 29일에 訪日한 朝鮮 修
信使일행에 대한 기사가 다음날인 5월 30일 <東京日日新聞>18)에 "修
信使 入京, 民族衣裳으로 行進"이란 제목 하에 실려 있다. 이 기사는
조선 수신사일행의 입경 행렬을 얕보는 내용으로 되어있다. 이러한 당
시 일본의 태도는 한국에 대한 우월감을 나타내는 것으로 조선 사절이
어떠한 모습이었건 상관없이 나타났을 일본인의 일반적인 조선에 대
한 태도라고 말할 수 있다. 일본이 최초의 遣美使節을 파견한 것이
1860년이고, 김홍집 일행이 訪日한 1880년에는 이미 에도(江戶) 막부
체제에서 메이지 정부체제로 이행된, 정치·문화의 대전환을 이룬 시
기였다. 그러므로 당시 일본인은 개화된 서구 문화를 받아들일 준비가
어느 정도 되어 있었으며, 사회의 분위기도 서양문명의 개화 쪽으로
향해 나아갔다. 이러한 상황 하에서 쓰여진 이 기사는 어느 정도 개화
에 앞선 일본인들의 우월적 심리를 잘 표현하고 있다 할 것이다.

---

18) 「東京日日新聞」明治 9年 5月 30日, 修信使入京 民族衣裳で行進.
5월 30일자 記事에는 조선 수신사의 행렬을 보려고 많은 일본인이 아침부터
일찍 자리를 잡았으며, 수신사 일행의 행렬이 奏樂을 울리며 東京시내를 가
로질러 나아가자, 신기해하고, 당당하게 전통적 의상과 방법으로 행진하는 모
습에 비웃는 듯한 시선을 주고 있다.
<原文> また一奇とすべきは正使を初め乘車の上官に限りては、近眼かまたは衰
弱眼かただしは流行か知らねともいずれも皆目鏡を掛け、步行の人人は一人も目
鏡を用いず、朝鮮の風にて目鏡を以て尊卑を別つの章となすや未だ知らざれど
も、目鏡のお揃いは一奇と云うべし。

이상에서 본 바와 같이 유길준의 일본 유학생활은 크게 주목을 받았으며, 그에 걸맞게 유길준 자신도 열심히 노력을 하여 짧은 기간에 비해 큰 성과를 얻은 것으로 보인다. 특히 주목되는 것은 일본에 도착한 유길준이 福澤諭吉이 경영하는 당시 최고의 사립교육기관인 慶應義塾에 입학하여 대단한 관심 속에 많은 서구문물과 새로운 지식을 접할 수 있었다는 점이다. 물론 당시 같이 유학했던 몇몇 隨員들도 각기 목적했던 교육기관이나 시설 등에 들어가 새로운 지식을 구했지만, 유길준은 가장 많은 배려와 기회가 주어진 경우라고 할 수 있다. 당시 慶應義塾은 미국과 유럽을 몇 차례 시찰한 福澤諭吉이 일본 최초로 만든 서구식 私學이었으며, 福澤諭吉 역시 서구의 정치·경제·사상뿐만 아니라 문명개화에도 관심이 깊은 사상가였기에 유길준에게 끼친 영향은 지대하다고 할 수 있다. 실제로 유길준을 慶應義塾에 입학했을 초기 5개월 간 福澤諭吉의 집에 기거하면서 그의 직접적인 지도를 받기도 하였으며, 그간 福澤이 펴낸 많은 책들을 읽었던 것으로 보인다. 여기서 주목되는 것은 유길준의 일본유학은 단순한 기술의 습득이나 정책 수행을 위한 단순한 제도의 시찰이 아닌, 지극히 기본적이면서도 중요한 사상이나 제도의 배경적 측면까지 배우게 되었다는 사실이다.

그러나 유길준의 신문물에 대한 견문은 여기에서 그치는 것이 아니었다. 그는 일본유학 중 미국인 생물학자 E. S. 모스와 만나게 된다. 이는 후일 미국유학의 계기가 되어 그의 근대사상 확립에 결정적인 계기가 된다. E. S. 모스는 동경대학에서 초빙한 미국인 교수로 일본에 다윈의 진화론을 처음 소개한 사람인데, 유길준은 이후 미국유학 중 E. S. 모스로부터 많은 영향을 받게 된다. 이처럼 유길준은 개화 초기 신사유람단의 일원이 되어 일본에 유학하고, 報聘使의 일원이 되어 미국에 유학하였으며, 귀국하는 도중 유럽 등지를 여행함으로써 서양의 문화와 사상을 직접 체험한 유일한 인물이 되었다. 이러한 유학과 여행

을 통한 이국체험과 살아있는 지식은 후일『西遊見聞』에 종합되어 나
타나게 된다. 결국 이론과 실무를 겸비한 명실상부한 개화사상가로서
의 유길준의 면모는 바로 이러한 특징적인 일본유학을 통해 갖추어지
기 시작하였다고 해도 과언이 아닐 것이다.

3. 福澤諭吉과의 만남과 慶應義塾

　俞吉濬은 일본유학 중 福澤諭吉에게 영향 받은 바가 크기에 유길준
의 개화사상과 근대사상을 알기 위해서는 福澤諭吉의 사상 형성과정
을 살펴보는 것이 필수적이다. 유길준의 일본유학 시절 가장 많은 도
움을 주었던 福澤諭吉도 19세까지는 전통적 漢學을 공부하였다. 그러
던 중 1853년에 미국 페리(Perry)제독이 일본 에도(江戶)에서 무력시위
를 하는 사건이 벌어진다. 이후 일본에서는 발달된 서구식 총포와 과
학기술에 관심을 가지며, 나아가 서양의 문물을 배우고자 하는 열기가
일어난다. 평소 하급무사 집안 출신으로 봉건적 신분제도에 회의를 느
끼던 福澤諭吉은 1854년 이제까지의 전통적 학문만으로는 더 이상 변
화된 새 세계에 대처할 수 없음을 깨달고 나가사끼(長崎)로 나아가 蘭
學을 공부하게 된다. 약 1년 정도 나가사끼에서의 기초적인 공부 이후,
1855년부터 58년까지 오오사까(大阪)에 있는 緖方洪庵의 適塾에서 본
격적으로 난학과 서양 학문을 배우게 된다. 어느 정도 蘭學을 익힌 후,
에도(江戶)에서 武士들에게 난학을 가르치던 福澤諭吉은 또 한번의 변
화의 기회를 맞게 되는데, 그는 요꼬하마(橫濱)의 외국인들 대부분이
영어를 쓴다는 사실에 놀라고, 또한 지금까지 자신이 배운 和蘭語가
그들과 소통하는 데에는 한계가 있다는 것을 깨달으면서부터 독학으
로 영어를 익히기에 주력한다. 이렇게 영어와 洋學을 익힌 福澤諭吉은

일본 내의 여러 저명한 학자들과 교유를 하게 되고, 3차례에 걸친 서
구순방을 통하여 영향력 있는 일본 내의 개화사상가가 되는 것이다.[19]
　福澤諭吉의 세 차례의 서구순방의 첫 번째는 1860년(文久 元年)에
日・美 修好通商條約의 비준을 위하여 遣美使節團을 미국에 파견하는
데, 福澤諭吉은 그 파견단의 從僕신분으로 미국의 샌프란시스코에 건
너가, 그곳의 과학문명과 일상생활 등을 견문하고 돌아온다. 이러한
미국의 견학성과로 1860년에『增訂華英通語』라는 사전을 간행하였다.
두 번째는 1862년(文久 2年)에 에도(江戶), 오오사카(大阪), 효고(兵
庫), 니이가타(新潟)의 개항을 연기하고자 유럽의 여러 나라에 遣歐使
節團을 파견하는데, 福澤諭吉은 여기에 통역의 자격으로 참가하게 된
다. 여기서 福澤諭吉은 유럽의 여러 나라를 순방하게 되는데, 이러한
순방과 시찰을 통하여 서양의 발전상과 정치제도, 과학문명의 우수성
등을 再三 느끼며, 개화의 중요성을 절감하게 된다. 이렇게 서구 유럽
의 순방 결과로 1866년에 발간한 것이 그의 대표적 저서의 하나인『西
洋事情 初編』이다. 이『서양사정』에 대해서는 다음 장에서 구체적으로
다루겠지만 우선 그 대강을 보면 福澤諭吉이 1, 2차에 걸쳐서 살펴본
서구세계의 정치, 문화, 경제, 역사, 지리, 과학기술 등에 대한 설명과
구체적 시설이나 기관에 대한 견문을 체계적으로 적고 있다. 세 번째
福澤諭吉의 서양순방은 1867년(慶應 3년) 德川幕府가 파리 만국 박람
회에 참석하기 위해 使節團을 파견하는데 동행하였는데, 여기서 그는
일본의 개화를 위하여 국민계몽의 필요성을 절실히 느끼고 대중계몽
에 힘을 쏟기 시작한다. 이렇게 福澤諭吉이 직・간접적으로 서구문명
을 이해하고, 그것에 근거하여 일본에 필요한 나름대로의 생각을 밝힌
책이『文明論之槪略』,『학문의 권장(學問のすすめ)』이다. 유길준은 이

---

19) 石田雄 編,「福翁自傳」,『福澤諭吉集』, 筑摩書房(東京), 1975.

러한 福澤諭吉의 생각이 일본 전역에 무르익고, 또한 그에 따르는 결실로 福澤이 경영하는 慶應義塾이 최고의 사립학교로 인정받는 즈음에 福澤諭吉을 만나는 것이다.

俞吉濬이 福澤諭吉을 처음 만난 것은 1881년 신사유람단의 수원으로 일본에 도착한 이후였다. 보다 정확히 말한다면, 신사유람단이 1881년 5월 25일 일본 동경에 도착하였으며, 얼마 지나지 않은 6월 8일 유길준은 福澤諭吉의 慶應義塾에 유정수와 함께 입학을 한다. 이때 유길준의 나이는 26세로 신사유람단이 일본에 도착한 지 불과 10여 일 만에 慶應義塾에 입학한 것으로 보아, 이들은 한국을 떠나기 전부터 일본에서 유학할 것을 결심하고 한국을 떠난 것으로 보인다. 당시 경응의숙은 일본 최고의 사립 교육기관으로 설립자인 福澤諭吉 또한 일본 최고의 개화사상가였다. 福澤諭吉에게 직접 5개월 이상 지도를 받은 유길준은 서양의 새로운 지식과 사상에 감응 받은 바가 컸으며, 이를 지도해준 福澤諭吉의 영향은 결코 간과할 수 없을 정도로 대단했다. 유길준의 일본유학에 관해서 이광린 교수는 다음과 같이 논하고 있다.

　(俞吉濬이) 隨員이란 이름뿐이고 실제로 일본에 가게 된 것은 유학이 목적이었던 것 같다. 그러니까 俞吉濬을 포함한 魚允中의 隨員들, 즉 柳正秀·尹致昊·金亮漢은 다른 朝士들과는 달리 한국에서 출발할 때부터 일본에 유학하기로 나라에서 명이 내려져 있었던 것 같다. 그것은 紳士遊覽團 一行이 5월 25일(음력 4월 28일)에 동경에 도착하고, 그로부터 불과 14일만인 6월 8일에 俞吉濬과 유정수 두 사람이 福澤諭吉이 경영하는 慶應義塾에 입학하고 있는 것으로 보아 그렇게 말할 수 있을 것 같다.[20]

────────────

20) 이광린, 「俞吉濬의 개화사상」, 『한국개화사상연구』, 일조각, pp.49-50.

그러나 한편으로 유길준을 비롯한 한국인 학생의 慶應義塾 입학은
일본인들에게는 남다른 의미를 갖기도 했다. 즉 일본은 과거 전통적으
로 새로운 문물이나 지식 등을 조선을 통해 전수 받던 문화 수혜자의
입장에서, 한국인 학생의 일본유학을 이러한 관계의 청산 내지는 역전
이라는 새로운 국면의 시작으로 인식한 것이다. 일본에서의 사회적 인
식은 어떠하였든 유길준은 福澤諭吉을 통하여 많은 지식을 배우게 된
다. 당시 福澤諭吉은 48세의 나이로 학계・교육계에서 명실공히 중진
이었으며, 그의 서양에 관한 학식과 개화사상도 한층 해박하고 충실했
다. 이 때는 일본도 스스로 자국의 미개함을 통감하여 자주독립・부국
강병・殖産産業을 외치며 개화에 주력하고 있었던 시기였다. 유길준
이 경응의숙에 입학했던 때까지의 福澤諭吉의 저서는 상당한 양이 되
는데21), 유길준은 그 중에서도 특히 『西洋事情』, 『文明論之槪略』,
『학문의 권장(學問のすすめ)』 등의 저서와 慶應義塾 연설관에서 매주
두 차례 열렸던 洋書講義 등을 통하여 많은 영향을 받았던 것으로 보
인다. 그런데 福澤이 小泉信吉, 日原昌造에게 보낸 서신의 내용 중

---

21) 당시까지의 福澤諭吉의 저서는 다음과 같다.
　　1865년(경응 원년) 唐人往來
　　1866년(경응 2년) 西洋事情 初編
　　1867년(경응 3년) 西洋事情 外編
　　1868년(경응 4년) 慶應義塾之記
　　1869년(명치 2년) 英國議事院談
　　1870년(명치 3년) 西洋事情 二編
　　1872년(명치 5년) 學問의 すすめ初編
　　1873년(명치 6년) 帳合之法 初編, 學問의 すすめ 二, 三編
　　1874년(명치 7년) 國法과 人民의 職分, 學問의 권함 四 - 十三編
　　1875년(명치 8년) 文明論之槪略
　　1877년(명치10년) 分權論1878년(명치11년) 通貨論, 通俗民權論, 通俗國權論
　　1879년(명치12년) 東京學士院初代會長, 通俗國權論 二編, 民情一新國會論
　　1880년(명치13년) 交詢社設立, 國會開設建白, 私擬憲法案
　　1881년(명치14년) 時事小言 ― 兪吉濬 慶應義塾 입학.

"이번 달 초순 조선인 수 명이 일본의 사정을 시찰하기 위하여 건너와 그 중 청년 두 명이 慶應義塾에 입학해서 두 명을 함께 저의 집에 두며"라고 하는 데에서도 알 수 있듯이, 유길준이 福澤諭吉의 자택에서 직접 지도를 받은 것은 福澤의 호의에 의한 배려도 있었지만, 그만큼 福澤 스스로가 유학생에 대하여 큰 관심을 가지고 있었다고 할 수 있다. 특히 조선인 유학생에게 문명개화에 관한 교육을 시켜야 하는 필요성을 느끼며, 자신의 집에서 기거시키면서 개인지도를 했던 것으로 보인다.

조선인 유학생에 대한 福澤諭吉의 관점과 관련하여 다음의 기록은 주목된다.

> 기타 병원, 貧院, 盲啞院, 癲狂院, 박물관 등 눈으로 보고 신기하지 않은 일이 없고, 그 유래, 그 功用을 듣고 심취하지 않은 일이 없다. 그 모습이 마치 오늘 조선인이 비로소 일본에 와서 볼 때마다 들을 때마다 놀라는 감정과 다름이 없다. 조선인은 그냥 놀라고 떠나간 사람이 많지만, 당시 우리들 일본인 일행은 그냥 놀라운데 그치지 않고, 그 놀라움과 더불어 그런 것을 부러워하며 그런 것을 우리 일본국에서도 실행하자는 야심을 스스로 금하려 해도 금할 수가 없었다.[22]

이 글은 福澤諭吉의 『西洋事情』 이후에 『福澤諭吉全集』으로 간행되었을 때, 福澤諭吉이 쓴 序言으로서 『서양사정』을 썼던 이유를 밝히

---

22) 『福澤諭吉選集』 第12卷, p.157.
　　其他、病院、貧院、盲啞院、癲狂院、博物館、博覽會等目に觀て新奇ならざろもなく其由來、其功用を聞て心醉せざるものなし其有樣は、恰も今日、朝鮮人が始めて日本に來りて、觀る每に聞く每に驚くの情に異ならず。朝鮮人は唯驚き去る者多けれども、當時の吾々同行の日本人は、驚くのみに止まらず、其驚くと共に之を羨み、之を我日本國にも實行せんとの野心は、自から禁じて禁ず可らず。

고 있는 부분이다. 이 서언은『福澤諭吉全集』의 제1권에 실린 것으로
1898년에 쓰여진 것으로 보인다. 이는 兪吉濬의『西遊見聞』이 간행
(1895년)된 후에 쓰여진 것이어서 더욱 흥미롭다. 이 선집의 서언이 쓰
여졌을 때는 벌써『서양사정』이 간행된 지, 삼십년 가까이 지난 후로
그 무렵의 사정을 숨김없이 쓰고 있어 조선인의 이국체험에 대한 반응
과 일본인의 이국체험에 대한 반응의 차이를 엿볼 수 있는 자료라고
할 수 있다.

또한 福澤諭吉은 일본과 조선의 이국문명 수용에 대한 태도의 차이
에 대해서도 기술하고 있다.

　　卷初에 적은 것과 같이 緖方선생님이 일본국 武家들은 대개
無學이며 문자를 모른다고 하셨는데, 실체로 사실이며, 維新의
有志들이 일을 결단하는데, 대담하고 활발하지만, 그만큼 문자를
아는 것은 아니어서 깊고 넓지 않았다. 가령 이를 안다고 해도
이를 무관심하게 대했다. 일개 武士道, 그것으로 하여금 報國의
大義를 무겁게 여기며, 적어도 자국의 이익이라면 어떤 일이라
도 이에 따라 가는 것이 마치 물이 낮은 곳으로 흐르는 것처럼
舊를 버리는 일도 책망하지 않고, 새로움을 받아들이는데도 주
저하지 않았으며, 變遷通達, 自由自在로 운동하는 모습으로써
천박한『西洋事情』도 일시에 환영을 받게 된 것이 바로 그러한
이유에서였다. 즉, 일본 인사들의 두뇌는 白紙와 마찬가지다. 적
어도 자국의 이익이라면 홀연 마음 밑에 새기며 그 일을 斷行하
기에 주저하지 않았다. 이에 비해서 저 중국, 조선인들은 儒敎主
義에 빠져서 마치 자기과시의 虛文으로 두뇌 속을 가득 채운 사
람이니, 비교하면 같은 수준으로 대화할 상대가 아니다. 그러면
維新 초기 우리나라의 英斷은 당국 인사의 多數가 漢文, 漢字를
이해하는데 깊지 않았기 때문에, 그 이유로 奇語를 사용했는데,
그것은 바로 일본 문명은 인사들의 무식한 덕분이라고 말해도

過言이 아닐 것이다.23)

이와 같이 당시의 일본 인사들의 교육수준이 전무한 상태로 백지와 같아서, 새로운 문물을 수용하는 것이 보다 자유로웠다고 볼 수 있다. 그러므로 '천박한『西洋事情』'도 일시에 환영을 받고 많이 읽게 된 것이다. 이것은 福澤諭吉과 1881년 당시 일본 개화론자에 대한 간략한 기록으로서 俞吉濬이 접하게 되는 일본의 모습이며, 유길준을 바라보는 일본인, 특히 福澤諭吉의 시각일 것이다. 즉 福澤諭吉에 있어서 유길준은 젊은 날의 그의 모습이었으며, 조선은 몇 십 년 전의 일본의 모습이었던 것이다. 이러한 측면에서 福澤諭吉은 유길준에게 보다 많은 애정과 관심을 가졌으리라 보여진다.

이러한 福澤諭吉의 호의와 배려 속에서 유길준은 慶應義塾에서 수학할 수 있었는데, 그곳에서의 강의 내용은 우선 다음의 신문기사를 통하여 추측할 수 있다.

---

23)『福澤諭吉選集』, 第12卷, pp.158-159.
　　卷初に記したる如く、緒方先生が、日本國中の武家は大抵無學にして文字を知らずと云はれたるは、實際の事實にして、維新の有志輩が事を斷ずるに、大膽活潑なる其割合に、字を知ることは 甚だ深からず、仮令ひ或は之を知るも、之を無頓着に附し去り、一片の武士道、以て報國の大義を重んじ 苟も自國の利益とあれば、何事に寄らず之に從ふこと、水の低きに就くが如く、旧を棄るに吝ならず、新を入るゝに躊躇せず、變遷通達、自由自在に運動するの風にして淺薄なる西洋事情も一時に歡迎せられたる所以なり。
　　即ち日本士人の腦は白紙の如し。苟も國の利益と聞けば、忽ち心の低に印して其斷行に躊躇せず、之を彼の支那朝鮮人等が儒敎主義に養はれ、恰も自大己惚の虛文を以て、腦中縱橫に書き散らされたる者に比すれば、同年の談に非ず。左れば、維新の當初、我國の英斷は、當局士人の多數が漢文漢學を味ふこと深たらざりしが故にして、奇語を用ふれば、日本の文明は士人無學の賜なりと言ふも、過言に非ざる可し。

　　동인들은 우선 일본어를 배우며, 번역서를 읽은 후에 서양서
　　적을 講究할 생각으로 단지 수업에 열심하여 수학하는 모양[24]

　이 짧은 기사에서도 볼 수 있듯이 주로 일본어를 배우며, 그와 동시
에 서양서적을 講究하는 모습으로 그려지고 있다. 이렇듯 유길준은 일
본어를 통해서 서양의 경제 서적을 강독하고 있었음을 알 수 있다. 이
러한 기사와 더불어 그가 어떻게든 서양을 탐색하려고 노력했던 내용
이『西遊見聞』의 서문에 실려 있어 당시 유길준의 심정을 전해준다.

　　聖上御極ᄒᆞ신十八年辛巳春에余가東으로日本에遊ᄒᆞ야其人民
　　의勤勉ᄒᆞᆫ習俗과事物의繁殖ᄒᆞᆫ景像을見홈애竊料ᄒᆞ든배아니러니
　　及其國中의多聞博識의士를從ᄒᆞ야論議唱酬ᄒᆞᄂᆞ際에其意를揣ᄒᆞ
　　고親見奇文의書를閱ᄒᆞ야反疑審究ᄒᆞᄂᆞ間에其事를考ᄒᆞ야實境을
　　透解ᄒᆞ며眞界를披開ᄒᆞᆫ則其施措規矱이泰西의風을摹倣ᄒᆞᆫ者가十
　　의八九룰是居ᄒᆞ니.[25]

　여기서 '多聞博識의 士'는 福澤諭吉을 가리킨다. 한편 유학생을 받
아들인 입장으로서는 福澤이 "그의 이야기를 들으면 다름이 아닌 삼
십년 전의 일본이다"라고 하여 서로가 동떨어진 생각을 가지고 있었던
것을 알 수 있다. 즉 한편으로는 독자적인 문화가 아님에도 불구하고
거기서 섭취, 모방이라는 일에 크게 힘을 쓰고 있는데 대한 반발이 있
고, 또 다른 한편으로는 진취적인 자신의 모습에 대해 긍지를 느끼고
있는 모습을 확인할 수 있는 것이다. 그러나 유학생인 유길준의 생각

---

24) <郵便報知新聞>, 明治 14年(1881년) 6月 10日字.
　　同人等は先に日本語を學び飜譯書を讀んだ後に、洋書等を講究する考えで熱心
　　に修學に盡くしている樣子。
25)『兪吉濬全書』권1,「西遊見聞」序文.

은 거기에만 머무르고 있는 것은 아니었다.

> 盖日本이歐洲和蘭國과其交를通홈이二百餘年에過ㅎ나夷狄으
> 로擴斥ㅎ야邊門의關市를許홀ᄯᆞ름이러니邇來歐美諸邦의約을訂
> 結혼後로브터交誼의敦密홈隨ㅎ며時機의變改홈을察ㅎ야彼의
> 長技를是取ㅎ며規制를是襲홈으로三十年間에如斯히其富强을致
> 홈이니26)

발전의 요인이라는 것은 그 나라가 외국과 교제함을 밀접하게 하여
時流가 바뀐 것을 명확하게 알고, 그의 장점을 취해서 그 법에 따르는
데에 있다는 것이다. 여기서 다시 주목할 만한 일은 ‘彼의 長技를 是
取ㅎ며’라고 하였듯이, 일본이 구미제국의 長技(技術)를 이용해서 발
전해 나갔다고 본 것이다. 그러나 그 일은 그의 개화의 방법과 관련해
서 보면 결코 長技만을 외국에서 유입하면 좋다고 하는 생각이 아니
다. 이에 관해서는 「開化의 等級」에서 다음과 같이 논하고 있다.

> 然흔故로他人의長技를取ㅎᄂ者가決斷코外國의器械를購買ㅎ
> 거나工匠을雇用ㅎ지勿ㅎ고必先自己國人民으로其才를學ㅎ야其
> 人으로써其事를行홈이可ㅎ니盖人의才操ᄂ窮盡홈이無ㅎ거니와
> 財物은有限흔者라萬若自己國人이其才를修홀딘대當場에利홀뿐
> 아니라國中에傳播ㅎ야其效驗이後世에遺ㅎ기에至ㅎ려니와27)

단지 외국에서의 기술 수입을 주장한 것이 아니라, 어디까지나 자국
의 좋은 점을 지키려고 해서, 자국의 국민에게 기술을 습득시키는 것
을 권유하는 일이 유길준이 말하는 ‘他人의 長技를 取ㅎᄂ 者’라는 의

---

26)『兪吉濬全書』권1,「西遊見聞」序文.
27) 上同.

미임을 알 수 있다. 이처럼 유길준은 일본에서의 수학을 통해 얻은 지식을 단순히 섭취·모방하는 차원에서 받아들이지 않고, 나름대로 이 땅의 현실에 맞게 개조·발전시키고자하는 진취적인 면을 보이고 있었던 것이다.

더불어 兪吉濬이 慶應義塾이라는 학교의 생활을 통해 무엇을 배웠는가에 대한 가장 기초적이며, 구체적인 사실은 福澤諭吉의『啓蒙手習之文』을 통해 추론해볼 수 있다. 여기에는 특히 당시 慶應義塾에서 洋學으로 불렸던 과목의 종류와 학습내용을 소개하고 있어 시사하는 바가 큰데 보다 구체적으로 볼 때, 洋學의 科目은 첫째로 讀本, 둘째로 地理書, 셋째로 數學, 넷째로 窮理學[28], 다섯째로 歷史, 여섯째로 經濟學, 일곱째로 修心學 등을 소개하고 있다.[29] 또한 제시된 과목들의 학습내용을 차례로 살펴보면, 첫 번째로 제시된 讀本의 내용은 쉬운 문장으로 여러 학문의 안내되는 초보적인 설명을 하는 내용이다. 여기에서 주목할 만한 사항은 문법의 중요성에 대한 강조로 올바른 독서를 위해 문법지식의 습득을 강조하는 면모를 보이고 있다. 두 번째로 제시된 地理書는 地球의 運轉, 山野와 河海의 구별, 세계만국의 地名 등 필요성을 아는 학문으로 소개되어 있다. 이밖에 세 번째의 數學은 그 실용적인 면을 강조하여, 숫자를 모르면 博識多才의 큰 선생이라도 현실에 있어 소용이 없다는 예를 들어가며 여러 가지 근대 서구학문이 수학과 관련되지 않은 바가 없다고 적고 있다. 가장 의미를 두고 있는 부분은 窮理學의 부분으로 窮理는 無形의 理를 硏究하는 것으로, 만물의 성질과 작용을 알고자 하는 것이며, 日月星辰의 運行, 風雨雪霜의 變化 등과 얼음, 불, 우물을 파 물이 나오는 이치, 발명 기계운용법 등

---

28) 窮理學은 日本 명치시대 초기에 물리학을 일컫는 용어이다.
29) 「啓蒙手習之文」,『福澤諭吉選集』第2卷, pp.191-200.

을 알기 위해서 필요하다고 적고 있다. 그밖에 歷史에서의 보편적 역사주의에 입각한 세계 각국의 역사의 중요성, 經濟學에서는 의식주의 수용 및 물질의 재생산과 풍요로움, 경제지식의 중요성 등을 역설하고 있으며, 일곱 번째로 修心學에서는 전통적 의미의 대인관계를 일반인과 정부나 일반인 사이의 관계를 예를 들어 이야기하고 있다. 이밖에도 화학, 천문학 등 언급을 통하여 당시 慶應義塾에서 학습된 교육의 내용을 알 수 있게 한다.

때문에 유길준도 이러한 洋學을 새롭게 배웠으리라고 여겨진다. 이러한 과목들은 원래 동양의 학문에도 있었던 것들이지만, 이전의 학문이 한문으로 이루어진 난해한 것이어서, 지리서나 역사서 등을 일반대중이 사용하는 일상적인 문체를 사용하여 쉽게 이해시키는 교육방법을 시도한 것으로 보인다. 이러한 교육방법은 당시 일본 학생들뿐만아니라 초기 우리 유학생들에게도 큰 영향을 끼쳤을 것이다. 이는 학생들에게 단순히 교육의 내용에서의 새로움뿐만 아니라, 교재의 문체 내지 편성에 있어서의 새로움도 동시에 전할 수 있는 것이었으리라 추측된다.

兪吉濬이 福澤諭吉의 영향을 받은 분야는 많이 있겠지만, 특별히 의미를 가지는 것은 바로 이러한 일본교재의 용이함에서 시사 받은 국한문혼용체의 사용이다. 이러한 국한문혼용체의 사용은 福澤諭吉이 평소 강조하던 대중계몽의 소신과 연관되는데, 福澤諭吉은 일반대중에게 보다 쉽고, 친숙하게 지식이나 사상을 전달하기 위해서는 예전의 전통적 漢文體가 아닌 평이한 문장을 써야 한다고 주장하여 왔다. 이러한 쉬운 문체의 전파나, 사용은 결국 대중의 계몽이라는 교육적 목적을 염두에 둔 것으로 福澤諭吉이나 유길준 모두 자신들의 거의 전 생애를 일반 대중의 계몽과 교육에 바치고 있다는 점도 같다고 하겠다. 이러한 福澤諭吉의 문체에 대한 노력은 유길준에게는 특별했는데,

福澤은 1873년 자신이 쓴『文字之敎』라는 책을 유길준에게 국한문혼
용체로 번역시키기도 하였다. 이러한 영향의 결과 유길준의 대표적인
저서『西遊見聞』도 국한문혼용체로 출간된 것으로 보인다.[30] 또한 이
『서유견문』을 저술할 때, 가장 많이 참고로 한 책도 福澤諭吉의『西洋
事情』이 아닌가 한다.

이처럼 유길준은 경응의숙에서 福澤諭吉을 통하여 서구문명의 여러
지식과 그의 문명개화에 대한 사상, 그리고 국민계몽의 필요성과 방법
등에 대하여 많은 시사와 감응을 받은 것으로 보인다. 또한 1983년 미
국 유학생활에 큰 도움을 준 E. S. 모스도 慶應義塾에서 처음 만나게
되었고, 이 때 배웠던 서구문화에 대한 기본 지식을 바탕으로 미국에
서의 생활도 의미 있게 진행시켜 나간 것으로 보인다. 실로 유길준에
게 있어서 福澤諭吉과의 만남과 慶應義塾에서의 수학은 그의 사상 형
성에 지대한 영향을 끼쳤던 것이다.

4. 報聘使節團과 모스와의 해후

1) 보빙사절단과 미국유학

大院君 집권이래로 쇄국정책을 고수하던 당시의 조선 내에서는
1870년대 후반기 개화사상이 대두하는 한편, 대원군이 실각함에 따라
1876년 한일수호조약을 체결함으로써 구미제국과 수교해야 할 필요성
이 제기된다. 이러한 상황 하에서 1882년 5월 22일 제물포의 花島鎭에
서 역사적인 韓美修好通商條約이 체결되었다. 이는 한일수호조약과

---

30) 구선회, 「福澤諭吉과 1880년대 한국개화운동」, 『史叢』 32집, 고려대, 1985.

더불어 쇄국정책을 청산, 구미열강과 직접 조약을 체결한 것으로 이제
조선은 구미 선진문화를 개방하는 것과 동시에 직접 구미 선진문화를
받아들이는 길이 열렸다는 것을 의미하는 것이다. 물론 거기까지의 과
정에서는 미국이 일본과 1854년에 맺은 일미수호조약과 달리 제너럴
셔먼號 사건이나 辛未洋擾 같은 한미전쟁이라는 비싼 대가를 치르지
않으면 안 되었다.

그러나 이 한미조약에 의해서, 특히 제2조에 '본 조약을 체결해서
통상을 우호한 후에 양 체결국은 각각 全權大臣을 파견하여 상대국의
수도에 주재시키고, 또 대외통상에 개방되어 있는 상대국의 개항지에
領事를 임명, 주재할 수 있되, 이는 자국의 편의에 따른다.'는 내용에
의해서 한미양국은 公使 및 領事를 상대국 수도와 개항지에 파견, 주
재할 수 있는 근거를 마련하였다. 당시 淸國이 조선에서의 종주권 유
지를 위한 屬邦政策으로 조선이 자주독립국가임을 반대하는 주장을
펼치고 있던 상황 하에서, 이러한 미국의 주장은 후트 공사로 하여금
청국의 주장을 봉쇄하고, 나아가 조선이 독립국가로서의 입지를 강화
할 수 있도록 하기 위한 데에 그 목적이 있었다.

한미조약 체결의 대임을 완수한 駐韓美國全權公使 슈벨트(Robert
Wilson Shufeldt) 제독은 1882년 6월 4일 본국에 귀국하여 이러한 사정
을 아더 대통령에게 보고하였고, 이에 아더 대통령은 1883년 1월 9일
미국 상원에 屬邦條項이 삭제된 한미조약의 비준을 회부하여, 마침내
승인되기에 이르렀다. 이에 한미수호조약 제2조의 공사교환 조항에 따
라서 미국 정부에서는 아더 대통령의 명으로 1883년 3월 9일자로 후
트(Lucius H. Foote)를 特命全權公使로 임명하고, 서울에 주한미국공
사관을 개설하는 것과 동시에 한국 정부에 報聘使節을 파견하는 것을
건의토록 하였다. 미국 정부가 이처럼 주한미국공사의 지위를 駐日公
使 및 駐中公使의 지위 이상의 特命全權公使를 파견한 것은 조선을

완전한 독립국가로서 대하는 동시에, 淸의 간섭을 배제하고자 하는 의
도에서 비롯된 것으로 보인다. 물론 미국의 이러한 호의는 조선과의
교역의 길을 열고자 함이었고, 나아가 아시아 교역에 대한 정보를 수
집하여 그 교두보를 마련하고자 함이었다. 이러한 면은 아시아 교역상
사인 프레이자 商社의 사장인 프레이자(Everett Frazar)가 후트 공사를
수행하였다는 데에서도 여실히 드러난다.

　한편 일본의 신문에서는 당시의 한미수호조약에 관해서 '米韓條約
批准이루어짐'이라는 제하로 1883년 1월 18일자 <東京日日新聞>에
다음과 같이 기술하고 있다.

　　　지난 호에서도 美韓條約은 미국 상원에서 승인되었다는 일을
　　게재했는데, 同國駐在의 寺島 全權公使로부터 그에 관한 電報를
　　통해서 지난 화요일에 상원에서 朝鮮條約中에서 中國의 所屬이
　　라고 한 조항을 삭제해서 추진하는 일을 승낙했다고 하는 통보
　　가 있었다고 들었다.[31]

　또한 4월 28일자 <東京日日新聞>에는 '美國, 朝鮮을 독립국으로서
승인'이라는 기사가 실렸는데, 부제목으로서 '淸國이 느닷없이 일본에
빈정댐'으로 되어있다.

　　　이번 합중국 특명전권대사 후트씨가 마침 조선 京城에 들어
　　가려고 한다는 말을 듣고 <北支那日日新聞>에는 다음과 같이
　　쓰고 있다. 독자의 참고로 다음과 같이 번역한다. 가로되 합중국

---

31)『東京日日新聞』明治 16年(1983年) 1月 18日字「美韓條約批准成る」.
　前號にも米韓條約は米國上院に於て確定する事を是認したりとの事を揭げたるが
　尙同國駐割の寺島全權公使より其筋へ電報を以て、去る火曜日に上院は朝鮮條
　約中爲中國之所屬云々の條款を削除して批准の事を承諾せりとの通告ありたりと
　聞く。

특명사절 겸 전권공사 루시우스 H. 후트씨가 이번에 조선 경성
에 주재를 명령받은 것은 청국 정부가 좋아하지 않는 것이다. 청
국 정부는 어디까지나 조선을 속국이라고 주장했음에도 불구하
고, 합중국 정부에서 단연코 슈벨트 제독의 조약을 비준한 것은
실로 한국에 있는 중국인으로 하여금 놀라게 한 것이다. 거기에
서는 하여튼 이번 합중국 정부의 英斷을 가지고 그 政略이 배후
에 있다는 것을 알게 하였다. 벌써 합중국에서는 독립국의 禮를
가지고 조선국을 기다리고 있으며, 앞으로 중국으로 하여금 조
선의 외교 사무에서는 일체 간섭하지 못하도록 하겠다는 것이
다. (중략) 이번 사건은 일본 정부에 만족을 주고, 그 지위를 확
고하게 만든 것이라고 말할 수 있다. 어쨌든 미국 정부가 이 일
로써 청국이 주장하는 권리를 파기시킨 것은 대체로 일본 외무
성의 노력 없이 일본 정부가 이전부터 바라던 조선의 日淸 공동
보호의 문을 여는데 이르렀다고 말할 수 있다.32)

---

32) 『東京日日新聞』明治 16年(1983年) 4月 28日字.
「米國朝鮮を獨立國として承認」- 淸國出し技かれて日本へ嫌味.
此度合衆國特命全權公使フート氏が將に朝鮮京城に入られんとするとを聞て北支
那日々新聞に左の如く記載したり、讀者の參考にもと左に其文を抄出す、日く合衆
國特命使節全兼權公使ルシユス・エチ・フート氏が此度朝鮮京城に駐劑を命ぜ
られし事は淸國政府の好まれざる處なるべき歟。 淸國政府は飽までも朝鮮國を以
て其屬邦なりと主張するにも係らず、合衆國政府にて斷然シユフエルト提督の條
約を批准したりし一條は、實に當地の淸入をし て一驚を喫せしめたり、其は兎も角
も此度合衆國政府の英斷は以て其政略の在る處を洞見するに足べし。 既に合衆國
にては獨立國の禮を以て朝鮮國を待ち、自得淸廷をして朝鮮の外交事務上には
一切喙を容しめざるべしと決せられし事は、合衆國政府が特に位階歐洲諸國の
朝延に送られたる駐劑せしむるの一儀にて明かなりと云ふべし、又此學は米政府
が淸廷をして現今交際の方法如何を悟らしめ、從前の思慮を改めしめんと豫期す
る事ならんと知られたり、尤も我々の考へにでは淸國諸大臣は米國の所置に對して
一應の抗拒を爲すべきは必然にして、是亦た從前主張する處に齟齬せざらんが
爲めに已を得ざる儀なれども、淸人も亦た機敏に富めば諭旨の齟齬は平和には換
られじき事を悟るや必定なるべし。又一方を顧みれば今回の一擧は日本政府に大
滿足を與へ、其地位を鞏固ならしむるものと云ふべし、何にもせ米政府が此一擧

일본은 한미수호조약을 통해 조선이 독립국가로 인정받고 있는 것을 대단히 환영하고 있다. 일본 정부가 해야 할 임무를 미국 정부가 대신해준 것이기 때문이다. 이는 조선에서 청을 배제하고 일본의 입지를 강화할 수 있는 계기가 마련되었음을 의미하는 것이기에 일본으로서는 그야말로 희색만면할 수밖에 없었던 것이다. 미국은 단순히 통상확대 차원에서 이러한 조치를 취했지만, 일본에 있어서 이러한 조치는 통상확대를 능가하는 또 다른 야심을 키우는 결정적인 전기가 되었던 것이다. 아무튼 조선은 이러한 미국과의 관계로 인해 朝淸간의 전통적인 朝貢관계를 청산하고, 주권독립국가로서의 새로운 출발을 할 수 있게 되었다. 결국 조선이 청의 속국이라는 조항 삭제는 한국이 淸國으로부터의 속박에서 해방되었음을 의미한다. 즉 대외적으로 조선이 독립국가임을 만천하에 알리는 신호탄이 된 것이다.

후트 公使 일행은 1883년 5월 13일 일본을 경유하여 제물포에 도착한다. 7월 5일 후트 공사는 고종을 알현하는 자리에서 報聘使 파견을 고종에게 건의하였고, 고종은 이를 승낙하였다. 高宗은 후트 공사의 부임에 대한 보답으로 보빙사를 미국에 파견하여 개항과 더불어 독립국가로서의 면모를 만방에 과시함으로써 청나라와의 종속관계를 청산하고자 하였던 것이다. 따라서 이들 보빙사의 주임무는 무엇보다도 조선이 미국으로부터 승인 받은 완전한 독립국가라는 사실을 대외에 알리는 것이었고, 다음으로는 조선에 대해 屬邦政策을 강력히 주장하던 李鴻章이 파견한 묄렌도르프의 내정간섭으로부터 벗어나기 위해 미국으로부터 고문관 및 군사교관을 초빙하기 위함에 있었다.

이에 고종은 全權大臣이자 特命全權大使에는 閔泳翊, 副使에는 洪

을 以て淸國の主張する處の權利を破りたるは、大に日本國政府外務務の勞を省き、此より日本政府が豫てより望まるゝ朝鮮國の日淸共同保護の門を開くに至るべしと云へり。

英植, 從事官에는 徐光範, 外國參贊官 및 顧問에는 로웰(Percival Lowell),
隨員에는 兪吉濬, 崔景錫, 邊燧, 高永喆, 玄興澤, 그리고 通譯으로서
중국어에 吳禮堂, 일본어에 宮岡恒次郎을 임명하였다. 명단에서 알 수
있듯이 미국인 로웰이 報聘使를 안내하는 총책임자 역할을 맡았다. 조
선의 보빙사는 처음으로 미국에 파견되는 것이기 때문에 외교수속에
밝은 로웰이 후트 공사의 요청에 의해서 기용되었던 것이다. 또한 언
어장벽을 넘기 위해 조선 정부는 미국유학 경험이 있으며 朝鮮海關總
稅務司에 근무하던 중국인 吳禮堂을 통역으로 채용했다. 그러나 한국
과 미국과의 교섭에서 사용되는 언어는 일본어와 영어였기 때문에 한
국어를 일본어로 번역해서, 이를 다시 영어로 번역하는 이중 통역의
경로를 통할 수밖에 없었다. 그래서 로웰은 영어를 잘 아는 일본인 宮
岡恒次郎을 그의 개인비서로서 채용하였고, 자연히 그는 조선보빙사
의 비공식적인 수행원으로서 로웰을 수행하게 되었던 것이다.

한편 후트 공사는 본국에 이러한 사실을 알려 이들 보빙사 일행을
성대히 영접해줄 것을 당부했고, 미국 정부는 이에 대한 만반의 준비
를 하였다. 물론 이는 단순히 외국사절에 대한 예의를 갖추고자 함이
아니라, 미국이 조선의 遣美 報聘使 파견을 조선에서의 입지 강화를
위한 결정적인 계기로 만들고자 하는 의도가 있었던 것이다. 이러한
면은 보빙사가 출발하기 직전인 7월 13일 후트 공사가 국무장관에게
다음과 같은 보고문을 보낸 데에서도 여실히 입증된다.

그들은 우리의 관습, 우편제도, 공립학교 제도를 배우려고 열
망하고 있으며, 특히 미국의 國防制度와 兵器工場을 시찰하고자
합니다. 다른 東洋諸國과 마찬가지로 조선은 다수 외국고문관을
필요로 하고 있는 것은 틀림없는 사실입니다. 이에 참여 여부는
이들 報聘使가 미국에 가서 받은 인상, 그리고 그들의 보고서 여
하에 달려 있다고 봅니다.33)

이러한 서로 다른 입장을 가지고 결성된 보빙사 일행은 1883년 7월 16일 濟物浦에서 출발하여 長崎, 橫浜, 東京, 橫浜(8월 18일), 샌프란시스코(9월 2일), 시카고(9월 4일), 워싱턴(9월 13일), 뉴욕(9월 17일), 보스톤(9월 19일), 뉴욕(9월 24일), 워싱턴(9월 29일)을 경유하게 된다.

조선 보빙사 일행은 일본에서 약 1개월간을 체류하다가 8월 15일경 東西洋汽船會社 소속의 태평양 횡단 여객선인 아라빅號에 승선했다. 이들은 1983년 9월 2일 대망의 샌프란시스코港에 도착하였다. 수행원의 신분이었던 兪吉濬은 이 배와 이들이 묵은 팰리스 호텔의 정경을 그의『西遊見聞』에 자세히 남겨 놓고 있어 이들 일행의 일정과 관심사를 살펴보는 데에 큰 도움이 되고 있다.[34] 특히 유길준은 팰리스 호텔의 3,000명이나 수용할 수 있는 웅장한 규모와 승강기나 객실 등에 대한 호화롭고 편리한 시설에 대하여 많은 지면을 할애하여 발전된 서구 문물에 대한 남다른 감회를 보여주고 있다. 9월 4일에는 바틀레트(Bartlett) 샌프란시스코 시장이 보빙사 일행을 방문하여 환영인사를 했다. 이어 스코필드 장군과 켈톤 장군이 예방하였고, 상공회의소와 상업회의소 임원들이 예방하여 인사를 하였다. 9월 4일에는 프레시디오(Presidio) 육군 기지를 방문하여 태평양지구사령관 스코필드 소장의 영접을 받았다. 이어 9월 6일에는 전일 만났던 상공회의소 임원의 초대로 샌프란시스코 상공회의소를 방문하였다. 이 자리에서 스테이플즈 상공회의소 부소장은 양국간의 무역거래가 활성화되길 고대하는 환영사를 하였고, 이어 유니언철공소를 비롯한 공장들을 시찰하였다. 다음날 보빙사 일행은 바틀레트 시장을 예방하여 감사의 인사를 전한

33) 金源模,「朝鮮 報聘使의 美國使行 연구」(上),『東方學志』49호, 1985, p.51 재인용.
34) 兪吉濬,『西遊見聞』, p.476, pp.506-507 참조.
報聘使 일행이 보고 느낀 것에 대해서는 다음 장에서 구체적으로 논하게 될 것이다.

뒤 세크라멘토驛에서 대륙횡단 철도인 센트럴 유니언 퍼시픽 철도를 타고 워싱턴으로 향했다. 유길준은 이때의 기차에 대해 그의 『서유견 문』에서 蒸氣車라는 항목을 두어 자세히 기록하고 있다.[35]

9월 12일 보빙사 일행은 5일간의 여행 끝에 시카고에 도착했다. 정 거장에서는 남북전쟁의 영웅인 퀸시 로드(Burlington Quincy Road) 육 군 중장을 비롯한 군인들의 영접을 받았다. 다음날 이들은 시카고 시 내관광을 하였는데, 이들은 이때의 풍경, 특히 공원의 풍경에 대단한 감명을 받은 듯하다.[36] 9월 13일 워싱턴으로 향한 보빙사 일행은 9월 15일 데이비스(John Davis) 국무장관서리의 영접을 받으며 워싱턴에 도착했다. 그러나 아더 대통령과 프레링휘젠 국무장관은 뉴욕에 머물 고 있었기에, 報聘使 일행은 워싱턴에서 이틀간 머물며 리셉션과 관광 을 마친 후, 9월 17일 뉴욕으로 향했다.

1883년 9월 18일 23번가 피브스 애버뉴 호텔 접견실에 도착한 보빙 사 일행은 국무장관 및 관리들을 대동한 아더 대통령에게 큰절로써 예 를 갖추고, 이어 민영익 전권대신이 아더 대통령에게 國書, 즉 신임장 을 봉정했다. 이날 봉정된 한문으로 쓰여진 국서는 <뉴욕해럴드>지에 한글로 번역되어 그대로 실리고 있어 주목된다. 이는 로웰 참찬관의 역할이 지대했을 것이지만, 조선이 고유문자인 표음문자 체계를 가지 고 있음을 미국 전역에 알리는 계기가 된 중요한 사건이었다. 오후에 는 시내관광을 하였는데, 이에 대한 감흥은 兪吉濬에 의해 잘 그려지 고 있다.[37]

이날 오후 보스턴으로 향한 보빙사 일행은 9월 19일 아침에 보스턴 에 도착하였다. 외국박람회 협회의 사무총장인 노튼(C. B. Norton) 장

---

35) 兪吉濬, 『西遊見聞』, p.471 참조.
36) 兪吉濬, 上揭書, pp.500-502 참조.
37) 兪吉濬, 上揭書, pp.493-494 참조.

군과 벤담 호텔 주인인 윌코트의 영접을 받고, 그 호텔에 여장을 풀었
다. 이 때 윌코트는 호텔에 태극기를 게양하여 미국 도시에 최초로 태
극기가 날리는 감회를 맛보았다. 이들이 보스턴을 방문한 것은 산업시
찰이 주목적이었기에 박람회 시찰과 명승지 관광을 하였는데, 이에 대
한 놀라움은 대단했던 것으로 보인다.38) 오후에는 보스턴 시장인 파머
(Parmer)의 예방을 받았다. 9월 20일에는 호텔 주인인 윌코트의 초대
로 그의 농장을 방문하였는데, 온실, 목장과 목초저장소를 보고 놀라
움을 금치 못했으며, 이러한 근대 산업형태는 후일 보빙사의 수행원이
었던 최경석에 의해 한국에 그대로 도입되는 계기를 마련한다. 9월 21
일에는 보스톤 북쪽의 미국 최대규모를 자랑하는 공업도시인 로웰市
를 방문하여 주요 방직공장 4곳을 시찰하였다. 이어 9월 22일에는 메
사추세츠 州政府를 방문하여 버틀러(Benjamin F. Butler) 지사의 영접
을 받았고, 보스턴 시청을 방문하였다.

9월 24일 뉴욕으로 돌아온 보빙사 일행은 뉴욕시 상공인들과 회담
을 한 후, 해군기지를 방문하여 어프셔(John H. Upshur) 제독의 영정을
받았다. 이어 9월 25일에는 對韓交易에 지대한 관심을 지니고 있는 뉴
욕지방의 실업계 대표들이 주최한 환영연회에 나아갔다. 보빙사 환대
의 목적이 그대로 드러나고 있는 연회라 할 것이다. 9월 25일에는 뉴
욕병원을 시찰하고, 이어 웨스턴 유니언 전신국과 에퀴터블 빌딩을 차
례로 방문하였는데, <뉴욕 타임즈>지에 따르면 여기서 보빙사 일행은
통신문을 送電하는 것과 발전기로부터 전기불이 켜지는 과정 등을 보
고 대단히 놀랐던 것으로 보인다. 9월 26일 뉴욕 주지사를 예방한 보
빙사 일행은 다음날 아놀드 백화점과 뉴욕 소방서를 방문하였는데, 특
히 소방서의 신속한 출동, 진화 모습은 이들을 감탄케 하기에 충분했

---

38) 兪吉濬, 上揭書, pp.502-504 참조.

다. 정오에 뉴욕시청을 방문한 보빙사 일행은 에드슨 시장의 오찬을
대접받고, 다음날인 9월 28일에는 육군사관학교를 방문하여 메리트
(Merritt) 교장의 영접을 받았다. 미국에 도착한 이래 다른 곳에서와 마
찬가지로 보빙사 일행의 단정하면서도 화려한 옷맵시가 미국인들에게
는 대단히 이색적인 것으로 보였던 듯하다.

9월 29일 워싱턴으로 돌아온 보빙사 일행은 공공기관과 연방정부의
관료 제도를 시찰하면서 귀국준비를 하였다. 이들은 프레링휘젠 국무
장관을 몇 차례 방문하여 조선의 정치개혁을 위해 정치외교담당 고문
관을, 군사개혁을 위해 군사교관을, 근대식 교육을 위해 교사를 파견
해 줄 것을 요청했고, 미 국무장관은 협조를 약속했다. 특히 홍영식은
연방정부의 행정기구, 행정조직, 정치제도, 삼권분립, 관료의 임무 등
에 지대한 관심을 가졌고, 이러한 개화의지의 표명은 후일 甲申政變을
통해 만천하에 공표되기에 이른다. 10월 12일 보빙사 일행은 공식적인
방미일정을 마친 후, 백악관으로 아더 대통령을 예방하고 귀국하게 된
다. 그러나 여기까지 함께 행동했던 보빙사 일행은 두 개의 팀으로 나
누어 귀국하였다. 홍영식 全權副大使를 필두로 한 제1진은 10월 16일
대륙을 횡단해서 샌프란시스코(10월 24일), 橫浜을 거쳐 12월 제물포
에 도착하였고, 민영식 全權大使를 필두로 한 제2진은 10월 16일 다시
뉴욕으로 돌아와서, 프랑스(1884년 1월 12일), 영국, 이탈리아를 거쳐
제물포(1884년 5월 31일)에 도착하였다.

미국유학을 희망해서 그대로 유학생이 된 兪吉濬을 제외하면 9명의
報聘使 일행이 왜 귀국할 때 이렇게 두 개의 팀으로 나누어 귀국했는
가는 전혀 알 수 없다. 그러나 최초의 보빙사 사절단이 이러한 모습으
로 나누어 귀국했다는 것은 이례적인 사건이었다고 할 수 있다. 그들
사절단 단원들이 기술한 使行日記 같은 조선 보빙사 파견의 한국 측의
史料가 없다는 것이 아쉽다. 그러나 보수적인 경향을 띠었던 전권대사

민영익과 진보적인 경향을 띠었던 부전권대사 홍영식의 견해 차이로 부터 이러한 일이 벌어지게 되었을 것이라는 추측은 가능한 듯하다. 아무튼 최초의 미국 보빙사의 일행이 나누어져 귀국한 것은 대외적으로도 보기 좋은 모습은 아니었다.

여기서 일본에서의 유학 후 약 1년 정도 국내에서 정부의 일을 돕던 차, 보빙사의 隨員 자격으로 미국에 가게 된 유길준은 민영익의 특별한 배려로 미국유학을 위해 남게 된다. 유길준은 명실공히 한국 최초의 국비유학생이 되어 미국에서 유학생활을 하게 된 것이다. 그는 한복을 벗고 양복을 입었으며, 상투를 잘라 그야말로 斷髮紳士가 되었다. 이러한 그의 변신은 곧 그가 개화사상으로 무장하고자 하는 의지의 표현이었으며, 이는 그가 개화사상을 외부로 발산한 첫걸음이 되었던 것이다. 후일 갑오경장을 맞이하여 斷髮令이 내리자, 태자의 상투를 직접 자르는 용기도 바로 이러한 철두철미한 개화사상으로부터 발현된 것이라 할 것이다.

2) 모스와의 해후와 進化論

報聘使 민영익의 隨員 자격으로 미국에 간 兪吉濬은 정사 민영익의 도움으로 미국에 남아서 공부를 할 수 있는 기회를 갖게 된다. 이 과정에서 유길준은 예전 동경에서의 만남이 있었던 모스(Edward S. Morse)[39]를 찾아가 유학을 구체적으로 의논하게 된다. 유길준과 모스는 일본에서의 몇 차례의 만남을 계기로 미국에서 보다 돈독한 사제관계를 이룬다. 유길준이 모스로부터 받은 영향의 실상을 살피기 위해서는 우선 모스의 일본에서의 활동과 당시 모스가 조선인을 만나면서 느

---

39) 以下 '모스'로 칭함.

낀 감정부터 고찰해야 할 것이다. 모스가 조선인에 대해 가지고 있는
관심과 감정은 곧 모스가 유길준에 대해 가지고 있는 관심도와 애정도
를 판단할 수 있게 하는 토대가 되는 것이기 때문이다.

지금까지의 연구에서 밝혀진 것으로 보면, 유길준이 모스를 처음 만
난 것은 일본유학 시절 동경에서이다. 당시 모스는 동경대학이 1877년
에 창설되면서 2년간 초빙교수 신분으로 동경에 머무른 적이 있었고,
이후 1882년에도 동경대학을 방문하여 진화론에 대한 강의를 수차례
했었다. 유길준은 모스가 <한국인에 대한 인류학적 고찰>을 시도할
때, 그의 질문에 응하면서 처음 동경대학에서 만나게 되었다.[40]

보다 구체적으로 유길준과 모스의 해외관련 연표[41]를 참고로 비교

40) 이광린, 『兪吉濬』, 동아일보사, 1992, p.40.
41) 모스의 일기 『JAPAN DAY BY DAY』의 副題에서는 「1877, 1878-79, 1882-83」
이란 체류기간을 적고 있다.
　　<모스의 해외 연표>
　1877년　6월 17일　　일본 요꼬하마 도착(첫 번째 방일)
　　　　　11월 5일　　일시 귀국
　1878년　4월 23일　　가족과 함께 요꼬하마 도착(두 번째 방일)
　1879년　9월 3일　　요꼬하마에서 귀국
　1822년　6월 4일　　Dr. Bigelow와 같이 방일(세 번째 방일)
　1883년　2월 14일　　요꼬하마를 출발, 중국·동남아시아를 경유해 유럽에
　　　　　6월 5일　　미국에 도착
　　<兪吉濬의 해외 연표>
　1881년　1월　　신사유람단의 수행원으로 방일
　　　　　6월　　유학생으로서 慶應義塾에 입학
　1882년　12월　　귀국
　1883년　7월　　報聘使의 수행원으로서 訪美
　　　　　11월　　모스의 지도를 받음
　1884년　9월　　덤머 아카데미에 입학
　1885년　여름　　미국을 출발하여, 유럽을 돌아서, 홍콩, 일본을 경유하
　　　　　　　　　여 귀국.
　兪吉濬의 일본방문은 1881년 1월 신사유람단의 隨員으로 訪日, 그해 6월

해 보면 알 수 있듯이 그들이 만났던 것은 모스가 세 번째 訪日을 한 1882년 6월 4일로 추측된다. 유길준은 임오군란이 일어난 것을 이유로 1882년 12월에 귀국했기 때문에, 두 사람이 동시에 일본에 머물렀던 기간은 1882년 6월부터 12월 사이의 7개월 정도이다. 이러한 시기에 두 사람이 만났다는 구체적인 실증자료는 없다. 하지만 모스의 세 번째 방일의 목적이 동경대학에서 진화론에 대한 강연을 하는 것에 있었고, 이러한 강연 중에 유길준이 모스의 질문에 응하면서 처음 동경대학에서 만났음을 알 수 있다. 이러한 일본에서의 첫 번째 만남 이후, 1883년 7월 유길준이 보빙사의 수행원으로 미국에 갔을 때에도 마침 모스는 그해 6월 5일에 유길준보다 한달 정도 먼저 미국에 도착해 있었다. 이러한 만남을 계기로 유길준은 동년 11월에는 본격적으로 모스의 지도를 받을 수 있게 되었다. 그 후 1884년 9월에 바이필드(Byfield)에 있는 덤머 아카데미(Dummer Academy)에 입학하여 1885년 여름에 유길준이 미국을 출발할 때까지 지도를 받았던 것이다.

東京에서 모스와 유길준의 만남이 이루어진 정황과 그 영향관계를 보다 자세히 추론하기 위하여 모스의 일본 체류기간의 행적을 살펴보기로 한다.

> 첫 번째 訪日했던 일은 1877년 6월입니다. 그 때는 일본에 풍부하게 생존하는 샤미센 조개와 호오즈기 조개를 삼 개월 정도 연구하러 왔습니다.[42]

慶應義塾에 입학하여 다음해인 1882년 12월 귀국까지의 유학생활을 말한다.
E. S. 모스의 세 차례 일본 방문 중 첫 번째는 1877년 6월 17일에서 그해 11일 5일까지 동경대학 설립 당시 초빙교수로 머문 것, 두 번째는 1878년 4월 23일부터 1879년 9월 3일까지의 訪日, 세 번째는 兪吉濬과의 만남이 이루어지는 1882년 6월 4일에서 1883년 2월 14일까지 訪日이다.
42) E. S. Morse, PREFACE, 『JAPAN DAY BY DAY』 VOL. Ⅰ. p.9.

그러나 뜻밖에도 모스는 그 무렵에(1877년 4월경) 설립해서 얼마 안 되는 동경대학에서 아직 동물학 교수 자리가 결정되지 않았다며, 그 교수 자리를 맡아 달라는 초대를 받게 된다. 그리하여 모스는 삼 개월 예정이었던 일정을 연기해서 일본에 머무르게 된다. 원래부터 그러한 일은 예상하지 못한 채, 일본에 왔기 때문에 미국에서 아직 많은 강연 약속이 남아 있었다. 이에 더 오래있지 못하고 같은 해(1877년) 11월에 일단 미국에 돌아가게 되는 것이다. 이것이 모스의 첫 번째 訪日이었다.

다음해 1878년 4월 23일에는 두 번째 訪日이 이루어진다. 이때에는 가족과 함께 일본에 와 여러 분야에서 활동을 하다가 1879년 8월 동경대학과의 계약이 끝나자, 더 남아달라는 동경대학의 요청에도 불구하고 그냥 미국으로 돌아간다. 이러한 귀국은 자신의 생물학 연구에 대한 욕구와 당시 부인의 좋지 않은 건강, 그리고 자녀의 교육문제를 고려한 데에서 비롯된 것으로 보인다.

모스는 미국으로 돌아가서 피바디 과학 아카데미, 즉 피바디 박물관의 관장이 된다. 당초의 목적은 생물학에 대한 연구를 계속하려고 돌아갔던 것이지만, 그 무렵에 벌써 일본의 民藝品이라든가 도자기 등에 깊이 빠져 있어서, 모스는 이후부터 어떻게든지 일본의 민예품이나 도자기를 수집하고 싶어 했다. 이러한 일본의 민예품 수집을 목적으로 1882년 6월 4일 세 번째 訪日이 이루어진다. 이 때에는 비글로우(Dr. Bigelow)라는 친구와 같이 訪日하여 다음해 2월까지 일본에 체류하였다.

모스의 일본 체류기간은 세 번을 다 합쳐도 2년 반 정도밖에 되지 않는다. 더구나 실제로 일본에서 활동한 것은 첫 번째와 두 번째이며,

---

'I first visited Japan solely for the purpose of studying various species of Brachiopods in the Japanese seas.'

동경대학의 교수였던 시기를 합쳐도 1년 9개월 정도의 기간이다. 특히 세 번째는 자신의 자료를 수집하기 위해서 왔기 때문에 일본인에 대해서는 별로 큰 영향을 남기지 않았던 것으로 보인다.

대개 모스라고 하면 『大森貝塚(Shell Mounds of Omori)』이 대표적 저서이지만, 그의 일본에 대한 관심사가 무엇이었던가는 두 번째 訪日이 끝나고, 1881년에 보스톤의 로웰 연구소(Lowel Institute)에서 행한 <일본에 관한 열두 번의 강의제목>을 통해 어느 정도 짐작할 수가 있다. 그 강연의 제목은 ① 국토, 국민, 언어 ② 국민성 ③ 가정, 식물, 화장 ④ 가정 및 그 주변 ⑤ 아이, 완구, 놀이 ⑥ 절, 극장, 음악 ⑦ 도시생활과 보건사항 ⑧ 시골생활과 자연의 경지 ⑨ 교육과 학생 ⑩ 산업적 직업 ⑪ 도자기 및 회화 예술 ⑫ 골동품 등으로 되어 있다. 이것으로 일본에 대한 모스의 소개와 더불어 당시 서양인이 일본을 어떻게 보았는가를 추측할 수 있다. 즉 모스 스스로가 강연 속에서 "일본에는 동물학자로서 갔으나, 돌아올 때는 민속학자가 되어 버렸다"라고 말하는데, 이러한 그의 말에서처럼 당시 서양인들이 아시아와 일본을 소개할 때에는, 『西遊見聞』이나 『西洋事情』에서와 같은 아시아 사람들이 서양을 보는 관점이나 관심사와는 전혀 다른 민속학적인 관점에서 아시아 諸國을 소개하고 있다고 할 수 있다.

모스가 慶應義塾에 입학하여 유학생활을 하던 兪吉濬을 만났다는 구체적인 기록은 없다. 다만 그의 체류기간 중의 일기에는 '수명의 조선인'이라든가, '조선인과 같이 기차를 타게 됐다'라든가, '동경에 가는 수명의 조선사절'이라는 기록이 남아있을 뿐이다. 그러나 당시 訪日하고 있었던 조선인에 관한 모습을 모스가 관찰하여 기록한 것이 그의 일기인 『JAPAN DAY BY DAY』에 나타나 있어 주목된다.

1879년 7월 3일 일기에는 당시 전직 대통령인 그란트(Grant) 장군이 일본 요꼬하마에 도착했을 때의 상황을 적고 있다. 3일 오후 미국인

주최의 그란트 장군 환영회가 있었는데, 모스는 그 때 참가한 각국 사람의 모습을 흥미롭게 기록하고 있다.

> 식사 때, 그란트 장군은 酒類는 어떠한 것도 전혀 마시지 않았다. 때문에 그가 酒豪라는 소문이 터무니없는 과장인 것을 알았다. 工科大學에서 주최한 그의 환영회는 대단히 흥미로웠다. 예스럽고 게다가 아름다운 宮庭服을 입은 왕비나 육친의 왕, 기묘하고 장식이 많은 의복에다가 붉은 말의 꼬리와 같은 날개가 매달린 흰 원추형의 모자를 쓴 중국의 공사관원, 색다른 의상에다가 의식용의 띠를 맺고 유례없는 두발을 한 조선인, 훈장을 단 구라파의 관리들, 그러한 것들이 내 눈에는 다 새롭고, 관심거리였다.[43]

당시 일본에 있었던 조선인 관리의 모습이 모스의 눈에는 그대로 아주 색다르고 새롭게 비친 것으로 보인다. 특히 조선인의 외모 중에서 상투를 틀고 갓을 쓴 모습이 이후 모스에게는 많은 호기심을 불러일으킨 것으로 보인다. 이러한 간단한 기록이 모스의 일기에 나타난 조선인과의 첫 번째 만남이다.

1882년 6월 5일, 세 번째 방일 때에는 비글로우(Bigelow)라는 친구와 같이 요꼬하마에 도착한다. 같이 간 비글로우는 모스가 일본의 예

---

43) E. S. Morse, 『JAPAN DAY BY DAY』 VOL. Ⅱ, p.201.
'At the dinner General Grant did not touch a drop of wine of any kinds, and the stories of his intemperate habits, I was told, were gross exaggerations. His reception at the College of Engineering was of the greatest interest. The royal Princesses in their archaic, yet beautiful court costumes; members of the Chinese Legation in their curious and rich clothing, with their white, conical hats with red horsetail plumes Pendent; the Koreans in their quaint garments, ceremonial belts, and unique head-dresses; European of officials wearing their decorations-were all new and interesting to me.'

술품이나 민예품을 수집하는 것을 열심히 도와주었던 사람이다. 이렇
게 일본에 도착한 모스를 위해 6월 22일에는 동경대학 교수들이 筑地
精養軒에서 만찬회를 연다. 거기 참석한 사람들은 田中不二麿, 加藤弘
之, 矢田部良吉, 外山正一, 福澤諭吉 등 32명으로 되어 있다. 6월 30일
에는 동경생물학회 주최의 공개강좌가 열리었는데, 제목은「化醇論」
이었다. 그 발표장에서 처음으로 모스가 조선인에 대해서 공식적인 언
급을 한 기록이 있다. 그 공개강좌의 청중 속에는 수명의 불교 승려와
한 명의 조선인이 있었는데, 다음 날 그들이 천문관측소를 방문해 와
서, 처음으로 모스는 조선인을 만나게 된다.

　　어제 밤 수명의 조선인이 그들의 감독 댄(Dan)씨와 같이 천문
　관측소에 왔다. 나는 단체로서 그들에게 소개를 받았지만, 그들
　은 당장 인사하며, 명함을 내고 우리들은 명함을 교환했다. 조선
　인들은 그들이 본 것에 대단히 흥미를 갖게 된 것 같은데, 또한
　상당히 훌륭한 사람들이었다. 그들의 옷은 비단으로 되어있어서,
　일본옷보다 중국옷에 가까웠다. 귀 뒤를 리본으로 맺고 그것을
　앞에 길게 늘어뜨린 그들의 모자는 모기장의 布木으로 만든 것
　처럼 보이지만, 실제로는 말의 꼬리털을 실처럼 해 만들었고, 그
　속에는 매듭이 된 두발이 보였다. 그들의 말은 일본어와 중국어
　의 중간치인 것 같았다. 나는 그들과 일본인 통역을 통해서 이야
　기했으나, 이 통역이 영어를 모르기 때문에 우선 댄(Dan)씨에게
　영어로 이야기하고, 댄씨가 그것을 일본어로 통역해서 그리고
　통역이 조선어로 고쳤다. 나는 또 한정된 일본어 지식을 가지고
　그들과 직접 이야기를 했다. 그들도 여기에 살고 있는 동안에 나
　와 같은 정도의 일본어를 익혔기 때문에 어느 정도 가능했다. 나
　갈 때, 그들은 정중하게 인사하고, 서로 악수를 교환했다.44)

44) E. S. Morse, 『JAPAN DAY BY DAY』 VOL. Ⅱ, p.220.

모스는 일본 체류 중에 한국인의 옷이 일본인의 옷보다는 중국옷에 가깝다고 관찰하고 있다. 모스는 조선인이 한국옷을 입고, 독특한 모자를 쓰고 일본 국내를 당당히 왕래하는 모습에 큰 인상을 받은 것으로 보인다. 그리고 머리 모양도 한국식의 독특한 모습이었다는 것을 잘 그려내고 있다. 그에 반하여, 당시의 일본인의 모습은 모스에게 달리 그려지고 있다.

> 일본 관리들은 우리 옷을 입은 사람들이 대단히 많고, 대학교 교수인 어느 사람도 때로는 양복을 입지만 몇 번 되풀이해서 들어도, 조소를 받거나, 말을 걸어오거나, 주목을 하는 사람이 한 사람도 없다. 나는 만일 내가 일본인의 멋있는 옷을 입고, 미국의 도시나 아니면 시골 마을에라도 나가면 어떨까하는 장면을 상상하곤 했다. 어느 일본인이 우리 양복을 입으려는 시도가 때로는 우스꽝스럽게 보이기도 했다. 지난날에 내가 본 어느 남자는 거의 몸 두 개가 들어갈 수 있을 정도의 燕尾服을 입고, 눈까지 내려오는 큰 모자를 종이를 접어 넣어 죄어 쓰고, 매우 큰 흰

'The other night a number of Koreans came to the observatory with Mr. Dan, who had them Mr. Dan, who had them in charge. I was Presented to them collectively, and that immediately bowed and presented their cards and we exchanged. The Koreans seemed much interested in what they saw and were a fine-looking body of me. Their dress was of silk and more like the Chinese than the Japanese dress. Their hats, which were tied on with ribbon behind the ears, terminating in a long pendant in front, appeared to be made of mosquito netting, but were made of horsehair, and within could be seen their hair tied in a knot. Their language sounded liked a cross between that of the Japanese and Chinese. I talked with them through a Japanese interpreter who could not speak English, so I had first to converse with Mr. Dan in English and he translated my words into Japanese, and the interpreter converted them into Korean. I also talked to them directly with my limited knowledge of Japanese, for in their residence here they had picked up about as much Japanese as I had. They shook hands cordially on going away.'

무명 장갑을 끼고 있었다. 그는 마치 독립기념일의 익살꾼과 같
았다. 그림 217은 그를 대강 그린 것이다. 그는 초
라한 남자이며, 분명히 상류계층에 속하는 사람 같
지는 않았다. 또 이 지방의 박람회 개막식 때에는
가장 터무니 없는 방법으로 구미식 양복을 입은 사
람들을 보기도 하였다. 어느 남자는 지나치게 작은
옷을 입었다. 조끼와 양복 바지사이가 삼, 사인치나
떨어져 할 수 없이 실로 매었다. 또 대단히 많은 사
람들은 당당히 야회복을 입고도, 바지를 무릎까지

그림 217

올린 장화 속에 억지로 밀어 넣었다. 터무니없이 야릇하게 입은
사람은 연미복 상의의 끝자락이 거의 땅에 스칠 정도의 연미복
을 입고, 눈에도 산뜻한 빨간 바지 멜빵을 조끼 위에 하고 있었
다. 의복에 관해서 말한다면, 일본 고유한 것과 같이, 우리 옷에
비해서 보다 편리한 고유한 옷을 고수한 중국인 쪽이 훨씬 품위
가 높다. 그러나 나는 우리나라 사람들이 일본식으로 옷을 입으
려고 시도할 경우를 생각해서 이러한 이상한 모습을 한 일본인
을 크게 동정했다.45)

---

45) E. S. Morse, 『JAPAN DAY BY DAY』 VOL. I, pp.275-276.
 Quite a number of the Japanese officials often appear in our dress and some of
 the Japanese professors also, at times, dress in our costume, yet repeated
 inquiries fail to find that any of them have been taunted or spoken to or even
 noticed. I tried to fancy what my experience would be if I, dressed in the
 graceful robes of a Japanese, had ventured to appear on the streets in our
 cities, or even in country villages. The attempt that some of the Japanese make
 to appear in our costume is often most ludicrous. I saw a fellow the other day
 in a dress-coat almost big enough to go round him twice, a tall hat which
 came down to his eyes, with a wad of paper crammed in to hold it on, and
 white cotton gloves many sizes too large. His appearance was like a Fourth of
 July burlesque. Figure 217 is a rough sketch of him. He was a shabby-looking
 fellow and evidently did not belong to the higher classes. At the opening of
 the Exposition here one saw individuals dressed in our clothes in the most

어느 일본인이 연미복을 입고 있는 모습은 너무 지나치게 큰 옷을 입거나, 너무 작아 터무니없이 기이하였다고 했다. 그 이전 조선인의 옷에 관한 일기에서는 대단히 관심 있게 외모를 관찰하고, 색다른 한국옷을 입은 사람들의 예의가 바른 것 등을 기술하고 있음에 반하여, 일본인에 대해서는 연미복을 입은 '초라한 남자'를 예로 들어 독립기념일의 익살꾼처럼 기술하고 있다. 서양인인 모스가 자신의 문화인 서양문화를 의식 없이 따라 행동하고 있는 일본이 그들의 고유한 옷을 고수하고 있는 중국인과 비교해서 품위가 없다고 말하는 것이다. 이러한 시각은 모스 스스로의 '자신의 전통적인 것'에 대한 애착에서 온 것이 아닐까 한다.

어느 나라 외국인이라도 異國에 향할 때는 그 나라의 독특한 문화라는 것에 대한 관심을 보일 것이다. 하지만 이러한 일본과 조선의 묘사에서 느낄 수 있는 중요한 점은 서양문명의 수용에 따르는 주체성의 상실이 얼마나 비난받을 수 있는 것이냐의 문제이다. 모스는 터무니없이 큰 연미복을 입은 일본을 소개하면서 분명 우스꽝스럽다고 지적했다. 이것은 서양의 문명을 완전히 수용하지 못하고 어딘가 어색하게 어긋나 있는 일본의 개화상태에 대한 지적일 수도 있다. 즉 물질문명의 수용이 개화의 최선인양 생각하여 자기 몸에 맞지 않는 옷을 입은

---

extraordinary way. One man had a suit altogether too small for him. The waistcoat and trousers did not meet within three or four inches and strings were used to tie them together. A good many were in full evening dress with the trousers tucked into long-legged boots which came to the knees. The oddest-looking travesty was another man, also with a dress-suit, the coat tail of which nearly touched the ground, while bright red suspenders came outside his waistcoat! In respect to clothing, the Chinese are much more dignified in adhering to their native costume, which, like the native costume of the Japanese, is more comfortable than ours. I had the greatest charity for them, however, when I recalled the attempts of our people to dress a la Japanese.

일본인은 무분별하게 서양의 문명을 받아들이는 당시 일본사회의 축
소판이기도 한 것이다. 곳에 따라서는 너무 크거나 또는 너무 작거나
한 이러한 부조화가 개화 도중에 있는 일본의 실상인데 반하여, 자기
의 것을 고집하는 조선이나 중국의 개화태도는 분명 일본보다도 우수
하다고 지적하는 것이다. 이러한 모스의 자기중심적 개화태도는 상당
히 앞선 진보적 성향을 보이는 것으로, 兪吉濬도 미국 유학생활에서
이러한 태도에 많은 영향을 받은 것으로 보인다. 일기 마지막의 부분
에 자신이나 다른 서양 사람이 일본의 옷을 입었을 때, 어색할 모습을
생각하여 크게 동정했다는 말은 요즘에 이야기되는 상대주의적 문화
관까지를 생각하게 하는 놀라운 식견으로 보인다.

일기의 원문에 날짜가 적혀 있지는 않지만 "이제야 우리는 기이(紀
伊)지방의 도시를 향해서 출발하고자 함"이라 적혀 있기 때문에 1882
년 7월에 일어난 壬午軍亂 당시의 일기로 추측된다. 일기에는 당시 일
본에 있던 한국인 모습을 다음과 같이 기술하고 있어서 흥미롭다. 이
때는 兪吉濬이 慶應義塾에 입학해서 유학생활을 한지, 약 일년 가까이
지낸 즈음이며, 그 무렵에 일본에 체류하고 있던 어느 한국인의 모습
을 그리고 있는 것으로 보인다.

조선에 무서운 폭동이 일어나, 몇 명의 일본인이 학살된 지
아직 일 개월도 되지 않았다. 일본 신문에서 이 보도를 보았을
때, 나는 교토(京都)에 있었지만 이 사건에 대한 흥분은 나에게
남북전쟁이 발발한 며칠 후를 연상시킨다. 오오사카는 병사 三
聯隊를 徵募하며, 백만 달러를 醵金하였고, 북서해안 멀리에 위
치하고 있는 니이가타(新潟)는 병사 半聯隊를 徵募하고 십만 달
러를 기증하였다. 나는 이하에 논설한 사건들의 진실을 충분히
이해하기 위해서 다음과 같이 자세히 쓴다.

나라(일본) 안이 조선의 고압적 수단에 분개하는 중에, 일본

군대가 부득이하게 제물포까지 퇴각한 일을 나는 교토(京都)로
가는 도중에 들었다. 그 열차에는 두 사람의 조선인이 함께 탔는
데, 나도 조선인을 본 일은 거의 없지만 열차 안에 일본인들도
이 두 사람을 응시하는 분위기를 헤아린다면, 한번도 조선인을
본 적이 없는 것 같았다. 조선인 두 사람은 오오사까에서 하차했
다. 나도 표를 희생해가며 두 사람의 뒤를 따라갔다. 그들은 護
衛를 데리지 않고 순경조차도 곁에 없었으며, 사실 호위를 할 필
요도 없었다. 그들의 두드러진 흰옷이나, 기묘한 말털 모자나 구
두 기타 모든 것이 나에게 보기 드문 것과 같이, 일본인에게도
드문 것이어서, 군중이 그들을 둘러쌌다. 나는 혹 일본인이 적의
를 담은 몸짓이나 조롱하는 것 같은 말을 하는 것을 발견할 수
있을까하고, 지칠 정도로 그들 조선인의 뒤를 따라갔다. 그러나
일본인은 이 두 사람이 그들 고국에서 행한 어느 폭행에도 마치
무관한 것처럼, 그러한 사건을 이해하지 못할 바보가 아닌데도
그들이 하는 평소대로 예의바르게 다루었다. 자연히 나는 우리
나라에 있어서 한창 전쟁 중에 北方人이 南方에서 어떻게 행동
했었던가를 생각하며, 또다시 내 자신에게 어느 국민쪽이 보다
문명적인가를 자문했던 것이다.46)

---

46) E. S. Morse, 『JAPAN DAY BY DAY』 VOL. II, pp.281-282.
'Within a month a violent outbreak has occurred in Korea and a number of
Japanese has been massacred. I was I Kyoto when the news was received by
the Japanese papers, and the excitement over the affair reminded me of the
days following the outbreak of our Civil War. Osaka would raise three
regiments of soldiers and contribute a million of dollars; Niigata, away up on
the northwest coast, would raise half a regiment and give a hundred thousand
dollars, I mention these details in order that the following incident may be
fully appreciated. With the county aroused at Korean coup d'état and Japanese
troops forced to retreat to Chemulpo. I, on my way to Kyoto, sat in the train
with two Koreans. I had rarely seen a Korean before, and the Japanese in the
car had apparently never seen these people, from the way they watched them.
They got out a Osaka, and I sacrificed my ticket and followed them until I got

이 일기에서는 조선인의 모습이 '두드러진 흰옷이나, 기묘한 말털 모자, 색다른 구두' 등의 모습으로 그려져 있다. 물론 흰 두루마기나 갓 등이 모스의 눈에는 대단히 낯설게 보였을 것이며, 6월 30일 공개 강좌에서 본 조선인의 모습을 기억하여, 색다른 복장의 두 사람이 조선인임을 알았을 것이다. 물론 모스는 당시 양국의 정치적 사정을 정확히 파악하지 못하고 있었기에, 일본인의 시각에서 조선인에 대한 테러를 걱정하고 있었으며, 평소대로 예의바르게 조선인을 대하는 일본인을 미국 국민 이상의 문명개화 국민으로 인식하고 있는 것이다. 이러한 모스의 인식은 분명 물질문명을 수용할 때 보았던 일본인의 미숙함에 대한 비판과는 정반대의 생각이다. 조선인에 대한 일본인의 조롱이나 적의가 없음을 대단히 높이 평가하며, 이러한 태도를 보이는 일본인의 의식수준을 진정한 개화로 보는 듯도 하다. 또한 이러한 일본인에 대한 인식은 뒤에서 서술할 중국인의 인식과는 상대되는 인식이기도 한 것이다. 하지만 이 일기에서 모스가 관심을 보인 것은 조선인의 의상과 모습이었다.

이러한 조선인에 대한 호기심은 도쿄(東京)로 가는 조선 사절과의 만남에 관한 일기에서도 나타나고 있다. 날짜는 써 있지 않지만, 고베(神戶)에서 도쿄로 가는 기선에서의 일로서 아마 1882년 9월 11일 고베에서 隅田丸이란 배를 탔던 날의 일로 추측된다. 이 때의 일은 특히 당시 일본으로 간 조선 使節의 모습을 생물학자의 세밀한 눈으로 스케치하는 방법으로 그려져 있다.

---

tired, simply to discover, if possible, a hostile gesture or a jeering word. The Japanese were sensible enough to realize that these two men were treated with the usual courtesy. Naturally I recalled the way the Northerners were treated in our country, and again asked myself which people are the most civilized.'

내가 탄 고베에서 온 기선에는 도쿄로 가는 몇 명의 조선 사절이 타고 있었다. 그들은 유쾌하고 온정이 있는 사람들이어서, 나는 곧 친구가 되었다. 나는 은근히 그들을 寫生했다. 그들 가운데 어느 사람이 일본어를 이야기할 수 있었기 때문에 나는 대단히 많은 질문을 했고, 그들의 대답을 이해할 수가 있었다. 그들 가운데 두 사람이 큰 안경을 쓰고 있었는데, 나는 그 안경 렌즈를 색유리인 것으로 생각하고 있었다. 그들의 허락을 받아서 그것을 살펴보니, 놀랍게도 그것은 대모갑 안경테에 투명한 수정을 낀 것이었다. 나는 또 그들에게 弓術에 있어 어떤 활을 쏘는가를 물어 보았는데, 궁술은 일본의 방법과 같은데, 팔대를 사용하는 것과 활 弦이 회전되지 않는 점만이 다르다는 것을 알았다. 한국의 담뱃대에는 일본 담뱃대보다도 훨씬 큰 雁首가 붙어 있었다. 정부 공무원들은 양쪽과 등쪽은 어깨까지 갈라진 겉옷을 입고, 옷 색깔은 모든 조선인과 같이 희었다. 그림 684는 겉옷을 입은 어느 조선인을 사생한 것이다. 아래 길이가 대단히 헐렁헐렁하고 무릎 있는 곳에서 갈라지고 있다. 그 아래에 발을, 목화가 찬 양말 속에 억지로 밀어 넣었다. 너무 많이 목화가 들어 있어서, 양말이 구두 겉으로 삐져나와 있었다. 여름에는 이 목화가 들어간 물건은 못 견딜 것이라고 생각되었다. 동의(조끼)는 짧고, 앞쪽에는 호주머니가 두

그림 684

개 붙어 있었고, 얇은 노랑색 南京 목화와 비슷한 포목으로 되어 있다. 속옷은 따로 없었다. 팔에는 손목에서 팔꿈치까지 이르는 소매가 있었다. 이러한 것들은 흰 말털을 뜬 것이라서, 포목 소매를 피부에서 떼기 위한 목적으로 사용되었다. 머리 주위에는 그 직경이 가장 긴 곳에, 잘게 짠 검은 말털 띠를 매었다. 그것을 제거하면 이마에 긴 자욱이 남을 정도로 꽉 죄어 매었다. 이것을 몸에 붙이지 않을 때에는 대단히 주의 깊게 감는다. 그것은 길이 약 2피트, 폭 2인치 반으로 양쪽 끝에 끈과 머리를 맬 때, 끈을

그림 685

꿰는 작은 검은 고리가 붙어 있다. 관리들의 모자
는 두 개의 부분으로 되어있다. 그 하나는 말털로
만든 간단한 주머니와 같은 것이라, 그 안쪽에는
꼭대기에서 玳瑁甲으로 만든 핀을 매달았고, 이
것을 머리 위의 짧은 상투에 꽂아서 모자가 날아
가지 않도록 했다. 위에서 말한 것과
같이 이것도 말털로 만든 상자와 같
은 물건인데, 이것은 쌍방 그림 685에서 가리키는
것처럼 밖으로 열리고 있다. 또 하나 다른 조선인
그림에서 판단하면 보통 모자는 높이가 있는 모자
이며, 갓 운기는 약간 위 부분이 가늘고, 갓의 양테
는 대단히 넓고, 약간 휜 것이었다. 이것은 대나무
의 가장 잔 섬유로 만들어, 놀라울 정도로 교묘하게
짜여 있다. 이 모자는 값이 비싸서 15円이나 20円도   그림 686
한다고 했다. 그림 686은 그것(갓)을 쓴 노인이다.[47]

---

47) E. S. Morse, 『JAPAN DAY BY DAY』 VOL. Ⅱ, pp.296-298.
'I came up from Kobe on the steamer which conveyed a number of Korean
ambassadors to Tokyo. They were very pleasant, genial men, and I quickly got
acquainted with them. I made a few sketches of them on the sly. As a few of
them spoke Japanese, I managed to ask them a great many questions and to
understand their answers. Tow of them wore large goggles with colored
glasses, as I supposed. They allowed me to examine them, and to my
amazement I found that they were made of clear smoky-quartz crystals
mounted in tortoise-shell frames. I inquired about their method of releasing the
arrow in archery and found it to be like the Japanese method, only an
arm-guard is worn, and they do not allow the bow and string to revolve. The
Korean pipe has a much larger bowl than the Japanese pipe. The Government
officials wear a coat slit up the sides, and up the back to the shoulders, and
like all Koreans they dress in white. Figure 684 is a sketch of one of the
Koreans with his coat removed. The breeches are very baggy, and separate at
the knee. Below, their legs are stuffed into the stockings, which are heavily
wadded with cotton so that they bulge over the edge of the shoe. In summer

대모갑의 안경, 활을 쓰는 방법, 겉옷이나 胴衣 등과 같은 의복, 양
말, 머리형, 모자 등에 관한 설명이 자세히 기록되어 있다. 이러한 일
기를 본다면 모스는 생물학자라기보다는 민속학자라고 해도 좋을 정
도로 조선인의 의관에 관심을 가지고 있다. 또한 이러한 그의 滯日日
記는 이후 모스가 가지는 박물학적 성향을 엿볼 수 있는 것이기도 하
다. 후에 일기에서 묘사한 이러한 담뱃대, 안경, 옷 등은 모스 컬렉션
의 일부로서 남아 있는 것이다. 모스가 일생에 걸쳐서 관여한 전문영
역은 오늘날의 학문분야로 말하면 수가 많고, 몇 개를 열거해야 될지
모를 정도이다. 그의 原專攻인 동물학뿐만 아니라, 고고학, 민속학, 인
류학, 民具學, 또 만년에는 火星에 관한 연구까지 하고 있는 것이다.
이러한 것을 종합한다면 그의 전공은 박물학, 자연사가 바로 적당하지
않을까 생각된다.

this wadded stuff must be intolerable. The jacket is short with two pockets in
front, and is made of a light yellow nankeen-like cloth. There is no shirt. On
the arms are sleeves reaching from the wrist to the elbow. These are woven in
white horse-hair, and are intended to keep the cloth sleeves away from the
skin. Around the head in its longest diameter is worn a band of black horse
hair, finely woven, which is drawn so tightly that when taken off a deep line
is seen on the forehead. When not wearing this band, they roll it up very
carefully. It is perhaps two feet long, two and a half inches wide, with strings
at the ends, and little black rings through which the strings pass in fastening it
on the head. One form of official hat is in tow parts: the first part a simple,
bag-like form made of horse-hair, which has dangling inside, from the top, a
tortoise-shell pin which is stuck into the stubby queue on the top of the head
to keep the hat on. Outside of this goes an affair in the form of two square
boxes, one above the other, both flaring as in figure 685: this is also made of
horsehair. Another form of hat, and one most commonly seen, judging from
pictures of Koreans, is a tall hat, the crown somewhat tapering and the rim
very wide and slightly arching; this is made of the finest fibres of bamboo and
is wonderfully woven. The hat is an expensive one, costing fifteen or twenty
dollars. Figure 686 shows it on the head of an elderly man.'

이러한 명칭은 동물학, 식물학, 광물학 이전에 사용한 총칭이기 때문이다. 이러한 모스의 조선인에 대한 묘사와 호기심은 일상생활에서만이 아니라, 외교의식에 있어서도 보여진다. 그러한 예로 같은 해인 1882년 11월 3일 연회를 기록한 일기를 들 수가 있다.

11월 3일, 외무대신 井上侯爵이 황제각하의 생일을 축하하는 의미로 성대한 연회를 열었다. 이 연회에 초대를 받았던 사람들은 외국의 외교관 전부와, 교수계층의 모든 교사 및 다수의 고관들이었다. 초대장은 천 부가 발송되었던 것으로 보인다. 井上侯爵의 집은 넓고 크고, 전부가 서양식이었다. 마당은 솟구치는 가스나 초롱불로 빛나게 조명되어 있었다. 실로 여러 가지 의상을 볼 수 있었다. 일본 귀부인들은 예쁘게 옷차림을 하고 있었다. 각 나라마다 - 프랑스, 러시아, 스위스, 독일, 이탈리아, 영국, 미국 등 대사관 사람들은 각각 제복을 입고 있고, 눈부신 훈장을 달고 있는 사람들도 많았다. 중국인 일곱 명과 조선인 여덟 명은 각기 자기나라 복장을 하고 있었다.48)

자못 당시 일본 고관들은 문명개화에 앞서서 '서양적인' 정원이나

---

48) E. S. Morse, 『JAPAN DAY BY DAY』 VOL. Ⅱ, p.343.
'On the 3d of November, Count Enouye, Minister of Foreign Affairs, gave a great party in honor of the Emperor's birthday. To this party were invited all the foreign diplomats and all the teachers with the rank of professor, besides a great many other high officers. A thousand invitations were issued. Count Enouye's house is very large and spacious, built entirely in foreign style. The grounds were brilliantly lighted with gas jets and lanterns. Such a variety of costumes as were seen! The Japanese ladies were beautifully dressed, and the various nationalities- French, Russian, Swiss, German, Italian, English, and American attachés of the embassies and the legations - were in their respective uniforms, may with brilliant decorations. Seven Chinese and eight Koreans were in their national costumes.'

귀부인들의 옷차림, 남자들이 훈장 단 것처럼 화려하게 꾸민 것에 반하여, 중국인과 조선인이 독특하게 자기 나라 복장을 하고 있었던 것이 모스에게는 인상 깊었던 것처럼 보인다. 또 후일 모스 컬렉션 속에 한국과 관계된 물건 수집의 계기가 된 일도 실은 일본에 체류 중인 한국인과의 만남에서 시작되었다고 해도 과언이 아닐 것이다. 이러한 추측에 심증을 더해주는 그의 일기가 있다. 이 일기에서는 10월 18일에 尹致昊 父子를 만난 것에 대하여 적고 있다. 尹雄烈 軍務司領官의 아들인 윤치호는 후에 報聘使 일행의 통역으로서 같이 미국에 가게 된 일본인 통역 宮岡恒次郎의 친구였다.49)

> 10월 18일.
> 나의 방에 두 사람의 조선인 父子가 왔다. 부친은 조선 정부의 고관이었지만, 최근에 반란이 있어서 난을 피해서 왔다. 자식은 동경의 학교에서 계속 일본어를 공부하고 있고, 宮岡恒次郎의 친구이다. 宮岡이 이 청년과 상담해서 그의 아버지를 내가 있는 곳에 데리고 오게 했기 때문에, 나는 만일 될 수 있으면 그한테 골동품, 도자기 가마, 활을 쏘는 방법 등 기타에 관한 이야기를 듣기로 하고 있었다. 그들은 명함을 내놓았다(그림 694). 부친은 대단히 조용하시고 위엄이 있었으나, 뭔가 진지한 분위기로 깊이 내 질문에 흥미를 갖고 있었으며, 아들은 극히 수려하고, 일본인 얼굴에 많이 나타난 특이한 귀여움을 갖고 있었다. 두 사람은 다같이 아름다

그림 694

---

49) 모스는 조선 궁정의 특사 파시발 로웰 통역 일자리를 윤치호에게 소개하기도 한다. 당시 로웰은 동경대학 예비문하생이며, 高嶺秀夫의 문하생이었던 관계로 모스에게 많은 사랑을 받았다. 1887년 동경대학 법과대학교를 졸업한 후, 미국 공사관, 참사관 등을 거쳐, 변호사로 개업하여 활동하다가 1943년에 사망했다.

운 갈색 눈동자를 갖고 있었으며, 옛날 일본에게 자기 나라의 예
술을 많이 가르쳤던 관계가 있어서 조국의 지적 높음이 있었는
데, 오늘날에는 무서운 정도로 타락하고 부패했다는 것을 이해
하고 있는 것처럼 음울한 분위기로 슬퍼했던 것과 같다. 내가 궁
금해 하는 것을 부친에게 질문하기는 약간 곤란했었다. 나는 우
선 宮岡에게 이야기하고 그가 그것을 일본어로 통역해서 자식에
게 이야기하자 이어서 자식이 일본어를 전혀 모르는 아버지에게
그것을 한국어로 통역해서 전했다. 대답은 질문과 같이 장애가
많은 경로를 통해서 돌아왔다.

한국어와 일본어의 음성의 대조는 뛰어나고 흥미로웠다. 때로
한국어는 불어와 중국어와 일본어를 혼합한 것이라고 말하면 한
국어 발음을 제일 잘 설명할 수 있을 것이다. 자식이 아버지한테
이야기하는 데 반드시 공손함과 동시에 고상한 태도를 취하는
것이 눈에 띄었다. 질문이 계속해서 나왔으나 영어, 일어, 한국어
통역을 통해서 도달하여 한국어, 일어, 영어를 통해서 대답이 돌
아오기 때문에 그것은 대단히 遲遲不進한 것이었다.[50]

---

50) E. S. Morse, 『JAPAN DAY BY DAY』 VOL. Ⅱ, pp.327-328.
'October 18, There came to my room two Koreans, father and son. The father
was a prominent Government officer in Korea, and in the late revolt had to flee
for his life, the son has been studying Japanese in a Tokyo school, and is a
friend of Miyaoka. Miyaoka had arranged with the young man to bring his
father, from whom I was to get, if possible, information in regard to certain
subjects, such as antiquities, pottery ovens, arrow release, etc. They presented
their visiting cards (fig. 694). The father was very quiet and dignified, but
thoroughly interested in my questions in a sober kind of way; the son was very
handsome, and had that peculiar sweetness that so many Japanese faces present.
Both had beautiful brown eyes; both were subdued and sad, as if they realized
the dreadful degradation and decay of their country from its past intellectual
eminence, when it had taught Japan many of its arts. It was somewhat difficult
to interrogate the father, from whom I was to obtain the information desired. I
would first speak to Miyaoka, who would translate into Japanese to the son,
who would in turn translate into Korean to his father, who did not understand

일기의 내용을 통해서 볼 때, 벌써 이 무렵에 일본에서는 명함을 사용하고 있었던 것을 알 수가 있다. 이러한 이유로 후에 피바디 에섹스 박물관에는 모스 관장이 일본에서 만난 한국 개화기 지도자급 사람들의 명함이 적지 않게 보관되어 있다. 그들 명함의 몇 개는 개화파 사람들답게 漢文과 英文으로 이름이 표기되어 있어서, 그 당시 그들의 높은 국제 감각을 헤아릴 수 있다. 그리고 그 무렵 일본에 체류 중인 그들 모습이 '음울한 분위기로 슬퍼했던 것 같다'고 말한 것은 당시 일본에서 유학하고 있던 한국유학생을 둘러 싼 사회분위기였을 것이다. 모스는 이들에게서 父子간의 공손함을 인상 깊게 느낀 것으로 보인다. 더불어 윤웅렬의 위엄 있고 진지한 태도의 묘사는 조선인에 대한 긍정적인 인식이라고 보아도 좋을 듯하다.

그리고 이날 일기에는 민속학자인 모스의 한국의 골동품에 대한 관심을 잘 드러내고 있는 부분이 있다. 그러한 내용은 뒷날 잡지 『Science』에 실리기도 하는데, 여러 가지 조선의 문화에 관심을 보인 그 일기 후반부 내용은 다음과 같다.

> 도자기는 지금도 한국에서 만들고 있다. 흰 돌과 같은 것도 있고, 쪽 빛으로 장식한 것도, 부드러운 것도 있지만, 모두 더 이상 없는 빈약한 품질이다. 陶窯는 언덕의 경사면에 만든다는데, 부친이 그린 어설픈 그림으로 판단한다면, 모양은 일본의 것과

---

a word of Japanese, and the answers would come back through the same interrupted channel. The contrasts in the sounds of the Korean and Japanese languages, were marked and interesting. At times they seemed to sound like French; a mixture of French, Chinese, and Japanese would well illustrate the sounds. The respectful and dignified way in which the son always addressed his father was marked, Question after question was asked, and it was slow and tedious work, as it ran through the gamut of English, Japanese, and Korean and back through Korean, Japanese, and English.'

비슷한 것 같았다. 언덕이 없으면 도요를 만들기 위해서 斜面을 먼저 만든다고 한다. 도요의 하부에는 열이 지나치게 강하고, 상부에는 열이 부족하므로 태울 때는 꽤 많은 도자기가 못 쓰게 되는 것 같았다. 轆轤는 발로 차는 형태로, 옛날 이 장치가 한국에서 유입된 히젠(肥前)·히고(肥後)·싸츠마(薩摩)에서 사용된 물건과 같았다. 큰 항아리는 점토의 고리를 쌓아서, 그것을 손으로 붙이고 합해서 만든다. 안쪽에는 사각형 아니면, 원형에다가 안에 깊이 벤 인쇄판을 사용하는데, 큰 물건 내부에서는 잘 새긴 흔적을 볼 수 있다. 나는 부친에게 고히쯔(古筆)씨가 한국 것이라고 감정한 도자기 몇 개를 보여주었는데, 그도 역시 그것들이 한국 것임을 인정했다. 내가 갖고 있는 옛날의 무덤에서 나온 형식이 있는 물건을 그는 한국에서는 한 개밖에 없다고 했으나, 그것도 옛날 매장지에서 나온 것이었다. 그는 지석묘(Dolmen) 연구도, 패총연구도, 들어본 적이 없고, 더욱이 그는 고고학 연구라는 것은 한국에서는 들어본 적이 없으며, 옛날 것은 극히 조금밖에 보존되어 있지 않다고 덧붙였다. 그는 그 어느 물건은 크고, 사람이 살던 흔적이 있는 동굴에서 발견한 일이 있다는 것을 들어보았다고 했다. 그러나 일본 고대 매장지에서 발견된 "마가다마(Magatama)"라고 불린 쉼표모양을 한 장식품은 한국에서는 본 적이 없다고 했다.

궁술에 있어서는 한국인은 활을 쏘는데 오른손뿐만 아니라 왼손도 사용하고, 왼손을 보다 좋은 손이라고 생각했다. 방법을 보여주는데 부친은 왼손을 썼다. 활을 꽉 잡아서, 팔에는 토시를 꼈다. 또 뼈로 되거나 혹은 금속제 반지를 낀다. 한국인은 가끔 백육십 보 정도의 거리에서 연습을 하는데, 이것은 아마 요크(York)에서 백 야드(Yards) 정도 거리의 활쏘기보다도 대단한 일일 것이다.

부친은 종이를 잘라서 반지의 모형을 만들었다. 그는 연필을 쓰기가 전연 안 되어서, 꼭 종이 한 조각을 쥐어서, 그것을 접거나 가위로 오려서, 그가 설명하려고 한 것을 만들었다. Dr.
Oliver Wendell Holmes는 이전에 나에게 나 자신은 연필로서는
아무 것도 할 수가 없지만, 가위로 종이를 자르면 마음대로 좋아
하는 모양을 만들 수가 있다고 말했다. 한국의 활 속에 어느 것
은 대단히 세기 때문에, 한국의 궁술가들은 그들의 강력한 활을
쏘기 위해서 각 종류의 운동을 하여 특히 근육에 익도록 한다.
이 한국인이 한국에서는 고고학적인 관심이 전혀 없다는 것을
솔직하게 고백한 말은 나의 애정을 자아냈다. 그는 그들이 가진
유일한 유물은 그들 자신이라고 했고, 그것을 말할 때, 어느 쪽
인가 슬프게 웃었다. 그들은 일본인을 서양문명의 前衛軍으로
간주하고 있었다. 만약 보통 한국인이 일본에 대해서 갖은 증오
의 감정을 완화할 수 있으면 그야말로 한국에 있어서는 이 이상
없는 일이다. 일본인은 동방의 야만인한테서 얻은 많은 일들을
그에게 가르칠 수 있다.51)

---

51) E. S. Morse, 『JAPAN DAY BY DAY』 VOL. Ⅱ, pp.328-329.
'Pottery is still made in Korea. Both the white stone and blue decorated kinds,
and soft pottery, all of the poorest quality. The pottery oven is built on the
side of a hill, and, judging from a poor sketch the father made, is not unlike
the Japanese oven. If there is no hill, an incline is built for it. Much pottery is
lost in the baking, as in he lower portion it is over- baked and at the upper
end the heat is insufficient. The lathe is the kick wheel, such as is used in
Hizen, Higo, and Satsuma, where the device was introduced by Koreans in past
times. Large jars are made up of ring of clay superimposed one upon author
and then welded together by hand. Inside, a stamp is used, cut in squares or
circles, and impressions on the inside of large objects may often be seen. I
showed the father a number of pieces which Mr. Kohitsu had Pronounced
Korean and he recognized them as such. He had seen only one in Korea like
some of the forms from ancient graves which I had in my collection, and this
one had been taken from an ancient burial place. He had never heard of
dolmens of shell heaps, and he added that the study of archaeology was not
known in Korea and very few old things had been preserved ; he had heard of
caves, some of large size, with evidences of previous occupation. The

이날의 일기에서 모스는 윤치호 부자를 통해 많은 것을 묻고, 알아
낸 것으로 보인다. 일기에서 보여주는 모스의 호기심은 끝이 없으며,
또한 그 깊이도 전문가다운 세심함이 있었다. 일기의 앞부분에서 조선
의 불행한 사건 때문에 우울한 분위기를 갖고 대화한 것에 반하여, 후
반부에서는 많은 대화가 다양한 주제로 이야기되고 있다. 특히 도자기
에는 매우 관심을 갖고 있었던 듯, 자신이 수집한 조선의 도자기를 직
접 보여주기도 하였다. 나아가 도자기를 만드는 방법에 대해서도 관심
을 가져, 陶窯나 轆轤에 대한 질문도 오고 갔으며, 일본의 도자기 기술
이 조선에서 전래되었다는 사실까지도 이전부터 알고 있는 듯 했다.
마가다마로 불리우는 구슬장식품을 본 적이 있느냐고 묻는 부분에서

---

comma-shaped ornament known as magatana, found in ancient burial places in
Japan, he had never seen in Korea. In archery the Korean uses the left as well
as the right hand in drawing the arrow, and the left hand is considered the
better; in illustrating the method the father used the left hand. The bow is
grasped firmly and an armguard is worn. A thumboring of either bone or metal
is worn. The Korean often practices at a hundred an sixty paces, which is
probably greater than the York round of a hundred yards. The father made a
model of the thumbring by cutting it out of paper. He seemed to have no
facility with a pencil, but invariably got a piece of paper and folded it up, or
cut it with the scrissors, to illustrate what he wanted to explain. Dr. Oliver
Wendell Holmes once told me that he could not do anything with a pencil, but
could always cut out of paper with scrissors any model he wished to make.
Some of the Korean bows are of immense strength, and Korean archers
particularly train their muscles by various exercises to draw their powerful
bows. It was Pathetic to listen to the Korean's frank avowal of the absence of
all archaeological interest in Korea; He said the only relics they had to show
were themselves, and laughed rather sadly when he said it. They look upon the
Japanese as the advance guards of Western civilization, and if the hatred that
the ordinary Korean had for the Japanese can be modified, it will be a great
day for Korea. The Japanese can teach them the many features acquired from
the Eastern barbarian.'

모스 자신은 그 구슬의 원 발원지가 조선이라는 것을 아는 듯한 질문
이었지만, 오히려 윤치호 부자는 그러한 사실에 대해 잘 모르는 듯한
태도를 취했다. 그 밖에 궁술이나 윤웅렬에 대한 묘사나 생각은 모스
의 조선과 조선인, 그리고 특색 있는 조선의 문화에 대한 호감의 표현
으로 생각된다. 이러한 중에도 두 부자의 솔직함과 예의바름에 애정
어린 동정을 보이지만, 일본에 대한 증오의 부분에서는 그 이유에 대
한 깊은 이해 없이 단편적인 바램을 피력하고 있다.

또한 같은 해 11월 하순으로 추측되는 일기에는 그의 피바디 박물
관에 日本民具 등이 진열되어있는 것들은 일본인이 적극적으로 제공
한 것임을 이야기하고 있다.

> 町田(Machida 씨)가 인력거(Jinrikisha)에 가득차게 쌓아 무기
> 를 가지고 왔다. 긴 창, 각종의 武具, 군대신호에 사용하는 부채,
> 훌륭한 활과 열두 개 화살을 든 전통, 공격할 때 사용하는 칼,
> 창, 其他 모든 도구 등이 바로 그것인데, 셀럼 피바디 박물관을
> 위해서 나에게 주었다. 칼은 다음 주에 가져다 준단다. 나는 피
> 바디 박물관을 위해서 많은 물건을 받았지만, 町田(Machida)씨
> 의 이 선물이 뭐니 뭐니 해도 백미이다.[52]

이러한 일기를 보면 생물학자로서의 면모보다도 박물학자로서의 면

---

52) E. S. Morse, 『JAPAN DAY BY DAY』 VOL. Ⅱ, p.353.
   'Mr. Machida came in jinrikisha full of weapons: long spears and various
   warlike implements; fans for military signaling; a beautiful bow and quiver
   with twelves arrows all the implements used by fencers in practice, sword and
   spear, and these he gave to me for the Peabody Museum, Salem. The swords
   he is going to bring next week. I am having many thing given to me for the
   Peabody Museum, but this gift of Machida's is by far the most important
   accession.'

모가 현저하다. 町田이라는 일본인을 통해 박물관의 진열품을 받은 것
에 대해 크게 기뻐하며, 고무되고 있는 듯하다. 그러나 이러한 노력을
통해 모스가 모은 물건은 미술적인 가치가 없는 것이 대부분이고, 모
스 수집품의 큰 특징이 민속적인 가치를 느낄 수 있다는 것이다. 그리
고 이것과 거의 같은 무렵에 정확한 날짜는 기술되어 있지 않지만, 10
월 18일에 만났던 尹致昊 父子가 모스에게 귀국인사를 하러 왔을 때,
모스는 피바디 박물관을 위하여 한국 물건을 주지 않겠느냐고 간절히
부탁하는 내용의 일기가 있다.

　　어제 내가 벌써 몇 번 만났던 한국인 父子가 작별인사를 하러
　　왔다. 부친이 잠시 후에 한국에 돌아가기 때문이었다. 아들 쪽이
　　일본어를 말하기 때문에 우리는 대화를 잘 할 수 있었다. 내가
　　부친을 향해서 그다지 필요 없는 한국물건들 중에서 박물관을
　　위해서 나에게 줄 것이 있는가를 물어보려고 하자 말이 막혀버
　　렸다. 이것은 내 일본어로서는 도저히 말할 수 없었던 것이다.
　　그래서 잠시 동안 망설인 끝에 일본인 친구를 불러서 통역하게
　　했다. 그는 그의 방에 무엇인가 있는가 보러 가자고 했다. 어제
　　밤에 여덟 가지의 물건을 나에게 주었다. 그런 것들은 다 한국물
　　건으로 어느 것이나 관심이 있는 것이었다.53)

　이처럼 모스는 일본생활을 통하여 조선과 조선 물건에 관심이 더욱

53) E. S. Morse, 『JAPAN DAY BY DAY』 VOL. Ⅱ, pp.353-354.
　　Yesterday tow Koreans, father and son, whom I have met several times, came
　　to bid me good-bye, as the father is soon to return to Korea. The son speaking
　　Japanese we got along quite well until I tried to ask the father if he had
　　anything Korean of no particular use to him to give me for our Museum. This
　　was more than I could say in Japanese friend to interpret. He said he would
　　see if there were any articles in his room. Last night eight different articles
　　were given to me all Korean and of interest.

깊어갔으며, 훗날 조선에 대해 많은 애정을 가지는 계기가 되기도 하는 것으로 보인다. 다음해인 1883년 2월 14일에 모스는 요꼬하마를 출발하여, 중국 동남아시아를 경유하여 유럽으로, 그리고 6월 5일에 미국에 도착했다.

이 귀국 길의 여행 가운데, 특히 우리의 관심을 끄는 것은 모스가 일본에 대해 가지는 열렬한 관심을 기준으로 중국 등 다른 나라에 대한 비교를 해나간다는 점이며, 실제 그의 일기에서는 이러한 면이 더욱 더 강해지고 있다는 점이다. 중국에 도착한 후에 그는 廣東지방에 도착하여 거기서 일본에 있을 때와 같이 도자기 조사를 시작했지만, 그를 대하는 중국의 분위기는 일본과 전혀 다르다는 것을 알게 된다. 그러한 차이를 그는 일기에서 다음과 같이 썼다.

> 1883년 3월 9일
>
> 안내원이 앞에 나가서 걷자, 나는 그 뒤를 따라갔다. 더러운 누더기를 걸친 소년 한 떼거리가 내 뒤를 따라다니며, "양귀(洋鬼)"라고 외치다가 내 앞으로 달아났다. (中略) 나는 이 땅에서의 대우와 일본 각지에서 陶工들에게 받은 환영을 비교하지 않을 수가 없었다. 벽돌이 아니고 항아리로 둘러싼 황량한 뒤뜰이나, 많은 노동자 중에 소수 사람밖에 일하지 않고, 나머지 다른 사람은 서로 혹은 나에게 화를 내고 있었다. 누더기를 걸친 맨발의 아이들떼가, 나에게 "洋鬼"를 의미하는 "환퀴이"라는 怒號를 외치는 데, 나는 그 怒號와 敵意가 찬 군중 속을 헤쳐서 다시 배로 걸어 돌아갈 일을 생각하고 있었다. (中略) 그들이 넓은 기독교 나라에서 취급받고 있는 비참한 처사를 생각하면, 나는 조금도 그들을 비난할 생각은 없다. 만일 진짜 내가 중국인이라면, 그와 같이 더욱 악랄하게 했을 것이다.[54]

---

54) 원문 Dorothy G. Wayman, Edward Sylvester More: A Biography, Cambridge

모스의 일본에 대한 호의적인 생각은 동양의 다른 나라, 특히 중국
을 여행하면서 더욱 가속되어 가지만, 기독교 나라가 중국인에 대해서
했던 일을 생각하면 비난할 생각이 안 든다는 기술에서 모스의 인간다
움이 드러난다. 분명 모스는 중국인의 위협적이고, 모욕적인 행동에
분개해 하고 있다. 이러한 그의 생각은 마지막 구절에서 두드러지게
나타나는데, 만일 자신이 중국인이었다면 더욱 악랄했을 것이라는 진
술에서, 역으로 모스는 중국인의 행동이 악랄했다는 생각을 비추고 있
는 것이다. 이에 이어서 자신은 그러한 중국인의 입장을 이해할 수 있
다고 하여, 이전 어색한 일본인의 옷입기에서 보여준 사려 깊은 태도
로 일관하고 있다. 이러한 모스의 생각과 태도는 壬午軍亂 이후에도
일본인이 조선인을 예의바르게 대하는 태도와 그 맥을 같이 하는 내용
으로 보인다. 위험을 생각해서 주머니에 총을 넣고 길을 나선 태도와
서구제국이 한 행동에 분개하여 무례함을 보이는 중국인을 이해할 수

Massachusetts: Harvard University Press, 1942, pp. 294-295.
I was bound to see pottery-making before I left China and so, engaging a boat
and a crew of six hands with my funds, I started, and this time I put my pistol
in my pocket. In going up the river I noticed how rough the public were,
Many would shout at me in a Way that was not friendly. ··· The guide started
abhead and I after him. A troop of dirty ragged boys followed after me, ran
ahead in front yelling "foreign devil". Men insolently peered under my hat rim,
ground their teeth at me. ··· I could not help contrasting my reception here and
the receptions I met in every part of Japan from the potters there. Fancy a
desolate backyard, covered with pots instead of bricks, a munber of workmen,
few at their duties, the rest shouting at each other or to me. A horde of ragged,
barefooted boys howling and calling me Fan Keai, which means foreign devil,
and then I thought of my walk back to the boat again amid this howling and
hostile crowd. ··· It made me mad, and yet considering the horrible way in
which THEY have been universally treated by Christian nations I don't blame
them in the slightest. Indeed, if I was a Chinese, I would do the same and
much worse.

있다는 태도는 그 의미하는 바가 사뭇 다르지만, 각국의 독자적 문화 특성을 생각하고 깊이 이해하는 모스는 당시의 세계적인 석학이라고 말하기에 충분하다고 하겠다. 동아시아를 여행하던 모스는 싱가포르에서 赤痢病을 앓았기 때문에 그는 거기서는 단편적인 일만 노트에 적어 두고 있다.

1883년 6월 5일 모스는 유럽을 경유해 겨우 뉴욕에 도착해서 약 일년간 세계일주 여행을 마친다. 그리고 미리 셀럼으로 보내놓은 많은 노트, 스케치, 그리고 도자기 컬렉션 등 민속적인 자료를 연구하기 위해 그 후 4년간 린덴가에 있는 주택과 피바디 박물관의 연구실에 틀어박혀 나오지 않는 생활을 보냈다. 한편 조선에서는 같은 해 7월 16일 兪吉濬이 포함된 報聘使節團이 제물포를 출발하여 미국으로 향하고 있었다. 당시 모스는 매사추세츠주 보스턴 근교의 셀럼(Salem)市 피바디 박물관(Peabody Museum)의 관장으로 있었는데, 일본에서의 조선인에 대한 호감과 관심이 유길준을 적극적으로 받아들이는 결정적인 계기가 되었다. 뿐만 아니라 모스는 유길준에게 앞으로 정식 학교생활에 준비가 되는 사항을 직접 지도하였던 것이다. 유길준은 우선 의사소통이 가장 큰 문제였으므로 대부분의 시간을 영어를 배우는데 전념한 것으로 보이며, 그 밖에도 생활관습이나 미국식 교육제도 등의 여러 분야를 익힌 것으로 생각된다.

이러한 유길준의 미국 생활 중 처음 7개월은 모스의 집에서 같이 기거했으므로 그 구체적 자료가 없으나, 이후 모스의 집에서 나와 하숙을 할 때에는 수시로 모스에게 보낸 편지55)가 있어 어느 정도 생활을

---

55) 李光麟, 「兪吉濬의 영문서한」, 『開化派와 開化思想 研究』, 一潮閣, 1989.
    兪吉濬의 편지 내용은 위의 논문에서 참고하였다. 원문인 영문서한은 이 책에 실려 있지 않지만, 후에 『兪吉濬과 개화의 꿈』(1994년 11월 국립중앙박물관 발행)이라는 도록에 일부가 게재되어 있다.

짐작할 수 있다.

모스의 집을 나와서 보낸 첫 편지는 1884년 6월 7일자로 모스의 집을 나와 맞이하는 첫 일요일이라는 구절이 보인다. 이 내용에서 일요일에 특별한 의미를 두어 가족과 함께 보내고 싶어하는 마음이 들어 있는 것으로 보아, 일주일 단위의 미국식 생활관습에도 어느 정도 익숙해져 간 것으로 보인다.

유길준이 미국 유학생활에서 가장 큰 영향을 받은 분야는 모스 교수의 진화론이다. 생물학자인 E. S. 모스는 동경대학이 창설된 첫해 초빙된 미국인 교수로 일본에 다윈의 진화론을 처음 소개한 사람이었다. 유길준은 이러한 E. S. 모스를 동경에서 처음 만난 이래 미국유학 시절 그의 진화론을 직접 배우기도 한 것으로 보인다. 물론 유길준이 진화론을 처음 접한 것은 일본에서부터였다. 이미 일본에서는 1870년대부터 진화론에 대한 일반적 인식이 확대되어, 유길준이 일본에 유학생활을 하던 시기에는 전 국민적인 유행이 되었으며, 福澤諭吉의 여러 사상도 그 근본에는 진화론에 바탕을 둔 사회진화론이 기조를 이루는 것이다. 일본에서는 1879년 伊澤修二에 의하여 토마스 헉슬리(Thomas Huxley, 1825-1895)의 『Lectures on Origin of Species』가 『生種原始論』이란 제목으로 번역 출간되었고, 1881년에는 다윈(Charles Darwin 1809-1882)의 『The Descent of Man』의 제2판이 神津專三郎에 의해 『人祖論』이란 제목으로 번역 출간되어 널리 읽히고 있었기에56), 유길준도 이런 진화론에 대한 책들을 이미 접했을 것으로 보인다.

그러나 진화론에 있어서 그 정통은 모스에게서 찾아야 될 것으로 보인다. 모스는 생물학자이자 진화론자로서 명성이 높았기에 일본에서 진화론에 대한 열기가 한창일 무렵, 동경대학의 초빙교수로서 많은 강

---

56) 渡邊正雄, 『日本人と近代科學』, 岩波書店, 1976, p.110에서 요약함.

연을 하였고 널리 진화론을 보급시켰던 것이다. 유길준의 경우, 일본
에서 어느 정도 진화론에 대한 지식을 갖추었기에 미국유학 시절 모스
의 직접적인 교육을 통하여 진화론에 대한 보다 깊이 있는 지식을 얻
었을 것으로 보인다. 그러나 모스의 관심분야는 자연과학분야인 생물
의 진화였던 반면, 時務學이 주 관심이었던 유길준의 경우에는 이러한
진화론에서 한걸음 나아간 사회진화론에 많은 생각을 두었던 것으로
추측된다. 이러한 유길준의 진화론에 관한 견해는 후일 <개화의 등급>
이라는 글로 정리되었던 것이다.

사회진화론(Social Darwinism)은 다윈의 『種의 起源』이 발표된 이후,
스펜서나 헉슬리 등의 학자를 통해 정립된 사상이다. 다윈이 진화론의
대상을 동·식물로 삼고, 이러한 동·식물 간에는 부단한 생존경쟁과
우승열패가 이루어지며 그 결과로 자연도태와 진화가 나타난다고 설
명하는 반면, 사회진화론은 이러한 진화론의 관점을 인간 사회에 적용
시켜 사회와 국가간의 경쟁과 진보의 개념으로 확대시킨 것이다. 즉
인간은 원숭이로부터 진화한 것이고, 인간사회는 가혹한 생존경쟁에
의해 이루어진다는 데 핵심이 있으며, 이것을 사회와 국가간의 경쟁관
계로 확대시켜 경쟁을 통해서 사회는 점진적으로 발전한다는 사회진
화주의를 정립시킨 것이다. 실제로 현실에서는 다윈의 진화론보다도
이러한 사회진화론이 더 많은 관심과 反響을 불러 일으켰다. 유길준은
일본유학 동안의 수업을 통해, 또한 미국유학 동안의 모스의 직접적인
가르침을 통해 이러한 진화론에 대한 지식을 얻은 후, 두 차례의 글을
발표하게 된다. 그 하나는 일본유학을 마치고 돌아오면서 쓴 「競爭
論」이고, 다른 하나는 미국유학을 마치고 귀국하는 길에 유럽을 순방
하면서 쓴 것으로 생각되는 「中立論」이다.

　　大凡人生의万事가競爭을依持ᄒ지아니ᄒ者가업스니大ᄒ則天

下國家의事로부터小ᄒ則一身一家의事에이르히悉皆競爭을因ᄒ
야始能進步ᄒᄂ者이라万一人生이競爭ᄒᄂ바가업스면何物노써
其智德과幸福을崇進ᄒᆷ을得ᄒ며國家가競爭ᄒᄂ바가업스며何物
노써其光威와富强을增進ᄒᆷ을得ᄒ리요大槪競爭이라ᄒᄂ者ᄂᄆ
룻硏究智修德ᄒᄂ事로붓터文學技藝와農工商百般事業에이르히
人人이其高卑優劣을互相比較ᄒ야他人보다超越ᄒ기를欲ᄒᄂ者
니.57)

위에 인용한 「競爭論」에서 보면 유길준은 국가나 사회간의 경쟁을
부득이한 것으로 파악하고, 이를 통하여 부단히 발전해 나아가야 한다
고 말한다. 이는 다분히 사회진화론의 영향을 받은 것이며, 또한 그러
한 기조에서 자신의 견해를 피력하고 있는 것이다. 이러한 유길준의
생각은 당시 그의 유학 목적이 時務學을 배우는데 있었고, 따라서 격
변하는 세계사회 속에서 나라를 굳건히 지키고 나아가 보다 부강한 나
라로 발전시키기 위한 계책을 나름대로 생각한 것으로, 한 나라가 부
강하고 발전하는 것은 국가 간의 경쟁을 통하는 것이라고 보고 있는
것이다.

그러나 이러한 그의 견해는 아직 깊이 있는 성찰을 통한 성숙한 견
해는 아닌 것으로 보인다. 우선 국가간의 경쟁과 발전이라는 관계의
설정에 있어, 아직은 힘이 약한 조선이 어떻게 먼저 발전하여 강력한
힘을 갖춘 서구 열강과 경쟁할 것인가 하는 구체적 방법의 제시가 보
이지 않으며, 어느 분야의 경쟁이 우리에게 유리하며, 그것이 어떠한
발전을 가져올 것인가 하는 구체적인 전망을 하지 못하고 있는 것이
다. 일본유학을 마치고 귀국길에 쓴 것으로 보이는 이 글은 단순히 일
본에서 배운 사회진화론에 동감하여 자신의 생각을 막연하게나마 피

_____

57) 『兪吉濬全書』 권4, 「競爭論」, pp.45-46.

력한 것이 아닌가 한다.

하지만 4년 뒤 미국유학을 마치고 돌아와서 쓴 「中立論」은 그 의미
와 성격을 달리하고 있다. 兪吉濬은 서구열강의 침략 속에서 조선이
자주독립을 유지할 수 있는 방안을 제시하면서, 특히 러시아를 통한
서구제국주의의 위험함을 경계하고 있다.

> 대저 러시아는 만여 리에 달하는 거칠고 추운 땅에 位置하고
> 있으면서 백만 명의 精兵으로 날마다 그 領土를 넓히는 데 餘念
> 이 없다. 중동아시아 지역의 작은 나라들을 회유하여 保護國으
> 로 만들기도 하고 혹은 獨立權을 인정하기도 하였지만 그 조약
> 문이 마르기도 전에 그 땅을 倂合하여 그 인민들을 노예화하였
> 다. 강한 나라가 약한 나라를 큰 나라가 작은 나라를 倂呑하고자
> 하는 것은 본래 인간 사회의 技癢이지만 러시아는 그 중에서도
> 특히 無道하기 때문에 天下가 貪慾스럽고 暴惡한 나라로 指目
> 하고 있다.58)

이처럼 「中立論」에서는 보다 발전된 논리로 국가사회간의 질서를
파악하고 있다. 강대국이 약소국가를 침략하고, 병합하는 것을 경쟁이
라는 과거의 시각으로 보는 것이 아니라, 弱肉强食 또는 適者生存의
사회진화론적 논리로 파악하고 있는 것이다. 때문에 국가간의 경쟁이
모두 옳은 것은 아니며, 조선과 같이 약한 나라는 중립이라는 보호적
장치를 써야 한다는 보다 발전되고 구체화된 견해를 갖게 되는 것이
다. 이처럼 유길준의 진화론에 대한 견해가 발전하게 된 것은 미국 유
학생활 중 모스의 직접 지도가 큰 역할을 했을 것으로 보인다. 일본유
학시절 어느 정도 진화론에 대한 기본 지식을 습득했던 유길준은 미국
유학시절 모스의 직접적인 지도를 통해 보다 심도있고, 폭 넓은 공부

58) 『兪吉濬全書』 권4, 「中立論」, p.321.

를 할 수 있었던 것이다. 이러한 모스의 직·간접적인 가르침은 유길
준의 사회진화론에 보다 큰 영향을 끼쳤고, 결국 그의 사회진화론이
발전하는 결정적인 계기를 마련했으며, 이는 훗날『西遊見聞』의 집필
에 있어 사상적 기조를 이루는 것으로 보인다. 이렇게 1880년대에 이
미 유길준에 의해 습득·소개되었던 진화론은 정작 우리 사회에서는
1900년대를 넘어서면서 梁啓超(1837-1929)의 『飮氷室文集』이 출간되
어서야 관심을 가지게 된다. 이는 실로 유길준의 선구자적 모습을 다
시 한번 확인할 수 있는 대목이기도 하다.

5. 덤머 아카데미에서의 수학

미국유학을 위해 보빙사 일행과 헤어진 兪吉濬은 세일럼市에 있는
모스를 찾아갔다. 보스톤 동북쪽 30마일 지점에 있는 세일럼市는 중국
과의 무역이 활발한 지역이라 동양의 분위기를 느낄 수 있는 곳이었
다. 유길준은 이 때 이미 머리를 깎고 양복을 입었으며, 당시 피바디
박물관장이었던 모스는 유길준으로부터 그가 벗어 던진 갓, 도포, 저
고리, 바지, 내의, 토시, 부채, 명함 등 20여 종의 소지품을 기증받아
박물관에 전시하였다. 유길준은 모스의 집에 기거하면서 모스로부터
직접 지도를 받다가 어느 정도 미국식 생활에 적응이 되고 영어도 익
숙해지자, 6개월 뒤에는 모스의 주선으로 세일럼市 섬머路 33번지에
방을 얻어 하숙을 하였다. 그는 이 곳에서 보빙사의 일행으로 미국 각
지를 시찰했던 것과는 다른 그야말로 생생한 미국인의 삶을 접할 수
있었다. 이 때 모스에게 쓴 유길준의 편지는 당시의 유길준의 관심사
를 일러주고 있다.

교수님께서 저에게 보낸 친절한 선물, 즉 영어와 과학을 이해
하는 데 필요한 자료집을 받았습니다. 참으로 고맙습니다. 이 책
은 교수님의 친절의 표시이기도 하지만, 제가 저의 모국으로 돌
아갈 때 미국에 대한 지식을 전파하는 데 도움이 될 것입니다.
그러나 무엇보다 더 먼저 제가 미국에 있는 동안 개인적으로 저
자신이 미국 지식을 익히는 데 도움이 될 것입니다. 교수님의 가
족과 교수님의 성실한 친구들에게 안부를 부탁합니다.[59]

피바디 박물관에 의하면 이 편지는 1884년 7월 2일에 쓴 것으로 추
측된다. 유길준은 이 당시 영어공부에 전념을 하였을 것으로 보인다.
그러나 그의 관심은 미국생활을 위한, 또한 신학문을 습득하기 위한
도구로서의 영어학습에 그치는 것이 아니었다. 그는 이미 서구문명의
근원을 향한 배움의 여정에 올랐던 것이다. 이러한 면은 서양학문의
기초인 과학에 대한 관심이 지대하였음을 통해서도 짐작할 수 있다.
『서유견문』을 통해 알 수 있듯이 유길준은 과학이야말로 서양문명을
개화시킨 원동력이라 생각했던 것이다. 따라서 유길준은 이러한 지식
이 미국생활에서의 유용함뿐만 아니라, 귀국해서 개화의 일선에서 사
용할 수 있는 유용한 지식임을 언급하고 있는 것이다. 정규 교과과정
을 통한 학습이 시작되기 이전부터 스스로 서구의 신학문을 독학하고
있었던 것이다.

유길준은 세일럼市에서 생활한 지 9개월이 지난 1884년 9월 바이필
드(Byfield)에 있는 거버너 덤머 아카데미(Governor Dummer Academy)

---

59) 李光麟, 『開化派와 開化思想 研究』, 一潮閣, 1989, p.219.
   유길준의 편지는 원문을 구해볼 수 없어 이 책에 수록된 번역문을 전재하였
   다. 이 책에는 유길준이 모스의 집을 나와 하숙하던 시절, 덤머 아카데미 기숙
   사 생활을 하던 시절, 그리고 유럽을 거쳐 귀국하는 과정에서 쓴 19통의 서한
   이 소개되고 있다.

에 입학하여 미국에서의 정식 학교생활을 시작한다. 이 학교는 미국이
독립하기 전인 1763년 매사추세츠州의 부지사 윌리엄 덤머(William
Dummer)가 설립한 학교로서 하버드대학 진학을 위해 미국 동부지역
수재들이 몰려드는 120년의 역사를 지닌 명문 고등학교였다. 유길준은
이 학교의 3학년에 편입하여 기숙사 생활을 하였다. 유길준이 이 학교
에서 무엇을 보고, 배우고, 느꼈는지는 구체적인 자료가 없어 자세히
알 수는 없다. 다만 유길준이 모스에게 간간이 편지를 보낸 것이 있어
막연하게나마 그 내용을 추론해 볼 수 있다.

유길준은 이 학교의 존 퍼킨스(John Perkins) 교장과 타운(G. W.
Towne), 우드버리(A. W. Woodbury) 교사 등으로부터 소위 서구문명
의 핵심인 라틴어, 대수, 지리, 영어, 불어, 부기 등의 다양한 과목을
다른 미국인 학생과 똑같이 배우고 시험도 치렀는데, 평소 열심히 노
력하여 다른 학생들보다 월등히 높은 성적을 얻었던 것으로 보인다.
특히 1884년 11월 3일자 편지에는 모스에게 자신이 배운 수업의 내용
과 시험점수를 일일이 알리고 있다.

경애하는 '모스' 교수님
교수님을 즐겁게 해줄 수 있을 것이기 때문에 이번에 이야기
하게 된 것을 매우 기쁘게 생각합니다. 교수님께서는 항상 저의
공부가 나아지기를 바라고 있습니다. 어제 오후 시험을 치러 87
점을 맞았습니다. 이것은 다른 학생들보다 16점이나 높은 점수
였습니다. 물론 100점 보다 13점이나 낮기는 합니다만.
처음에 선생님들은 앞서 시험을 치른 바 없으니까 저에게 시
험을 면제해 주겠다고 하였습니다. 그 까닭은 신입생인데다가
외국학생이었기 때문입니다. 그러나 시험을 치러야 된다고 생각
하여 다른 학생들과 같이 치르게 되었습니다. 선생님들이 좋다
고 말씀함에 두려움을 갖고 시작하여 지난주부터 약간 더 열심

히 공부하였습니다. 그랬더니 다행히도 별로 틀리지 않았습니다.
물론 아직까지 공부하지 않았던 하나의 문제를 제외하고 말입니
다.

　　교수님의 가족, '브룩스'씨 가족에게 문안을 바랍니다. 교수님
의 충실한 제자가 될 것으로 저를 믿어 주세요. 유길준.[60]

　이 편지를 통해 유길준이 어떤 과목의 시험을 치렀는지에 대해서는
알 길이 없다. 그러나 유길준은 덤머 아카데미에서 대단히 열심히 공
부했고, 유학생으로서의 자긍심을 잃지 않으려고 애썼음을 알 수 있
다. 나이 어린 학생들과 동일한 조건에서 공부하고, 동일한 조건에서
시험을 치르고자 하는 마음에서 서구문명을 하나라도 더 알기 위해 노
력하는 만학도의 모습을 그려볼 수 있다. 이러한 시험에 대한 결과보
고는 1884년 11월 3일에 쓴 다음의 편지에서 더욱 자세히 드러나고 있
다.

　　경애하는 '모스' 교수님
　　교수님의 친절한 편지를 받았습니다. 그리고 흥미 있는 내용
이 들어 있는 저의 부친의 편지도 받았습니다. 편지의 내용을 소
상하게 이야기하겠습니다. 한국 국왕이 국민의 의복을 고치라는
諭示를 전국에 내렸답니다. 누구나 그 유시에 반대하지는 못할
것입니다. 그러나 영의정과 각조 판서들이 전통을 저해한다 하
여 불만을 표시하고 국왕으로 하여금 유시를 철회토록 하였더니
국왕이 노하면서 그들에게 지금은 토의할 시기가 아니며, 전통
적인 것을 근대적인 것으로 바꿔야 하며, 의복제도의 개량은 그
첫째 것에 해당된다고 하였답니다. 이와 같았음에도 불구하고
그들은 국왕의 의사에 반대하였습니다. 할 수 없이 영의정은 사

60) 李光麟, 『開化派와 開化思想 研究』, 一潮閣, 1989, p.223.

의를 표명하고, 일부 판서들은 귀양을 당하였다 합니다. 교수님
께서는 이와 같은 일을 분명히 이상하게 여기실 것입니다만 우
리나라의 오늘과 같은 상황에서는 국왕이 그와 같은 권력을 행
사하는 것이 좋을 것으로 생각됩니다. 그러나 오래 계속되지는
못할 것입니다.

화산과 지진, 그리고 墳泉에 관한 이론 및 영향, 또 대륙의 생
성과정에 대한 시험을 치러 저는 94점을 맞았습니다. 그리고 20
문항에 달하는 수학시험은 100점을 맞았습니다. 저를 교수님의
충직한 제자가 될 것으로 믿어 주세요.[61]

---

61) 『兪吉濬과 開化의 꿈』, 전시도록, 국립중앙박물관 · 조선일보사, 1994, pp.33-
35.
By field Nov. 3th 1884
Dear Prof. E. S. Morse
I have received your kind note, and letter, which was sent my father containing
interesting matter, and I tell you in full, that majesty of Korea had a manifesto
on the ( ) of the change in the ( ) of the garment through the whole nation,
the Koreans were at day. Nobody opposed but the prime minister and the
ministers ( ) head of some departure were greatly discontinue because of it,
and then ( ) every kinderence in its way, by persuading His Majesty is give up
his purpose, so that His majesty because angry with them, and said to them
This is not the time for discussion, we must conform to modern civilization
successive changes, this is the first nation in the standing Statement, they
-comfused in- His Majesty's desire, There upon prime minister his dismissal
and of other dismissal and of other minister I think this affair certainly be very
arbitrary is you to hear from a mere saying, but it is really better for His
Majesty has such a ( ) to do so. On the condition of our Country, and I hope
it will not continue for a long period. I had an examination on the theories and
eonse- quences of the volcanoes, earthquakes, geysers, and arrangement of
relief form of continents, got 94 Percent and twenty questions of Mathematics,
100 Percent. Please believe me your faithfully.
You Keel June   To Prof Edward S. Morse
확인하기 어려운 부분은 ( )로 표시하였다.

이 편지를 통해 수업 내용에는 화산과 지진, 그리고 墳泉에 관한 이론 및 영향, 또 대륙의 생성과정에 대한 것이 포함되어 있었으며, 아울러 수학시험이 있었음을 알 수 있다. 즉 지리와 수학시험을 치렀던 것이다. 이러한 교과목은 과학적 사고를 위해 필수적인 것으로 유길준은 이러한 과목에 상당한 자신감과 관심을 갖고 있었으며, 이를 통해 서양문명의 토대를 직접적으로 느낀 것으로 보인다. 물론 이러한 과학적 지식은 그의 개화사상을 조직화하고 체계화하는 데에도 일조를 하였을 것이다. 다윈의 생물학적 진화론을 사회에 적용시킨 사회진화론이 그의 개화사상의 핵심을 이루었다는 것이 그 좋은 예라 할 것이다.

兪吉濬은 이러한 수업을 통한 새로운 학문적 지식뿐만 아니라, 학생들과의 생활 속에서도 많은 체험을 하고, 서구 민주주의의 생활 문화를 배웠다. 그 한 예로 1884년 10월에 쓴 것으로 추정되는 편지에는 미국의 학생들이 직접선거에 의해 대표를 뽑는 과정을 지켜보고는 많은 감명을 받았다는 내용이 보인다.

> 경애하는 '모스' 교수님
> 모국에 대한 것을 아무것도 모르고 있었는데 모국에서가 아니라 일본에 거주하고 있는 저의 친구로부터 보내온 편지를 친절하게도 부쳐주신 데에 대해 감사를 드립니다. 친구의 편지 중에는 청불전쟁 때문에 한국의 상업이 크게 피해를 입고 있다는 것을 쓰지 않고 있습니다.
> 여기서 미국 학생에 대해 재미나는 이야기를 하나 하겠습니다. 지난 주 시시한 문제를 갖고 모임을 가졌습니다. 먼저 회장과 서기 선출이 있었고, 다음으로 여러 문제에 대해 협의를 하였습니다. 끝으로 두 학생이 각기 의견을 내게 되어 투표로서 결정을 하게 되었습니다. 학생의 의견 중에는 약간 다른 것이 있었으나, 하나는 다른 의견보다 더 좋았음에 틀림이 없습니다. 일의

본질이 서로 다르고, 그래서 학생들에게는 매우 힘든 것이었습
니다. 여러 가지 의견 가운데 옳은 하나를 택하기 위해 투표를
해야 했습니다. 물론 반대를 한 학생을 제외하고 말입니다. 저는
투표를 보고 놀랐고, 또 저 자신도 약간 배울 수 있었습니다. 왜
그런가하면 학생들은 참으로 지성적이면서 양심적, 그리고 독자
적인 입장을 취하고 있었기 때문이다.

　여기 학생들은 미국 내에서 가장 우수한 사람들일까요? 그렇
지 않다면 어떻게 해서 제가 위에서 말씀드린 바와 같은 태도를
취할 수 있었을까요? 그들은 평균적으로 세계 여러 나라의 학생
들과 비슷할 것입니다. 그러나 그와 같은 태도를 취하는 것을 보
고 저는 놀랐습니다. 미국 국민이 이 지구상의 다른 국민보다 더
식별력과 공덕심, 그리고 독자적인 판단을 내리고, 또 그 나라의
사상경향을 모두 받고 있는 것으로 생각되었습니다. 물론 제가
생각하기에는 여기 학생들뿐만 아니라 미국 내의 다른 학생들도
같은 자질을 갖고 있을 것입니다. 어린이들이 없이는 국민성이
형성될 수 없을 것이고, 그 국민성은 시민의 성격 여하에 달려있
다고 생각됩니다. 그 까닭은 국민성이란 개인의 시민의식으로
형성되는 것이고, 모든 시민은 어린 시절을 거치는 것이므로 오
늘의 어린이는 후세의 시민이 되기 때문입니다. 그렇다면 미국
의 학생들은 미국을 건설하는 요소가 됩니다. 그것은 모두가 태
어나기 전부터 있었고, 또 지금도 존재하고 있을 뿐만 아니라,
후세에 이르기까지 지구상에서 사라지지 않을 것입니다.[62]

　兪吉濬은 이러한 학교생활 속에서 살아있는 민주주의를 익혀나갔던
것으로 보인다. 그는 선거 과정을 진행시켜나가는 학생들의 민주주의
적 소양과 교육이 바탕이 되어 당시의 미국이 부강하게 된 것이라고
결론을 내리고 있다. 하나의 올바른 길을 선택하기 위하여 구성원 전

---

62) 李光麟, 前揭書, 1989, pp.221-222.

체가 토론을 하고, 자신의 견해를 개진하며, 끝으로 구성원 모두가 투
표를 하는 모습을 보고 유길준은 적지 않게 놀랐던 것 같다. 이러한 어
린 학생들의 지성과 양심과 독자성은 시민의식으로 발전하고, 나아가
국민성으로 형성되는 것이므로 이는 곧 한 국가의 발전에 토대가 되는
것임을 절실히 느끼고 있었던 것이다. 유길준은 어린 학생들과의 생활
속에서 진정한 민주주의, 진정한 문명국의 모습을 체득할 수 있었던
것이다. 여기서 그는 고국에 있는 일반 시민의 의식정도나 국민성을
향상시키기 위한 교육에 대하여 다시 한번 생각했던 것으로 보인다.
이렇게 유길준은 일회성의 단순한 시찰이나 순방의 기회가 아닌 실제
의 생활 속에서 서양의 문화와 발달된 과학기술 등을 차근차근 익혀
나가고 있었던 것이다.

그러던 중 兪吉濬은 1884년 12월 갑신정변의 소식을 듣게 된다. 이
소식은 유길준에게는 커다란 갈등을 주는 소식임에 틀림이 없었다.
정변의 주역인 김옥균, 박영효, 서광범 등은 개화사상을 같이한 절친
한 친구들이었고, 이들에게 칼을 맞아 부상을 당한 민영익은 매번 자
신을 도와준 후견인과도 같았기 때문이다. 실제 미국유학도 민영익의
주선과 도움으로 가능했던 것이기에 그의 갈등은 더욱 컸던 것으로
보인다. 1884년 12월 17일자 서한에 이러한 그의 마음이 잘 드러나고
있다.

> 경애하는 '모스' 교수님
> 교수님께서 편지로 저에게 지시한 것처럼 하겠습니다. 교수
> 님, 한국의 분위기가 악화되었다는 소식을 들은 이래 저는 가슴
> 이 찢어지는 슬픔을 어떻게 억제할 수 있었을까요. 사실이든 아
> 니든 간에 비통의 슬픔을 느끼지 않고서는 견디기가 매우 힘들
> 었습니다. 저는 소식을 듣는 순간 곧바로 교수님 곁으로 가서 친

절한 충고를 받아야 했으나 일본으로부터 정확한 보고가 전달될
때까지 기다리는 것이 좋을 것으로 판단하였습니다. 저는 교수
님의 충직한 제자입니다. 유길준.[63]

  1884년 12월 4일부터 6일까지의 갑신정변 소식을 접하고 갈등에 빠
져 있을 무렵, 兪吉濬은 모스로부터 한국의 정계 움직임에 신경을 쓰
지 말고 계속 학업에 열중하라는 편지를 받는다. 이를 계기로 兪吉濬
은 일본으로부터 보다 정확한 소식이 오기를 기다리며 귀국을 뒤로 미
룬다. 이후 크리스마스를 전후하여 뉴욕으로 가 뉴욕주재 명예조선총
영사인 프레이자(Everett Frazer)를 만난다. 여기서 兪吉濬의 좀 더 정
확한 고국의 소식과 국비장학생으로 온 자신의 학비가 더 이상 지급되
지 않을 것이라는 것을 알았지만, 1년의 학기는 채우기 위하여 다음해
6월까지 학업을 계속한다. 고국에서의 정변과 이로 인해 자신과 뜻을
같이 하고 자신을 돌보아주었던 사람들의 수난은 이국땅에서 서양문
명을 배우던 유길준의 마음을 흔들어놓기에 충분하였다. 미국에서의
생활은 결국 조국의 개화와 발전을 위한 것이었지만, 갑신정변 이후의
정국의 보수적 성향에로의 회귀는 이러한 유길준의 노력이 무위로 끝
날 위기에까지 몰렸던 것이다. 마침내 유길준은 1885년 6월 유럽을 거
쳐서 혼란스러운 고국으로 향하게 된다.
  2년이 채 안되는 미국 생활이었지만, 유길준은 이 기간동안 미국이
라는 나라를 체험함으로써 그 부강한 모습과 원인을 나름대로 느낄
수 있었다. 특히 모스의 집에서 나와 하숙을 하면서 자연스럽게 미국
의 문물을 접할 수 있었고, 1년에 걸친 덤머 아카데미에서의 修學에
서 서양문명의 실체와 근원을 구체적으로 배울 수 있었다. 아울러 학
생들과의 기숙사 생활을 통해 민주주의와 시민사회에 대해 직접적으

---

63) 李光麟, 『開化派와 開化恩想 硏究』, 一潮閣, 1989, p.224.

로 배울 수 있었다. 이러한 미국에서의 수학과정은 그의 개화사상 형
성에 직접적인 영향을 끼쳤고, 이는 후일 고국에 돌아와 갑오경장을
전후하여 그가 그의 개화사상을 현실적으로 펼치는 데에 큰 자양분이
되었다.

III. 『西遊見聞』에 나타난 개화사상과 국어 의식

1. 『西遊見聞』의 저술배경

1) 福澤諭吉의 『西洋事情』과 그 영향

『西遊見聞』은 兪吉濬이 미국유학 후 귀국하여 연금되어 있던 동안 쓴 책[1]으로 1889년에 완성하여 1895년에 동경에서 발간되었다. 自費로 출판된 『서유견문』 천 부를 유길준은 각 계층의 인사들에게 배부하였는데, 때문에 『서유견문』은 사상적으로 개화에 관심을 가진 거의 모든 지식인들에게 상당한 영향력을 끼쳤다. 『서유견문』은 北學派의 利用厚生思想에서 연원하여 東道西器論을 거쳐 형성된 개화사상을 가장 폭 넓게, 그리고 가장 깊이 있게 체계화한 저서이다. 여기서 유길준은 古法을 가장 이상적으로 보는 유교적 세계관에서 벗어나 역사는 진보한다는 사회진화론적 사상을 강하게 표명하고 있다. 이러한 유길준의 생각이 구체화된 것이 '未開化 – 半開化 – 開化'의 삼단계론을 펼친 <開化의 等級>과 같은 글로서 역사는 개화를 향해 진보한다는 것이

---

1) 『西遊見聞』의 著述期間을 정확히 따져본다면, 1885년 12월 귀국하여 포도대장 한규설의 집에 연금되어 있다가 白鹿洞 翠雲亭으로 옮긴 1887년 가을부터 自序의 끝에 나타나 있는 刊記 四百九十八年 己丑 暮春 즉 1889년 늦은 봄까지인 1년 반 정도의 기간에 완성된 것으로 보인다.

다.2)

그러나 이렇게 유길준의 앞선 생각을 담고 있는『서유견문』도 다시 살펴보아야 할 부분과 의미를 되새겨야 할 부분이 있다. 유길준은『서유견문』의 서문 곳곳에서『서유견문』이 나오기까지 자신의 행적과 저술과정을 밝히고 있다. 이중『서유견문』의 저술에 특별한 영향을 준 몇 가지를 이야기하고 있는 것이 주목된다.

> 聖上御極ᄒ신十八年辛巳春에余가東으로日本에游ᄒ야其人民의勤勉ᄒ혼習俗과事物의繁殖ᄒ혼景像을見ᄒ흠애竊料ᄒ든배아니러니及其國中의多聞博識의士를從ᄒ야論議唱酬ᄒᄂ際에其意를掬ᄒ고親見奇文의書를閱ᄒ야反疑審究ᄒᄂ間에其事를考ᄒ야實境을透解ᄒ며眞界를披開ᄒ흔則其施措規模이泰西의風을摹倣ᄒ흔者가十의八九를是居ᄒ니.3)

위의 글은『서유견문』의 서문 중 맨 첫 머리를 인용한 것이다. 위의 글에서 알 수 있듯 兪吉濬은『西遊見聞』의 처음에서부터 福澤諭吉과 그의 책들에 대한 영향에 대하여 적고 있다. 여기서 '多聞博識한 士'는 福澤諭吉로 보여지며, 그와 만나서 이야기를 주고받는 중에 뜻을 깨달았고, 그의 親見奇文한 책들을 보고 새로운 경지를 알게 되었다고 말하고 있다. 즉『서유견문』의 저술에 福澤諭吉과 그의 저서가 미친 영향을 단적으로 보여주는 부분이라고 하겠다. 이러한 유길준의 自序가 아니더라도『서유견문』과『서양사정』의 구성이나 내용의 유사성 등에 의하여 두 책 사이의 영향관계에 대해서는 많은 논의가 되어왔다.4)

---

2) 김윤식·김현 공저,『韓國文學史』, 민음사, 1973, p.79.
3)『兪吉濬全書』권1,「西遊見聞」序文.
4)『西遊見聞』과『西洋事情』의 구성이나 내용의 유사성에 대한 연구는 김태준 (『西遊見聞』解題,『西遊見聞(續)』, 박영문고 93, 1976, pp.299-307) 교수의 연

　『서유견문』의 진정한 가치를 밝히기 위해서는『서양사정』과의 영향 관계가 분명히 제시되어야 할 것이며, 이러한 영향 관계를 비교할 때에는 무엇보다도 이제까지 소홀하게 다루어진『서양사정』의 저술과정이나 福澤諭吉 사상 형성에 무엇이 영향을 주었던가를 밝히고, 이러한 근본적인 서구의 신지식이나 학자, 저서들의 내용을 밝혀서, 福澤諭吉과 유길준이 각각 서구의 새로운 지식을 어떻게 자기화하고 있는가를 살피는 작업 또한 의미를 가진다고 하겠다. 따라서 본 장에서는『서양사정』의 완성에 영향을 주었던 서구의 여러 저서와 학자들의 사상을 살핌으로써 궁극적으로『서양사정』과『서유견문』과의 독창성과 차별성에 대하여 알아보고자 한다.

　兪吉濬에게 가장 큰 영향을 준 福澤諭吉이 처음으로 번역한 경제학 책은 쳄버스(Chambers)의 敎科用 經濟書『학교 및 가정교육용의 경제학(Educational Course Political Economy for Use in School, and for Private Instruction)』이다. 福澤은 1862년(文久 2년)에 德川幕府가 일본의 여러 항구도시의 開港을 지연시키고자 遣歐使節團을 파견할 때, 통역의 자격으로 유럽에 건너가 런던에서 이 책을 구입했다고 알려져 있다. 서양 경제학에 관하여 수입한 책으로 이 책이 최초는 아니지만, 이 책은 '당시는 일본에서 보기 드문 진기한 책'이라고 씌어있다. 이 책은 런던 및 에딘버러에서 출판업을 하고 있던 윌리엄 엔드 로버트 쳄버스 사(William and Robert Chambers, London and Edinburgh)가『쳄버스의 교육과정』이라는 이름으로 출판한 시리즈 중의 한 권이다. 윌리엄이 형이고 로보트가 동생으로 1819년 형제가 출판과 인쇄소를 창설,『에딘버러지』,『영문학 백과사전』, 그 외 각종 백과전서를 발행하고 있다. 쳄버스는 이 책은「학교 및 가정교육용 도서」로 이 책 자체가 윌리엄

───────────

구를 비롯하여 많은 연구 성과를 보이고 있다.

쳄버스와 로보트 쳄버스의 편집으로 저서는 아니다.

그러나 福澤를 연구하는데 있어서 이 책은 꼭 참고하여야 할 중요한 책으로, 나아가 兪吉濬의 『西遊見聞』을 연구함에 있어서 福澤의 『西洋事情』과의 비교는 선행되어야 할 과정이기에 쳄버스의 이 책에 관해서 언급하지 않을 수 없다. 福澤이 런던의 헌 책방을 헤맸던 것은 1862년의 일로 당시 여러 종류의 경제학 名著가 런던의 서점에는 많이 진열되어 있었을 것이다. 그러나 福澤은 왜 이들 서점에 진열된 명저를 사지 않고, 쳄버스의 『경제서』를 선택했을까 하는 의문이 든다. 그 이유는 쳄버스의 『경제서』가 개론적인 내용으로 계몽서로서는 최적이고, 154페이지의 포켓판 형식에 작은 활자의 글씨로 가득차 있으며, 휴대에 편리하고 싼 가격이었기 때문이 아니었을까 한다.

쳄버스 『경제서』의 내용을 살펴보면, 책의 첫 페이지에 「주의서」가 있고, 이어서 아래와 같이 기술하고 있다.

'경제학의 원리에 대한 지식은 초등교육에서부터 한 부분을 형성해야 할 것이라고 믿기 때문에, 우리들은 여러 면에서 살펴보아 이러한 임무를 행하기에 적당하다고 생각되는 한 사람의 저자를 선택하고 그의 도움을 얻어, 이 임무에 관한 본 저술을 출판하기로 했다. 정밀한 원리가 집약된 과학으로서의 경제학은 사회조직에 대해서 권위가 없는 정의를 내리는 법이 없다. 그러나 학교 교육상의 저술로는 이런 기술적인 특징에서 거리가 먼 것이 적당하다고 생각된다. 개인 의무가 무엇인지에 대하여 무지한 사람이 많을 때, 또 시민사회의 기초가 전복되어 있을 때, 국가의 복지에 있어서 중요한 것을 젊은 사람들에게 가르치는 것이다. 때문에 지금까지 돌보지 않았던 연구 분야 - 사회경제학에 대해서 쉬운 말로 설명하는 것은 현재 편집자에게 맡겨진 중요한 임무이다. 이러한 임무에 의해서 도덕적, 사회적인 문제로

부터 시작하여, 경제학의 원리가 서서히 또한 자연적으로 학생
앞에 제시되어 혼란 없이 습득되는 것을 볼 수 있을 것이다.[5]

　필자는 이 책의 발간 목적을 학교 교육을 위해서 실용적 지식을 제
공하는 데 있다. 즉 시민사회의 기초를 마련하고, 국가 복지의 중요성
을 가르치기 위하여 이 책을 펴낸다고 밝히고 있으니, 서구의 새로운
지식을 국민에게 알리어 대중계몽에 목적을 두었던 福澤諭吉에게는
더 없이 적절한 책으로 보였을 것이다. 또한 실제로 福澤諭吉은 이러
한 서구의 새로운 지식을 그의 대표적 저서인 『서양사정』에 보통사람
이 이해하기 쉽게 옮겨 놓거나, 신문에 연재함으로써 자신의 목적을
달성해 내고 있다. 이러한 면에서 본다면 福澤諭吉에게는 고도로 치밀
하고, 전문적인 경제서보다는 쳄버스의 『학교 및 가정교육용의 경제
학』 같은 교양개설서가 더 필요했을 것이다.

---

5) William and Robert Chambers, London and Edinburgh, Educational Course
Political Economy for Use in School, and for Private Instruction, Notice, 1873.
Believing that a knowledge of the principles of Political Economy ought to form
one of the departments in elementary education, we have, with the assistance of
a writer every way competent for the task, prepared the present treatise on the
subject. Political Economy, as a science reduced to exact principles, is not
ordinarily connected with the less authorized definitions of social organization.
But in a school treatise, it is thought proper to depart from this technical
distinction. When so much ignorance seems to prevail on the nature of
individual duties, and the very foundations of civil society are attempted to be
undermined, it cannot but be important to instruct the young in things vital to
the wellbeing of states. To present, in simple language, explanations on that
hitherto neglected branch of study Social Economy is therefore a leading object
of the work now submitted the educator. It will be observed, that by the plan of
commencing with matter of moral and social concern, the principles of political
economy come gradually and naturally before the pupil, and may be mastered
without difficulty.

더불어 이 책의 저자가 누구인가의 문제를 밝혀지지 않고 있었는데,
최근 하버드대학의 역사학 교수 알버트 엠크레이그가 '죤힐 바튼'이
라는 사실을 밝혀냈다. 그는 慶應義塾대학 福澤연구센타에서 발행
하는 『근대일본연구』 창간호에 <John Hill Burton and Fukuzawa
Yukichi>6)이라는 논문을 통해서 이와 같은 사실을 밝히고 있다.7) 이
밖에도 福澤諭吉이 抄譯을 하였고 『西洋事情』을 저술하는데 참고로 한
대표적 자료들로는 윌리엄 블랙스턴(Sir William Blackstone, 1732- 1780)
의 『Commentaries on the Laws of England』와 프란시스 웨일랜드
(Francis Wayland, 1796-1865)의 『The Elements of Political Economy
(1837)』와 『The Elements of Moral Science(1835)』 등이 있다.8)

이와 같이 福澤諭吉의 『西洋事情』은 제목 그대로 서양의 여러 사정
을 일본의 대중에게 알리는 것이 주목적이었기에 당시 서양에 출간되
어 있던 여러 개설 서류의 책들을 참고로 하여 완성된 것으로 보이며,
俞吉濬의 『西遊見聞』도 그 저술의 과정과 형성에서는 대동소이하다.
그 구체적 내용과 우리의 실정에 어떻게 적합하게 變改했는지가 주목
된다고 하겠다.

福澤諭吉은 1862년 1월에 유럽으로 건너가 유럽 각지를 구경하고
12월에 귀국해서부터, 저술에 착수하여 4년 지난 1866년(경응 2년)

---

6) Albert M. Craig, John Hill Burton and Fukuzawa Yukichi, 『近代日本硏究』 1,
   慶應義塾 福澤硏究センター, 1985. 일역은 西川俊一譯, 「ジョン・ヒル・バートン
   と福澤諭吉 -『西洋事情外編』の原著は誰が書いたか」, 『福澤諭吉年鑑』 11, 1984.
7) 또한 이 논문을 니시카슌와이치(西川俊一) 교수가 일본어로 번역하여 후쿠자
   와 유기치(福澤諭吉)협회가 발행하는 『福澤諭吉年鑑』 제11호(1984년판)에
   <『西洋事情』의 원저(原著)는 누가 썼는가>라는 제목으로 발표하기도 했다.
8) 김태준, 「日東紀游와 『西遊見聞』」, 『比較文學』 16집, 한국비교문학회, 1991,
   p.91.
   이광린, 「俞吉濬의 개화사상 -『西遊見聞』을 중심으로」, 『한국개화사상연구』,
   일조각, 1979, p.73.

末에『西洋事情』초편 3권을 간행한다. 유럽여행 중에는 책만을 보아
서는 알 수 없는 것을 조사하거나 물어서 기록하였고, 귀국해서는 여
러 가지 참고도서를 조사해 자신의 실제 기억과 연결지어서『서양사
정』을 썼다. 또한 당시 메모했던 수첩은 현재『西航手帖』이란 제목의
책으로 남아 있으며, 쳄버스의『경제서』는『서양사정』의 外編을 저술
하는데 많은 참고가 된 것으로 밝혀져 있다.『서양사정』初編은 1866
년 이전에 이미 완성되었지만, 攘夷論이 득세하고 있던 당시 일본의
상황에서는 출판에 위험이 있다고 느꼈기 때문에 1866년까지 그 출판
을 일부러 연기했다고 한다. 이 책은 출판되자 대단한 인기를 누렸는
데, 출판 당시 정식으로 조판되어 팔린 책이 15만부 정도이고, 僞版한
것까지를 포함한다면 20만부에서 25만부 이상이 팔렸다고 전해지고
있다.

　『西洋事情』의 구성은 정치, 收稅法, 국채, 지폐, 상인회사, 외국교제,
兵制, 문학기술, 학교, 신문지, 문고, 병원, 啞院, 盲院, 癩院, 痴兒院,
박물관, 박람회, 증기기관, 증기선, 기차, 전신기, 瓦斯燈, 태양력, 아메
리카 합중국의 역사 · 정치 · 육해군 · 재정, 네덜란드의 역사 · 정치 ·
육해군 · 재정 · 식민지 등으로 이루어져 있다. 이러한 내용들은 거의
가 서양 原書의 번역이지만, 福澤의 유럽과 미국의 견문도 부분적으로
포함되어 있어, 당시 일본사절단의 일원이었던 福澤의 관찰시각을 생
각해 볼 수 있는 것이 많이 있다. 또한 책의 어느 부분이든지 게이오
(慶應)시대부터 메이지(明治)시대에 걸쳐 일본국민은 이 책을 읽고 서
양문명을 이해했으며, 이 책을 통하여 서양문물에 대한 호기심을 갖는
한편 경이로움 또한 느꼈을 것이다.

　실제로 일본에서는『西洋事情』초편 출간 후, 대부분의 사람들이 다
음 편을 구해 읽는 대단한 성황을 이루었다. 때문에 福澤은 1867년 두
번째의 미국방문을 마치고, 6월에 귀국하여 2편을 쓰려고 했지만, 각

국의 역사, 정치, 재정, 군비 등을 설명해도 그것은 부분적이기 때문에 이것만으로는 서양의 사정을 잘 이해할 수 없다고 생각하여 보다 근본적인 교양 계몽서의 출간을 꾀하게 된다. 즉『서양사정』의 기초가 되는 지식을 알 필요가 있다고 생각하여, 福澤은 챔버스의『경제서』의 전반을 번역하였으며, 다른 책도 부분적으로 인용하여 外編 3권을 저술했던 것이다.

정치적 상황을 통해 일본의 사정을 살펴본다면, 당시 일본이 쇄국상태에서 급히 개국으로 전환해간 것은 이미 福澤의 연구와 출판 이전에도 다른 연구자들의 서양에 대한 연구나, 서양사회에 대한 소개가 이루어지고 있었음을 의미한다. 그러나 그들은 서양이야말로 문명의 나라라 생각하고, 서양을 이상화하여 받아들인다. 19세기 서구열강이 아시아에 진출할 무렵이 되면, 서양을 국가에 침입하는 무력으로 인식하여 위기의식을 근본으로 한 서양연구가 크게 행해진다. 渡邊華山의『慎舌或問』이나, 高野長英의『戊戌夢物語』등이 그러한 결과라고 볼 수 있다. 그러다가 1860년대에 들어서면서 서구 현지에서의 직접적인 탐방과 견문, 그리고 원서 등에서 얻은 지식을 바탕으로 종래의 서양상을 재인식하고 다시 고쳐 쓸 것이 福澤의『西洋事情』이라고 할 수 있다.

결국 福澤은 서양을 이상화하거나 단순히 군사력으로 받아들이는 것이 아니라, 서양이라는 실체로부터 한 걸음 떨어져 서양을 연구하는 학자의 시각으로서 서양문명을 종합적이고도 객관적으로 파악하고자 시도했으며, 이러한 객관적이고 종합적인 서양의 전체상을 처음으로 일본인에게 제시한 학자인 것이다. 그렇기 때문에 언제든지『西洋事情』은『與地志略』,『西國立志編』과 함께 문명개화의 3대 베스트셀러로 소개되며, 당시에는 출판된 간행본의 독자 이외에도 필사해서 읽는 사람도 많았다고 전해진다.

이러한『西洋事情』의 영향은 조선개화파의 지도자들을 통해서 주변 나라에도 알려졌다. 1881년의 개화파 박영효의 <국정개혁의 건의>는 『서양사정』을 비롯해『학문의 권유(學問のすすめ)』와『文明論之槪略』을 소재로 하고 있다. 이렇게 볼 때, 조선의 개화파에 있어서도 서양문명을 알고자 하는 창은 초기 魏源(1859-1897)의『海國圖志』와 그 외의 중국을 통해 들여온 책으로부터 福澤의 저작을 중심으로 한 일본을 통해 들여온 책으로 이행해간 것이라고 할 수 있다.

2)『西遊見聞』과『西洋事情』의 비교

개화기 당시 급변하는 세계정세 속에서 어떻게 하면 국가의 자주성을 고수하며, 나아가 서구 열강과 같은 부강한 나라를 이룰 수 있을까를 고민한 俞吉濬의 생각과 목표는『西遊見聞』에 집약적으로 나타나 있다.『서유견문』은 크게 자신의 저술동기와 과정을 세세히 설명하고 있는 序文과 책의 중심을 이루는 本文 그리고 책의 말미에 謙辭를 담고 있는 備考의 세 부분으로 이루어진다. 이중에서 20편으로 이루어진 본문은 내용의 유사성에 따라, 네 부분으로 나누어 그 구성과 구체적인 내용을 살펴볼 수 있다.

그간의 연구에서는 이러한『西遊見聞』의 구성 중 본문의 내용 일부가 福澤諭吉의『西洋事情』과 흡사하다고 하여 이에 따르는 영향관계나 모방에 대하여 많은 연구가 있어 왔다. 그러나『서유견문』과『서양사정』의 구성과 내용을 비교해 보면, 기존 선학들의 연구 성과에서 볼 수 있는 것처럼 유사점은 유사점대로의 의미를 가지며, 독자성은 독자성대로의 가치를 지닌다고 할 수 있다. 따라서 본장에서는 구체적인『서유견문』의 내용 분석에 앞서『서양사정』과 대비되는 여러 부분의 구성과 내용을 검토함으로써 보다 엄정하고 객관적인『서유견문』의 가치와 의미를 밝히고자 한다.

우선 두 책의 출간 과정에서 상반되는 차이점을 찾을 수 있다. 福澤
諭吉의『西洋事情』은 福澤이 유럽과 미국을 다녀온 1866년(경응 2년)
과 1868년(명치 원년), 그리고 1870년(명치 3년) 세 차례에 걸쳐 출간
된다. 福澤은 1866년에『西洋事情初編』3冊을 출간하여 대단한 호응
을 불러일으킨다. 이어서 1868년에 外編 3冊을, 1870년에 2編 4冊을
출간하여, 모두 3編 10冊에 서양의 각종 제도, 사회상황, 사상 등과 서
양 각국의 역사와 실정을 소개하고 있다. 이러한『서양사정』의 저술과
정에는 福澤 자신의 서양세계에 대한 직접 견문은 물론이고, 앞서 제
시한 쳄버스판 경제서나 블랙스턴, 웨일랜드 등의 여러 책들을 참고한
것으로 밝혀지고 있다. 이렇게 볼 때, 福澤諭吉은 당시 일본 사회의 대
단한 관심과 호응 속에서 직접 견문이라는 기회와 충분한 참고자료들
을 바탕으로 의욕적인 집필활동을 벌인 것으로 보인다.

반면에 兪吉濬의『西遊見聞』은 많은 제약과 어려움 속에서 이루어
진 力作이라고 할 수 있다. 우선 유길준은『서유견문』을 쓸 당시 포도
대장 한규설에 의하여 유폐 중이었기에 외부로부터 필요한 자료의 공
급을 원활히 받을 수가 없었다. 또한 1881년 일본유학 시절부터 준비
해 온 견문 기록과 참고자료들이 유폐를 즈음하여 분실되거나 빼앗겨
서, 참고자료의 부족을 여실히 겪은 것으로 보인다. 더불어 갑신정변
의 실패 이후, 개화파에 대한 경계와 감시가 엄중한 경색된 사회분위
기 속에서 책을 만들어야 했기에 자유로운 집필에도 영향을 받았을 뿐
만 아니라, 사회의 좋은 반응을 기대하기도 어려운 사정이었던 것으로
보인다. 이러한 어려운 정황 속에서 序文, 本文 20編, 備考로 이루어
진『서유견문』을 1889년 봄에 완성하였던 것이다. 그러나 실제의 발간
은 1895년이었을 뿐만 아니라, 일반 대중 모두에게 책을 판매하는 보
급 방법이 아닌 일부 개화지식인이나 개화를 필요로 하는 전통적 사고

의 관료 지배층에게 무료로 배부하였던 것이다.

두 책의 구성면에 있어서는 유사점과 차이점이 동시에 나타난다. 두 책 모두 그 내용의 큰 줄기에 있어서는 大同小異하다. 즉 일본의 개화 지식인인 福澤諭吉과 조선의 개화지식인인 兪吉濬이 서구문물을 직접 견문하기도 하고, 책을 통해 배우기도 한 서양의 역사나 각국의 상황과 정부형태, 정치제도, 학술, 교육, 종교 등 다방면에 걸친 여러 사실을 소개하고 알리고 있는 것이다. 그러나 이러한 서양 사회의 여러 사실을 바탕으로 자신의 나라에 필요한 개화의 방법이나 요소 등에 대해서는 각기 상이한 자신의 의견을 피력하고 있다. 즉 유길준은 서양 문명을 도입하는 데에 있어 福澤과는 달리 그 방법 및 식견이 독자적이었던 것이다. 이는 구체적으로 각 책의 목차를 통해 내용을 비교해 보면 여실히 드러난다.

〈『西洋事情』과 『西遊見聞』의 목차 비교표〉

西洋事情	西遊見聞
初編 (卷 1)	
小引	序
政治	政府의 始初(5편)
收稅法	收稅法(7편)
國債	國債(8편)
紙幣	
商人會社	商賈의 會社(18편)
外國交際	
兵制	軍制來歷(13편)
文學奇術	泰西學術의 來歷(13편)
學校	
新聞紙	新聞紙(17편)
文庫	書籍庫(17편)
病院	病院(17편)

貧院	貧院(17편)
啞院	啞人院(17편)
盲院	盲人院(17편)
癩院	
痴兒院	痴兒院(17편)
博物館	博物館及博物園(18편)
博覽會	博覽會(18편)
蒸氣機關	蒸氣機關(18편)
蒸氣船	蒸氣船(18편)
蒸氣車	蒸氣車(18편)
電信機	電信機(18편)
瓦斯燈	
附錄	備考

위의 목차 비교표는 서양 문물에 대하여 두 사람이 모두 관심을 보인 부분만을 중심으로 비교한 것이다. 이 이외의 부분에서는 곳에 따라 유사한 내용을 서술하거나, 항목이 없는 부분도 많이 있고, 나름대로의 독자적 서술이 보이는 부분도 있어 목차만의 비교가 큰 의미를 가지지 못하기에 생략하였다. 이렇게 兪吉濬이『西洋事情』의 내용에 크게 의지하여 서술한 부분은 객관적이고도 설명적인 구체적 물상에 대한 부분이 많다. 더구나 이렇게 編名이 유사한 부분에 있어서도 國債나 新聞紙, 文庫 같은 항목은 유길준 나름대로의 생각이 많이 투영되어있는 부분이기도 하다. 유길준이『西遊見聞』을 집필함에『西洋事情』의 많은 부분을 인용한 것은 주지의 사실이다. 그러나 같은 내용의 서술에 있어서도 그 순서나 구성 방법, 또는 부기되는 유길준 자신의 시각면에 있어서 두 책은 나름대로의 독자성을 갖는다고 할 것이다.

『西遊見聞』은 크게 세 부분으로 구성되어 있는데, 첫째는 책을 쓰게 된 동기와 과정을 밝힌 序文이며, 둘째는 저서의 집필내용에 대한 보충설명, 즉 도량형의 내용이나 참고자료에 대한 자신의 견해를 밝힌 備考, 그리고 셋째는 20편으로 구성된 「本文」이다. 이중 본문은 그 내용을 크게 네 부분으로 나눌 수 있는데, 첫 번째 부분은 1-2편으로 자연지리에 관하여 설명한 부분으로 지구세계의 개론과 육대주의 구역, 나라의 구별과 여러 산, 강, 바다, 호수, 인종, 물산 등에 대하여 설명을 하고 있다. 두 번째 부분은 3-12편까지로 서양의 정치제도에 대한 내용을 담고 있는데, 나라의 권리와 국민의 교육 등 각 나라의 정부 형태와 직분, 인민의 권리와 의무, 세금과 국채, 교육제도 등 여러 부분을 고루 적고 있다. 세 번째 부분은 13-18편까지로 서양의 문명에 대한 내용을 담고 있는데, 주로 학술이나 군사제도, 종교, 사회생활, 공공기관, 기계문명 등에 대하여 적고 있으며, 이중 14편과 17편의 신문지 등에 보다 많은 관심을 보이고 있다. 마지막으로 네 번째 부분은 19-20편으로 미국과 영국, 그 밖의 서양 주요 도시에 대한 설명과 견문에 대하여 적고 있다. 특히 15-18편에서는 兪吉濬이 미국에서 직접 견문한 서양풍속과 사회교육, 문화시설 등이 주로 다루어지고 있다.

兪吉濬이 備考에서도 밝히고 있듯이 『西遊見聞』은 '타인의 저서를 참고하여 번역하여' 냈거나, '타인의 기록을 그대로 참고하였는데, 그 번역에 임하여 山川의 이름은 글자의 음을 그대로 취했으므로 한가지로 사실과 다름이 없을 것이나, 物産에 이르러서는 그 물건의 品質을 보지 못하고 단지 단어의 해석을 따랐을 뿐이므로 誤差가 없음을 기하기 심히 어려울 것이다.'라고 하여 타인의 저술, 즉 福澤諭吉의 『西洋事情』의 영향을 스스로도 인정하고 있다. 이러한 문맥에서 살펴볼 때, 『서유견문』의 3, 4, 5, 6, 7, 8, 13, 17, 18의 아홉 편은 특히 『서양사정』과 같은 제목의 내용을 적고 있다. 그러나 체제와 내용에서 있어서 3, 5, 7, 9편과 10편부터 18편까지는 『서양사정』과 다른 독자적인 編制를 보이고 있다. 이중 3편인 「邦國의 權利」는 데니의 『淸韓論(China and

Korea)』을 참고로 했으며, 중국에서 선교활동을 했던 선교사 마틴(W. A. P. Martin 丁韙良)이 漢譯한『富國策(Manual of Political Economy)』과 『만국공법(Elements of International Law)』 등을 많이 참고하여 썼다고 보고 되고 있다.9) 또한 福澤諭吉이『서양사정』을 쓰면서 참고했던 쳄버스판 『Political Economy』와 윌리엄 블랙스턴(Sir William Blackstone 1732-1780)의 『Commentaries on the Laws of England』, 프란시스 웨일랜드(Francis Wayland 1796-1865)의 『The Elements of Political Economy(1837)』와 『The Elements of Moral Science(1835)』 등도 직접 영어원전으로 참고하였다고 보여진다.10)

그러나 福澤諭吉의『西洋事情』은 크게 세 편으로 되어있고, 세 번에 나뉘어 출판된 것으로 초편 3책, 외편 3책, 2편 4책으로 구성되어 있다.

초편에서는 1권에서 정치, 收稅法, 國債, 지폐, 상인사회, 국제외교, 兵制 등의 정치제도와 文學技術, 학교, 신문지, 文庫, 병원, 貧院, 啞院 박물관, 전람회 등의 사회 문화 시설과 증기기관, 증기차, 전신기, 瓦斯燈 등의 기계문명, 그리고 附錄으로 태양력과 시간, 온도, 도량형 등의 설명을 적고 있다. 2권에서는 미국과 화란의 역사와 정치, 기계문명 등을, 3권에서는 영국의 역사와 정치, 군사 등과 부록으로 식민지 등의 내용을 담고 있다. 외편에서는 1권에서 인간, 가족, 인생의 권리 및 직분 등의 인간론과 各國交際, 정부의 本分 등을 적고 있으며, 2권에서는 정부의 종류, 정부의 직분 등을, 3권에서는 인민의 교육과 경제 총론, 사유재산제도 등을 소개하고 있다. 2편에서는 1권에서 인간의 通義와 收稅論, 2, 3, 4권에서는 각각 러시아, 프랑스의 역사, 정치, 군사 등에 대하여 적고 있다.

---

9) 김태준, 前揭 論文, pp.89-90.
10) 유영익,『西遊見聞論』,『한국사시민강좌』제5집, 1990.

이렇게 목차와 체제를 비교해 볼 때, 『西遊見聞』은 한 권의 책에 일관된 시각으로 세계의 경세와 개화에 대한 저자의 생각을 담고 있는 책이라면, 『西洋事情』은 세 차례의 증편으로 이루어진 책이기에 일관된 체계를 이루기보다는 전편에서 부족한 부분을 보충하거나, 새로운 것을 담아내는 형식으로 서양의 사정과 여러 가지 개화문명을 알리기만을 목적으로 한 책이다.

『西遊見聞』은 우선 지구세계와 세계지리를 처음에 소개함으로서 세계 전체의 광대함을 보여주어 서양과 동양, 그리고 조선의 위치를 머리에 그리게 하고 있다. 그래서 兪吉濬은 세계 전체를 보여주고, 거기에 따르는 서양의 여러 문물을 점차 세분화하여 자세히 설명하는 방식을 취한다. 이러한 자연적 요소인 지리의 설명이 있은 연후에 나라의 권리와 국민의 교육 등의 제도론을 설명하고, 이러한 일반적이고 개괄적인 설명의 바탕 하에서 서양 각 나라의 풍속과 견문, 세계 주요 도시들의 구체적 실상을 적고 있다. 이렇게 볼 때, 유길준이 『서유견문』을 저술하면서 『西洋事情』의 여러 부분을 그대로 인용했다는 지적은 광대한 서양 여러 나라의 제도와 문물, 그 밖의 사회제도 등을 보다 자세하고도 정확히 소개하기 위하여 나타난 불가피한 경우로 보여진다. 때문에 『서유견문』의 의의를 보다 정확히 읽어내기 위해서는 같은 내용의 인용이 있는 부분에서는 무슨 이유로 그러한 내용을 중시했는가의 원인을 밝히는 작업이 보다 의미 있다고 생각되며, 유길준만의 독자성이 보이는 부분에서는 개화의 선구자로서 유길준만이 보여주는 그의 사상체계를 찾아내는데 주력해야 한다고 생각한다.

크게 보아 『西遊見聞』은 『西洋事情』에 많은 영향을 받고 있는 것은 부인할 수 없으나, 『서양사정』보다도 더 체계적이고, 일관되게 책을 구성하고 있다. 또한 『서양사정』처럼 서구 선진국에 대한 일방적인 찬사나 부러움만을 책에 담고 있는 것이 아니라, 보다 객관적인 견문을

바탕으로 서구세계도 개화가 완성된 사회가 아니라 앞서 나아가고 있
는 사회이므로 자신에게 맞는 개화의 모습은 자신들이 찾아야 한다는
兪吉濬의 독특한 개화사상을 바탕으로 각국의 정세와 문화도 소개되
고 있는 것이다. 이렇게 볼 때, 서양세계의 발전된 모습에 경악으로 일
관하여 찬사와 부러움의 대상으로, 또는 일본이 이루어야 할 개화의
목표로 서구세계를 들여다본 福澤諭吉의 시각과 보다 객관적으로 조
국의 처지를 생각하며, 냉철하게 서구세계를 분석한 유길준의 시각은
큰 차이를 가진다고 하겠다.

2. 『西遊見聞』에 나타난 문명의식

1) 신문명·신세계에 대한 새로운 記述方式

『西遊見聞』의 서문 및 비고에서는 兪吉濬의 저술에 관한 설명 및
개인적 체험과 견해가 구체적으로 진술되어 있고, 특히 이 저술에 관
한 작성사유가 밝혀져 있기 때문에 주목을 요한다. 앞의 표에서도 밝
혔듯이 『西洋事情』의 「附錄」에 해당하는 것이 『서유견문』에서는 「備
考」라고 할 수 있다. 備考에서 유길준은 福澤과 마찬가지로 太陽曆,
度量衡, 화폐의 단위 등에 대한 세계적 단위 개념과 조선의 단위개념
을 비교하여 그 크기를 객관화하고 있다. 그 밖에 총 20편으로 구성되
어 있는 本文은 제1편, 제2편의 「지구세계의 개론」, 「6대주의 구역」, 「邦
國의 구별」, 「세계의 산」, 「세계의 바다」, 「세계의 큰 강」, 「세계의 호
수」, 「세계의 인종」, 「세계의 토산물」, 「각국 판매 및 구매」 등으로 이
루어져 있다. 이는 기존의 연구에서 지적하고 있는 『서양사정』 이외에
福澤諭吉의 또 다른 저작인 『世界國尽』, 『서양여행안내』, 『增訂万國一

覽』등의 저술에서 많은 인용을 하고 있다. 이러한 3종류의 책은 당시 에는 그의 다른 저술에 비해 크게 관심을 끄는 것은 아니었던 것으로 보인다. 그러나 백년 남짓 지난 지금 역사에 관심을 갖는 연구자가 읽 는다면 상당한 흥미를 줄 만한 책이다. 누구나 쉽게 구할 수 있는 小 册子의 형태이며, 내용은 그때 그때의 역사적·사회적 정세의 필요에 따라서 편찬한 계몽적인 실용서 내지는 입문서이기 때문이다. 영어로 는 'Occasional Papers'라고 할만한 이 책은 상황성, 임기응변성을 띠는 것으로, 福澤諭吉의 평소 저작과 같이 당시 시대가 요구하는 지식을 담은 지식인이나 洋學徒를 대상으로 한 고매한 이론서가 아니라, '서 양'이라든지 '문명'이라든지 '학문'이라든지 하는 상식적인 서양 지식 을 대다수의 남녀노소 일반 대중에게 알리려는 계몽적 성격의 책이다.

『西遊見聞』을 살펴보면, 제1편은 「지구세계의 개론」으로부터 「6대 주의 구역」, 그리고 「邦國의 구별」로 논의를 진행하고 있다. 거시적인 시각에서 미시적인 시각으로 옮아가고 있는 것이다. 여기에서는 지구 가 원이라는 것을 증명하기 위해서 다음과 같은 글을 싣고 있다.

海邊에立ᄒ야遠來ᄒᄂ船舶을視홈애帆頭를先見ᄒ고漸次로船 身에及ᄒ니地形이若平홀딘대船身의大한者를先見홀디리奈何로 帆檣의小ᄒᄂ者를見ᄒ리오마ᄂ船身은地球의圓勢를由ᄒ야掩蔽ᄒ 緣故니此其證의一이오又平野의無際홀地에行ᄒ야四望ᄒᄂ眼力 을窮ᄒ던지高山의穹然홀頂에立ᄒ야下視ᄒᄂ光景이成ᄒ던지天 涯의周回ᄂ環의團繞홈과同ᄒ니此景은惟圓體의成ᄒᄂ者라此其 證의二며又或月蝕ᄒᄂ黑影을察홀則其形이必圓홀則圓影은圓體 物의作ᄒᄂ者니月蝕은地球가日月相望ᄒᄂ中間에處ᄒ야月의所 受ᄒᄂ日光을隔斷ᄒ고其影을月面에掩覆홈인故로此其證의三이 라[11]

여기서 자연과학의 설명을 더해 과거의 사람들이 과장되게 꾸며 설명한 것에 비교해서, 번잡한 과거의 설명보다 확실히 과학적 명확함으로 요령있게 설명하고 있다.

『西遊見聞』의 전반부 대부분은 제1편과 제2편이 차지하고 있다. 이것은 兪吉濬이 그 정도로 「세계의 넓이」와 「지구세계의 개론」 등에 관심을 가지고 있었음을 암시하는 것이다. 유길준은 이를 통하여 한동안 쇄국상태에 있었던 조선 민중에게 국제사회의 정보를 제공하고, 지금까지의 중국 중심의 유교적 세계관에서 벗어나 서구세계까지를 포함하는 새로운 세계관을 형성하기 위하여 정확한 정보를 제공하고자 하는 노력을 했던 것이다. 그렇기 때문에 「備考」에서는 이렇게 설명하고 있다.

> 本書ᄂ吾人의西遊ᄒ時에學習ᄒᄂ餘暇ᄅ乘ᄒ야聞見을蒐輯ᄒ고又或本國에歸ᄒ後에畵籍에考據ᄒ니傳廳의誤謬와事件의遺漏가自多ᄒ則不朽에傳ᄒ기ᄅ經營홈아니오一時新聞紙의代用을供홈이可ᄒ故로讀者ᄂ此意ᄅ體諒ᄒ야文字의巧拙에勿泥ᄒ고主旨의大槪ᄅ勿失ᄒ則幸甚이라其他不及ᄒ者ᄂ後來博雅의訂正을希待ᄒᆯ따ᄅ[12]

곧 새로운 정보를 통해 새로운 세계를 소개하기 위하여 제1편과 제2편에서는 독자에게 강렬한 충격과 흥미, 그리고 관심을 불러일으키는 방법을 사용했다고 말할 수 있다.

이처럼 새로운 정보와 새로운 세계를 기술하는 문체면에 있어서도 福澤이 『학문의 권유(學問のすすめ)』, 『文明論之槪略』 이전에 『西洋事情』을 저술하고, 그 전후로 한 시기에 『世界國盡』, 『西洋旅行案內』,

---

11) 兪吉濬, 『西遊見聞』, pp.3-4.
12) 上揭書, 「備考」, p.4.

『掌中萬國一覽』을 저술하면서 이를 대단히 쉬운 문체로 써서 발표한 것에 비해, 兪吉濬은『西遊見聞』의 전반부에서 '문자의 교졸에 빠지지 않고'라는 겸사를 사용하고 있음에도 불구하고 당시로서는 이해하기 어려운 국한문혼용체를 쓰고 있다는 점에서 차이를 보이고 있다. 이러한 국한문혼용체 사용의 의의에 대한 의견은 분분하지만, 가장 단순히 福澤의 저술에서 나타난 문체와 비교해 본다면, 아직은 난삽한 문자로 씌어져 있다고 말할 수 있을 것이다. 그러나 이러한 새로운 문체의 사용은『서유견문』의 가치를 떨어뜨리는 것이 아니라, 유길준의 개화사상에 대한 의지를 보다 강화시키고 있다 할 것이다. 구체적인 것은 뒤에서 언급하겠지만, 유길준은 말과 문자가 분리되어 있는 당시의 언어현실을 주목하여 언문일치의 국문사용을 원칙적으로 찬성하였다. 그러나 성급히 순국문사용을 주장·시행하는 것은 지나친 이상론이며, 현실적으로 불가능한 것이기에 어느 정도 과도기적인 국한문혼용체를 택한 것이다. 이러한 그의 언어관은『서유견문』의 곳곳에서 보여주는 인민평등사상의 연장이라고 볼 수 있으며, 全集 속에 들어있는『矩堂遺稿』·『矩堂詩鈔』와 같은 詩文編에서도 추측할 수 있듯 그의 뛰어난 한문 실력에도 불구하고『서유견문』을 당시 최초의 국한문혼용체로 저술한 것 자체가 개화의 한 모습이었다고 할 것이다.

兪吉濬의 또 다른 기술방식은「세계의 산」,「세계의 바다」,「세계의 강하」,「세계의 호수」,「세계의 인종」,「세계의 산물」등의 항목을 설명하면서 적극적으로 통계숫자를 사용한다는 점을 들 수 있다. 이러한 서술은 한문식의 문장 속에서는 대단히 특별한 서술이라고 해야 할 것이다. 박은식의『한국독립운동의 혈사』[13] 1부에도 독립운동일람표 같은 통계표를 보여주고 있었지만, 언어로만 표현되는 서양세계에 대한

13)『朴殷植全書』上卷, 檀國大學被 附設 東洋學研究所, 1975년, pp.534-550 참고.

애매함을 피하기 위하여 숫자를 이용한 통계가 『西遊見聞』의 획기적인 表現方法이라고 말할 수 있다. 유길준이『西遊見聞』에서 새롭게 보여주는 이러한 방법은 福澤諭吉의『西洋事情』에 나타난 각국의「국채」,「금전출납」의 설명 등과 유사점을 많이 지닌다. 특히 통계숫자의 제시와 같은 새로운 설명방법은 福澤諭吉에게 시사 받은 것이 아닌가 한다.

『西遊見聞』 본문의 1편과 2편은 기존의 중국 중심의 좁고 편협한 세계관을 깨기 위하여 우주, 태양계, 지구 順으로 그 광대한 전체를 구체적인 숫자와 함께 밝히고 있으며, 이러한 우주의 한 부분인 지구의 개략적 특징과 그 안에 존재하는 각 국의 자연 지리에 대하여 설명을 하고 있는데, 이러한 설명의 방식이 구체적인 통계숫자의 제시와 함께 나타나 읽는 사람들로 하여금 보다 신뢰할 수 있는 방법을 취하고 있다. 이러한 충격적인 신지식과 신세계에 대한 俞吉濬 특유의 기술방식은 당시 서구세계에 대한 지식이 전무한 일반 민중과 양반 지식층에게 개화의식과 더불어 정확한 서양 지식을 주는데 효과적인 것이 되었을 것임에 의심의 여지가 없다.

2) 문명의 제도와 문물에 대한 자각

『西遊見聞』에 있어서 가장 많은 지면을 차지하고 있는 것은 문명문물에 관하여 記述한 부분이다. 특히 제17편과 18편의「貧院」,「병원」,「痴兒院」,「狂人院」,「맹인원」,「啞人院」,「教導院」,「박람회」,「박물관 및 박물원」,「서적고」,「연설회」,「신문지」,「증기기관」,「증기차」,「증기선」,「전신기」,「遠語機」 등에 이르는 구체적 항목들은 福澤諭吉의『西洋事情』 초편 1권의 내용과 유사하다. 이렇게 두 사람에게 새롭게 인식되고, 자국민에게 알리려고 했던 바로 그것이 당시의 서구

문명이라는 것을 책의 편차를 통해서 알려준다고 하겠다. 그러면 구체적으로 그 기술부분이 어떻게 유사하고 어떠한 다른 점이 있는가를 비교해서 보고자 한다. 표면적으로만 본다면 이 부분은 문명의 器機와 사회기관에 대한 설명이기 때문에 유사해 보이는 것은 당연하지만, 그러한 중에도 兪吉濬만의 독특한 시각이 어떠한 곳에 어떻게 나타나는가를 살펴보고자 한다.

17편에 수록되어 있는 「貧院」의 항목에서는 구체적으로 노인원, 유아원, 고아원, 기아원 등의 많은 사회복지 기관에 대하여 설명을 하고 있다. 이 부분은『西遊見聞』이나『西洋事情』두 책 모두 같은 소재를 들어서 설명하고 있는데, 예를 들어보면 다음과 같다.

> 기아원은 러시아에서 가장 이것을 중요시하고, 院의 비용 전부가 정부로부터 나와서 기아양육의 법이 심히 두텁다. 생각건대 魯西亞는 국토가 넓고 인구가 적기 때문이다.[14]

『西洋事情』에서는 이렇게 기술하고 있는 부분이『서유견문』에서는 다음과 같이 비슷한 양상으로 설명되고 있다.

> 天下各國中에俄羅斯가此院의規則을明白키ᄒᆞ며養育ᄒᆞᄂᆞᆫ法을
> 敦厚케ᄒᆞ고其用費ᄂᆞᆫ전혀政府가擔當ᄒᆞ니其故ᄂᆞᆫ土地가曠濶ᄒᆞ고
> 人民이稀少ᄒᆞ야然홈이라.[15]

마치『西洋事情』의 같은 부분을 인용한 듯한 느낌을 주고 있다. 이

---

14) 福澤諭吉,「西洋事情」,『福澤諭吉選集』第1卷, p.123.
　　棄兒院は魯西亞にて最も之を重んじ、院の費用、全く政府より出で、棄兒養育の
　　法、甚厚し。蓋し魯西亞は土地廣く人口少きが故なり。
15) 兪吉濬,『西遊見聞』, p.440.

와 같이 유사한 서술은 그 출처가 福澤의 관찰을 근본으로 한 것이어
서 유길준 자신의 체험 등은 포함되어 있지 않은 데에서 비롯된 것으
로 보인다. 즉 福澤의 서술을 구당이 요령있게 정리한 것으로 보이는
것이다.

다음으로 같은 編에 수록되어 있는 「병원」의 항목도 유사하다. 『西
洋事情』에서는 '병원은 가난한 사람들과 병으로 의약을 얻으려는 사
람을 위해 설치한 것이다.'라고 설명하면서 당시에 병원은 가난한 사
람들이 이용하는 곳으로 필시 부자들의 경우에는 가정 내에 주치의가
있었을 것이라고 생각하고 있다. 이러한 이유로 福澤은 「병원」이란 가
난한 사람을 돕는 시설이라고 보고 있는 것이다. 이러한 병원에 대한
설명은 『西遊見聞』에 있어서도 비슷하게 기록되고 있다. '病院은病人
治療ᄒ기爲ᄒ야設立ᄒ 者로되特別히貧人의醫藥을不獲ᄒᄂ者를爲ᄒ야
建實ᄒ善意라'16)라고 하였으며, 특히 유길준이 '善意의 것이다'라고
부가해서 기록하고 있는 것은 福澤의 경우와 마찬가지로 가난한 사람
들을 돕는 곳이라는 의미를 더욱 부각시키려는 의도에서 나온 것임을
알 수 있다. 이 부분과 관련하여 福澤은 1862년 도쿠가와막부(德川幕
府)가 유럽에 사절단을 파견할 때 함께 동행하여 유럽 각국을 순회할
때, 몇 군데 병원을 관찰한 견문이 『西航記』속에 수록되어 있는데, 그
해 3월 17일자에 다음과 같이 기록하고 있다.

아침 10시 병원을 보았다. 파리부에는 크고 작은 병원이 3곳
이 있다. 오늘 본 것은 가장 큰 것은 아니다. 병원을 두 군데로
나누어 한 곳은 남자를 두고, 다른 한 곳에는 부인을 둔다. 각 부
분이 9개의 방으로 되어 있고, 한방에 서른두 개의 침대가 있다.
파리에는 병원이 13곳이 있다. 부속의 醫官은 각 8명부터 15명

16) 上揭書, p.442.

으로, 가장 큰 병원에는 30명이 있다. 간호원은 10명을 두는 것
을 定則으로 한다. 또 논이라는 이름이 오는 경우가 있다.[17]

이상의 기록은 福澤이 프랑스 병원을 직접 돌아보았음을 시사하고
있다. 하지만 兪吉濬의 「병원」에 관련된 설명에 있어서는 '영국과 미
국에는 사립병원이 가장 많다'고 하고 '泰西各國大都會에는病院의不
設흔處가無흐야其規模의施措가大同小異흐나佛蘭西病院의法이善美흐
다云흐기略抄흐노라'[18]라고 서술하고 프랑스의 병원, 특히 파리에 있
는 병원의 시설에 대하여 상세하게 논하고 있다. 이러한 유길준의 서
술태도는 '英吉利와合衆國에私立病院이最多'[19]고 말하면서도 『西洋
事情』의 「병원」 부분에 크게 의존하여 설명하고 있는 것으로 자신의
미국생활이나 유럽여행을 하면서 직접 체험한 실체를 적지 않은 것은
애석한 일이라 하겠다.

이러한 면은 福澤이 여행자로서의 견해와 관찰을 수록한 『西航記』
라는 見聞日記를 크게 활용하였던 데에 비해, 유길준은 그간의 체험이
나 견문기록을 분실하거나 빼앗겨 전반적으로 福澤의 기록을 인용할
수밖에 없었던 데에서 연유하는 것이라 할 것이다. 또 다른 한편에서
본다면 새로운 문명기관이나 사물에 대해서 처음 접근할 때에는 이미
쓰여진 다른 이의 기록을 모방하는 것이 어쩔 수없는 일이었다는 점도

---

17) 福澤諭吉, 「西航記」, 『福澤諭吉選集』 第1卷, p.26.
　　朝第十時,病院を觀る。　邑里府に病院大小十三處あり。　本日觀るものは最大なるも
　　のにあらず。　院中二部に分れ、一部は男子を居き、一部は婦人を居く。　各部分て
　　九室となし、一室に三十二床あり。
　　邑理斯に病院十三處あり。　附屬の醫官各八名より十五名、　最も大なる病院には三
　　十名あり。介抱人は男女兩樣ありて、男子は病男に屬し、婦人は病婦に屬す。病
　　人五十人に介抱人十名を附る定則とす。又、ノン(nurse의 뜻)と名くるものあり。
18) 兪吉濬, 『西遊見聞』, p.442.
19) 上同.

간과할 수 없을 것이다. 어쨌든『西遊見聞』이 쓰여지는 이 시기는 '독
창성'의 차원보다 어느 정도는 일본을 매개로 서양의 문물을 아는 '모
방'의 차원이나, '소개'의 차원에 머물러 있었던 점도 부인할 수는 없
는 것이다.

　痴兒院은 정신박약의 아이들을 가르치는 곳으로, 이곳에 대한 설명
부분도『西洋事情』을 그대로 따르고 있으며 兪吉濬의 독자적인 설명
이나, 체험은 서술되어 있지 않다. 단지 福澤의『西洋事情』에 나타나
는 다음과 같은 부분을 유길준은 논하지 않았는데, 그 부분을 주목해
보고자 한다. 이는「痴兒院」의 맨 마지막 부분으로 '이 학교가 있는 나
라는 현재 단지 불란서(佛蘭西), 네덜란드(荷蘭), 프러시아(普魯士) 뿐
이고, 다른 나라에는 이것을 세우지 않았다고 한다'[20]라고 서술하고
있는 부분으로, 미국의 사정은 유학생활을 통해서 파악하고 있던 유길
준이지만, 유럽의 이 같은 사정에 대해서는 파악할 수 없었기에 福澤
의 기록에 근거하여 세밀하게 서술한 것은 당연하다고 할 수 있다. 그
러나 역으로 '치아원이 불란서에만 있다'고 서술하지 않았던 것은 구
당이 실제로 현지에 가서 그곳을 탐문하고 서술하려고 하는 책임감을
느꼈거나, 그 사이 이러한 치아원이 다른 곳에도 생겼기에 이와 같은
서술은 의도적으로 생략했다고 생각할 수 있다. 福澤이 이와 같은 복
지시설을 세밀하게 탐문한 이유는 사회적 약자에 대한 정부와 민간의
원조가 충실한 점을 서양제국을 관찰하면서 보았기 때문이었을 것이
다. 이러한 사실은 지금까지 일본에는 알려지지 않았기 때문에 福澤은
이것이야말로 전하지 않으면 안되는 것이라는 사명감을 느꼈고,『서양
사정』초편에 구성하여 설명과 견문을 통한 소감을 동시에 적어서 입
체적으로 보여준 것이다. 이처럼 福澤은 스스로의 체험으로 설명하고

---

20)『福澤諭吉選集』第一卷, p.126.

있기 때문에 지식, 정보를 전하는 것뿐만 아니라, 다른 나라에서는 이
와 같은 설비를 어떤 상태로 만들고 있으며, 세계의 수준인 미국의 시
설은 어느 정도의 수준인가 하는 등 다른 나라와의 비교까지 할 수 있
었던 것이다.

「정신병원」의 설명에 있어서 福澤은 이렇게 설명하고 있다.

> 원내를 특히 청초하게 해서 다른 병원과는 다르고, 모든 곳에
> 애완동물을 기르고, 금붕어를 기르고, 화분을 두는 등 모두 閑靜
> 幽徵의 풍취를 두고 사람을 즐겁게 함을 도모한다.21)

이처럼 다른 병원과 달리 청초하게 만들어져 있는 모습을 강조하고
있다. 그가 직접 찾아가 보았기에 이와 같은 글이 쓰여질 수 있었지만,
외국인으로서 이 정도까지 시찰이 가능했던 데에는 현지의 안내자가
있었기에 가능했던 것이다. 영국에 있어서 「베리헨데」와 프랑스에 있
어서 「레옹 드 로니」와의 접촉에서 볼 수 있듯이, 이들은 '여행안내자
와 구경꾼'과의 관계를 넘은 '시찰자와 해설자'와의 관계를 맺은 것으
로 이들 시설을 적극적으로 탐색하는데 크게 도움이 되었을 것이다.
이러한 측면에서 볼 때, 兪吉濬의 경우는 미국에서 모스라는 존재가
있었다고는 하지만, 福澤의 경우처럼 학문적인 해설자가 아닌 사회 일
반의 모든 사정에 있어서의 해설자를 발견할 수 없었다는 차이점이 있
다. 유길준에게 안내자이자 해설자가 없었다는 것은 그 세계에 처음
발을 내딛는 시찰자이자 관찰자인 유길준이 서양의 문물과 문명을 보
다 세밀하게 접하는 데에 한계가 있었음을 의미하는 것이기도 하다.

---

21) 福澤楡吉, 「西洋事情」, 『福澤諭吉選集』 第1卷, p.125
　　院內殊に清楚にして、他諸院と異なり、諸處に小禽を飼ひ、金魚を養ひ、鉢物を
　　置く等、總て閑靜幽徵の風致を設けて、人意を樂ましむるを主とす。

따라서 『西遊見聞』의 일부는 『西洋事情』에 의존할 수밖에 없었던 것이라 할 것이다. 이러한 의존의 이유로 유길준 자신이 여행의 견문과 체험을 통해 작성해 놓은 수많은 기록을 분실하였기에 보다 객관적 근거와 집필 자료로서 많은 부분 福澤諭吉의 『서양사정』에 기댄 것은 부인할 수 없는 일이며, 이러한 면은 유길준에 있어서도 무척 유감스러운 일이라 아니 할 수 없다. 그러나 서구문물의 소개와 인식을 통한 자기화에 있어서 잘 정리된 이전의 자료를 이용하는 것이 독창적 시각으로 서구를 보는 과정을 전적으로 방해하는 것은 아니라고 생각한다. 보다 구체적이고, 실증적인 자료의 선택과 이용 자체가 안내자의 역할을 능히 해낸 것이며, 이러한 과정을 거쳐서 유길준은 해설자로서의 자기 면모를 『서유견문』의 곳곳에 뿌리내리고 있다고 할 것이다.

결국 이와 같은 견문기록이 '무엇을 견문했는가'라는 관점에서만 본다면 '서양 영향의 확대과정' 속에서 직접 여행을 통해 서구의 문물을 인식하는 1단계의 의미만을 지닐 수밖에 없다. 그러나 여기서 간과할 수 없는 것은 그들이 독자적으로 지니고 있는 특이한 관찰의 시점이라 할 것이다. 더욱이 兪吉濬이 관찰한 기관은 「맹인원」, 「아인원」, 「교도원」으로 계속되지만, 여기에서는 다른 사항에서의 설명보다도 그 자신의 관찰시점이 많이 포함되어 있어 주목된다. 예를 들면 「맹인원」에 있어서의 설명에서는 다음과 같이 말하고 있다.

余가他邦에遊歷ᄒ든時盲人院에往觀ᄒ더니其敎師가盲人의製作ᄒ온作品을示ᄒ고工夫ᄒᄂ次序를談ᄒ거늘詳細히考覽ᄒ則其手段의精巧홈과制度의善美홈이雙眸朗然혼者의才技에不讓홀뿐더러學習ᄒᄂ情神은反勝ᄒ다謂ᄒᄂ지라歸時를及ᄒ야我의姓名을說혼되亂草로寫出ᄒᄂ手勢가飛騰ᄒ고我國의名을說ᄒ니地圖를按ᄒ야曰호되亞洲東方의遠國이라ᄒ더라22)

라고 그가 맹인원에 가서 관찰한 모습이 묘사되어 있다. 이러한 묘사
에서 『견문록』이라는 제목에 상응하는 면이 몇 군데에 현저하게 드러
나 있다고 말할 수 있다.

또 다음의 「아인원」 부분에서도 이렇게 서술하고 있다.

> 吾人이外國에出遊ᄒ든에一處啞人院에至ᄒ야其教師에게啞人
> 의能言ᄒᄂ擧動을請見ᄒ대啞者一人을招來ᄒ거ᄂᆯ起揖ᄒ고寒暄
> 을叙ᄒ니其人이亦丁寧히對答ᄒᄂ지라更起ᄒ야曰호되我ᄂ朝鮮
> 人이로라ᄒ대啞人이壁板에書ᄒ야曰호되朝鮮人은誠我邦의貴客
> 이라ᄒ더라23)

이는 이미 말한 福澤의 養啞院에 있어서의 가벼운 대화와는 대조적
으로 俞吉濬의 경우는 조국을 떠나온 사람이 조국을 항상 생각하고,
알리고자 하는 자랑스러움이 넘쳐 흐르는 대화이다. 그만큼 유길준에
있어서의 유학은 한 개인으로서가 아닌 조국의 사절로서 깊은 책임감
속에서 이루어지고 있었음이 그의 짧은 대화에서 여실히 드러나고 있
는 것이다.

또 다음의 「교도원」에 대해서는 『西洋事情』에는 없는 부분으로, '行
實의 不正ᄒ 人民을 訓誨ᄒᄂ 處所니'24)으로 '此院內에拘寘고善行을
敎ᄒ며苦役을使ᄒ야其心을覺ᄒ게ᄒ고其過ᄅᆯ悔ᄒ게ᄒ야'25)고 되어 있
다.

> 泰西의風俗이犯法ᄒᄂ人을甚히汗穢ᄒᄂ故로一次라도犯法ᄒ

22) 俞吉濬,『西遊見聞』, pp.448-449.
23) 上揭書, p.450.
24) 上同.
25) 上同.

ᄂ朋友의追逐이頓絶ᄒ야世間에一個有名ᄒᆫ鄙人으로指目을受ᄒ
ᄂ지라然ᄒ기良家의予弟ᄂ其躬을操ᄒ야學問을勉勵ᄒ고其行을
飭ᄒ야法律을愼畏ᄒ니酒或雜技로敗家ᄒᄂ者ᄂ皆不學ᄒ賤役人
輩에在ᄒ故로此院에入ᄒᄂ者ᄂ恒常下等人의子姪이多홈이라26)

유학자의 교양에 의한 엄한 도덕규범을 갖춘 유길준은 福澤과 같은
양학자와 비교적 같은 정도로의 개화의 필요성을 느끼지만, 소양의 차
이에 따라 관찰하는 기관의 소개가 다르게 나타나고 있는 것이다.

「박람회」에 대한 기술에서는 유길준은 '天下人이相敎互學ᄒᄂ趣旨
로他人의長技를取ᄒ야白己의利를作ᄒ則萬國의智力及學識를作ᄒ
則'27)라고 하고 '萬國의智力及學識의交易을行홈이며'28)라고 한다. 이
것은 사람의 출입을 왕성하게 하고 그 나라를 번성시킬 뿐만 아니라,
인간적 교제를 두텁게 하는 공로도 크다. 그 때문에 이와 같은 박람회
를 통해 '各國의古今物品을考ᄒ則其國의沿革及風俗과人物의智愚도可
히推察ᄒᄂ故로'29)라고 하고 있다. 그리고 그런 것으로부터 '愚者ᄂ自
勵ᄒ고智者ᄂ自戒ᄒ야世界의文明과人心의開化를興作ᄒ기에亦一大經
論이라'30)고 밝히고 있다. 그는 박람회의 목적을 세계의 문명발전의
모습을 볼 기회로 파악하고, 박람회의 의의를 그것에 의해 개화할 마
음이 일어나는 것으로 파악하고 있다.

그러면 福澤의 입장에서는 어떻게 博覽會를 파악했을까. '예로부터
세계 나라 중의 물품을 모았다 하더라도'라고 박람회에 대한 언급을
시작하여 한번 박람회를 열어 세계 중의 물품을 다 모았다 해서 자만

---

26) 上揭書, p.451.
27) 上揭書, p.452.
28) 上同.
29) 上同.
30) 上同.

해서는 안 된다는 부정적 시각으로 박람회에 대한 설명을 시작하고 있다. 그는 이어 그와 같이 무사태평한 자세를 취하여 자만하면 하루하루가 새롭게 변하고 있는 서양사회에서 그와 같은 자는 언젠가는 쇠퇴하고, 하루하루가 지나감에 따라 그 새로움은 낡은 것이 되어간다고 밝히고 있다. 따라서 세계 진보의 빠름과 그것에 속히 대처하여 끊임없이 발명하는 노력을 게을리 하면 안 된다고 자신의 생각을 밝히고 있다. 이는 새로운 사물을 취하려고 하는 진취적 정신을 강조하고 있는 부분이라고 말할 수 있다. 그러나 '박람회는 본래부터 서로 가르치고 배우는 취지에서, 상호 다른 곳의 장점을 가지고 자신의 이익으로 한다'라고 하여 그 근본취지는 같이 서술하고 있다. 이것은 兪吉濬의 序文에서도 '세계 각국의 기예의 공적은 날마다 달마다 발전하고, 새롭게 나온 각종 물품은 세는 것이 곤란할 정도이다'라고 하고, '박람회의 본뜻은 세계 각국의 사람들이 서로 가르치고 배운다는 취지에서 나온 것으로 다른 사람의 장점을 가지고 자신의 이익을 정하려고 하는 것이다'라고 말하여 근본 취지는 거의 일치되게 서술하고 있다. 이러한 물질문명의 수용에 있어서는 福澤의 영향에 크게 의지한 것으로 보이는데, 다른 한편으로 본다면 한국의 '개화' 선구자인 兪吉濬이 자신의 생각을 구체적으로 밝힌 부분이 적어서 아쉬움을 주는 부분이라고 할 수 있다.

다음으로 박물관에 대한 기술에서는 兪吉濬이 「의학박물관」과 「일반 박물관」[31]을 구별해서 논하고 있는데, 이는 福澤의 「박물관」에 대한 항목과 거의 유사한 내용을 보여준다. 그러나 유길준은 「의사의 박물관」이라는 항목을 별도로 두어 이렇게 기록하고 있다.

---

31) 兪吉濬은 『西遊見聞』에서 박물관을 金石박물관, 禽獸蟲魚박물관, 醫士의 박물관으로 나누어 기술하고 있다.

醫士의博物館은專혀醫士의工夫를爲ᄒ야設立ᄒᆫ處所니人의全
體骨과胎의一朔으로부터彌朔ᄒᆫ者와異常ᄒᆫ病에死ᄒᆫ者가有ᄒ면
其受病ᄒᆫ部를留儲ᄒ야後日의證驗을作ᄒ고又外治ᄒᆫ器具를收
聚ᄒ야人의考覽을供ᄒᆫ者로되此ᄂ恒常病院內에設實ᄒᆫ者
라32)

福澤은 이 「박물관」, 특히 「의사의 박물관」에 대해서는 특별한 항목
을 두어 논하고 있지 않지만, 그의 『西航記』에 견학한 모습이 기록되
어 있다. '의학교에 갔다. 학생 700인, 학교 옆에 병사의 병원이 있다.
침대 2,000대가 설치되어 있다. 이 병원은 오로지 병사를 위해 지은 곳
이지만, 보통사람이라도 병원에 들어가 치료를 받는 것을 허락한다'33)
고 되어 있고, 이틀 후인 12일에도 의사 스미스의 방문이 있었다는 내
용이 쓰인 것으로 보아 福澤이 단지 병원을 견학한 것으로 끝난 것이
아니라, 견학한 장소에서 그 곳 사람들과 교제를 통해 정보를 입수했
음을 알 수 있다.

「박물관」에 대한 설명에 있어서는 두 사람 모두 동·식물원의 설명
을 요령있게 정리하고 있는데, 兪吉濬은 그 목적이나 효력에 관한 생
각을 좀더 부연해서 서술하고 있다.

夫如此히博物館과博物園에各物을蒐貯ᄒ기ᄂ一人의力으로經
營하기不能ᄒ者며又一朝一夕에其功을告成ᄒ기難ᄒ고其入費도
極夥ᄒ니然ᄒ故로政府와人民이其心力을同ᄒ야收合ᄒ財로購致
ᄒ기도ᄒ며或國人이外國에出遊ᄒᆫ者가其地의物產을携歸ᄒ야呈

32) 兪吉濬, 『西遊見聞』, p.453.
33) 福澤諭吉, 『西航記』 8月 10日 日記, 『福澤諭吉選集』 第1卷, p.55.
   醫學校に行く。學生七百人。學校の傍に兵士の病院あり。病床二千を設けり。此
   病院は專ら兵士の爲めに建る所なれども、平人にても院に入り治療を受くることを許
   す。

納ᄒ기도ᄒ야歲月의長久홈을闕ᄒ야衆人의合力ᄒ事로就ᄒ니若
是ᄒ게財費를不惜ᄒ며積苦를不憚ᄒ고政府及人民의勉行ᄒᄂ者
ᄂ但其奇異ᄒ物種을收聚홈아니라人의聞見도廣博키ᄒ려니와學
者의工夫를大助야其究格ᄒ理致로國에利ᄒ고民에便ᄒ道를獲遂
ᄒᄂ緣故라[34]

　　결국 나라를 이롭게 하기 위해서 이와 같은 박물관이 설치되었으며,
직접적으로는 개화에 관계없는 곳이지만, 이와 같은 사회설비의 건설
과 확충이 간접적인 개화의 조건이 되므로, 본받지 않으면 안 된다고
생각한 것으로 보인다. 이와 같이 볼 때 兪吉濬은 구체적인 물건이나
사회기관 뿐만 아니라, 그러한 것을 운영하는 국가와 국민의 태도와
마음가짐을 모두 합쳐서 문명이라고 파악하고 있다는 것을 잘 알 수
있다.
　　『西遊見聞』의 17편에는 「書籍庫」의 항목이 기술되고 있다. 이는
『西洋事情』의 「文庫」라는 항목과 동일한 것으로, 각국 도서관을 소개
하는 내용이다. '各國書籍庫에最有名ᄒ者ᄂ英吉利國京城圖塾에在ᄒ
者와俄羅斯國京城聖彼得堡에在ᄒ者와佛蘭西國京城巴里에在ᄒ者라其
中에도巴里의書籍庫가尤大ᄒ者니其貯蓄ᄒ卷數가二百萬卷에逾ᄒᄂ故
로佛蘭西人이其宏大ᄒ規模를恒常矜誇홈이라'[35]고 서술하고 있다.
　　이 부분의 내용은 福澤의 『西洋事情』과 유사하지만, 프랑스 도서관
의 장서 수 등 구체적 제시는 유길준이 새롭게 첨삭하고 있다. 이러한
장서 수의 제시가 나타나 있는 福澤의 기술에서는 '런던문고에는 서적
80만권이 있다. 쌍뜨베쩨르부르그 문고에는 90만권, 파리 문고에는
150만권이 있다. 프랑스인이 말하기를 파리 그 문고와 책을 일렬로 배

---

34) 上揭書, p.454.
35) 上揭書, p.455.

열할 때 길이가 7리가 된다'[36]고 되어 있다. 이러한 면에서 유길준은
『西洋事情』의 내용을 인용할 때 아무런 기준 없이 인용한 것이 아니
라, 자신이 직접 견문했을 때와 그 기록이 일치하거나 자신의 경험이
없는 부분은 그대로 인용했지만, 자신이 견문했을 때와 달라진 상황이
보이면 수정하여 기술해 보다 정확하고 새로운 정보를 알리려고 노력
했다는 점을 알 수 있다.

　이러한 兪吉濬 나름의 독자적 관점은 「演說會」에서 더욱 두드러지
게 나타나는데, 다음은 유길준의 독자적인 시각이 반영된 것으로 福
澤의 『서양사정』에는 없는 부분이다.

　　　演說은 敷言ㅎᄂᆫ意思라其條目이極多ㅎ니……此外에도其浩繁
　　홈이勝數ㅎ기不可ㅎ니其理致ᄅᆯ條分ㅎ며緣由ᄅᆯ綱擧ㅎ야世人의
　　聞見을廣博ㅎᄂᆫ道라此屢條의學識이一人의所能아니오必其條ᄅᆯ
　　逐ㅎ야各其能호者가有호則其奧旨와妙悟ᄅᆯ說出홈이라且演說ㅎ
　　ᄂᆫ者로議論ㅎ야도其蘊抱호知識과學問을他人에게公布홀ᄯᅳ름아
　　니라幣金이有ㅎ니……演說을聽ㅎᄂᆫ者가出歛ㅎᄂᆫ니其收錢ㅎᄂᆫ
　　法이演說許聽票ᄅᆯ賣ㅎ야無票호者ᄂᆫ其會에參ㅎ기不能ㅎ고惟待
　　票者라야許進ㅎ니[37]

　유길준은 연설회의 경영방식을 세세히 기록하고 있다. 그리고 실제
로 본 모습을 다음과 같이 세밀하게 기록하고 있다.

　　　今에其演說ㅎᄂᆫ貌樣을暫記ㅎ건데學者가其演說ㅎᄂᆫ바議論을

---

36) 福澤諭吉, 「西洋事情」, 『福澤諭吉選集』 第1卷, p.120.
　　圖塾の文庫には書籍八十万卷あり。彼得堡の文庫には九十万卷、邑理斯の文庫
　　には百五十万卷あり。仏人云ふ、邑理斯文庫の書を一列た並るときは長さ七里な
　　るべしと。
37) 上揭書, p.456.

紙에寫ᄒ야床上에實ᄒ고其床後에禮服으로立ᄒ야高聲으로朗讀
ᄒ則聽者ᄂ次序로一齊히椅予에座ᄒ야其心에合ᄒᄂ句節이有ᄒ
면掌을拍ᄒ야奇를叫ᄒ나니[38])

유길준은 실제로 본 모습을 역력히 떠올리며 그 현장을 생생하게 기
록하고 있는 것이다.

故로外國의慢侮가至ᄒ든지戰伐이侵ᄒ든지亦此輩人의議論으
로人民의氣性을激揚ᄒ야莫渴ᄒᄂ勇을起ᄒ기도ᄒ며本國의政令
이不便ᄒ者가有ᄒ時ᄂ赤演說의權으로政府를勸ᄒ야變更ᄒ게ᄒ
나然ᄒ나此ᄂ誹謗ᄒᄂ俗에近ᄒ고不善ᄒ習例를成ᄒ다ᄒ야政府
를議論ᄒᄂ一條ᄂ禁止ᄒᄂ國도有ᄒ니太西人이云호되演說은亦
開化의一大機라ᄒ더라[39])

연설의 효용을 들어 연설이야말로 '개화'를 이루는 중요한 무기라고
기술하고 있다. 이러한 유길준의 연설에 대한 생각은 실제 그의 활동
에서도 두드러지게 나타나는데, 51세 이후 일본 망명 생활에서 돌아와
국민교육과 입헌군주제 실현 등의 사회·정치 운동에 주력할 때에 위
에서 상술한 연설회를 통한 국민계몽에 힘을 쏟고 있는 것이다. 이와
같은 '演說'의 개념은 유길준이 일본유학 시절 일본을 매개로 받아들
인 것으로 보인다. 일본에 있어서 '演說'이라는 단어의 유래는 富田正
文에 의하여 밝혀지고 있다.

그것들(서구문물 내지는 문화: 필자) 三田山 위에 있어서 실
험시행으로부터 생겨나 가장 급속하게 광범위하게 보급된 것은

---

38) 上揭書, p.457.
39) 上同.

'演說'일 것이다. 현재 演說이라고 말하면 초등학생이라도 모르
는 사람이 없지만, 일본에는 예로부터 연설의 풍습이 없었기 때
문에 사원에 있는 승려의 설법이나 만담 강담 정도를 우리는 연
설에 비슷한 것으로 이해하여, "口頭로 자신의 생각을 이야기함
으로써 일반에게 이해시킨다"는 것은 종래 행해진 적이 없었던
것이다.[40]

그러나 이러한 연설에 대하여 보다 관심을 보인 것은 福澤諭吉이었
다.

메이지 6년 여름 무렵 福澤의 문하의 상급생인 고이즈미 노부
요시(小泉信吉)가 미국에서 출판된 한 권의 책을 가지고 와서 福
澤에게 보이며 이것은 서양에서 행하고 있는 스피치(토론)법을
설명한 책인데, 우리나라에도 이 법을 보급시키면 어떨까 라고
권하였다. 때문에 福澤은 한번 읽고 그 자리에서 찬성하여, 그날
로 이 책을 번역하여 『會議辨』이라는 한 책을 저술했다. 이후 그
책의 방법에 따라 스피치, 토론 방법 등을 연습하기 시작했다.
그러나 이 『희의변』의 대본이 된 미국출판의 책이 어떤 책이었
는지, 현재까지는 밝혀지지 않고 있다.[41]

---

40) 富田正文,『考証福澤論吉 下』, 岩披書店, 1992, p.482.
それらの三田山上における實驗試行から生まれて、最も急速に最も廣汎に普及し
たものは「演設」であろう。現在演設と言えば小學生でもこれを知らない者はない
が、日本には古來、演設の風習はなかったもので、寺院における僧侶の設法
や、寄席講釋場の落語講談のたぐいが、僅かに演設に類するものであったぐらい
で、口頭で自分の考えを逑べて公衆に理解させるということは、從來行われたこと
はなかったのである。
41) 富田正文,『考証 福澤諭吉下』, 岩波書店, 1992, p.483.
明治六年の春夏のころ、門下の先進生小泉信吉がアメリカ出版の一書を携えて來
て諭吉に示し、これは西洋に行われるスピーチ、デベートの法を說いた書物であ
るが、わが國にもこの法を普及させてはどうかと言ったので、諭吉は一讀して直ち

 이렇게 福澤은 그의 문하생이 가지고 온 책으로부터 연설에 대한
지식을 얻고 있다. 그리고 그는 이러한 단어의 번역에 대해서도 고심
을 하였다. 스피치의 譯語로써 그 새로운 의미를 부여한 사람이 福澤
諭吉이었던 것이다.

 『西遊見聞』제 17편의 마지막 항목은 「신문지」에 대한 기술이다. 兪
吉濬은 17편의 다른 항목들보다도 「신문지」에 대한 기술에 많은 관심
과 노력을 보였다. 또한 실제로 그는 신문간행에 여러 차례 직·간접
적으로 종사하기도 하였다.

 이광린 교수의 연구42)에 의하면, 1883년 한성부에서는 신문을 발간
할 계획을 가지고 있었는데, 이러한 신문발간에 직접적인 책임을 맡은
한성판윤 박영효는 1883년 1월 5일 일본에서 돌아오면서 왕의 윤허만
받으면 신문간행 전부의 실무를 유길준에게 맡기려고 계획했던 것으
로 보인다. 또한 실제로 박영효는 일본에서 돌아오는 길에 신문을 제
작할 기자와 인쇄공 등 7명의 일본인을 데리고 온다. 그런데 이 때 데
리고 온 일본인 7명은 모두 유길준의 요청으로 福澤諭吉이 추천한 사
람이며, 이중 몇 명은 慶應義塾 출신이어서 유길준과 친숙한 관계에
있었다. 이렇게 유길준은 신문의 제작 준비 단계에서부터 깊숙이 관계
되어 있었으며, 실제로 <한성부신문국장정>과 <신문창간사> 등을 쓰
기도 했다. 이 때 쓴 이러한 글들에 국한문혼용체도 있었다는 것은 주
지의 사실이다.

 兪吉濬이 동경에서 유학할 무렵인 1882년 3월 福澤諭吉은 <時事新
報>라는 신문을 창간하였고, 이러한 福澤의 활동은 일본사회가 문명

に贊成し、早々にこれを飜譯して『會議辨』の一書を著し、その書の方法に從って、
スピーチ、デベートの方法の練習を始めることにした。この『會議辨』の種本になっ
たアメリカ出版の一書というのがどういう書物であったか、今のところ判明していな
い。
42) 이광린, 『兪吉濬』, 동아일보사, 1992, pp.27-32.

개화를 하는데 커다란 영향을 주었다. 때문에 유길준도 언론의 중요성을 절실히 느끼고 있었으며, 박영효의 요청에 흔쾌히 응했던 것으로 보인다.43) 이후 유길준은 고국에 돌아와 총리 교섭 통상사무아문의 主事로 임명되었고, 그 때문에 유길준은 주사라는 말단관직에 앉아서 활발하게 시작된 외무사무를 돌아보게 되었다. 그런데 이와 같은 관직을 받았음에도 불구하고 오히려 그는 신문발간에 더 관심을 갖고 있었던 것이다. 당시에는 박영효의 개인적인 바람으로 준비위원격으로 일을 하고 있었지만, 어쨌든 그는 이 일에 대단한 정열을 쏟아 부었다.44) 더불어 신문발간에 대한 유길준의 정열은 <독립신문>의 발간에까지 그 영향을 미치고 있다. 때문에 신문발간에 대한 유길준의 노력은 그의 커다란 공적 중의 하나가 되었다.

여기서 저자가 새롭게 찾아낸 자료 중에 유길준이 福澤諭吉이 경영하는 신문사 時事新報에 投稿한 글을 발견했는데, 긴 문장이지만, 註50, 註51에서 인용한 시기보다 일년 가까이 지난 유길준 모습과 그에 관사가 무엇인지를 잘 나타난 글이라서, 전문을 수록한다.

　　時事新報 明治15年(1882年) 4月21日

　　投稿 의견에 관한 책임은 본사에 관여하지 않음.
　　아래 문장은 당시 慶應義塾 학생 朝鮮 (귀족) 유길준씨가 投稿한 것이다. 氏는 작년 유월 義塾에 입학혀 일본어를 배운 지 아직 일년 안 지나는데도 대단히 학업이 진전하고 작문 및 담화 등 거의 지장이 없는 데까지 이루워졌다. 畢竟 유씨가 재능과 공부에 의한 것이지만, 同文(동문)의 利便에서 생긴 힘이 큰 점이

---

43) 이광린, 개정판 『韓國開化史硏究』, 1990, p.62.
44) 上同.

있다고 하더라도 ,우리라라 사람이 중국 조선등 언어를 배우는
데도 朝鮮人이 우리 國語을 배우는 것과 같은 이점이 있는 것을
國中에 아직 그러한 사람(한국어을 배우는 사람)이 적은 것을 유
감스럽다고 말할 수 있을 것이다.지금 兪씨가 自草 投書에 한 글
자로 添削을 가하지 않고 揭載해서 야러분의 일독을 위해 제공
한다.

　　신문의 기력(氣力)을 논함.　　朝鮮人　兪吉濬

　　대개 나라를 개화로 진전시키고 문명으로 이끌러 가는데, 활
발한 氣와 奮揚한 마음과 維持의 힘으로 하여금 최고함. 이들 셋
것 가운데 하나도 결함이 있어도 안 되며, 무엇이 능히 세상 사
람을 하여금 유지의 힘을 생기게 한 것인가? 그것은 深奧한 蒸
氣도 아니고 神妙한 電機도 아니다. 오직 平順하고도 가장 알기
쉬운 신문밖에 없다. 그것이 전기는 山川 넘어선 땅에서도 하루
아침에서 音信을 達한다고 해도 신문과 같이 보통 功이 없다. 氣
船은 烟波洶湧의 바다를 航海하면 만리에 到達하더라도 신문과
같이 廣濟한 효과는 없다. 故로 신문의 기력은 증기(蒸氣)보다도
강하며 電機보다도 빠르다. 당당히 天下에서 생활하는 民家에서
이것을 깨닭아야하는서는 天萬명의 교사들로 하여금 晝夜 가리
지않고 혀를 피곤할 필요도 없다. 신문지 하나만 있으면, 마음을
勞하지 않아도 말에 번거럽게 할 필요 없이 의자 위에 앉아서
敎導 大功德을 四域 안에 收得한다. 반하여 손쉽게 멀리 즉 泰
西 각국을 구하지 않아도 가까이 일본 사정을 취해서 이것을 논
하는 일도 오늘날 이와 같이 성하게 된 것은 全國 사람들 다 활
발게 되어서 그치지 않았다.혹은 技藝를 배우고 혹은 工業을 營
하여,그리하여 日夜 前進하기에 힘을 다한고 하더라도 우선 新
聞 氣力이 가지고 最高라고 할 수 있다. 그러므로 또 단지 新聞
氣力이 아니라, 그 실은 士族의 義勇도 또한 新聞 안에서 생기

는 것도 많다. 왜냐하면 사람이 기억하는데 先後가 있다. 先覺은
後覺을 기억하지 않으므로 士族은 本來 活潑의 氣가 있어도 아
직 奮揚하는 마음이 없는 者는 한번 新奇한 說을 읽고 激發한
論을 보면 자연히 奮揚하는 마음이 생긴다. 奮揚하는 마음이 생
기는 것이 본래 있는 곳에서 活潑 氣가 더욱 더 活潑하게 된다.
사람으로써 活潑 氣와 奮揚하는 마음이 있으면 自國을 維持할
힘을 구하지 않아도 스스로 이룬다. 이런 세 가지 것들이 이미
갖은 후에 開化하려고 하면 開化하고,文明이 돼야 한다면, 문명
이다. 또 天下의 무엇이 憂患할 일이 있겠는가? 샘이 처음으로
솟아 나오는 것처럼 불이 처음으로 타는 것처럼 날이 새로워지
고 달이 새로워지고 또 새가 새로워진다. 靡然스럽게 이에 따라
가서, 沛然스럽게 이를 일으킨다.能히 布衣의 몸으로 一筆 아래
에 많은 衆生(중생)으로 하여금 開(明(개명)한 區域(구역)까지 올
리게 하며, 그리하여 聲氣(성기) 다 같은 것으로 돼며,이에 應求
(응구)하게 된다. 또한 손에 褒貶의 권리를 취해서 善(선)을 권하
여 惡(악)을 懲罰하는 政治(정치)를 행하여, 風俗(풍속)을 옮기
며, 풍속을 쉬운 길을 맡기며, 위에서는 朝廷의 변화를 補充하고
아래서는 葦黎의 복(福)을 익(益)한다. 신문의 기력이 어찌 크지
않는가? 그러므로 余(여) 감(敢)히 말하기에 정치(政治)를 잘 하
는 나라에서는 신문이 없는 일이 없다. 이 점에 있어서 일본을
操縱하는 자에게 바라고 싶은 일이 있다. 지금 동양(東洋)의 정
세(情勢)는 萬物萬事 모두가 碧眼子(西洋人의 뜻)의 凌侮를 면
할 수가 없다. 동양이 지금 이 지경에 이르기까지 頹靡했다.이것
은 아무도 않았기 때문이다. 만약 亞洲 諸國이 마을을 합쳐서 힘
을 같이 해서 旣往의 작은 거낌을 잊어서 장래의 大勢를 圖謀해
서 全洲의 氣力을 興起해서 異種의 陸梁을 制御하고 더불어 東
洋의 天地에 서서 萬代의 輯睦을 유지하는 것이 필자의 苦心血
誠이다. 願컨대記者여러 先生들이 부디 威勢를 擴張해서 言語를
正大하고 富士山을 가지고 筆鋒으로 삼고 扶桑의 바다를 갖고

硯池로 삼고 활발한 氣와 奮揚한 마음을 갖고 그 趾를 세워서
自國을 維持할 힘을 主義로 한다. 諸國을 聯合할 策을 圖謀해야
한다. 만일 그 氣와 마음을 돌이켜보지 않고 그 힘과 策을 圖謀
하지 않으면, 新聞의 氣力을 말하지 말아라. 또 헛되이 冗長한
盲目으로 浮雜의 일을 쓰고 함부로 自身의 腦를 써서 他人에 대
해서 倨慢하게 되면 오히려 신문이 없는 것과 같다.45)

---

45) 時事新報　明治15年4月21日
寄書　說ノ主義ハ本社其責ヲ任セス
○左の一編ハ当時慶應義塾の生徒朝鮮國貴族兪吉濬氏の寄する所なり氏ハ昨
年該塾ニ入りて日本語を學ひ爾來未ダ一年ヲ滿ざるニ學業大に進み作文談話
等殆んど差支なき迄ニ至りたり畢竟氏が顚才と勉强の致す所と雖ども同キナリ何
ント文の便固より與りて大ニ力ありとも我國人ガ支那朝鮮等の言語を學ぶとも朝
鮮人が我國語を學ぶと同樣の便利あるべきを國中猶其人を乏しきを遺憾と云ふ
べし今兪氏が自草の寄書ニ一字の添削を加へず揭げて諸君の一覽に供す

新聞ノ氣力ヲ論ス　　　　　　　朝鮮人　　　兪吉濬
蓋シ國ヲ開化ニ進メ文明ニ導クハ活發ノ氣ト奮揚ノ心ト維持ノ力ヲ以テ最トス此三
ノ者ハ一モ欠クベカラズサレバ何物カ能ク世上ノ人ヲシテ維持ノ力ヲ生スルヤ是
レハ深奧ナル蒸氣ニモアラズ神妙ナル電機ニモアラズ只ダ平順ニシテ最モ知リ
易キ新聞ニ外ナラズ夫レ電機ハ山川隔越ノ地ニ一朝ニシテ音信ヲ達スト雖モ新
聞ノ如ク普通ノ功ナシ汽船ハ烟波洶湧ノ海ニ航スレバ萬里ニ達スト雖モ新聞ノ如
ク廣濟ノ効ナシ故ニ新聞ノ氣力ハ蒸氣ヨリモ强ク電機ヨリモ速シ滔々タル天下
蒼々タル生民家々之ヲサトラシムルハ千萬ノ敎師ヲシテ晝夜ヲ捨テズロヲ燦シ舌
ヲ幣サシムルモ能ズ一ノ新聞紙アレバ心ヲ勞セズ言ヲ煩ラハサズ衽席ノ上ニ安
坐シテ敎導ノ大功德ヲ四域ノ內ニ收ムル反掌ノ如ク易キナリ遠ク例ヲ泰西ノ各國
ニ求ムルニ及バズシテ近ク日本ノ事情ヲ敢テ之ヲ論スルモ今日斯クノ如ク盛ンニ
赴クハ全國ノ人悉皆屹々トシテ已マズ或ハ藝術ノ習ヒ或ハ工業ヲ營ミ而シテ日夜
前進ヲ務ムルニ由ルト雖トモ先ツ新聞ノ氣力ヲ以テ冠ナリト云ハザルヲ得ズ然レ共
但夕新聞ノ氣力ニアラズ其實ハ士族ノ義勇ニアリ而シテ士族ノ義勇モ亦新聞ノ內
ヨリ出ルモノ多キナリ何ントナレバ人ノ覺ル所先後アリ先覺ハ後覺ヲ覺スガ故ナリ
士族ハ本ヨリ活發ノ氣アリト雖トモ未夕奮揚ノ心ナキモノ一度新奇ノ說ヲ讀ミ激發ノ
論ヲ觀レバ自然ニ奮揚ノ心アレバ自國ヲ維持スル力ハ求メズシテ自カラ至ル此
三ノモノ既ニ備フテ後ニ開化セントスレバカ開化シ文明ナラントスレバ文明ナリ天
下ノ復夕何カ患フベキモノアランヤ泉ノ始テ達スルガ如ク火ノ始テ燃ユルガ如シ
日ニ新ニ月ニ又夕歲ニ新ニシテ。

위 投稿를 보면 兪吉濬이 얼마나 열심히 일본어를 공부하고 일본어
로 작문해도 문장이 능했던가를 알 수 있을 것이다. 그 반면에 義塾 학
생들에게 한국어를 배우면 다른 외국어를 배우는 것보다도 利點이 있
는 것을 示唆하는 것이다. 그와 동시에 『西遊見聞』에서 열거되는 문명
利器속에서 兪吉濬이 제일 중요시한 것이 蒸氣도 電機도 아닌 新聞이
였다는 것을 示唆한 記事이다. 그러한 그에 신문에 대한 열정이 얼마
큰 것이나를 여실히 나타난 문장이기도 하다.

　신문에 대한 이러한 유길준의 생각은 『서유견문』에서도 기술되고
있다.

　　　故로窮菴에居ㅎ야朋輩의交逐이極罕ㅎ者와萬里他鄉에作客ㅎ
　　야故國의消息이漠然ㅎ者라도新聞紙를一臨ㅎ則人間의景況이目
　　中에宛然ㅎ야其事物을親接홈과同ㅎ지라泰西人이新聞紙考覽ㅎ
　　는事로人世의一快樂이라稱ㅎ니盖人의消受ㅎ기를爲ㅎ야古今의
　　書籍이不少ㅎ나然ㅎ나世界의物情을洞知ㅎ며自己의聞見을博ㅎ
　　야處世ㅎ는道를鍊磨ㅎ기는新聞紙의功이亦多홀듯46)

라고 말하여 '신문의 효용'을 분명하게 알리고 있다. 이러한 신문의 효
용에 대한 福澤의 설명은 다음과 같다.

　　　그래서 한칸 방에 한가히 앉아 문밖을 보지 않고 만리의 絶域
　　에 있어 고향 소식을 모른다하여도 한번 신문을 보면 세간의 정
　　실을 묘사하여 일목요연하게, 더욱이 실제로 그 사물에 접하는
　　것과 같다.47)

___

46) 兪吉濬, 『西遊見聞』, p.458.
47) 「西洋事情」, 『福澤諭吉選集』 第1卷, p.119.
　　故に一室に閉居して戶外を見ず、万里の絶域に居て鄉信を得ざるものと雖ども、

라고 하여 그 효용을 단순명료하게 정리하고 있다. 표현의 차이는 있다하더라도 그 내용과 의미는 유사하다고 할 수 있겠다. 그러나 이 「신문지」의 항목에 관해서는 兪吉濬의 설명이 福澤의 설명보다도 추가·부언되어 있다. 예를 들면 그 판매방법, 광고제도, 신문보도의 신속한 특파원 제도 등 그 운영에 이르기까지 세밀한 설명이 계속되고 있다. 이는 유길준이 '신문의 효용'을 익히 알고 있었고, 조선의 개화나 문명화를 위해서는 신문을 발간하여 국민을 계몽시키는 것이 첩경이라는 확신을 가졌기 때문에 이에 특별한 관심을 보인 것이라 할 것이다. 또 유길준의 신문설명에서는 특히 福澤의 설명에서 볼 수 없었던 것으로서 신문논지의 공평함을 주장하고 있는 점이 두드러진다.

> 凡新聞紙에登載ᄒᆞᄂᆞᆫ議論이國을隨ᄒᆞ야差殊홈이有ᄒᆞ고人을隨ᄒᆞ야亦分異홈이生ᄒᆞᄂᆞᆫ故로偏僻된言詞와虛荒혼事蹟이不無ᄒᆞ나然ᄒᆞ나政府의許施ᄅᆞᆯ奉ᄒᆞ야其議評의公平홈과眞實홈으로主張ᄒᆞᄂᆞ니國家의政事와法令에不便ᄒᆞ者가有ᄒᆞ면是ᄅᆞᆯ論ᄒᆞ야政府의審考ᄅᆞ기ᄅᆞᆯ請ᄒᆞ며人民의好ᄒᆞᄂᆞᆫ者와願ᄒᆞᄂᆞᆫ者가有ᄒᆞ면政府의行施ᄒᆞ기ᄅᆞᆯ故로 (中略) 此ᄅᆞᆯ由ᄒᆞ야觀ᄒᆞ면新聞局이國家ᄅᆞᆯ爲ᄒᆞ야諫官의職責을行ᄒᆞ고人世ᄅᆞᆯ向ᄒᆞ야史筆의襃貶을執혼者라謂ᄒᆞ야도虛言이아니어니와萬若新聞局이私嫌이나私怨을因ᄒᆞ야妄伶되히國家의政令을論難ᄒᆞ고人身의言行을譏刺ᄒᆞ야實狀이無혼則政府의罰을不免ᄒᆞᄂᆞᆫ故로新聞局도赤小心ᄒᆞᄂᆞᆫ者라.48)

신문사의 기사보도에 관해서는 공평, 진실하지 않으면 안 된다는 의견을 개진하고 있다. 국가의 정치나 법령에 불만이 있을 때에는 이것

一と度び新聞紙を見れば、世間の情實を摸寫して一目瞭然、拾も現に其事物に接するが如し。
48) 兪吉濬, 『西遊見聞』, pp.416-462.

을 논평하고 추구할 수 있지만, 만약 사사로운 감정에 의해 사실이 아닌 것을 보도하면 정부의 처벌을 면하기 어렵다고 강조하고 있다. 이와 같이 언론의 정의를 유지하는 것에 대해 길게 설명하고 있는 것은 유길준이 직접 신문발간 사업을 맡고 있었기 때문이며, 언론의 위력과 그에 따르는 책임감이 어떠한 것인지를 파악하고 있었기 때문이라 할 것이다.

이 때의 일에 대해 조선 정부의 外衙門의 고문이자 박문국 편집장이었던 井上角五郎의『한성의 잔몽』에는 다음과 같이 기술되어 있다.

> 明治 6년(1883년) 11월 <한성순보> 제1호를 발행했다. 나는 외아문에 들어가서 신문경영과 계획을 수행하기 위해서 一局을 두고 이름을 박문국이라고 불렀다. 나의 우소로써 박문국으로 하고, 외아문에는 민영식과 김윤식을 당상으로 하고 더욱이 해외사정에 밝은 사람을 소집하고, 주사 및 사사로 임명하고, 나는 이것을 관장하는 주임이 되었다. 매월 3회 관보를 발간했다. 지상에는 해외의 사정을 게재하고, 이것을 부, 현, 주, 군, 진 등에 배포했다. 이 일이 진정으로 조선에서 신문의 시작이었다. 제1호가 세상에 나오자 이것에 대한 의견과 평판이 가지각색이었다. 특히 청나라 사람들의 비난은 매우 격심했다. 그들은 이 신문을 서양의 종교를 전파하는 도구로 사용하기 위해서 또는 일본을 찬양하기 위해서 만들었다고 꾸미고, 또『易言』6권을 한국어로 번역하여, 국내에 배포하는 것을 그 목적으로 하였다. 그러나 나는 조금도 굴하지 않고 계속해서 제2호 이하를 발행했다. 그래서 국왕전하도 <한성순보>를 보고 사람들을 개화시키는데 도움이 된다고 격려해 주었다.[49]

49) 井上角五郎,『漢城之殘夢』, 舊韓末日帝侵略史叢書 政治篇7, 亞細亞出版社, 1984, pp.229-230.
明治十六年十一月、漢城旬報第一號を發刊す、予の外衙門に入るや、經營企

이를 통하여 당시 사회에서는 '신문'을 종교전파 또는 일본을 미화하고자 한다는 흑색선전이 난무한 것을 알 수 있다. 그리고 여기에서 말하는 조선어라는 것은 한글을 의미하고 있다. 이 <한성순보>는 근대적 신문의 시초로 박문국을 설치하고 旬刊의 체제로서 발간된 것으로 官報의 성격을 띠고 있었다. 본래 국한문체의 혼용을 목표로 했었지만, 활자의 준비관계와 수구파의 의견대로 순한문으로 표기되었다. 월 3회의 발행으로 기사내용은 관보를 제일주의로 하고, 다음으로 내외의 기사를 겸해서 실었다. 1884년에 정간되어 1886년에 <한성주보>로 바뀌었다. 그리고 이 <한성주보>로 바뀐 때의 모습을 다음과 같이 기록하여 당시 신문발간의 곤란함을 이야기하고 있다.

> 1886년 1월부터 <한성주보>를 발간하기 시작했다. 『한성순보』는 "김옥균의 난" 이후 완전히 폐간된 상태였다. 이번 기회에 다시 박문국을 설치하고, 순보를 주보로 바꿨다. 순보는 한문으로 되어 있었지만 주보에서는 한글도 삽입했다. 그러나 체제는 대체로 종전과 마찬가지로 독변 김윤식이 당상에 임명되었다.[50]

劃逢に一局を置き、名けて博文局と稱す、予の寓所を以て局に充て、堂上には閔泳穆、金晩植あり、苟も海外事惰に通ずるの士は悉く之を局に集めて名主事司事に任じ、予は卽ち其主任となり、海月三回官報を發刊す、紙上には海外の事情をも搨載し、之を府、懸、州、郡、鎭、井に萬戶に配布せり、朝鮮に新聞あるは實に此時より始まれり、第一號の世に出るや物議騷然たり、特に支那人の非難最も甚しく、誣るに西敎傳播の具なりと云ふを以てし、又以て日本を稱揚する所以のものとなし、或は激して易言六册を朝鮮假名に飜譯し、之を國內に配布せるものさへありしなり、然れども予は毛頭屈するの色なく、引續き二號以下を發刊したり、蓋し國王殿下も旬報を視て人智開達の爲め利ありとせられたるを以てなり。

50) 上揭書, pp.268-269.
明治十九年一月より更に漢城周報を發刊したり、蓋し漢城旬報は金玉均之亂後全く廢刊の姿なりしが、這回更に博文局を校洞に置き旬報を周報と改めたり、而して旬報は漢文のみなりしも周報には朝鮮假名をも挿入することゝはなせり、併し體裁は總て從前の如くにし督辨金允植を以て兼ねて堂上に任じたり。

兪吉濬이『西遊見聞』에서 말한 「신문지」의 항목을 통해 볼 때, 당시
의 수많은 시행착오 중에서도 얼마나 개화를 위해서 신문발간에 힘쓰
고 있었는가, 또한 신문이 가지는 효력을 얼마나 중요시하였는가, 그
리고 실제로 신문발간이 실현된 상황은 어떠했는가가 여실히 드러나
고 있다. 결국 신문에 대한 유길준의 관심과 열정에 대한 이유는 '어떤
사람이 말하기를 신문이야말로 개화에 커다란 도움이 된다고 말한 곳
이 있었다'는 「신문지」 항목의 끝부분에서 여실히 드러나고 있다. 특
히 신문의 여러 가지 관련 항목 중 공익적 측면에 지대한 관심과 위력
을 실감하고 있다. 보다 구체적으로 살핀다면 신문기사를 통하여 정부
시행령에 대한 비판과 수정을 국민의 풍습과 행실의 정화뿐만 아니라,
여론정치의 대리자적인 역할을 신문이 맡을 수 있다는 확신을 가지고
있었다. 때문에 유길준은 '개화'를 위해서는 보다 적극적으로 신문사
업을 추진하고 관여하지 않으면 안 된다는 당위성을 느끼고 있었으며,
한성순보나 독립신문 등의 제작에 적극 참여하는 모습을 보였고,『서
유견문』의 집필에 있어서도 이 부분에 좀 더 많은 지면을 할애하였던
것이다.

兪吉濬은 문명의 기기에 있어서도 서양문명에 대한 호기심과 충격
을 여실히 드러내고 있다.『西遊見聞』의 편차에 따라 보면 「증기기
관」, 「증기차」, 「증기선」, 「전신기」, 「遠語機」의 순서로 배열되어 있는
데, 이중에서도 유길준은 특히『西遊見聞』제18편의 처음에 등장하고
있는 「증기기관」에 대해 관심이 지대했던 것으로 보인다. 당시 증기라
는 것은 말할 것도 없이, 현재의 석유나 석탄과 마찬가지로 주동력원
이었다. 그러나 서구과학에 대한 지식이 부족했던 당시 대중에게 이러
한 증기를 이용한 증기기관에 관해서 어떻게 설명하고 인식시키고 있
는가, 또『西洋事情』과 비교하여 그 설명 표현의 차이는 어디에 있는
가 하는 것은 당시 두 나라가 서구과학문명을 어떻게 받아들이고 있느

냐 하는 문제를 해명해 줄 수 있는 흥미로운 사례라고 생각된다.

俞吉濬은 증기에 대한 설명을 '蒸氣는湯氣니亦日氣라鍋釜의水를沸湯훈則其蓋를吹上ㅎ느니此는蒸氣의力이라'[51]라고 하여 특별할 것이 없는 나열적인 설명을 하고 있다. 이에 반하여 福澤의 설명은 '증기라는 것은 탕기이다. 탕기에 힘이 있는 것은 남비, 솥, 쇠주전자에 물을 끌여서 그 뚜껑이 위로 올라가는 것을 보고 알 것이다'라고 하여 처음의 문장부터 독자를 향하여 당연히 알고 있을 것이라는 확신으로 가득 찬 박력 있는 문장을 쓰고 있다. 이러한 식의 차이는 '기기의 설명'에도 나타난다. 福澤은 실린더를 설명하는데 있어 '대략 밀폐된 솥에 석탄을 가지고 물을 끓여 그 증기를 가는 관을 통해 실린더로 전한다'고 하고, 현재 실린더(Cylinder)라고 말하는 것에 대한 단어에 관해서도 車動이라는 단어만이 아니라, 모든 일본어 표현을 구사해서 설명하고 있는데, 그것은 물건의 성질이나 특성을 단어, 즉 이름을 통하여 쉽게 연상하고 파악할 수 있도록 하고자 하는 의도로, 이와 같은 태도는 문명의 기기에 대한 이름의 命名을 통해 확실히 자기화 하려는 보다 적극적인 자세로 보인다.

그러나 俞吉濬의 관점은 이러한 福澤諭吉의 관점과는 다른 것이었다. 福澤諭吉이 문명의 利器인 문물 그 자체에 대해 관심의 초점을 맞추었던 반면, 유길준은 그 문물이 나오기까지의 과정과 인물에 관심의 초점을 맞추었던 것이다. 유길준은 그와 같은 동력이 출현하기까지의 과정은 각국이 다르다는 것을 인식하고 있으며, 그것에 대해 강조하고 있는 것이다. 예를 들면『西洋事情』에서는 와트 자신의 공정보다도 증기기관의 효력에 대부분의 지면을 할애하고 있다. 이에 반해서『西遊見聞』에서는 「와트의 약전」을 통해 와트가 어릴 때 본 찻주전자 뚜껑

51) 俞吉濬,『西遊見聞』, p.463.

이 위로 올라가는 것을 이상하게 생각하던 중 物理學에 이르러 마음 깊은 곳에서 그 의미를 통달하는 모습을 서술하고 상세하게 그의 연구 과정을 서술하고 있는 것이다.

蓋瓦妬의先에도 蒸氣機關을 窮究ᄒ者가雖多ᄒ나此工을 大成ᄒ야實用에施ᄒ者ᄂ瓦妬라天地間의一種自然ᄒ剛力을 發出ᄒ야人世千萬事物의窮苦艱困ᄒ根源을 拔去ᄒ고便要富達ᄒ고景況을助成ᄒ야利用厚生ᄒᄂ道로 天下의人이其福을 共享ᄒ고且其惠澤이無窮ᄒ來世에流被홈이니是로以ᄒ야瓦妬의名은 不朽에傳ᄒ야婦人孺子라도 尊敬을 不加ᄒᄂ者가無홈이라.[52]

이와 같이 兪吉濬이 와트의 약전을 상세하게 서술한 데 반해, 福澤이 이에 대해서 자세하게 서술하지 않은 것은 당시 일본 출판계의 상황에 원인이 있었다고 말할 수 있다. 龜井俊介 교수의 『서양이 보여진 무렵』이라는 저서에서 당시의 출판 상황에 대해서 서술하고 있어 주목된다.

서양이 동양세계에 알려져 새로운 눈으로 서양을 다시 볼 무렵에, 그 서양의 '문명'을 일본인에게 알려서 한 세상을 풍미했던 3권의 책이 있습니다. 이 세권의 책은 우선 福澤諭吉의 『西洋事情』(게이오2-메이지3년), 다음은 우치다마사오(內田正雄)의 『여지지략』(메이지3년) 및 나카무라 마사나오(中村正直)가 번역한 『서국입지편』(메이지 3년-4년)이 그것이다. 메이지 초기만 각각 수십만 부, 혹은 백만 부 이상 팔렸다고 알려져 '메이지 3서'로 불리어진다. 이 가운데 『西洋事情』은 서구세계의 여러 면을 알리는 책으로 서양의 정치에서 경제, 사회, 문물, 제도 등을 내

---

52) 上揭書, p.469.

용으로 하고 있고, 『여지지략』은 '여지지'라는 것은 지리서이고,
略은 略述한다는 의미로 세계의 지리와 정세에 대하여 간략하게
정리하여 알기 쉽게 한 책이다. 또한 마지막의 『서국입지편』은
서양인의 정신을 전하여 그들의 혼에 호소한 것이다. 그것은 따
라서 「명치의 성서」라고 불렸다.53)

이렇게 볼 때, 福澤이 『西洋事情』을 출판한 가장 큰 목적은 서양의
새로운 문물과 과학, 이를 바탕으로 부강하게 사는 나라의 규모를 알
리어 일본의 개화와 외교에 도움을 주고자 하는 것이라고 할 수 있다.
그렇기 때문에 와트가 이루어놓은 器機들의 성능과 원리들이 무엇보
다 중요하게 인식되었던 것이며, 따라서 와트 자신의 약전은 큰 의미
가 없었던 것으로 보인다. 그러나 兪吉濬의 경우에는 이와는 반대로
와트의 약전을 상세하게 서술하고 있다. 이러한 면이 유길준만의 독자
적 시각이 나타나는 부분으로 유길준은 단순히 만들어진 기기나 기계
들의 성능이나 원리보다는 그러한 새로운 기기를 만들어 낼 수 있는
근본적인 사람의 능력에 주목을 하고 있는 것이다. 즉 와트의 약전을
통하여 그가 어린시절 사소한 것도 그냥 지나치지 않고 깊이 窮究하여
그 원리를 따져보고, 그것을 실제 생활에 이용할 수 있게 노력하였던
그의 정신자세를 높이 평가하였던 것이다.

---

53) 龜井俊介, 『西洋が見えてきた頃』, 南雲堂, 1988年, p.143.
  西洋が見えてきた頃、その西洋の 「文明」を日本人こ傳えて一世を風靡する三冊
  の本が現われた。福澤諭吉の『西洋事情』(慶應2年-明治3年)、內田正雄の
  『與地志略』(明治3年)、および中村正直の飜譯した『西國立志編』(明治3年-明治
  4年)がそれである。 明治初期だけで、それぞれ數十万部、あるいは百万部以上
  賣れたといわれ、「明治の三書」と称された。このうち『西洋事情』は、おもに西洋
  の政治経濟社會を語り)、『與地志略』(與地志とは地理書のこと、略はおらましの意
  味)は、世界の地理といったもので、ともに文明開化時代の日本人の海外知識
  欲にこたえた。それに対して『西國立志編』は、おもに西洋の人と精神を傳えて、
  彼らの魂に訴えた。それは. したがって、「明治の聖書」と呼ばた。

다음으로 「蒸氣車」의 항목에 관해서는 兪吉濬의 설명이 福澤보다
두 배 정도 길다. 그 글의 첫머리에는 '증기차는 증기기관의 동력을 이
용하며'로 되어 있는데, 유길준의 설명은 이어서 '亦曰火輪車'라고 하
여 福澤이 쓰지 않았던 용어를 소개하고 있다. 또한 유길준은 福澤의
설명에는 없는 기차의 내장이나 내부의 모습에 관한 관찰을 하고 있
다. 예를 들어보면 다음과 같다.

> 微黃或雜色의油漆을塗ᄒ야雨雪이浸濕을防ᄒ고左右의窓牖ᄂ
> 琉璃로緊合ᄒ며錦或氈의帳帳을垂ᄒ고兩行鐵椅ᄂ或皮或氈으로
> 華麗히飾ᄒ고車板에釘着ᄒ야一椅에二人이可히並坐ᄒ니一車에
> 二十以上으로三四十人餘人을可容홀디라.[54]

이처럼 유길준은 福澤諭吉과 달리 차안의 분위기, 설비까지 세세히
관찰하고 있는 것이다.

> 遠行ᄒᄂ車ᄂ晝夜를不捨ᄒᄂ故로車中에寢具를排鋪호딕晝에
> ᄂ捲ᄒ야車壁에掛ᄒ고夜에ᄂ垂ᄒ야平牀의制度로上下二層을成
> ᄒ며又飮食車가有ᄒ야一日의三時를供ᄒ고洗室과厠所의位位도
> 井然히條理가有ᄒ야便利홈이極臻ᄒ니[55]

외부 조건인 철로의 설명에 그치지 않고, 실제로 타본 감각을 기록
한 것이다. 이런 데에서도 兪吉濬의 섬세한 문명 소개자로서의 면목이
잘 드러나고 있다. 이에 반하여 福澤의 설명은 내장, 즉 안의 모습에
관해서는 전혀 언급하지 않고, 소위 그 기계 동력과 같은 일 등을 극히
정확하게 조사하고, 시간이나 속도 등에 관한 과학적인 고찰을 하고

---

54) 兪吉濬, 『西遊見聞』, p.471.
55) 上揭書, p.471.

있다. 그런 일에서도 그의 관심사는 과학적인 사고를 위한 숫자에 관한 기술이 많은 것이다. 다음은 유길준이 기차의 발착시간에 관해 기술한 것이다.

車의停發ᄒᄂᆞᆫ期限도一定ᄒᆞᆫ時間이亦有ᄒᆞ니諸車의來往이同條의鐵路ᄅᆞᆯ從ᄒᆞᄂᆞ故로相薄ᄒᆞᄂᆞ危害ᄅᆞᆯ避ᄒᆞ기爲홈이라然ᄒᆞ故로其來往ᄒᆞᄂᆞ規則을定ᄒᆞ야假令其地의車ᄂᆞᆫ某時에發ᄒᆞ고又某地의車ᄂᆞᆫ某時에發某ᄒᆞ야某時中路某地에相遇홀디라乃其地에各條의鐵路ᄅᆞᆯ架設ᄒᆞ야先至者가其傍他條의路에暫停ᄒᆞ고後來者의過去ᄒᆞᆫ後에發ᄒᆞ야意外의災厄을防홈이라56)

그는 이상과 같이 시간 엄수의 이유를 말하는데, 이러한 설명은 福澤에서는 전혀 없다. 말하자면 兪吉濬은 열차 자체에 관심을 기울인 것이 아니라, 운행되는 조직까지 관찰한 것이다. 이는 유길준만의 독자적인 것이며, 그가 『西洋事情』을 하나의 안내서로서 활용하면서 거기에 새롭게 자신의 관찰을 담았다고 볼 수 있는 부분이다. 또 그러한 열차를 깔은 땅을 어떻게 할 것인가에 관해서도 언급하고 있다.

夫鐵路ᄂᆞᆫ平直ᄒᆞ기ᄅᆞᆯ求ᄒᆞᄂᆞ故로他人의田地와山林을不關ᄒᆞ고其道ᄅᆞᆯ條築ᄒᆞ나然ᄒᆞ나鐵路會社가其本主와相議ᄒᆞ야行ᄒᆞ되其折價ᄅᆞᄂᆞ法은公平人의中立ᄒᆞ議定을濂ᄒᆞ고萬若土地의本主가不肯ᄒᆞ則會社가法衙에爭訟ᄒᆞ야法官의公決을從ᄒᆞ느니鐵路ᄂᆞᆫ輕運ᄒᆞᄂᆞ便利ᄅᆞᆯ助ᄒᆞ야公衆의大益을成ᄒᆞ며邦國의富盛을增ᄒᆞᄂᆞ故로法官도必然會社의請求ᄅᆞᆯ許ᄒᆞᄂᆞ지라57)

---

56) 上揭書, p.472.
57) 上同.

그 방법으로서 철도회사가 그 땅주인과 상담하는 일이 원칙이지만,
만일 땅 주인이 이에 응하지 않을 때에는 회사가 법원에 提訴하고, 법
관의 판결에 따르는 것이 원칙이라고 한다. 이러한 기술은 그가 이러
한 일을 모국에서 행할 경우에 야기될 수 있는 문제와 그 구체적인 해
결 방법까지 언급하고 있는 것으로 보여진다. 단순히 외국의 사례를
제시하는 것이 아니라, 고국에 돌아와서 실행할 때에 있음직한 일까지
미리 상정하고 있는 듯하다. 兪吉濬이 그만큼 실무에 관한 관심이 많
았음을 방증해주는 자료인 것이다. 증기차의 설명이나 효용에 그치지
않고, 그 실무에 있어서 구체적인 문제로 대두될 수 있는 땅을 확보하
는 문제까지 언급한 것이 福澤과 다른 점이라 할 것이다.

또 이 「蒸氣車」의 설명에서 볼 수 있는 큰 차이점은 福澤이 서양세
계의 경제적인 활기와 그 진보를 통한 희망만을 보았던데 반해, 유길
준은 그러한 발전에 뒤따르는 公害까지도 보고 있다는 점이다.

其行時의轟殷ᄒ 聲이雷와同ᄒ야牛馬를驚散ᄒ며又其炭烟이羊
毛를汚染ᄒ야牧畜에有妨ᄒ 故로不可ᄒ다謂ᄒᄂ論柄이滋
長ᄒ더니58)

개화의 대표적인 器機라고 할 '증기차'가 농업의 기기인 소나 말과
같은 목축에는 방해가 된다는 것을 선명한 실체로써 묘사하고 있는 것
은 그의 비평의 정확함을 드러내는 부분이라 해도 좋을 것이다.

畢竟에歐美의其法을採用ᄒ야各國의從橫ᄒ 鐵路가月加歲增ᄒ
야旅客을載ᄒ고物貨를運ᄒ야東西에走ᄒ고南北에驅ᄒ니亦一陸
路의良舟라59)

58) 上揭書, pp.73-74.
59) 上揭書, p.474.

유길준은『서유견문』을 읽는 독자에게 근대화에 폐해가 뒤따른다는 것을 제시하면서도 그 효용성에 대해 구체적으로 설명하고 있다. 뿐만 아니라 계속해서 다음과 같이 납득시키고 있다.

亦陸路의良舟라各地物産의有無를交易ᄒ야物價를平均ᄒ고都
鄙의往來를簡便히ᄒ야人情을相通ᄒᄂ故로世間의交道와商業이
一新ᄒ境에低홈이라60)

잘 사용한 '개화의 경지'는 하나의 이상이 될 수 있음을 보여주는 대목이다. 개화의 모습을 추구해나간 그의 비전을 잘 나타낸 표현이라 할 수 있다.

다음으로「蒸氣車」의 항목에 대하여 福澤은 간략하게 1870년에 행해진 시운전의 상황을 기술하고 있는데 반하여, 유길준은 그에 붙여서 당시 그 시운전을 본 사람들의 모습을 묘사하고 있다.

船의行動홈을見ᄒ고ᄂ焌敦을呼ᄒ야妖術人이라謂ᄒᄂ者도有
ᄒ며前去ᄒᄂ船이水中으로牽曳ᄒᄂ索을連홈이라謂ᄒᄂ者도亦
有ᄒ니此ᄂ蒸氣船의始初라61)

이러한 문명의 器機를 불가사의하게 생각했던 당시의 사람들 모습을 감안해서였는지 이러한 추가적인 묘사를 했던 점이 주목할 만하다. 설명에서는 들어가지 않은 부분이며, 유길준 자신 체험으로 관찰한 부분이다.

且旅客의房室은寢具洗具及日用諸物의不備ᄒ者가無ᄒ며食室

60) 上同.
61) 上揭書, pp.474-475.

浴室及烟室의位實가亦皆次序가 有ᄒ고食物의需도山珍과海錯을
具備ᄒ야船客의求홈을應ᄒ야咄嗟에入辭ᄒ며消受ᄒᄂ戱具도各
種의形色을畢蒐ᄒ고書畵及音樂의種類를貯實ᄒ야覇客의觀覽을
供ᄒ고醫士及藥物의集備도亦具ᄒ야不意의疾苦를防ᄒ니[62]

이처럼 당대의 첨단기술이었던 당시의 여객기관을 극히 호화롭게
설명하는 것은 어찌 보면 당연한 일인지도 모르지만, 그 이면에는 그
훌륭함을 현저하게 소개하고 싶다는 심정도 작용하였을 것이다.

杳茫ᄒ萬頃蒼波에一片의小帆을縱ᄒ나其便利ᄒ排鋪ᄂ城市大
都會에居홈과其異가無홈이오[63]

그러므로 이전의 선박의 모습과 전혀 다른 모습을 그 감상과 더불어
기술하고 있다. 다만 兪吉濬의 설명에는 없고, 福澤의 설명에만 있는
것이 그 항해의 정확성이다. 특히 「蒸氣船」 항목의 마지막에는 다음과
같이 항해에 걸린 날짜가지 기록하고 있다.

　　구라파에서 일본, 중국 등 사이를 왕래하는 것은 영국, 불란서
　상사의 배이고, 왕래할 때, 여러 곳의 항구에 들러서 배와 숙소
　를 바꿔 그 땅에 도착한다. 그 기간을 틀린 일이 없다. 대개 일본
　에서 구라파의 땅까지는 해로(海路) 육십일에 도달한다.[64]

---

62) 上揭書, p.476.
63) 上同.
64) 「西洋事情」, 『福澤諭吉選集』 第1卷, p.131.
　　歐羅巴より日本支那等の間に往來するものは、英仏商社の船にて、來往の間、諸
　　處の港に寄て船も替へ、宿次ぎにて彼此に達す。日限も誤ることをし。大抵日本
　　より歐羅巴の地へは海路六十日にて達すべし。

이어서「電信機」에 관한 설명인데, 福澤諭吉은 이 항목을「傳信機」로 적었다. 이러한 어구에 관해서는 福澤의 어구보다 兪吉濬의 어구가 훨씬 보편화되어 있다고 할 수 있다. 그 첫머리에서 福澤諭吉은 다음과 같이 기록하였다.

> 傳信機란 越列機篤兒[65]의 기력을 가지고 먼 곳에 音信을 전하는 것을 말함. 越列機篤兒의 힘은 고대 중국인이 전혀 모르는 것으로 자연히 우리 일본인의 耳目에도 익숙하지 않았다. 이것을 간략하게 설명하기는 심히 어렵다. 그러므로 지금 여기서는 越力의 성질을 논하지 않고 다만 그 작용의 대략을 적을 뿐이다.[66]

이에 반해 兪吉濬의 첫머리는 다음과 같다.

> 電信은電氣를鐵線에通ᄒ야遠方에書信을傳ᄒᄂ者니其玄妙ᄒ理致와神奇ᄒ便利ᄂ率ᄒ識見과糢糊ᄒ議論으로辨明ᄒ기甚難ᄒ니[67]

위의 인용문과 같이 양쪽 모두 그것을 설명하기가 대단히 어렵다고 기술하고 있다. 福澤 쪽에서는 물론 '우리 일본인의 이목에도 익숙하지 않았다'라고 적어, 특히 '전혀'라는 말을 일부러 붙여서 설명한 것

---

65) 전기를 의미함.
66) 「西洋事情」, 『福澤諭吉選集』 第1卷, p.132.
    傳信機とは、越列機篤兒の氣力を以て遠方に音信を傳ふるのも云ふ。越列機篤兒の力は古來支那人の全く知らざる所にて、自から本邦人の耳目にも慣れず。之を簡約に弁明すること甚難し。故に今こゝには越力の性質を論ぜずして、唯其作用の大略を記るすのみ。
67) 兪吉濬, 『西遊見聞』 全, p.477.

은 그가 중국의 유교주의에 대해 노골적으로 비판하고 있는 부분이라
고 할 수 있다.

이와 반대로 유길준은 '其 玄妙흔 理致'와 '神奇흔 便利'라는 두 개
의 시각을 갖고 있다. '玄妙'라는 말 자체에서도 유길준의 교양 기반인
漢學的 어휘를 사용해서 설명하려고 한 의도를 엿볼 수가 있는 부분이
다. '神奇흔 便利'라는 어휘에서도 그 편리하고도 효용성이 있음을 인
정하는 한편, 당시의 그의 지식으로는 '神奇하다'고 말할 수밖에 없었
음을 동시에 시인하고 있는 것이다.

이 일은 각 분야의 전문가에 의한 외국 機器에 관한 관찰 이전의 견
문이었던 것임을 잘 나타내고 있다. 더욱이 兪吉濬이 견문한 시기부터
는 군사용으로서도 이 전신기기가 사용되었기 때문에 다음과 같이 부
속적인 설명이 붙어 있다.

> 又電線은軍用에有要흔者니現今各邦에武事를尙ᄒᄂ者ᄂ必其
> 陸軍에軍線의機具를皆備홈이라往時普佛戰의景狀을嘗聞ᄒ건되
> 普人의普人의勝이電線의功을多有홈이니普魯士大將沒堵ᄂ天下
> 의有名흔智勇의兼備흔名將이라戰地에不赴ᄒ고自己의私第에坐
> ᄒ야諸道에出兵ᄒᄂ將帥에게令ᄒ야各一條의電線을其私第에連
> ᄒ야一動一靜을報흔즉沒皆ᄂ電報를憑ᄒ야帷幄를運홀짜름이
> 라68)

이어서 「遠語機」는 福澤諭吉의 『서양사정』에는 없는 것으로 유길준
의 독자적인 견해가 들어가고 있는 부분이다. 이 부분은 「電信機」와
유사한 부분이지만, 그의 설명에서는 福澤諭吉이 기술한 시대보다 훨
씬 발전한 부분을 기술하고 있다. 그 대표적인 예가 바로 「遠語機」라

---

68) 上揭書, p.479.

고 할 수 있다. 이는 소위 전화를 지칭하는 말로서 벌써 당시 구미제국의 대도시에는 전화국이 있었던 것이다.

이상과 같이 兪吉濬은 조선의 대중에게 단순히 서양의 문명과 문물을 소개하는 데에 그치지 않고, 이러한 것이 있기까지의 배경과 과정, 나아가 그 폐해까지도 관찰하였던 것이다. 다시 말해 유길준은 이러한 과학적 정신 자세를 세우는 것이 진정한 개화에 다가서는 것으로 인식하였기에, 눈에 보이는 면만 아니라, 그러한 것을 이루게 하는 裏面의 정신 자세까지도 고려하였다고 볼 수 있다. 이러한 면은 福澤諭吉과는 다른 면모로서 개화사상을 지닌 선구자로서의 모습을 여실히 보여주는 대목이라 아니 할 수 없다.

3) 세계의 도시에 대한 관찰과 경이감

兪吉濬은 세계의 각 도시, 특히 영국이라는 막강한 힘을 가진 나라로부터 독립을 쟁취하기 위해 수많은 충의열사들이 피를 흘려 독립을 이루고, 번영을 누리고 있던 미국의 각 도시에 대단한 관심을 보인다. 따라서 여기에서는 유길준이 그러한 미국의 도시를 보며, 무엇을 보고 느꼈는지를 살펴보고자 한다.

우선 미국의 워싱턴 체험을 유길준은 다음과 같이 적고 있다.

此府ᄂᆞᆫ合衆國京城이라其國의創業ᄒᆞᆫ大統領華盛敦氏의姓을取ᄒᆞ야其京城을名ᄒᆞ야不忘ᄒᆞᄂᆞᆫ義ᄅᆞᆯ寓홈이니其地가布土幕河의와西支河二水合流하ᄂᆞᆫ要衝에在ᄒᆞ야烟水의渺瀰홈은鏡面을平鋪ᄒᆞᆫ듯峯巒의 淸秀홈은畵幅을粧點ᄒᆞᆫ듯景槩가絶勝ᄒᆞᆫ中에官衙와民家의築造와排鋪가華麗ᄅᆞᆯ互誇ᄒᆞ고規模ᄅᆞᆯ必遵ᄒᆞ야琉璃와金碧이玲瓏照揮ᄒᆞ며間間히公園을實ᄒᆞ야奇花異草ᄅᆞᆯ種栽ᄒᆞ며四通ᄒᆞᆫ街路ᄂᆞᆫ油灰으로鋪乾ᄒᆞ고兩傍에樹木이平行ᄒᆞᆫ列을成ᄒᆞ야大路의廣이

一百六十尺에至ᄒᆞᄂᆞᆫ者도有ᄒᆞ니車馬가絡繹ᄒᆞ고化物이委積ᄒᆞ야
其繁華ᄒᆞᆫ景況이誠一大邦의首府로ᄃᆡ居民은十五萬에不過ᄒᆞ야其
安靜ᄒᆞᆫ風俗은太平ᄒᆞᆫ氣像을著現ᄒᆞ고明媚ᄒᆞᆫ山川은逸樂ᄒᆞᆫ意思를
模出ᄒᆞ니69)

당시 兪吉濬이 직접 관광하고 느낀 풍경과 상황을 잘 드러내고 있
다. 자기의 감개를 토로한 부분으로 견문기 중에서도 유길준의 기분이
잘 드러난 부분이라고 할 수 있다. 미국의 여러 도시 중에서도 유길준
은 이 미국의 수도 워싱턴에 대해 특별한 느낌을 가졌던 것으로 보인
다. 이러한 점은 다음 장에서 논할 「워싱턴(華盛頓)」이라는 제목의 한
시에서도 드러나듯, 당시의 미국을 하나의 이상향으로 생각했던 것으
로 보인다. 국회의사당에 대해서는

遊客의出入은四時에不絶ᄒᆞ고商賈의來往은稀少ᄒᆞᆫ故로物價의
高騰이合衆國에第一이오 (중략) 國會議事堂은政令과法律을義定
ᄒᆞᄂᆞᆫ官府니其築造ᄒᆞᆫ制度의宏壯홈과形象의華麗홈이觀者의眼을
駭ᄃᆞ고物材ᄂᆞᆫ其柱其壁에白石을全用ᄒᆞ야皓然히雲表에聳出ᄒᆞᆫ者
라 (중략) 中堂의圓塔은其高가 一百四十尺이니其上에銅像의神
人을坐ᄒᆞ야名 (曰) 自由天神이오左右의翼廊이環繞ᄒᆞ야亦皆白石
으로築造ᄒᆞ니其費ᄂᆞᆫ我錢으로打計ᄒᆞ건ᄃᆡㅣ二億四千一百萬兩이
라70)

고 하여 건물에 대해 대단히 자세하게 묘사하고 있다. 국회의사당은
미국이라는 거대한 나라를 이끌어가는 핵심적인 장소이자 서양 민주
주의의 요람이라는 점에서 兪吉濬의 관심은 남다를 수밖에 없었을 것

69) 上揭書, p.490.
70) 上揭書, pp.490-491.

이다. 따라서 국회의사당에 대한 이러한 구체적인 묘사는 兪吉濬의 개
화의지와 맞물려 이루어졌던 것으로 볼 수 있을 것이다.

또 워싱턴에서 본 포교원에 대해서는 특허권이라는 개념이 있어, 국
민의 저술이나 공예 및 그 외의 여러 가지 새 발명품에 대해 질서정연
하게 배열 정리하고 있음에 대해 말하고 있다. 兪吉濬이 특허라는 사
고방식에 대해 논한 점이 주목할 만하다. 다음으로 워싱턴에서 본 박
물관에 대해서 이야기하고 있다. 이것은 제17편의 박물관 및 박물원
항목과 중복되는 듯하지만 '其物名을大綱記錄ᄒ건ᄃᆡ諸種化輪電氣及
炭氣의器械와刀劍銃砲時票馬具龍吐水砲臺軍艦宮室의見本과衣服冠履
文房諸具及粧奩諸用과古今의樂器名畵名筆床椅及飮食의器皿等物이니
一言으로蔽ᄒ야人世의需用ᄒᄂ不具ᄒ者가無홈이라'[71])고 하여 차이를
보이고 있다. 당시 미국의 박물관은 세계 각국에서 모은 물건들을 진
열하여 사람들의 견문과 지식을 넓힐 목적으로 설치된 것이었다. 兪吉
濬은 이러한 박물관을 「박물관 및 박물원」, 「의학박물관」, 「禽獸蟲魚
박물관」, 「박물관」 등으로 나누어 각각의 전문 박물관을 기록하고 있
다. 兪吉濬의 설명이 길고 자세한 것은 그만큼 관심의 깊이와 당시 우
리나라에 없는 것에 대한 호기심에서 비롯된 것이라 하겠다.

다음으로 뉴욕에 대해 말하고 있다.

　　物貨의交易이繁昌ᄒ야一世의出入이大約我錢으로一百四十億
　兩이라英吉利의圖塾에一頭地ᄅᆯ讓ᄒ고ᄂ浩大ᄒ世界上에其匹敵
　이更無ᄒ故로此府ᄂ卽天下의第二大都會라,家屋의築造ᄂ英京圖
　塾과佛京巴里에不及하나街衢市店의淸潔홈과官署寺院의宏麗홈
　이合衆國에冠ᄒᄂ者라紅劈과白石의崔嵬ᄒ簷角이天半에起ᄒ야
　去雲流霞가其上에棲止ᄒᄂ듯天門萬戶의豪富ᄒ景況이誠一雄都

71) 上揭書, pp.451-452.

의氣象이니[72]

　뉴욕 경제의 번성한 모습과 규모를 교역액이나 당시 비교적 잘 알려
진 런던과의 비교를 통해 소개하고 있다. 그리고 아직 새 도시인 뉴욕
의 모습을 건축물의 구체적 묘사로 그려내어 보다 실감 있고 문학적인
필치로 기술하고 있다. 이처럼 유길준은 신흥도시로서 뉴욕의 신선한
분위기를 잘 표현하여 근대화의 풍요로움을 여실히 제시하고 있다.

　　全市中의道路는片石으로覆ㅎ야其修築ㅎ는制度와灑掃ㅎ는規
　模가堅固홈과淸潔홈을務ㅎ고其中央에馬車의鐵路를鋪ㅎ야行人
　의便利를增ㅎ며二三丈의鐵柱를兩行으로立ㅎ고其上에汽車의鐵
　路를架設ㅎ야人의來往과物의運輸를行ㅎ니此는天下의壯觀이라
　或者의言은曰鐵路가人家의窓牖와齊ㅎ야走輪의雷殷亨聲響이耳
　朶에眩ㅎ며且睡者의妨害를貽ㅎ야不美ㅎ다[73]

　신흥도시의 정결함과 편리함을 보여줌으로써, 뉴욕 시민의 움직임
과 기풍을 느낄 수 있는 문장이다. 그러나 그 발전의 긍정적 모습만을
소개하는데 그치는 것이 아니라, 발전의 뒷면에 존재하고 있는 공해의
폐해를 뉴욕에 거주하는 사람의 목소리를 빌어 정확하게 지적함으로
써 보다 예리한 뉴욕의 진면목을 파악하고 있다.

　또 공공의 휴게소인 공원에 관해서도 다음과 같이 서술하였다.

　　府內의公園은其數가亦多호딕最大亨中央公園이라其廣이南北
　은七里에過ㅎ고東西는二里에至ㅎ니此園이府中에要衝을占ㅎ야

---

72) 上揭書, p.494.
73) 上同.

片土가寸金의貴라云ᄒᆞᄂᆞᆫ地面이나人民의公醵金으로購取ᄒᆞ야公
衆의樂을供홈이라74)

여기서도 대중의 즐거움인 공원의 가치를 인정하고 있는 것을 알 수
있다.

또 '자유의 여인상'을 보고 그 외관을 서술하고, 관광 안내서로서 쓸
수 있을 정도의 설명을 하였다.

自由의巨像은紐約港口一小島의奇觀이니自由ᄂᆞᆫ人의權利를謂
홈이오巨像은巨人의像이라75)

또 당연히 그 거대한 도시의 식품 시장에도 발을 들여놓았다. 상품
을 가게에 전시해서 그 장소에서 매매하는 소매장 시장만의 경제 형태
뿐 아니라, 대규모 창고를 마련해서 견본만 점포에 전시하는 도매시장
의 형태도 소개하고 있는데, 그 판매방법을 극히 세밀하게 묘사하고
있다.

食需物의販購場은我邦의場市와同ᄒᆞᆫ者로딕巨大堅美ᄒᆞᆫ屋中에
行ᄒᆞ야雨雪이憂를免ᄒᆞ고且其販購ᄒᆞᄂᆞᆫ物品은百穀과六畜及諸種
의果라販者가場外他處의庫舍에積實ᄒᆞ고但其見本을此場內에 持
入ᄒᆞ야衆人에게披示ᄒᆞ며願購者가有ᄒᆞ면其人과其積實ᄒᆞᆫ本處에
同往ᄒᆞ야賣買를互行ᄒᆞᄂᆞ니盖其屋子ᄂᆞᆫ鐵石으로搆造ᄒᆞᆫ者라巨商
大富가屋을立ᄒᆞ고每日에其稅를收ᄒᆞᆫ다謂ᄒᆞ더라76)

---

74) 上同.
75) 上同.
76) 上揭書, p.497.

또한 大鐵橋에 관해서도 강철이라는 근대의 재료를 사용해서 만들어진 것에 관심을 표시하고 있다.

> 大鐵橋ᄂᆞᆫ紐約과富祿吉仁의二州이間에東江을橫截ᄒᆞ야架臥ᄒᆞᆫ者니其長이六里에抵ᄒᆞ고其高ᄂᆞᆫ 一百四十尺의住를立ᄒᆞ고其腰에 鋼鐵索으로懸ᄒᆞ야此橋를成ᄒᆞ니其宏壯홈이天下홈이天下의第一 이라稱ᄒᆞᄂᆞᆫ者라[77]

또 당시 방적 산업의 중심인 필라델피아(必那達彼亞)에 가서는 자국의 제품을 깔보고 외국의 제품을 좋아하는 국민성을 이용하여 교묘히 장사하고 있는 장사꾼을 소개하기도 한다.

> 蓋其綿毛紡織의産出이最盛ᄒᆞ야太半은英吉利와佛蘭西에輸出 ᄒᆞ고又或再度로合衆國에輸入ᄒᆞᄂᆞᆫ지라今에其由를尋ᄒᆞ건ᄃᆡ英佛 二國이其綿毛의紡織으로世界中에有名ᄒᆞᆫ故로合衆國人의購買가 是를多求ᄒᆞᄂᆞᆫ지라是를由ᄒᆞ야射利ᄒᆞᄂᆞᆫ巧商이此府의紡織ᄒᆞᄂᆞᆫ者 를一度二國에輸出ᄒᆞ야其印標를 帶買ᄒᆞ고輸出及輸入의稅를加ᄒᆞ 야其價ᄂᆞᆫ倍高ᄒᆞ니合衆國人은自己國의物品을高價에買ᄒᆞ야他邦 의舶來品으로認定ᄒᆞ더라[78]

자국의 제품을 해외로 유입해서 다시 사들이는 교묘한 상법과 소비자의 심리를 잘 설명하고 있다. 이 도시에서 짠 직물을 일단 수출하고는, 그 도중에 다시 가지고 와서 수출 및 수입세를 가산해서 그 가격을 배로 받는다는 것이다. 때문에 미국인은 결국 자국 물품을 외국산 물품으로 정해 고가에 사게 된다는 것이다. 자국제품을 해외에 수출했다

---

77) 上同.
78) 上揭書, pp.498-499.

가 다시 사들인다고 하는, 현재에도 외국제품의 구입에 광분하는 소비자의 심리를 꿰뚫은 교활한 상법을 설명하고 있는 것이 흥미로운 부분이라 하겠다.

또 「독립대회당」에 대해서는 '盖北阿美利加洲가百年以前에英吉利의屬地니其人民이英吉利의苛戾壓制ᄒᆞᄂᆞᆫ虐政을不堪ᄒᆞ야塗炭의苦況으로愁歎ᄒᆞᄂᆞᆫ怨聲이四起ᄒᆞ거ᄂᆞᆯ阿美利加의忠義志士가蜂起ᄒᆞ야此府에來集ᄒᆞ고大會를此堂에開ᄒᆞ야合衆國의制席를創建ᄒᆞ고英吉利拒絶ᄒᆞᄂᆞᆫ檄文을起草ᄒᆞ야華盛敦氏로大都督을拜ᄒᆞ고大兵을擧ᄒᆞ야累歲의血戰으로獨立ᄒᆞᄂᆞᆫ光榮을獲致ᄒᆞ야今日의富强ᄒᆞᆫ基業을有ᄒᆞ니'[79]라고 하여 우선 이 건물이 건축된 배경에 대해 말하고 있다. 이어 '其崇檐淡彩가肅然한義氣를금含句ᄒᆞᆫ듯人으로ᄒᆞ여곰敬禮ᄒᆞᄂᆞᆫ心을起ᄒᆞ고奮發ᄒᆞᄂᆞᆫ氣를生ᄒᆞ며'[80]고 하여 당시 영국의 식민지였던 미국이 독립을 위해 얼마나 치열하게 싸워 오늘날과 같은 부강의 기초를 쌓게 되었는지를 강조하고 있다. 그 기념으로 세워진 독립대회당은 물론 유명한 명소가 되었지만, 유길준은 건물 자체보다는 그 건물이 사람들에게 끼치는 영향, 즉 사람들에게 '분발하려는 기개'로써 한 마음을 불러일으키는 효력을 낳고 있다고 보고 있다. 당시 열강의 틈새에 끼어 있던 조국의 현실이 대비되는 순간이기도 하였을 것이다.

또 그곳에 진열된 '舊日志士의會議時器用諸物을玩賞ᄒᆞ면서'[81] 그들의 충성심이 그 기물 하나하나에 완전히 스며들어, 兪吉濬은 이국인의 입장이기는 하나 지극히 격앙을 금할 수 없었다고[82] 감동하고 있다. 조국에 위기가 고조되고 있는 상황에서 당시 선진국인 영국으로부

---

79) 上揭書, p.499.
80) 上同.
81) 上同.
82) 上同.
　　'自然히感勵ᄒᆞᄂᆞᆫ精神이湧出ᄒᆞ니'

터 스스로의 힘으로 독립을 쟁취해 얻은 미국 독립지사의 모습은 兪吉
濬에게 많은 것을 생각게 하였을 것이다. '他邦의慢侮를受ᄒᆞᄂᆞᆫ者ᄂᆞᆫ他
人에比ᄒᆞ야其心이有加ᄒᆞᆯ듯'[83]하다고 한 부분은 그러한 兪吉濬의 심정
을 여실히 드러내 보이는 대목이다. 고국의 정세에 불안한 심정을 지
니고 있던 그는 미국의 독립과정과 발전된 모습을 보면서 더욱 안타까
운 마음을 금하지 못했음을 알 수 있다. 아울러 미국의 부유함을 보고,
특히 화야만공원에 가서 그 경치의 훌륭함에 취한 나머지, 兪吉濬은
이백의 한시 <答山中人>의 '別有天地非人間'을 떠올린다. 실로 그 동
원의 분위기를 동양의 별천지인 이상향에 가까운 것으로 표현하고 있
는 것이다. 이는 동양인이 성양의 문명에 접하면서 내면의 이상향에의
정신세계를 토로한 것으로 흥미로운 대목이라 아니할 수 없다.

다음으로 시카고에 대해서는 '政府ᄂᆞᆫ合衆國의第五都會라稱ᄒᆞᄂᆞᆫ者
니居人은四十萬에至ᄒᆞᄂᆞᆫ지라東北으로美時干湖를濱ᄒᆞ야水路의轉輸가
便易ᄒᆞ며內地의鐵路가四通ᄒᆞ야陸地의搬運이順適ᄒᆞᆫ故로'[84]라고 묘사
하고 있다. 이어 십여년 전에 큰 화재가 일어나서 이 도시의 번화가의
2만호를 태웠을 때에 '合衆國諸都會의人民이其不幸ᄒᆞᆫ災厄을是恤ᄒᆞ야
貧富貴賤이各其勢를隨ᄒᆞ야扶助ᄒᆞᄂᆞᆫ義擧를行ᄒᆞᆯᄉᆡ陸地로ᄂᆞᆫ火輪車로以
ᄒᆞ며水路로ᄂᆞᆫ火輪船으로以ᄒᆞ야一二日間에衣食의 需가豊足ᄒᆞ며假家
의排鋪로雨雪의寒濕을禦ᄒᆞ니其運輸의神速홈도極瑧ᄒᆞ거니와求急ᄒᆞᄂᆞᆫ
義氣와 同憂ᄒᆞᄂᆞᆫ風俗이人의心을感發ᄒᆞ며又其後市街와屋舍의構造鋪
實ᄂᆞᆫ宏潤홈과壯麗홈이前日에比ᄒᆞ야倍加ᄒᆞ다ᄒᆞ니此國人工의勤實홈과
物材의衍홈은亦人의歎美를招ᄒᆞᄂᆞᆫ者라'[85]라며 지금으로 말하면 재난
민의 원조, 구조활동이 금방 전국적 운동으로 된 것을 들고 있다. 이러

---

83) 上同.
84) 上揭書, p.500.
85) 上同.

한 '재난을 구제하려는 의기와 염려해 주는 풍속'은 유길준에게 있어
서는 실로 선망의 대상이 되었을 것이다.

도로정비에 관해서도 '넓고 청결함은 다른 어떤 도시에 뒤떨어지지
않는다.… 이 도로는 돌이나 나무로 포장하지 않고, 자갈을 깔아, 먼지
가 일지 않도록 하고, 좌우양측에는 수복을 심어 어슴푸레하게 빛나는
녹음 속으로 각색의 준마가 경쟁하며 기세 좋게 달리고 있다.'고 하여
잘 정비된 도시풍경의 기본으로 우선 도로 등 공공시설의 충실함을 들
고 있다. 도시민의 건강관리를 위해서 사회공공설비라고 할만한 公園
이 무엇보다 중요하다고 역설하고 있다. '其傍에公園을粧點ㅎ야休憩
ㅎᄂ處所ᄅ俳鋪ㅎ며又湖濱에無數ᄒ小舟ᄅ泛ㅎ고每朝에城市中小兒가
ᄅ載ㅎ야水上의空氣ᄅ呼吸ㅎ니盖人中衆雜居ㅎᄂ地에空氣가不淸ㅎ고
又不淸ᄒ空氣ᄂ童穉의氣血에不利ᄒ故로此擧가有홈이라'86)고 한 부분
은 공원의 뛰어난 설비와 공간이 어린이의 건강을 위해서 마련된 것이
라 인식하고 있음을 잘 드러내 보이고 있어 흥미롭다.

또한 당시 뉴욕에 버금가는 무역의 중심지인 보스톤시를 소개하고
있다. '商船의 出入이 晝夜에 不絶ㅎ며 鐵路의 汽車가 四通ㅎ야 貨物
의 運轉ㅎᄂ 方便이 極備ㅎ고 又製造ㅎᄂ 才巧와 理術의 學問이 合衆
國에 甲ㅎ야 綿布의 紡織과 船艦의 治造에 其甲을 爭ㅎᄂ 者가 無ㅎ
니'87)라고 설명하면서 보스톤시가 당시 학문의 중심지였던 것을 이야
기하고 있다. '合衆國의敎育ㅎᄂ規模가甚盛ㅎ나此府人民이學問을務
修ㅎ야碩儒巨擘의輩出홈이라其踵을相接ㅎᄂ故로合衆國人이此地로其
國의文物主人이라稱ㅎᄋ니此府의小兒라도其言行과知識이尋常에迥出
ㅎ야遠地에出遊홈애行路人이라도基儀表及言語ᄅ觀聽ᄒ則必曰賓樹塾
의子女라ㅎ야其父母의姓名을問ᄒ다謂ㅎ더라'88)고 하여 유학생다운

86) 上揭書, pp.501-502.
87) 上揭書, pp.502-503.

관점이 잘 드러나고 있다. 보스톤시는 교육열이 왕성한 도시이고, 거기에 주목한 유학생 兪吉濬은 '그들의 모습과 말씨'에까지도 세심히 주의를 기울이고 있다는 점에서 그다운 관찰이라 할 수 있다. 특히 이 도시는 '遊子와行人이古蹟을訪ᄒ며遺事를感ᄒ야往往其地를指ᄒ야相語홈이라'[89]고 하여 미국 독립과 충의열사의 역할에 주목을 하고 있는 것이 눈에 띤다. 독립대회당을 보며 느낀 감정이 이곳에서 다시 상기되고 있는 것이다.

또한 이 도시의 공원분위기를 다음과 같이 묘사하고 있다.

> 府下의華麗ᄒ衢街ᄂ菲昆街니其部에占居ᄒ公園이亦最美ᄒ者라其地勢ᄂ岡巒이起伏ᄒ야天然ᄒ風致가自現ᄒ고且楡樹가繁茂ᄒ鬱然ᄒ蒼翠가夏秋의美景을成ᄒ며池塘과噴水의排鋪가亦壯ᄒ야雙雙ᄒ金魚ᄂ淸波에遊躍ᄒ고猗猗ᄒ荇藻ᄂ晚風에偃仰ᄒ니畵橋와彩舟의隱영快ᄒ光景이人世의仙界를粧出ᄒ야其園이周圍ᄂ鐵柵으로環繞ᄒ지라[90]

그 광경을 '속세에서 仙界를 보는 것처럼'에서처럼 유길준 자신이 그런 광경을 동양인의 선계에 비유한 것은 지극히 동양인다운 사고범주에서의 비유로서 절묘한 묘사라고 하지 않을 수 없다. 뉴욕시와 시카고시의 공원에서 느낀 별세계로서의 감정이 이곳에서도 그대로 유지되고 있다. 이렇게 볼 때, 유길준은 모든 사람을 위한 공원과 같은 시설이야말로 인간이 인간답게 살 수 있는 최적의 공간이라 생각했음을 알 수 있다.

또 精美手術院이라는 곳에서는 '사람의 손으로 만든 물품을 저장해

---

88) 上同.
89) 上同.
90) 上揭書, p.503.

둔 곳으로, 세계 각국 고금의 인물이 만든 물품 중에서도 가장 아름답
고 정교한 것과 모든 형태의 물건이 다 놓여져 있다'라고 하고, 따라서
'보는 사람의 견문도 넓어지고, 이곳저곳의 기술도 비교하게 되어 부
족한 것을 서로 보충하고 기묘한 것은 더욱 배우고, 정미에 정미가 덧
붙여지게 기술을 취득하도록 하자는 것이다'라고 쓰고 있다. 兪吉濬이
『西遊見聞』을 쓴 것은 개화를 위한 수단으로서 사람들의 견문을 넓히
고, 또 이들이 다른 나라 사람들과 비교함으로써 부족한 것을 보충하
고, 더욱 배우고 습득하는 데에 그 목적을 두고 있는 바, 유길준은 여
기서 기술을 중심으로 그러한 이야기를 하고 있는 것이다. 특히 이 부
분은 <비교→보충→정미(精美)>라는 반복작업이 개화의 과정으로 그
려지고 있어 주목된다.

다음으로 미국 서부도시 샌프란시스코에 대해서 '此港은葛尼布尼亞
州의咽喉…元來墨西哥國管轄에屬ᄒ더니四十餘年前此地人民이反旗를
擧ᄒ야…越數年에合衆國이巨金으로其地를購取ᄒ야自己版圖에載ᄒ지
라'91)고 이 도시의 역사를 이야기한 후, 지금은 금문교가 있지만 兪吉
濬이 있던 시대에는 아직 없었기에 다만 '巖亭은巖上에建造ᄒ亭子를
謂홈이니其地가都會西方三里에在ᄒ야大東洋을臨ᄒ지라激波怒濤가階
前에出入ᄒ야或其湧이山과同ᄒ고又其噴이雪을欺ᄒ야遊人의壯觀을供
ᄒ고退眺를憑ᄒ卽杳茫ᄒ萬頃蒼波가天際를接하야端倪의窮極이無ᄒ며
眠下의 金門風景은活畵를橫鋪ᄒ듯無數ᄒ海狗ᄂ風湖에浮況ᄒ야礁頭
에聚散ᄒ더라'92)고 적고 있다. 여기서 주목되는 것은 지금의 太平洋을
'大東洋'이라 표기하고 있다는 점이다. 이러한 표현은 실로 당시 동양
의 일국 조선에서 온 유길준의 자부심을 엿볼 수 있는 대목이 아닐까
한다.

91) 上同.
92) 上揭書, pp.505-506.

이처럼 兪吉濬은 유학생활 중 미국의 도시를 돌아보면서 그 광대함과 화려함, 그리고 그 발달상에 대해 호기심을 가지고 세밀하게 관찰하며 놀라움을 금치 못하고 있다. 그러나 유길준의 이러한 세밀한 관찰은 이들 도시가 단순히 놀라움과 부러움의 대상에 그치는 것이 아니라, 유길준이 귀국하여 서양의 도시에 비해 한없이 낙후되어 있던 조선이 개화해야만 하는 당위성과 그 발전의 방향을 설정하는 데에 크나큰 영향을 끼쳤던 것이다. 이러한 면은 유길준의 눈이 미국 각 도시의 겉모습에만 머무른 것이 아니라, 그러한 광대함과 화려함과 발달상이 있기까지의 험난한 과정과 배경까지를 꿰뚫어 보고 있었기에 가능했음은 말할 나위 없다.

3. 문장에 대한 의식의 변화

1) 『大韓文典』과 『西遊見聞』 序에 나타난 국어의식

兪吉濬의 문학과 사상을 이해하는 데 있어서 그의 언어에 대한 의식을 살펴보는 것은 매우 긴요한 일이다. 문학은 무엇보다도 우선 생각과 사건을 언어로 드러낸 것이고, 사상은 언어를 통하여 표현될 뿐만 아니라 어떤 언어를 사용하는가 하는 것은 그 사람의 사상적 경향을 보여주는 중요한 단초가 되기 때문이다. 특히 兪吉濬은 오랜 시간에 걸친 연구로 언어생활의 의미와 국어에 대한 깊은 이해를 지니고 있었다. 安廓은 『朝鮮文學史』에서 兪吉濬의 국어 연구에 대한 의지와 그의 국어학자로서의 위치를 다음과 같이 서술하고 있다.

氏는其后內部大臣에就하얏다가亡命하야日本에隱在하다가其逃

亡中에處하얏어도文學上意志는 不釋하야朝鮮語法研究에大腦力
을費하니其著大韓文典은實相朝鮮語學의開拓이라.93)

　안확은『大韓文典』과 함께 兪吉濬을 국어학의 개척자로 선언하고
있는 것이다. 이 점에 대해서는 국어학계의 강신항, 김민수 등도 안확
과 마찬가지로 유길준의 개척자로서의 위상을 높이 평가한 바 있다.
이와 마찬가지로 최근 국문학자인 김태준 역시 그 서술의 기반이 된
민족주의적인 사상과 사상 표출의 기반이 된 音韻과 文字의 명확한 구
분, 의미론적인 연구 방법의 구축과 문장론적인 구조변화의 인식 등을
근거로 해서『대한문전』을 현대 언어학에 접근한 국어학사상 하나의
비약이라고 지적한 바 있다.94) 이 두 사람에 의해 이와 같은 평가를
받은『대한문전』緖言에는 '完美'에는 이르지 못했다는 겸사에도 불구
하고 국어문법에 대한 유길준의 각고의 노력이 비교적 솔직하게 드러
나 있다.

　　本著者가國語文典의研究로三十星霜을經ᄒ야稿를易홈이凡八
　次에此書가始成하니95)

　주지하는 바와 같이 兪吉濬은 젊어서는 신문명을 배우기 위하여, 나
이가 들어서는 여러 정치적 이유로 외국을 전전하는 평탄하지 않은 삶
을 살아냈다. 그 와중에서 삼십년의 세월을 국어문전의 연구에 쉼 없
이 노력하고 여덟 차례나 원고를 고쳐 썼다는 것은 실로 그의 '文學上
意志'가 얼마나 강고한 것이었는가를 잘 보여주는 것이라 하겠다. 그

93) 안확,『조선문학사』, 한일서점, 1922, p.121.
94) 金泰俊,「兪吉濬の開化思想と民族的自我の形成」,『翰林日本學研究』1, 1996,
　　p.201.
95)『兪吉濬全書』권2,「大韓文典」, p.1.

렇다면 그는 무엇 때문에 이와 같이 강력한 국어 연구에의 의지를 지
니게 되었는가. 이에 대해서는 『大韓文典』의 自序에 잘 드러나고 있
다.

> 읽을 지어다. 우리 大韓文典을 읽을 지어다. 우리 大韓同胞여,
> 우리 民族이 檀君의 靈秀한 後裔로 固有한 言語가 유하며, 特有
> 한 文字가 有하야 其思想과 其意志를 聲音으로 發表하고 紀錄
> 으로 傳示하매 言文一致의 精神이 四千餘의 星霜을 貫하야 歷
> 史의 眞面을 保하고 習慣의 實情을 証하도다.96)

兪吉濬이 생각하는 언어생활의 대원칙이 표명된 부분이다. 그는 위
글에 이어서 언어 연구에 대한 그간의 무관심과 특히 한문을 숭배하고
국문을 천시해 온 현실을 강력하게 비판하고· 있다. 우리가 여기서 그
가 제시한 언어생활의 대원칙인 '言文一致의 精神'에 주목해야 할 것
이다. '언문일치의 정신'은 위에도 보이듯 민족어에 대한 자각을 바탕
으로 한 민족적 역사의식과 聲音과 文字를 일치시켜 실용성을 극대화
하려는 실용주의 정신을 기반으로 한다. 바로 여기에 입각해서 그는
당시 문장가들의 조소와 비난을 무릅쓰고 『西遊見聞』을 國漢文混用을
사용하여 기술했을 뿐 아니라, 여러 편의 논설문들과 신문에도 이를
적용하고자 노력했던 것이다. 『西遊見聞』序에는 이와 같은 사정과 비
난을 무릅쓰고 國漢文混用을 정착시키고자 한 이유가 선명하게 서술
되어 있다.

> 書旣成有日에 友人에게示ᄒ고其批評을乞ᄒ니友人이曰子의志
> ᄂ良苦ᄒ나我文과漢字의混用홈이文家의軌度를越ᄒ야具眼者의

---

96) 上揭書, 「大韓文典」 自序, p.1.

譏笑를未免ᄒ리로다余應ᄒ야曰是ᄂ其故가有ᄒ니一은語意이平
順홈을取ᄒ야文字를畧解ᄒᄂ者라로易知ᄒ기를爲홈이오二ᄂ余
가書를讀홈이少ᄒ야作文ᄒᄂ法에未熟ᄒ故로記寫의便易홈을爲
홈이오三은我邦七書諺解의法을大略倣則ᄒ야詳明홈을爲홈이라
且字內의萬邦을環顧ᄒ건대各其邦의言語가殊異ᄒ故로文字가亦
從ᄒ야不同ᄒ니[97]

俞吉濬은 자신이 주장한 國漢文混用體가 전래의 관습에서 많이 벗
어나기에『西遊見聞』을 보게 될 사람들의 비판을 예견하고 있었던 것
으로 보인다. 특히 友人이『서유견문』을 보고 '국문과 한자를 혼용한
것이 문필가의 궤도를 벗어났기 때문에 具眼者의 譏笑를 면치 못할
것'이라고 말한 부분은 국한문혼용체가 당시 얼마나 충격적인 변화였
는가를, 또한 기존의 보수적인 지식인들에게 있어 이것이 얼마나 수용
하기 힘든 변화였는가를 단적으로 말해준다. 이와 같은 비난에 대해
유길준은 다음과 같은 네 가지 이유를 들어 반박하고 있다.

ㄱ) 말뜻을 평순하게 하여 문자를 조금 밖에 모르는 이라도 알게 하
   려는 것.
ㄴ) 내가 독서한 것이 적어 작문하는 법에 미숙함으로 記寫하기에
   편하게 하려는 것.
ㄷ) 우리나라 七書諺解의 법을 따서 자세하고 밝게 알게 하려는 것.
ㄹ) 세상 만국이 각기 자기 나라 언어가 독특한 고로 문자가 역시
   같을 수 없다는 것.[98]

---

97) 俞吉濬,『西遊見聞』序, pp.5-6.
98)『西遊見聞』序 참조.

여기서 ㄱ), ㄴ), ㄷ)은 모두 언어의 실용성에 초점을 맞춘 것이다. 그리고 그가 칠서언해의 법을 내세운 것처럼 어리석은 백성들에게 널리 지식을 전파하고자한 것은 훈민정음 창제 이후 계속되어온 諺解類의 뜻을 이은 것으로 국문 보급의 전통적인 명분이었던 것이다. 특히 이때에 근거로 제시한『七書諺解』는 宣祖의 命에 의하여 李珥가 四書를 번역하고 발간한 교육적 목적의 대표적인 책이었기에 兪吉濬은 이를 통하여『西遊見聞』의 성격도 바로 이러한 교육적 계몽적 의미를 지니고 있음을 분명히 함으로써 보수적인 유학자의 감정적 비판에 효과적으로 대응하고 있는 것이다. ㄴ)과 같은 것은 자기의 한문 작법에 대한 미숙함을 고백한 것으로 보이기 쉬우나 그렇지 않다. 유길준은 이미 소년 시절에 당대 문장가들의 입에 오르내릴 정도로 한문에 대한 탁월한 능력을 지니고 있었다. 그가 말하는 것은 자신이 아니라 정말 작문하는 법에 미숙한 사람들의 기사에 국한문혼용이 편하다는 점을 내세우려는 것이다. ㄹ)은 언문일치의 대명분으로 유길준이 세계 각국을 돌아보면서 더욱 절실하게 느낀 바 있었을 것이다.

> 蓋言語ᄂ人의思慮가聲音으로發홈이오文字ᄂ人의思慮가形像으로顯홈이라是以로言語와文字ᄂ分ᄒ則二며合ᄒ則一이니我文은卽我先王朝의創造ᄒ신人文이로漢字ᄂ中國과通用ᄒᄂ者라余ᄂ非但我文을純用ᄒ기不能홈을是歎ᄒ노니外人의交를旣許홈애中國人이上下貴賤婦人孺子를毋論하고彼의情形을不知홈이不可ᄒ則拙澀ᄒ文字로運圖ᄒ說語를作ᄒ야情實의齟齬홈이有ᄒ기로ᄂ暢達ᄒ詞旨와淺近ᄒ語意를憑하야眞境의狀況을務現홈이是可ᄒ니99)

---

99) 上同.

여기서 우리는 언문일치의 두 명분, 민족어에 대한 자각과 실용언어에의 지향이 서로 만나는 것을 볼 수 있다. 언문일치를 추구하는 것은 곧 우리 옛 임금 대에 애써 만드신 人文을 제 자리에 夏權시키는 것이며, 이것이 바로 '우리나라 사람들이 상하귀천 부녀자를 막론하고 상대방(외국)의 형편을 알게 하는' 첩경이 되는 것이다. 민족어에 대한 자각을 통해 먼저 애국심을 고취하고, 이와 같은 민족주의적 기반 위에서 선진 외래문물을 받아들여 개혁을 추구하려는 것이 兪吉濬 사상의 핵심이었다. 이를 위해서 언문일치의 과업을 완수하고 이를 통해 지식 수용의 기틀을 준비하는 것이 무엇보다 시급한 일이 아닐 수 없었다. 그가 일본과 미국을 위시한 열강의 현실을 몸소 체험하면서 이와 같은 깨달음은 보다 구체화되었을 것이다.

且念朝鮮人自讀漢書以來完固成習不知愛國心爲何等事各自爲心只護小利者久矣故務先行敎育法而用朝鮮國文以便訓習使敎以愛國[100]

漢書를 읽어온 것이 조선인들의 완고함을 낳았다는 그의 생각은 서구와 일본에 대한 국내 지식인들의 편견과 무지뿐만 아니라, 개혁의 첫걸음인 문장 개혁을 가로막는 데 대한 답답함에서 우러나온 것일 것이다. 이와 같은 사실을 이해한다면 그가 왜 신문 간행과 교육에 그토록 열의를 지니게 되었는지 이해할 수 있다. 신문을 통하여 완고함에서 탈피한 지식인을 고무하고 대중을 깨우치며, 교육 제도를 통해서 아직 완고함에 물들지 않은 소년들을 새로운 지식인으로 양성하려 했던 것이다. 그가 「소학교육에 대한 의견」에서 '국어로 교육해야 함'을 역설한 이유가 여기에 있다.

100) 『兪吉濬全書』 권5, 「與福澤諭吉書」, p.278.

蓋其國語로以하는所以는兒童의講習에便易케하는同時에自國
의精神을養成하기爲함이라.[101]

이와 같은 생각으로『勞動夜學讀本』에서는 다음과 같이 배우는 이
들을 독려하는 것이다.

文字로 말삼하면 우리 나라의 글이 天下에 第一이오 漢文도
쓸데업고 日本文도 쓸데업고 英國文은 더군다나 쓸데업시니 우
리 나라 사람에게는 우리 나라의 國文이라야 하지오 우리가 이
러한 됴흔 글이 잇는데 엇디하야 배호지 안코 나라에 無識한 사
람이 만소 여러분 배호시호 幾日 아니되야 國文보는 法을 깨치
실이다. 一番만 깨치시면 아모리 어려운 글이라도 다 보시리니
國의 문명은 無識한 人이 업서야 된다하오[102]

『西遊見聞』과『大韓文典』에 나타난 兪吉濬의 국어의식은 민족어에
대한 자각을 바탕으로 그 실용적 기능을 추구한다는 것으로 요약되며,
이것은 '言文一致의 精神'을 회복함으로써만 달성된다고 믿었던 것이
다. 국문 교육을 통해 나라에 대한 자부심과 사랑을 고취하고, 나아가
우리의 실제 語順과 같은 순서로 글을 쓰고 읽음으로써 문맹의 퇴치를
앞당겨서 새로운 지식과 사상을 수용할 토대를 건설한다는 원대한 계
획이 여기에서 나왔다.

2) 國漢文混用과 논설문의 세계

앞에서 살펴본 것처럼 兪吉濬은 일상적 구어와 문어가 서로 조응하

---

101) 上揭書 권2, p.257.
102) 上揭書 권2, p.46.

는 언문일치의 표기를 이상적 표현 수단으로 생각했고, 이것의 달성이 개화의 가장 기본적인 토대가 된다는 점을 일찍부터 분명하게 인식하고 있었다. 하지만 당시 우리의 현실은 이와 같은 그의 선구자적 인식과 원대한 계획을 수용하기에는 너무나도 척박했다.

우리의 문자생활은 삼국시대 이후 거의 1,000여 년을 漢字 중심의 표기체계로 이루어져 왔다. 15세기 중엽 훈민정음이 창제되어 우리 문자생활에 일대 변혁을 예고했지만, 실제 생활에서 그 변화의 정도는 매우 미미한 것이었으며, 주요한 문자생활에는 20세기에 접어들어서까지 漢字가 그 위세를 떨치고 있었다. 물론 15세기 이후 한글이 전혀 쓰이지 않은 것은 아니었다. 훈민정음 창제 이후 국가적 차원에서 벌인 『杜詩諺解』나 『太平廣記諺解』 등의 언해류 발간 사업이나, 歌辭나 사설시조 등의 詩歌 작품이나, 古小說 등의 散文 작품, 內簡 등의 女性作家 중심의 편지글 등에서 그 사용범위가 차차 확대되고 있었다. 그러나 우리나라의 주요한 지식인 계층인 사대부들은 여전히 국문을 무시하고 천대했으며, 한문의 보조직인 표기수단 정도로 여기고 있었다. 그래서 전반적인 문자생활에서 국문이 공식적 위치나 주류를 차지하지는 못했다.

이와 같은 상황에서 개화 초기 우리의 선각자들은 언문일치를 위한 국문 사용운동에 많은 관심을 기울이게 된다. 이러한 노력의 선두주자가 바로 박영효와 兪吉濬이라고 할 수 있으며, 이러한 노력은 그 근본에 자기의 문화를 지키면서 개화의 목표를 달성하려는 국학진흥의식까지를 담고 있었다. 때문에 역사적 사실로 알 수 있듯, 이러한 국문하용운동은 이후 꾸준히 계속되어 1930년대 독립운동의 한 부분으로까지 이어진다. 물론 유길준이 순수국문사용을 주장한 것은 아니다. 그러나 초기 개화 선각자의 입장에서는 國漢文混用體를 사용하자는 주장조차도 커다란 開眼과 용기를 필요로 하는 것이었다. 1880년대까지

주류를 이루어 온 한자의 사용은 言文不一致의 불편을 넘어선 일부
계층에만 국한된 문자생활이었기에 순국문의 사용이나 국한문체의 사
용은 우리나라의 개화를 위한 시대적 요구이기도 했다. 이러한 선택의
시기에 과도기적으로 사용된 것이 국한문혼용체였으나, 그 의미전달
에 있어서는 오랜 기간 한자문화에 젖어있었기에 당시 사람들에게는
순국문의 사용보다도 더 호응이 좋았던 것으로 보인다.103)

한글의 사용기반이 점차 넓어지긴 했으나 서민, 부녀자들의 생활 문
자나 오락적 문예물을 벗어나 고급 정보의 전달까지 그 영역을 확대하
는 것은 또 다른 노력이 요구될 수밖에 없었다. 이와 같은 노력으로 출
현한 것이 바로 國漢文混用體이다. 물론 국한문체가 이전에 전혀 없었
던 것은 아니다. 이전에도 『龍飛御天歌』나 『杜詩諺解』 등에서 간간이
그 모습을 보였지만, 그 명맥이 계속되지는 못하였다. 이러한 소극적
국한문혼용체 사용 이후, 다시 그 모습을 보인 것은 1886년인 1월 25
일에 창간된 <漢城周報>에서였다. 이 신문은 국한문혼용체만으로 記
事를 실은 것이 아니라, 漢文과 國文體를 모두 사용했지만, 이러한 국
한문혼용체의 시행에는 兪吉濬의 영향이 컸던 것으로 보인다. 실제 그
당시 국한문체의 사용을 주장한 사람이 유길준이었고, <漢城周報>의
前身이라고 할 수 있는 <漢城旬報>의 창간에도 유길준이 지대한 영향
을 끼쳤던 것이다. 앞서 살펴보았듯 유길준은 1882년 3월 福澤諭吉이

---

103) 1894년 11월 21일 '公文式에 관한 勅令'에는 다음가 같은 내용이 있다.
　　'法律勅令 總之國文爲本 漢字附譯 或混用國漢文'
　　이러한 칙령의 내용을 볼 때, 1890년대에 들어서면 국문의 사용은 국가 정부
　　의 공문서에서도 어쩔 수 없는 대세로 받아들여지는 것으로 보인다. 더불어
　　순한문이나 순국문만으로는 내용을 전달하는데 어려움이 따르기에 國漢文混
　　用體에 대한 언급이 있었으며, 실제로도 國漢文混用은 그 실용성에 힘입어
　　상당한 기반을 갖추고 있다고 보았다(이기문, 「개화기 문자 사요에 관한 연
　　구」, 『한국문화』 5, p.67 재인용).

일본에서 발간한 <時事新報>의 발간 과정과 신문을 통해 얻어지는 언론의 중요성을 누구보다도 잘 알고 있었다. 이러한 과정에서 일본에 함께 다녀온 박영효의 도움을 받아 <한성순보>의 발간에 참여하게 되는 것이다. 박영효도 또한 유길준과 함께 신문의 중요성에 공감하고 있었기에 당시 福澤諭吉의 추천으로 데리고 온 일본인과 더불어 신문 발간이 全權을 유길준에게 주려고 계획했던 것으로 보인다.[104]

俞吉濬은 신문이 개화의 초석이 될 것이라고 믿었고, 이를 통해 대중들에게 선진 문명과 개화 의식을 효과적으로 전달하기 위하여 기사를 작성하는 문체에 고심하지 않을 수 없었다. 유길준은 일찍이 일본의 慶應義塾에서 福澤諭吉에게 한문의 사용이 문화보급에 저해가 된다는 견해를 들은 바 있고, 또 우리나라에 국문이 있다는 것에 착안하여 國漢文混用體의 사용을 생각하게 되었을 것이다. 그리하여 유길준은 <漢城府新聞局章程>의 창간사를 국한문혼용체로 쓰기로 했다. 이렇게 계획한 <漢城旬報>는 그해 10월 비로소 창간되나, 그 사이 박영효가 한성판윤의 자리에서 물러나고, 이와 더불어 유길준도 外衙門(통리교섭통상사무아문)의 主事자리를 내놓으면서 <漢城旬報>는 유길준이 직접 쓴 창간사만 국한문혼용체로 쓰여졌을 뿐, 나머지의 기사는 純漢文으로 작성되어 발행되고 만다.[105] 이렇듯 국한문혼용체의 사용은 순탄하지만은 않았다.

이로부터 3년 후인 1886년 <漢城周報>에 國漢文混用體가 선을 보이게 되는데, 이는 俞吉濬의 생각이 비로소 결실을 맺은 것으로 보아도 될 것이다. 이와 같은 노력이 계속되어 1898년 9월에는 <皇城新聞>이 국한문체로 발간되기 시작했고, 특히 <독립신문>의 경우에는 유길준이 처음부터 신문의 간행에 큰 영향을 끼친 것으로 널리 알려져

---

104) 이광린,『俞吉濬』, 동아일보사, 1992, pp.27-35 재인용.
105) 이기문,「개화기 문자 사용에 관한 연구」,『한국문화』5, pp.68-70.

있다. 이 신문이 국한문혼용체로 표기된 것도 이 같은 사실과 무관하
지 않을 것이다.106) 물론 이 때에도 여러 번역서나 신문 중에는 순국
문의 사용으로 일반 대중에게 더욱 가까워진 것도 많이 있었다. 그러
나 긴 안목에서 볼 때, 1880년대에 兪吉濬에 의해 주창된 국한문혼용
체 사용은 우리의 문자생활에 큰 발전을 가져온 것으로 보여진다.

사실 兪吉濬 역시 순국문과 國漢文混用이라는 두 가지 선택이 있다
는 것을 잘 알고 있었으며, 더 나아가 '언문일치의 정신'에 보다 부합
하는 것이 순국문 사용이라는 것도 알고 있었다. 앞에서 보았듯이 '우
리 선왕께서 만드신 인문인 우리글을 순전히 쓸 수 없음을 한탄한다'
고 말한 이유가 여기에 있는 것이다. 그렇다면 그가 이 두 가지 선택
중에서 일단 국한문혼용이라는 길을 택하게 된 과정과 이유를 살펴보
는 것이 중요할 것이다.

兪吉濬은 한편으로 신문 간행에 노력하면서 다른 한편으로 자신의
대표적 저서인 『西遊見聞』을 국한문혼용으로 집필하고 있었다. 그는
이 『서유견문』의 序에서 자신의 집필 방법과 문체에 대하여 다음과 같
이 언급했다.

> 公(韓圭卨)은有志흔君子라余의輯述ᄒᄂᆫ事를顧ᄒ야丁亥秋에
> 聞僻흔林亭에移處홈을許ᄒ거ᄂᆯ舊藁를披閱ᄒ니其太半이散失ᄒ
> 야數年의工이雪泥의鴻爪를作흔지라餘存ᄂᆫ者를輯纂하며已失흔
> 者를增補ᄒ야二十編의書를成호대我文과漢字를混集ᄒ야文章의
> 體裁를不飾ᄒ고俗語를務用ᄒ야 其意를達ᄒ기로主ᄒ니107)

여기에서도 한글과 한자를 섞어 써서, 문장을 平易하게 하고 또한
읽는 이로 하여금 속어를 사용하여 그 뜻을 알게 하는데 중심을 두고

106) 이기문, 「독립신문과 한국문화」, 『주시경학보』 4, 1989, p.9.
107) 『西遊見聞』 序, p.5.

있다고 말한다. 이렇듯 兪吉濬이 國漢文混用體를 주장한 배경이 개화에 필요한 여러 가지 지식과 정보를 양반 사대부의 남자뿐만 아니라, 어린이와 여자, 그 밖의 신분계층에까지 알리고자 한데서 비롯되었다면 순국문의 사용이 보다 유리했을지도 모른다. 이와 같은 의문이 국한문혼용에 福澤諭吉과 일본에서의 경험이 가장 중요한 영향을 미쳤다는 논거가 되기도 한다.

그러나 이와 같은 주장은 재고될 필요가 있다. 물론 兪吉濬이 신문의 간행과 개화 과업의 수행에 福澤諭吉의 원조와 조언을 크게 활용하고 있음은 주지의 사실이다. 그러나 이것은 선진 제국을 둘러보고 그들을 따라잡으려는 유길준에게 있어서 당연한 일이다. 뒤떨어진 입장에서 외래문물에 대해 단순한 거부감을 가지는 것은 아무런 도움이 되지 않을 것이다. 유길준은 福澤諭吉과 모스에게서 배운 것을 적극 활용하는 입장에 서 있었지만, 일본이나 미국의 문화를 수용하기 위해 우리 문화를 버려야 한다는 식의 사고방식을 가진 것은 아니었다. 그는 개화를 위한 국민의 계몽에 있어서 신문 등을 통한 언론의 힘이 절대적인 것임을 인식했고, 일부 지식인이나 상층 지배계급뿐 아니라 보다 많은 국민들이 현실을 인식하고 이에 따르길 희망했다. 그래서 누구나 쉽게 읽고 쉽게 쓸 수 있으면서, 보다 효과적으로 선진 문물이나 개화사상을 전달할 수 있는 문자 체계의 연구에 골몰한 것으로 보인다. 이러한 과정에서 비슷한 경험을 먼저 한 일본의 사례와 福澤諭吉의 조언을 참고하면서, 동시에 우리나라의 상황과 전통적 문자생활을 고려하여 國漢文混用體를 선택했을 것이다.

우리는 이미 우리나라의 주요한 지식인층인 사대부들이나 중인 실무자 계층이 매우 오랜 시간을 한자 중심의 문자생활을 영위해 왔음을 살펴보았다. 여기에 더하여 우리는 兪吉濬이 집필한 대부분의 저작들이 논설문의 현태를 띠고 있음을 주목해 볼 필요가 있다. 우선 살펴본

것처럼 그의 대표적인 저작인『西遊見聞』의 경우만 하더라도 단순한
견문의 기록이나 보고라고 할 수는 없다. 이 저작은 그의 개화사상의
집대성이기도 했으며, 이 때문에 누누이 정치, 제도, 교육 등의 중요성
과 우리나라의 실정에 맞는 개혁의 방향에 대해서 논하고 있는 것이
다. 더 나아가 그는 새로운 문물에 대해서도 단지 본 것을 기술하는 방
식이 아니라 그 이념이나 원리에 대해서 설명하는 데 많은 노력을 기
울이고 있다. 증기 기관의 외형에 대해서보다도 그 개발의 과정과 원
리를 설명하는 데 관심을 기울이는 태도가 그것이다. 그의 논설적 문
체를 보여주는 한 부분을 보기로 하자.

> 人民의知識이不足한國은卒然히其人民에게國政參涉하는權을
> 許홈이不可한者라萬若不學한人民이學問의先修홈은無하고他邦
> 의善美한政體를欲效하면國中에大亂의萌을播홈인故로當路한君
> 子는其人民을敎育하야國政參與ᄒᆞ는知識이有한然後에此政體를
> 議論홈이如可하니此政體가有한 然後에其國의開化하기를圖謀할
> 디라.108)

　政體와 국민의 교양, 개화의 관련에 대한 정연한 논설임을 한눈에
알 수 있다. 이처럼『西遊見聞』은 견문과 감상의 결합인 일반적 기행
문학과는 달리 견문과 논설의 결합으로 이루어져 있는 것이다. 여기에
서 더 나아가 그는 신문 사설은 물론 정치·경제·교육 등에 대한 수
많은 논설문들을 썼다. 위 예문이 그의 지론인 개화의 토대로서의 교
육에 대한 인식을 보여준다면 다음 글은 그의 대외 관계에 대한 현실
인식을 보여준다.

---

108) 上揭書, p.152.

이번에 중국군이 이백 리 밖에 주둔했는데도 일본군이 멀리서
몰려와 서울로 진주하여 마치 사람이 없는 것같이 행동하니 이
는 우리나라를 깔본 것뿐만이 아니며 거기서 그들이 방자하게
중국을 경시하고 있다는 점을 알 수 있는 것이다. 진실로 우리가
힘이 있으면 역습을 하여 그들을 모두 죽여 버리지 못할 바도 아
니지만 한마디 詰難도 못하고 벌벌 떨면서 실화할 것만을 두려
워하였으니 이는 우리나라 인민들이 자강하지 못한 데 책임이
있는 것으로 다시 누구를 탓하겠는가.[109]

그가 중립에 대한 주장을 끌어내는 부분 중의 하나이다. 단순한 현
실인식을 벗어나 자기의 事勢 판단이 중요한 내용을 차지하고 있는 것
을 곧 알 수 있다. 더구나 이와 같은 일본에 대한 일신은 그가 일본에
대해 감정적 친밀감이 아닌 객관적 사유를 견지했음을 보여주는 것이
아니겠는가. 兪吉濬의 개화사상이 민족어에 대한 인식에서 나아가 민
족주의에 기반하고 있음은 이미 자세히 살펴본 바 있다. 이와 같은 논
설적 경향은 『勞動夜學讀本』과 같은 교육용 저작에까지 이어지고 있
다. 이제 그의 논설적 경향뿐만 아니라 國漢文混用의 이유를 보다 잘
보여주는 사례를 하나만 더 살펴보자.

小學敎科書의編纂은國文을專主홈이可ᄒ가然ᄒ다然則漢字
ᄂ不用홈이可ᄒ가曰否라漢字를用ᄒ면是乃漢文이니子의全廢라
ᄒᄂ說은吾人의未解ᄒᄂ바이로다曰漢字를借綴ᄒ야句讀을成ᄒ
然後에始可曰漢文이리오且夫吾人이漢字를備用홈이已久ᄒ야其
同化ᄒ習慣이國語의一部를成하야시니苟其訓讀ᄒᄂ法을用ᄒ則
其形이雖曰漢字이나卽吾國文의附屬品이며補助物이라.[110]

109) 『兪吉濬全書』 권4, 「中立論」, p.324.
110) 兪吉濬, <皇城新聞> 2799호, 隆熙 2년 6월 10일자.

위 글은 1908년에 <皇城新聞>에 발표한 「小學校育에 대ᄒᆞᆫ 意見」
의 일부이다. 여기에서 그는 소학교육의 방침 중 최우선적인 것을 국
어사용에 두고 있으면서도 한자를 폐지할 수는 없다는 입장을 밝히고
있다. 그 이유는 漢字가 문장체계로서의 漢文과는 달리 표기수단이며,
오랫동안 우리 국문의 일부가 되어왔기에 우리 문자 체계의 부속품이
며, 보조물이 되었다고 인식하는 것이다. 따라서 漢文을 폐기하고 國
文을 사용할 것이로되 漢字까지 폐기한다면, 도리어 문자생활에 무리
가 따를 것이라고 지적하고 있다. 유길준은 國漢文混用體의 근본목적
을 의사전달의 편리와 명확성에 두었기에 분명한 의사전달을 위해서
漢字가 필요하다는 생각을 하는 것이다. 논설문은 詩文과는 다른 중요
한 특징을 지닌다. 그것은 무엇보다 지식과 생각의 정확한 전달을 중
시한다는 것이다. 보다 높은 수준의 사상과 전문적 지식은 우선 상층
지식인과 중인 실무자들에게 시급한 것이고 이들이 혼선 없이 글의 내
용을 수용하는 데는 국한문혼용이 순국문보다 더 효과적일 수밖에 없
다. 이 점과 관련해 <漢城周報>의 간행 이후 흥미로운 사실이 있다.
이 신문은 한문과 국문, 그리고 국한문혼용의 세 가지 표기로 기사를
작성하였는데, 시간이 흐를수록 국문으로 작성된 기사는 점점 줄고,
국한문혼용으로 작성된 기사가 늘어난다는 점이다.[111] 이러한 사실은
국문기사의 경우 띄어쓰기가 되어있지 않아 내용 파악이 어려웠으
며[112], 더욱 <漢城周報>는 官報의 성격이 강한 신문이어서 그 독자층
이 주로 양반 사대부나 국정에 관련된 중인 계층으로 국문보다도 국한
문혼용체가 의미전달에 더 유리했기 때문으로 보인다.
　　그러나 兪吉濬이 여기에 만족한 것은 아니다. 그는 앞을 내다보고

　　　　(이기문, 『개화기의 국문연구』, 한국문화연구소, 1970, p.19 재인용)
111) 이기문, 「독립신문과 한국문화」, 『주시경학보』 4, 1989, pp.8-9.
112) 이기문, 『개화기의 국문연구』, 한국문화연구소, 1970, p.18.

있었으며, 일반 대중의 개화를 위한 교육의 중요성을 늘 생각하고 있
었다. 그래서 대중을 상대로 한글이나 교육용 저작에서는 보다 쉬운
문체를 사용했던 것이다. 하지만 언제까지나 지식층과 피교육층을 구
별하면서 글을 쓸 수는 없는 일이다. 더구나 이와 같은 방식은 문체의
이원화를 조장할 우려조차 있고, 그것은 언문일치의 정신을 대원칙으
로 하는 유길준에게 결코 바람직한 상황일 수 없었다. 이런 점에서 그
가 언문일치와 의미전달의 명확성을 동시에 달성할 새로운 표기체계
를 연구하게 된 것은 당연한 일이다. 위 글의 끝 부분에서 유길준은 國
漢文混用이 어순에서 완전한 言文一致를 달성했기 때문에 이를 훈독
하면 일상어와 완전히 일치하게 된다는 것을 강조하고 있다. 이와 같
은 訓讀의 실례는 그가 1908년 7월 간행한 『勞動夜學讀本』에서 찾을
수 있다.

```
            백성     가장큰의무    두
     나라의  民되야난   最大義務가   二가지라

           사랑    사람   게으르   노        부지    일
     나라  愛ᄒᄂᆫ  人은     怠히  遊지안코   勤련히  事ᄒ나니라.
```

위의 두 가지 예문에서 보듯 俞吉濬은 한자의 음을 밝힌 것이 아니
라, 뜻(訓)을 풀어놓음으로써 풀어놓은 토를 중심으로 문장을 읽으면
순국문을 읽는 것과 같은 효과를 가져오게 된다. 이는 당시 띄어쓰기
가 제대로 시행되지 않아 순국문의 문장을 읽을 때 겪는 혼란스러움을
최대한 줄이면서 그 뜻을 분명히 밝히는 방법으로, 유길준만의 독창적
인 표기체계이다. 『勞動夜學讀本』 외에 이와 같은 방식은 『萬歲報』의
창간호에서 201호까지 한자 가운데 극히 일부만을 훈독한 것을 제회
하면 더 이상 찾아볼 수 없다. 만세보의 사장 孫秉熙와 다수 관련자들

도 일본에서 상당기간 체류했다는 사실을 염두에 둘 때, 유길준의 이와 같은 시도에도 일본어 표기체계가 일정한 영향을 주었을 가능성이 있다.

이와 같은 점은 『서양사정』의 표기체계에서도 쉽게 찾아 볼 수 있다.

> ねがわ　　　　たい　　　　こうでい
> 讀者 冀く余が意を 休し, 文字に 拘泥 せずして,
>
> 　　　　　　すなわ　さいわい　はなはだ
> 主意の大概を失ふことなくば, 則　ち　幸　　甚 し。
>
> ぶんきゆう　　　　おほ　　　　　とうじんおうらい
> 文久　年間のことと 覺 ふ, 唐人往來 とて, 余が
>
> しる
> 記 したる一小册子あり.

福澤諭吉의 文體의 세 가지 특징으로 첫째 한문을 훈독식으로 읽는 문체, 둘째 俗文, 셋째 文語體 등을 들고 있으나, 그 기저에는 평이함에 주안점을 두고 있다. 한문을 훈독식으로 읽는 문체는 福澤諭吉의 경우는 전통적으로 내려오는 방식과 확연히 다른 것은 아니지만, 위의 예문에서 보듯 평이한 漢語 사용과 일본식 훈독이라는 특징을 지니고 있다. 그러면서도 그 골격은 어디까지나 漢文 文體에 기반을 두고 있다. 이런 점에서 유길준과 福澤諭吉은 대중을 계몽하기 위한 표기 수단으로서의 자국어에 대한 입장은 유사하다 할 것이다.

19세기 말에서 20세기에 접어들 무렵 우리나라는 모든 부분에서 변화와 도전의 물결을 맞이하고 있었다. 이러한 변화의 물결은 가장 보

수적 기호체계라고 할 수 있는 언어와 문자표기방식에 있어서도 예외
가 아니었다. 그리고 이러한 변화의 선두에 兪吉濬이 서게 된 것은 결
코 우연이 아니었다. 국민을 개화하지 않고서는 국가를 개화할 수 없
고, 국민을 개화하기 위해서는 언어생활과 문자, 표기 방식을 개화하
지 않을 수 없었던 것이다. 그의 국어의식의 기반에는 민족주의적 개
화사상이 자리 잡고 있었던 것이다.

IV. 漢詩文集에 나타난 개화의식과 우국충정

1. 『矩堂遺稿』와 『矩堂詩鈔』

矩堂 兪吉濬에 대한 기존의 연구는 그의 정치사상이나 개화의식에 집중하였으며, 연구대상도 그의 『西遊見聞』에 편향된 감이 있다. 따라서 『兪吉濬全書』 5권의 「詩文編」에 수록되어 있는 『矩堂遺稿』와 『矩堂詩鈔』에는 거의 관심을 두지 않았고, 이를 본격적으로 다룬 연구 성과도 찾아보기 힘든 실정이다.[1] 그러나 유길준은 어린 시절 鄉試에서 지은 시가 장원으로 뽑혔을 뿐만 아니라, 그의 인생을 바꾸어놓는 결정적 인물, 즉 당시의 홍문관 대제학이었던 朴珪壽가 그 시를 보고 감탄했을 정도의 시적 재능을 지니고 있었다.

> 俄看雲蔽月
> 雲去月還生
> 萬變都無定
> 終能一色明

잠시 전에 달이 구름에 덮였더니

---

1) 필자는 구당의 漢詩文集을 다룬 논문을 아직 한 편도 발견하지 못하였다. 단지 유길준의 생애와 사상을 다룬 몇몇의 저서 안에서 이들 문집에 수록되어 있는 몇 수의 시가 인용되고 있을 뿐이다.

구름이 걷히고 다시 달빛이 환하구나.
우주만상의 변화가 한순간에도 머무는 일이 없으니
이는 한 빛을 밝히기 위함이런가.

이 시는 구당이 15세 때인 1870년에 지은 <月夜作>이라는 제하의
시이다. 이 시를 본 朴珪壽는 이 시가 시로서의 완벽한 격조를 갖추었
다고 찬탄하였던 것이다. 이러한 유길준의 문학적 재능은 그가 어려서
부터 노년까지 公私間의 대선배로 모시던 金允植이 유길준의 訃音을
받고 쓴 글에서 '유길준은 詩와 詞에 매우 뛰어났고, 특히 五言詩에
능하였다'[2]고 평한 데에서도 잘 드러나고 있다.

따라서 본장에서는 정치인이나 사상가로서의 유길준이 아닌, 문인
이자 시인으로서의 유길준의 면모를 살펴보는 데에 주력할 것이다. 당
대의 개척자이며 선각자인 동시에 지식인으로서의 표층적 의식은『서
유견문』을 비롯한 수많은 글에서 여실히 드러나는 바이지만, 그의 내
면적 의식세계는 그의 한시에서 첨예하게 드러나고 있기 때문이다. 격
동의 시대를 살며 고뇌하던 선각자의 진솔한 모습이 그의 한시에 그
대로 용해되어 있는 것이다. 그의 시는『矩堂遺稿』와『矩堂詩鈔』에
400여 수가 실려 있다.

『矩堂遺稿』는 유길준의 遺稿로서 그가 16세 때인 1871년의 시로부
터 노년 때까지의 시 298수가 시대 순으로 수록되어 있다. 국내 각지
를 돌아다니며 지은 시, 일본·미국·유럽 지역을 여행하면서 지은
시, 연금생활과 망명생활시 지은 시, 그리고 국내외의 여러 사람들과
만나서 지은 시들이 연대순으로 실려 있어 그의 인생역정과 思考의 흐
름을 순차적으로 엿볼 수 있다.『구당유고』는 일기문과 같은 형식의
것이라 보아도 무방할 정도로 구당의 심정이 순차적으로 드러나 있어

---

2) 金允植,『陰晴史』(兪東濬,『兪吉濬傳』, 一潮閣, 1987, p.302. 재인용).

마치 한 편의 영화를 보는 듯한 느낌을 받을 정도이다.

이에 비해『矩堂詩鈔』는 앞서 언급한 金允植이 유길준의 시 110수를 모아 서문을 써서 1912년에 발간한 시집이다.『구당유고』와는 달리 연대순으로 되어 있지 않아 언제 어떠한 상황에서 쓴 시인지를 확연히 알기는 어렵다. 다만 그 정조로 보아 그 시기를 짐작할 수 있을 뿐이다. 김윤식은 구당이 五언 율시에 뛰어났다고 하면서 다음과 같은 서문을 붙여 이 시집의 출현배경을 설명하고 있다.

> (전략) 그의 시는 그윽하고 준엄하며, 밝고도 넓었으며, 풍격은 높고 옛스러워 홀로 시인의 정종을 얻었으니 비록 포조, 사령운, 도연명, 위응물이라도 나을 수가 없었을 것이다. 나는 군의 시를 매우 사랑하여 매번 한 수를 얻으면 옥을 얻어 받듯이 했는데, 하루는 상자를 열어보니 백여 수가 들어있어 '많기도 하다. 이것이 족히 썩지 않으려면 어찌 많아서 되겠는가'라 하고 드디어 깎아내어 세상의 동호인들과 더불어 함께 감상하고자 하였다. 무릇 꾸미는 일은 작은 기술이다. 그러나 감격을 두고 노래하지 않으면 공교롭지 못하다. 가슴속에 커다란 경륜이 들어있고, 세상살이를 많이 겪었으니 뜻에 맞아 영탄이 나타나지 않는 것일지라도 그 시가 반드시 전해질 것은 의심이 없다. (후략)[3]

김윤식은 구당의 정치적 역량과 더불어 그의 문학적 역량을 대단히 높게 평가하고 있었던 것이다. 실로 김윤식이 아니었다면 이들 100여 수가 넘는 구당의 시들은 햇빛조차 볼 수 없었을지도 모르는 일이었다. 이 문집이 발간된 1912년은 구당의 별세가 눈앞에 와있던 시기로 이 때는 구당에게 있어 화려한 시기도 아니었을 뿐만 아니라, 그의 자택에서 은거하며 활동을 전혀 하지 않던 시기였던 것이다. 이 시집에

---

3) 金允植,『矩堂詩鈔』序.

수록된 및 수의 시는 『矩堂遺稿』의 것과 중복되는 것도 있으나, 어린 시절의 시와 일본망명시 유배지에서 읊은 시를 비롯하여 『구당유고』에 누락된 시가 대부분이어서 유길준의 문학과 삶을 이해하는데 큰 도움이 되고 있다.

이제 그의 시를 세 부분으로 나누어 살피고자 한다. 이는 그의 삶의 시기와 거의 맞물리는 것이다. 우선 어린 시절부터 일본유학과 미국유학, 그리고 유럽여행 등을 통한 느낌을 읊은 시, 다음으로 열강들 속에서 격변의 시대를 맞고 있던 조국에 대한 사랑을 읊은 시, 마지막으로 그러한 역사의 소용돌이 속에서 살아가는 한 지식인이자 선각자로서의 고뇌와 좌절을 토로한 시를 통해 그의 시 세계를 고찰하기로 한다.

2. 조선의 현실과 세계관의 확대

1) 문명의식과 일본체험

矩堂 兪吉濬이 朴珪壽를 만나기 전까지는 선비집안의 여느 젊은이와 마찬가지로 과거를 보아 관직에 나가는 것이 꿈이었다. 그러나 한 권의 책이 구당의 인생을 바꾸어놓았다. 구당의 시적 재능을 발견한 박규수는 구당을 자주 접하는 가운데 1874년 19세의 구당에게 중국의 魏源이 저술한 『海國圖志』라는 세계의 역사와 지리를 서술한 책을 건네주었다. 구당은 그동안 과거준비를 위한 유교경전과 史書를 읽으며 詩作에 전념했으나, 『해국도지』를 읽은 후 실학관련 서적을 비롯한 여타서적을 읽게 되었다. 결국 구당은 과거를 포기하고 보다 원대한 포부를 품게 되었다.[4] 이러한 과거제도에 대한 부정적 인식은 그가 22세

---

4) 구당이 『해국도지』를 읽고 동경과 구미각국에 유학하게 되는 계기가 되었음은

되던 1877년에 쓴 글에서 여실히 드러나고 있다.

　　(科文에 빠진다면) 이용후생의 도리에 어두운 즉, 그 쓰임새가
삶에 도움이 될 수 없으며, 풍요로운 결실을 맺을 수 없다. (중
략) 그러므로 과문 이라는 것은 도를 해치는 미끼요, 재능을 해
치는 그물이며, 나라를 병들게 하는 근본이요, 백성을 학대하는
기구이다.5)

　결국 구당은 새로운 문물제도를 받아들여 개화하는 것이 시급한 일
임을 인식하게 된다. 이 해에 지은 시가 바로 <眼鏡>이다.

　　　杜鵑花色紫烟流
　　　萬象森羅影裡浮
　　　圓眼正如張將虎
　　　重瞳不是楚人猴
　　　兩輪日月懸眉際
　　　千里山川辨指頭
　　　地遠天長隨俯仰
　　　梁園照乘更無求

　　　진달래꽃 빛깔 속에 자주빛 안개가 흐르고
　　　삼라만상이 안경 그림자 속에서 떠돈다.
　　　둥근 안경은 바로 장장의 호랑이 눈과 같고
　　　두 눈동자는 초나라 사람의 원숭이가 아니던가.

　金允植의『구당시초』서문에도 언급되고 있다(『兪吉濬全書』권5 「矩堂詩鈔」,
　p.161. 참조).
5)『兪吉濬全書』권5, 「科文弊論」, pp.240-241.
　'旣味利用厚生之道 則其用不能利其生 不能厚其果 (中略) 故科文者 賊道之圈
　冏也害才之罟獲也 病國之根本也 虐民之機具也'

두 바퀴 같은 해와 달이 눈썹 사이에 걸렸고
천릿길 산천이 손가락 끝에서 분간된다.
아득한 땅과 높다란 하늘을 내려보고 쳐다보면서
양나라 동산에서 빛과 어울리니 더 구할 것이 없구나.6)

구당이 이 시를 지은 1877년은 1차 修信使가 일본에 다녀온 바로 다음 해이다. 그런데 이 당시 안경에 대한 흥미있는 기록이 있어 이 시를 이해하는데 도움이 된다. 당시 <東京日日新聞>은 '修信使入京 民族衣裝で 行進'이라는 표제 하에 수신사 일행을 기사화 하였다.7) 차에 탄 正使들은 모두 안경을 썼는데 이들이 근시나 쇠약시인지 아니면 유행인지 모르겠다고 하며, 이어 걷고 있는 사람 중에는 안경 쓴 이가 하나도 없어 조선의 풍습에서는 안경으로써 尊卑를 구별 짓는 것이 아닌가 하는 의문을 제기하는 기사였다. 즉 우리 수신사 중 정사들 모두가 안경 쓴 것을 기이하게 본 것이다. 이처럼 당시 우리에게 있어서 안경은 꽤 큰 관심거리였고, 신분을 상징하는 하나의 도구로까지 여겨질 정도였던 것이다. 구당의 <안경>이라는 시도 이러한 풍토 속에서 나온 것으로, 구당의 서구문물에 대한 최초의 언급이라는 점에서 주목된다.

이 시는 안경에 대한 호기심과 찬탄으로 이루어져 있다. 1-2행에서는 안경을 통해 보이는 세계를 아름답게 표현했다. 진달래빛이나 자주빛 등의 색감으로 경이로운 세계를 부드럽게 표현했으며, 그러한 안경의 그림자에 삼라만상이 다 담겨있다고 하여 안경을 통해 모든 것을 볼 수 있다는 호화로움을 말하고 있다. 3-4행에서는 안경 쓴 모습을 대비적으로 희화화하고 있다. 둥근 안경은 마치 張飛가 부릅뜬 눈과 같이 크지만, 그 안에 보이는 눈동자는 품위 없는 초나라 사람이 冠을 쓰

---

6) 上揭書 권5, 「矩堂遺稿」, p.53.
7) 東京日日新聞, 明治 9年(1876) 5月 30日.

고 있는 것과 마찬가지로[8] 조그마하다고 함으로써 아직은 안경 쓴 모습이 낯설게 느껴짐을 표현하고 있다. 그러나 5-6행에서는 이러한 어색함에도 불구하고 두 눈썹 사이에 해와 달처럼 걸린 안경은 천리산천을 분별케 하는 천리경으로서 천리를 지척으로 오게 하는 힘을 지녔다고 감탄하고 있다. 결국 7-8행에서 안경은 아득한 땅과 높은 하늘을 자유로이 보게 하는 신비로움을 지니고 있으며, 이러한 안경을 통해 본 세상은 梁나라 孝王의 동산에서 빛과 더불어 노니는 것과 같으니 더 이상 바랄 것이 없다고 극찬하고 있다.

물론 안경은 중국을 통해 이전부터 알려져 있었으니 구당의 관심이 새로울 것이 없다고 할 수도 있다. 그러나 과거준비를 위한 전통적 詩作에서 탈피하여 서구문명에 대한 보다 적극적인 관심 속에서 쓰여진 이 시는 당시 많은 관심을 끌었던 안경을 통해 서구문명을 배우고 받아들이고자 하는 구당의 의지를 단적으로 표현한 시라는 점에서 의의가 있다.

이러한 새로운 문물제도에 대한 경탄은 구당이 26세 때인 1881년 紳士遊覽團 명목의 2차 修信使의 수행원으로 일본에 건너가 慶應義塾에 입학하여 1년간 유학하던 중에 쓴 <雪中戲製 寄中村敬宇>에서 근대사상의 확립으로 발전하게 된다.

> 風烈雲同朝不崇
> 雪花如掌白濛濛
> 人民歡喜占三瑞
> 宇宙平成混一功
> 四海九州瓊玉界

---

8) 『史記』「項羽紀」에 초나라 사람은 품위나 견식이 없는 원숭이의 무리이면서 관을 쓰고 있다는 뜻의 '楚人沐猴而冠'라는 구절이 있다. 이 시에서는 큰 안경과 조그마한 눈동자가 어울리지 않는다는 비유로 이 구절을 넣은 듯하다.

千門萬戶水晶宮
更無貴賤無貧富
安得均施若化翁

바람 매섭고 구름 여전하며 조회 끝나지 않았는데
손바닥만한 하얀 눈송이가 자욱하게 쏟아진다.
인민들이 기뻐하며 세 가지 좋은 일을 점치고
우주가 평온을 이루니 온통 한결같은 공이로다.
온 세상 아홉 주가 옥으로 꾸민 세상이요
온 마을과 온 집들이 수정으로 만든 궁궐이로다.
다시 귀천도 없고 빈부도 없으니
어찌 똑같이 베풂이 조물주와 같은가.9)

　　구당은 일본에 유학하던 1882년 일본의『文學雜誌』에 잇따라 글을
싣고 있는데, 이 시는 그 해 2월 20일에 발행된『文學雜誌』71호에 실
린 것이다. 이 시에서 구당은 눈 내리는 풍경을 기쁨 속에서 표현하고
있다. 눈으로 인해 온 세상이 평온을 얻었으며, 모든 이들이 환희에 넘
쳐흐르고 있음을 보여주고 있다. 온 세상이 눈으로 덮여 귀천과 빈부
가 없는 가히 태초의 아름다움과 평화가 넘쳐흐르고 있는 것이다. 차
별과 차등이 없는 태초의 신의 세계인 것이다. 여기서 주목할 것은 7-8
행에서 드러나는 萬民平等思想과 萬國平和思想이다. 귀천과 빈부의
차이가 없이 모든 사람이 균등하게 살 수 있고, 모든 나라가 호혜평등
의 원칙 하에 만날 수 있는 무사 공평한 세상에 대한 구당의 갈망이
여실히 드러나고 있다. 이러한 근대적 사상은 그가 유학하기 이전에
는 세계의 판도를 알리는『해국도지』를 비롯한 서적을 통해서, 유학
중에는 새로운 문물제도를 체험하면서 확립된 것이다. 이 시에서 표현

9)『兪吉濬全書』권5,「矩堂遺稿」, p.85.

된 구당의 의식은 근대에로의 지향을 보여주고 있어 후일에 쓴 논설문
을 통하여 더욱 구체적으로 드러나고 있다.

> 세상 만물이 고르지 못한 것은 정 때문이다. 사람은 태어나면
> 서 잘나고 못남이 같지 않고 가난하고 부유함에 차이가 있다. 그
> 러나 각기 한 집안의 문호를 세우고 서로 평균의 지위를 세워서
> 국법의 공정함에 힘입어 사람의 권리를 보호하는 것은 그 고르
> 지 못한 것을 고르게 하려는 까닭이다. (중략) 그러므로 우주 안
> 의 각 나라가 우호와 화평의 뜻으로써 균등한 예의를 보이고 서
> 로 약관을 주고받으며 수교의 사절을 파견한다면 강하고 약한
> 구분이 서지 않아 서로가 그 권리를 지키게 된다.10)

이 글의 앞부분은 위에 예시한 시의 7-8행에서처럼 사람은 태어나면
서부터 빈부, 귀천의 차이가 있지만, 국법의 공정함으로 사람들의 권
리를 보호한다면 모든 사람들이 기뻐하며 좋은 일만 기대하게 될 것이
라 하고 있다. 또한 뒷부분은 앞 시의 5-6행에서처럼 四海九州가 각기
다르지만, 국가간에 균등한 예의를 보인다면 온 세상이 옥으로 꾸민
수정궁과 같이 아름답게 될 것이라 하고 있다. 이러한 사상적 면모는
<流鷄吟>11)이라는 장편의 시에서도 여실히 드러나고 있다.

> 撥火溫新醱
> 膃紅衆鳥喧
> 庶應歌此曲

---

10) 上揭書 권4, 「國權」, pp.30-31.
   '物之不齊 情也 人之有生 賢愚不同 貧富有異 然各立一家之門戶 互守平均之
   地位 而賴國法之公 以護爲人之權者 所以齊其不齊也 (中略) 故宇內各國 以友
   和之意 用平均之禮 互換約款 交派使節 不立强弱之分 而相守其權焉'
11) 上揭書 권5, 「矩堂詩鈔」, pp.176-177.

普天同志者
痼寐嘆幽獨
狂夫發惻吟
崗梧棲鸑鷟
郊藪遊麒麟
粧点輿圖輻
洋洋極樂園
靄然春可掬
五種兄弟間
投棄尾閭谷
全收宇宙兵
(中略)
亂首誅難贖
平和假議成
愁雲慘滿目
揚揚唱凱歸
少婦啼空屋
孤童不識爺
耽充谿壑慾
恣逞虎狼威
白骨沙場曝
天南葛與檳
魯殲鞈鞨族
英搗杜蘭巢
齷齪爭蠻觸
黃塵四海飛
禍機還有伏
俚語固難稽
徒爲貪功祿

嗤渠小腹兒
何關人事卜
微物悖時鳴
竊願蒼生福
長懷萬國憂
鷄聲淒似哭
中夜起彷徨

한밤에 일어나 이리저리 떠도는데
처량한 닭소리가 통곡소리 같구나.
오랫동안 온 나라걱정을 하면서
몰래 모든 사람들의 행복을 원하였네.
미천한 동물이 때를 우기며 운다고
어찌 인사에 관련지어 점을 차리오.
웃음소리가 다만 작은 아이일 뿐
한갓 공과 봉록만을 탐하였구나.
항간의 말은 진실로 헤아리기 어렵나니
재앙의 기미 도리어 엎드려 있네.
누런 먼지는 사해에 떠다니고
악착같이 만씨 촉씨처럼 싸웠네.
영국은 두란의 집을 부수고
러시아는 말갈족을 섬멸했네
하늘 남쪽의 칡과 빈랑나무
모래사장에는 백골이 해를 쬔다.
함부로 호랑이와 늑대의 위세를 드러내어
계곡만한 욕심을 탐하여 채웠네.
외로운 아이는 아비도 몰라보고
젊은 아낙은 빈방에서 울고 있다.
의기양양하게 개선가를 부르며 돌아가니

> 수심에 찬 구름이 눈에 가득하다.
> 평화를 거짓으로 의논하여 이루니
> 난리의 괴수를 베어도 보속받기 어렵네.
> (중략)
> 온 세상의 군대를 모두 거두어
> 꼬리를 마을 골짜기에 던져버려라.
> 다섯 종의 형제간에
> 아지랑이처럼 피어오르는 봄을 잡을 수 있으리.
> 넓디넓은 극락의 동산에는
> 수레의 바퀴자국이 한 점으로 장식되리.
> 교외의 숲에는 기린이 놀고
> 언덕 오동나무에는 봉황이 깃들리라.
> 미친 사내가 슬픈 노래를 부르며
> 자나 깨나 그윽한 고독을 탄식한다.
> 너른 세상의 동지들이여
> 여럿이 응하여 이 노래를 부르라.
> 창밖은 붉고 온갖 새들 끊임없이 지저귀지만
> 불을 다스려 온고지신의 술을 마시리.

    강자가 약자를 삼키고, 포악함이 어짊을 치는 가운데 온 세계가 고통과 비탄에 떨어지게 되었다는 것이다. 너나 할 것 없이 고통스럽게 된 것은 힘 있는 나라가 힘없는 나라를 정벌함으로써 야기된 것이라는 것이다. 따라서 모든 나라가 무기를 버린다면, 다시 말해 모든 나라가 욕심을 버리고 관대함으로써 타국의 문명과 이익을 인정한다면 다시 예전과 같은 평화를 누릴 수 있으리라는 내용의 노래이다. 이러한 구당의 염원은 '長懷萬國憂 竊願蒼生福(오랫동안 온 나라 걱정을 하면서, 몰래 모든 사람의 행복을 원하였네.)'라는 구절에서 절절하게 배어나오고 있다. 결국 이러한 구당의 시에서 드러나는 구당의 염려는 단지 당시의 조선과 조선백성에만 국한된 것이 아니라, 세계제국과 인류를 대상으로 하고 있다는 점에서 가히 만민평등사상과 만국평화사상을 기저로 한 근대의식의 발로라 할 수 있을 것이다.

2) 세계인식과 서구체험

1년 간의 일본 유학생활을 하던 구당은 1882년 12월 박영효 일행과 귀국한 후,1883년 7월 다시 미국에 파견되는 報聘使의 수행원이 되어 渡美하게 된다. 1885년 12월 귀국하기까지 3년 여에 걸친 미국 유학생활과 유럽일주를 통해 서구문명을 체험하며 지은 시는 서구문화에 대한 그의 태도를 잘 드러내 보이고 있다.

泱泱大國有餘音
圖卜宏猷古迄今
紆廻山水蟠龍勢
想見英雄立馬心
三十八州衢四達
西南丘陸海東臨
宮中揖讓唐虞酒
市上委輸淮楚金
議事堂圓靑襘出
紀功碑迄白雲沈
鐵竿灯燭琉璃界
漆柵園地錦繡林
讀書隣社龜床巧
評物公庠獸圈深
鏡面星文眞境逼
機頭電字妙工尋

萬家鍾鼎升平像
百藝絃歌不絶吟
道築油灰丹穀走
樓沽麥酒玉樽斟
官無文節端衣帽
邏設條規肅帶襟
烈士遺墳蕉寂寞
將軍故宅樹蕭森

드넓은 큰 나라에 여유 있는 소리가 들리니
헤아리고 점치는 큰 꾀 예부터 지금에 미쳤다.
멀리 둘러친 산수는 땅에 엎드린 용의 기세요
보며 생각하니 영웅이 말을 타고 선 마음이로다.
삼십팔주의 거리가 사방으로 통하였고
서남북은 대륙이요, 바다는 동쪽으로 임했다.
궁중에는 빈주의 예를 갖추어 당우시대의 술을 마시고
시장에서는 회나라와 초나라의 금을 맡겨 보낸다.
의사당은 둥글고 기운차게 높고 밝게 드러나고
공적의 기념비에 이르니 흰 구름이 자욱하다.
철막대 위의 불빛이 비추니 유리의 세계요
검은 울타리 정원은 화려한 숲이로다.
이웃들이 모여 책 읽는 거북 모양의 책상은 교묘하고
사물을 평하는 공립학교에는 동물원이 깊어라.
거울에 비친 별무늬 진정한 경지에 가깝고
기계에서 나오는 전보문 글씨가 묘하고도 공교롭구나.
온 집에 종과 솥이 평범한 모양으로 걸려있고
온갖 재주의 현악기 반주의 노래 그치지 않고 부른다.
유회로 만든 길에 붉은 빛깔의 바퀴가 달리고
누각에서 파는 맥주 옥술잔에 떠서 마시네.

관리는 꾸밈없이 단정한 옷과 모자요
순찰로 법규를 세우니 띠와 옷깃이 엄숙하구나.
열사들이 남긴 무덤에는 꽃만이 적막하고
장군의 옛집에는 나무만이 쓸쓸이 서있구나.12)

<遊華盛頓>이라는 題下의 이 시는 구당이 1884년에 미국의 수도인 워싱턴 시내를 유람하고 지은 것이다. '華盛頓'은 워싱턴의 음차표기이다. 이 시에서는 워싱턴시의 여러 모습이 자세하게 묘사되고 있다. 구당이 이상적으로 그리던 서구도시의 풍요로움과 문명발달에 대한 동경이 잘 표현되고 있다. 이러한 워싱턴市에 대한 소개는 『西遊見聞』 19편 「各國大都會의 景像」 부분에서도 자세히 보인다.13) 이 시의 앞 부분은 『서유견문』 중에 나타난 구절을 옮긴 듯 그 인상이 비슷하다.

시의 1-6행까지는 워싱턴시의 위세를 표현하고 있으며, 그 이후의 행에서는 구체적 사물을 들어 자신의 감회를 적고 있다. 특히 구당은 『서유견문』이나 이 시에서 공히 국회의사당과 起功碑에 많은 관심을 보이고 있다. 국가의 성립과정과 운영이라는 측면에서 이러한 건축물에 관심을 두었으리라 보여진다. 그러나 구당은 이러한 상징적인 것뿐만 아니라, 문명의 구체적인 모습까지도 시 안에서 표현하고 있다. 11 행의 전봇대의 등불을 묘사한 '鐵竿灯燭', 14행의 동물원을 표현한 '獸圈', 16행의 전보문을 표사한 '機頭電字', 19행의 아스팔트를 표현한 '油灰'와 그 위를 질주하는 자동차를 표현한 '丹轂', 그리고 20행의 '麥酒' 등 신기하기만한 구체적인 사물들을 통해서 워싱턴시의 물질적 풍요와 문명의 발달상을 표현하고 있는 것이다.

마치 워싱턴 거리에 와있는 듯한 느낌을 주는 이 시에서 구당은 특

12) 上揭書 권5, 「矩堂詩鈔」, p.87.
13) 上揭書 권1, pp.509-513.

히 전기에 많은 관심을 두고 있다. 11행에서처럼 '철막대 위의 불빛이 비추니 유리의 세계요'로 표현된 가로등의 신비로움이나, 16행에서처럼 '기계에서 나오는 전보문 글씨가 묘하고도 공교롭구나'로 표현된 전보문의 신기함이 잘 드러나고 있다. 문명의 극치라 할 만한 이러한 전기에 대한 구당의 관심은 후일 공교롭게도 서구에서 돌아와 유폐된 7년간의 생활을 끝내게 하는 계기가 되고 있다. 미국인이 우리 국내의 전기설치에 관한 독점권을 단돈 14만원에 얻어 내려는 교섭신청을 해왔을 때, 구당은 전기사업이 문명발전에 지대한 영향을 끼치며 인류의 생활에 변혁을 가져다주는 것임을 조정에 설명하는 한편, 정부가 주도적으로 전기사업을 해나갈 것을 건의하여 미국인의 신청을 기각하게 한다. 이러한 구당의 충성심이 高宗에게 전해져 구당은 7년간의 유폐 생활에서 풀려나게 되는 것이다.14)

이렇듯 이 시에서는 구당의 눈길이 머물렀던 서구문명의 利器가 하나하나 열거되고, 그 장점이 부각되고 있다. 그러나 구당의 근대로의 개혁정신은 이러한 물질적 풍요가 막연한 동경이나 호기심에서 그치는 것이 아님을 보여주고 있다. 즉 모든 국민이 이러한 물질적 풍요를 함께 공유하고 향유하는 데에는 21-24행에서 보이듯이 관리들의 검소함과 준법성, 그리고 독립전쟁시의 열사 및 장군의 노력과 희생이 바탕이 되고 있다는 것을 암시하고 있다. 이처럼 구당은 겉으로 드러나는 서구문명의 화려함만을 본 것이 아니라, 그러한 문명이 있기까지의 과정도 냉철하게 보는 깊은 식견이 있었다고 할 것이다.

『서유견문』에서 워싱턴을 미국을 창업한 대통령 워싱턴의 성을 따서 서울의 이름을 삼음으로써 그 의로움을 기리고 있다고 설명한 것과 마찬가지로, 한시 중에도 워싱턴의 공을 기리는 시가 있다.

---

14) 俞東濬, 『俞吉濬傳』, 一潮閣, 1987, pp.175-176.

一躍山溪救溺兒
同扶國難義爲師
錦衣歸作黃冠老
復見人間姚姒時

한 번 산시내로 뛰어들어 물에 빠진 아이를 구해내고
나라의 어려움도 똑같이 구하여 의로써 스승이 되었네.
대통령에서 물러나 평민으로 돌아가 늙어가면서
다시 세상을 보니 舜임금, 禹임금의 태평시대로구나.15)

<華盛頓>이라는 제하의 이 시 역시 1884에 지어진 것이다. 워싱턴
이 어린시절 물에 빠진 아이를 구해냈던 것과 마찬가지의 義로써 미국
의 어려움을 구해 나라의 스승이 되었다고 그 공을 묘사하고 있다. 이
렇게 나라를 구하고 대통령이 되었으나, 후일 그 직을 내놓고 평민으
로 돌아가 만년을 보냈다는 워싱턴 일생에 대한 찬양의 노래다. 구당
이 생각한 워싱턴의 업적은 3행에서 잘 드러나고 있다. 1-2행에서 보
이는 워싱턴의 의로움뿐만 아니라, 1789년 대통령에 올라 재선한 뒤
삼선이 민주제를 방해한다 하여 1797년 대통령 직에서 물러나 초야에
묻혀 지낸 私慾 없는 워싱턴의 마음이 구당을 감동시키고 있는 것이
다. 결국 구당은 4행에서 워싱턴을 순임금, 우임금에 비기고 있다. 구
당이 본 미국은 당시의 고국과는 대비되는 물질적 풍요와 정신적 여유

---

15)『愈吉濬全書』권5, 「矩堂詩鈔」, p.181.
　　이 시와 거의 유사한 시로 <過華盛頓故宅>이 있다(『愈吉濬全書』권5 「矩堂
　　遺稿」, p.88).

　　海上華旂一出師　　바다 위로 화려한 깃발을 떠올리며 한번 출병하니
　　功過赤帝德蒼姓　　功이 赤帝를 능가하여 모든 백성에게 덕이 미치었다.
　　將軍歸臥空山宅　　장군이 돌아와 빈산의 집에 누워서
　　復見人間姚姒時　　다시 세상을 보니 舜, 禹의 태평시대로구나.

가 충만한 태평성대 바로 그것이었다. 이러한 태평성대의 기초를 마련
한 워싱턴이었기에 구당은 누구보다도 워싱턴에 대한 감회가 깊었으
리라 보여진다. 이러한 구당의 감회는 두 시집에 중복 수록된 <飯顆山
懷古>로 이어진다.

> 劍歌初動販茶舟
> 一戰風聲倡十州
> 餒虎江山浮海口
> 飛龍雲雨起田頭
> 石殘義士嬰城地
> 樹老英雄立國秋
> 誰識遊人無限恨
> 讀碑西日水東流

> 칼노래가 처음 茶 팔던 배에서 진동하고
> 한번 싸우는 바람 소리가 10주에서 일어났다.
> 굶주린 호랑이가 강산에서 바닷가를 떠돌고
> 나는 용이 비구름을 몰아 발끝에서 일어났다.
> 石城은 쇠잔하나 의사들이 성 안 땅에 가득하고
> 숲은 늙었으나 영웅들이 나라 세운 때로다.
> 누가 알리오 이 나그네의 끝없는 한을
> 비석을 읽노라니 해는 지고 물은 동으로 흘러간다.16)

'飯顆山'은 메사추세츠주 보스톤에 있는 작은 언덕으로 미국 독립전
쟁의 시발처이다. 구당은 이 시에서 미국 독립전쟁의 역사를 자세히
노래하고 있으며, 각 시행의 중간 중간에 주를 붙여 설명하고 있어 마

---

16) 上揭書 권5, 「矩堂遺稿」, p.88: 「鉅堂詩鈔」, p.180.

치 하나의 역사기록을 읽는 듯한 느낌을 주고 있다.

1-2행에서는 독립전쟁의 원인과 발발을 묘사하고 있다. 1행의 註에는 '미국은 옛날 영국에 속했었는데, 영국이 茶세금을 너무 높게 부과한 까닭으로 미국인들이 고통을 받았으며, 마침내 그 때 위에 올라가 칼로 키를 잘라버렸다'고 부연설명하고 있다. 2행에서는 이러한 독립전쟁이 어느 한 곳에서가 아니라, 당시 미국의 모든 주에서 함께 일어났다고 하였다. 作詩上 시구에서는 10주라고 했지만, 註에서는 13주라고 밝히고 있어 정확한 사실을 전달하려는 구당의 의지가 보인다. 3-4행에서는 전쟁에 나선 국민들의 모습을 묘사하고 있다. 영국은 여기저기 어슬렁거리는 굶주린 호랑이이고, 미국의 농부들은 飛龍으로서 모두 밭 가운데서 분연히 떨쳐 일어섰다는 것이다. 5-6행에서는 미국독립의 영광을 그리고 있다. 돌로 성벽을 쌓아 영국과 맞섰으며, 마침내 영웅들이 울창한 숲에 나라를 세우게 되었다고 표현하고 있다. 이러한 미국의 독립전쟁사를 노래한 구당은 7-8행에서 자신의 처지와 감회를 토로함으로써 시를 마무리 짓고 있다. 구당은 개화된 문명으로 앞서간 미국에 대한 동경과 이에 대비되는 아직도 잠에서 깨어나지 못하고 있는 고국의 위태로움을 가슴 아파하고 있다. 동시에 이러한 미국의 풍요와 영화는 거저 얻어진 것이 아니라, 국민 모두의 자발적인 땀과 피로써 이룩된 것임을 암시하고 있다.

이러한 미국 독립의 역사를 보고 들으며 구당이 느낀 바는 한 나라의 개화와 발전은 어느 한 사람의 의지로 되는 것이 아니라, 모든 사람이 다 같이 단결하여야만 이룩될 수 있는 일이라는 것이었을 듯하다. 이러한 의미에서 구당은 이 시에만 유독 다른 사람의 이해를 돕기 위한 설명을 많이 덧붙였던 것으로 보인다. 그러나 金允植이 편찬한 『구당시초』에 실려 있는 이 시에는 이러한 설명들이 제외되고 있어 대비된다. 이렇게 볼 때 구당 자신은 이 시를 통해 널리 미국의 독립과정을

알려 민중을 깨우치려는 데에 그 의도가 있었던 반면, 김윤식은 구당
시의 예술성만을 고려하여 이 시를 수록한 것이라 볼 수 있을 것이다.
이러한 의미에서 『구당시초』보다는 『구당유고』가 구당의 감회를 보다
생생하게 전달하고 있다고 할 것이다.

   구당이 이처럼 일본과 미국에 유학하며 근대적 사상을 확립하고 있
던 중 국내에서는 1884년 12월 갑신정변이 일어나 구당도 급히 귀국
하기로 결심하게 된다. 1885년 6월경 미국을 출발하여 에이레, 런던,
프랑스, 독일, 포루투칼, 지브럴터, 지중해, 이집트, 수에즈 운하, 홍해,
싱가포르, 홍콩, 요꼬하마를 거쳐 1885년 12월 귀국하게 된 것이다.[17)
이 때 유럽여행을 하며 쓴 세 수의 시가 있어 주목된다.

> 皓首君王謝紫衣
> 神狼天下謝賢歸
> 鳴驪再入靑山路
> 笑指庭前白菜肥

> 흰 머리의 군왕께서 군왕의 직을 사양하고
> 어지러운 천하를 현사들에게 사양하며 돌아간다.
> 귀인의 행차가 다시 수목이 무성한 길에 들어서니
> 뜰 앞의 채소가 살쪘다고 웃으며 손짓하네.[18)

   <羅馬退隱皇帝>라는 제하의 시인데, '羅馬'는 로마의 음차표기이다.
구당은 자신이 생각하는 입헌군주제라는 정치제도를 바탕에 두고, 이
처럼 자신의 왕위를 넘겨주고 초야로 돌아가는 로마의 황제에 대한 시
를 읊었다. 흰머리의 황제가 혼란스러운 천하를 현자에게 넘겨주고 있

---

17) 이광린, 『유길준』, 東亞日報社, 1992, p.55.
18) 『兪吉濬全書』 권5, 「矩堂詩鈔」, p.181.

음에 대해 깊은 감명을 받은 듯하다. 우리의 상황에서 볼 때는 상상을
초월하는 일이었을 것이다. 갑신정변의 소식을 접하고 귀국하는 착잡
한 심정 속에서 혼란이 지속되는 국내의 정치상황을 염두에 두고 읊은
것이라 보여진다. 보다 현명한 사람에게 왕위를 넘겨주고 초야로 돌아
가는 황제, 뜰 앞에 자리 잡은 살찐 채소를 보며 빙그레 미소 짓는 황
제의 무욕의 소탈함을 그리고 있는 결구는 그러한 결단을 내린 황제의
행동을 긍정적으로 평가하는 구당의 생각을 단적으로 드러내 보이고
있다. 이러한 면은 <希臘隱士>라는 시에서도 잘 드러난다.

> 冬天赤裸桶爲家
> 狗坐無言萬乘過
> 爲問個中何所樂
> 莫寧作影太獨遮

> 겨울에도 벌거벗고 나무로 집을 짓고
> 개처럼 말없이 앉으니 온갖 수레가 지나간다.
> 그 가운데 어느 것이 즐겁던가 물으려니
> 차라리 그림자 만들며 햇빛 가리지나 말라네.[19]

　이 시는 알렉산더 대왕의 그리스 정벌 당시의 일화를 소재로 삼고
있다. 1-2행에서는 부귀와 공명을 뒤로하고 초야에 묻혀 사는 그리스
철학자의 초연한 삶을 그리고 있고, 3-4행에서는 전 세계를 정복하려는
야심에 찬 알렉산더의 물음과 조그마한 행복에 만족하는 철학자의 대
답을 그리고 있다. 이러한 사심 없는 철학자의 대답은 대통령의 자리를
넘겨주고 초야로 돌아간 워싱턴이나 왕의 자리를 현자에게 넘겨주고
초야로 돌아가는 로마황제의 일화와 마찬가지로 구당에게 있어 많은

---

19) 上揭書 권5, 「矩堂詩鈔」, p.182.

것을 생각게 하였을 것이다. 그리스 철학자가 수천 년 전에 겪었던 일
이 당시의 구당에게는 남의 일 같지 않게 느껴졌을지 모를 일이다. 이
러한 부귀영화와 야심이 덧없는 것임은 <拿破崙>이라는 시에서 극대
화되어 나타난다.

> 一統雄心鐵欠鳴
> 歐洲草朮望風驚
> 迅雷事業泡流散
> 東羽西山是弟兄

> 하나로 통일하겠다는 웅걸찬 마음에 장총을 쏘니
> 구주의 초목이 바람소리만 듣고도 놀라네.
> 번개처럼 신속한 사업은 꽃잎처럼 흩어져 물거품 되니
> 동방의 項羽 서방의 알렉산더와 형제라네.[20]

'拿破崙'은 나폴레옹의 음차표기이다. 이 시 역시 <希臘隱士>에 나
타난 바와 같이 세계를 정복하려는 야심을 지닌 알렉산더와 유사한 나
폴레옹을 노래하고 있다. 1-2행에서는 나폴레옹의 위세를 표현하고 있
지만, 3-4행에서는 이러한 야심이 물거품과 같은 것이라 하여 구당의
진심을 그대로 드러내고 있다. 결국 나폴레옹은 항우나 알렉산더와 同
類의 인물이며, 이들이 얻은 것은 무엇인가 하는 여운을 남기고 있다.
구당에게 있어서 부귀영화는 잠깐 피었다가 시드는 꽃잎과 같은 것이
며, 물거품에 지나지 않는 것이었다. 실제로 구당은 1907년 일본 망명
생활을 청산하고 귀국하여 궁내부 특진관에 임명되었으나 세 번이나
완강히 거절하였고[21], 1910년 일본이 수여하는 男爵 작위를 받지 않

---

20) 上揭書 권5, 「矩堂詩鈔」, p.182.
21) 이광린, 『유길준』, 東亞日報社, 1992, p.159.

고 초야에 묻혀 지냈던 점22) 등이 이를 입증하고 있다. 나라가 혼란스
럽고, 급기야 나라가 망했는데 신하가 부귀영화를 누릴 수 없다는 생
각 때문이었던 것이다.

이처럼 구당이 유럽을 여행하며 쓴 한시는 그가 미국에 유학할 때
쓴 한시와는 사뭇 다른 양상을 보인다. 즉 미국유학 중의 한시는 문명
의 면모나 역사적 사건, 그리고 역사적 인물 등 다양한 소재를 택하고
있는 반면, 유럽 여행시의 한시는 전적으로 역사적 인물을 그린 시만
세 수 있는 것이다. 이는 구당이 갑신정변 소식을 접하면서 혼란한 조
국을 살리는 진정한 인물이 누구인가를 생각하는 것과도 무관하지 않
은 듯하다. 이러한 면은 구당이 귀국길 船上에서 미국인 스승이었던
모스 교수에게 '혁명가들이 국왕과 나라에 충성을 다할 때에는 저의
좋은 친구라 할 수 있으나 지금에는 저의 큰 원수가 되는데, 그 까닭은
그들은 역적이고 우리나라에 큰 손해를 끼쳤기 때문'이라고 쓴 편지23)
에서 여실히 드러나고 있다.

일본과 미국에서의 유학생활 기간과 귀국길의 유럽여행 기간은 구
당이 선진 문물제도를 직접 체험하고 느끼면서 그의 근대적 사상을 확
립하였던 시기라 할 것이다. 일본유학 시절, 모든 사람은 빈부와 귀천
의 차이가 있으나 평등해야 하며 모든 나라는 상호 균등한 예로써 평
화를 유지해야 한다는 생각, 또한 미국유학 시절, 국가의 건립과 존속,
그리고 풍요로움은 일 개인의 노력으로 되는 것이 아니라 전체 국민의
피와 땀으로 이루어진다고 생각했다. 나아가 유럽 여행 시, 전 세계를
호령했던 영웅들을 통해 그러한 부귀공명과 야심은 물거품과 같은 것
이며 자신보다는 국가를 위해 사욕을 없애는 것이 얼마나 현명한 일인
가 하는 생각 등 가히 근대적 사상체계를 구당은 그의 한시를 통해 유

22) 兪東濬, 『兪吉濬傳』, 一潮閣, 1987, pp.294-295.
23) 이광린, 前揭書, p.63.

감없이 보이고 있는 것이다. 이러한 구당의 근대적 사고는 귀국 후 그의 애국심과 맞물러 더욱 구체화되어 나타난다.

3. 격변기 지식인의 애국심

1) 실천적 의지와 개혁정신

구당은 그야말로 격변기를 산 지식인이었다. 일본을 비롯한 열강들이 조선을 둘러싸고 치열한 각축전을 벌이던 시기에 태어나 한일합방이 이루어지던 그의 말년까지 한시도 평온할 날이 없던 한 시대를 살며 영욕의 세월을 보냈던 것이다. 그러나 이러한 파란만장한 삶 속에서도 구당의 우국충정은 일관된 것이었다. 약관으로부터 그의 만년에 이르기까지 구당은 한 시대의 최첨단을 걷는 지식인으로서 이러한 마음을 한결같이 견지하고 있었다. 무엇이 조국을 사랑하는 일인가를 끊임없이 확인하며 그의 길을 걸었던 것이다. 그것이 진정한 애국이라면 태자의 상투마저도 직접 자를 수 있는 용기를 지닌 인물이었다. 이제 그의 우국충정이 그의 한시에 어떻게 용해되어 나타나는지를 살펴보고자 한다.

> 彈丸彈黃雀
> 誤中梧上鳳
> 鳳飛傷一足
> 歸去丹穴洞
> 鳳兮胡爲出
> 我見久不怡
> 寄語彈丸子

愼勿彈丸爲
彈丸非好事
鳳兮我心悲
虞帝韶簫音
周人卷阿詩
已矣不復作
鳳兮我心悲
鳳兮從此逝
勿復翔下之
反爲不祥物
鳳兮我心悲
不見烏雀群
啾啾碧梧枝

탄환이여 누런 참새를 쏘려다가
잘못하여 오동나무 위의 봉황을 맞추었구나.
한쪽 다리를 다친 봉황이 날아서
붉은 암혈로 돌아가네.
봉황이여 어째서 나왔는가.
내가 보고 끝내 마음 편치 않도다.
탄환에게 말하노니
탄환 쏘기를 삼가라.
탄환은 좋은 것이 못되니
봉황이여 내 마음이 슬프도다.
舜임금 때 소 음악에 맞춰 춤을 추고
주나라 때 卷阿詩24)에도 나왔으나

---

24) 『詩經』「大雅」의 편명. 어진 선비를 구하는 내용의 시인데, 그 안에 '鳳凰鳴
矣 于彼高岡'이란 구절이 있다.

이미 지난 일이니 다시는 나오지 말거라.
봉황이여 내 마음이 슬프도다.
봉황이여 이제부터는 저 멀리 날아가서
다시는 배회하거나 내려오지 말거라.
도리어 상서롭지 못한 것이 될 수도 있거니
봉황이여 내 마음이 슬프도다.
참새 무리들은 보지도 말고
벽오동 가지에서 울거라.25)

<彈丸子>라는 題下의 이 시는 구당이 21세 되던 1876년에 지어진 것으로 보인다. 참새를 맞추려던 탄환에 봉황이 맞아 다치게 된 내용을 담고 있다. 봉황은 11-12행에서도 보이듯이 가히 태평천하를 구가하는 시대에 나타나 상서로움을 보이는 영물이다. 그러나 이 시에 등장하는 봉황은 시대상황도 모른 채 세상에 나왔다가 봉변을 당하고 있는 것이다. 따라서 시적 화자인 구당은 13행에서 태평성대는 이미 지난 일이므로 다시는 봉황이 나타나지 말 것을 당부하는 한편, 17행에서 이러한 혼란한 시대에서의 봉황은 상서로움의 상징이 아니라 오히려 비극의 상징이 될 수도 있다는 여운을 남기고 있다. 봉황조차도 마음껏 나래를 펼 수 없을 정도로 혼란해진 당대의 비극적인 시대상을 잘 표현하고 있는 것이다.

그렇다면 이러한 비극적인 시대상은 무엇인가. 이 시가 지어지기 바로 전해인 1875년 9월에는 雲揚號사건이 있었다. 이어 이 사건의 연장선상에서 1876년 2월 병자수호조약이 맺어졌던 것이다. 이미 1866년 丙寅洋擾로 불리우는 프랑스 함대의 내침, 1871년 辛未洋擾로 불리우는 미국 군함의 내침이 있었고, 급기야 1875년에는 일본 군함의 내침

---

25)『兪吉濬全書』권5,「矩堂遺稿」, p.38.

으로 이어지고 있는 것이다. 그야말로 한 나라의 국권이 무력에 의해 여지없이 무너지는 비극이 시작되었던 것이다.

이러한 역사적 사실을 감안할 때, 이 시는 바로 이러한 일련의 사건을 염두에 두고 지어진 듯하다. 이러한 의미에서 탄환은 외세를 상징하고, 봉황은 임금이나 국가를 상징하는 것으로 볼 수 있을 것이다. 따라서 구당은 7-8행에서 탄환에게 신중할 것을 충고하는 한편, 13-20행에서 봉황에게 다시는 무력이 난무하는 세상에 몸을 드러내지 말 것을 당부하고 있는 것이다. 이는 비록 약관의 나이였던 구당이 당시의 혼란한 나라 정세를 얼마나 걱정하고 있었는지를 여실히 보여주고 있는 것이다. 시대가 어떻게 변해 가는지 조차 모르는 무심한 봉황, 참새가 맞을 탄환이나 맞고 있는 나약한 봉황에 대한 안타까움이 도처에서 표출되고 있을 뿐, 이러한 봉황에 대한 원망이나 비난은 어디에서도 드러나지 않고 있다. 그야말로 우국충정 그 자체인 것이다. 역으로 본다면 봉황이 자유롭게 날아다닐 수 있는 태평스러운 세월이 오기를 바라는 구당의 간절한 마음이 절절히 배어나고 있는 것이다.

이러한 비극적인 조국의 현실을 보는 구당의 심정은 다음의 시에서도 잘 표현되고 있다.

> 半畝庭前數朶花
> 此中經濟意如此
> 春日讀書兼學圃
> 野人憂國便如家
> 時到林泉一欹嘯
> 興來天地獨長歌
> 且看園樹成陰綠
> 鶩點鶯痴渾任他

반 이랑 되는 뜰 앞에 꽃 몇 송이 늘어졌는데
이 속에서 경제하는 뜻이 어떠한가.
봄날에 책 읽으며 농사일도 함께 배우고
야인이 나라 걱정하기를 집안일처럼 한다.
때때로 숲에 들어가 휘파람 한 곡조 불고
흥이 나면 친지 사이에서 홀로 길게 노래 부르네.
동산의 나무 짙은 녹음을 이룬 걸 보노라니
교활한 제비와 어리석은 꾀꼬리가 제멋대로 섞였구나.26)

<漫詠六首> 중 네 번째 수인 이 시는 구당이 23세 때인 1878에 지은 것이다. 이 시는 21세 때 지은 <彈丸子>의 연장선상에서 지어진 듯하다. <탄환자>의 흉포한 '탄환'은 이 시의 8행에서 보이듯이 교활하고 간사한 '제비'로, 그리고 어리석은 '봉황'은 어리석고 미련한 '꾀꼬리'로 비견되고 있기 때문이다. 교활하고 간사한 국내외의 세력들이 시세에 어둡고 미련한 꾀꼬리와 더불어 활개를 치고 있는 모습이다. 그러나 이러한 혼란한 국내정세를 바라보는 구당의 모습은 이 시에서 좀 더 적극적인 면을 띠고 있어 주목된다. <탄환자>를 지을 때만 해도 구당은 그러한 비극적인 상황을 안타까워하고 걱정하는데 그치고 있지만, 이 시를 지을 때에는 2-3행에 보이듯이 벼슬길에 나아가지 않은 야인으로서 독서뿐만 아니라 농사일을 통한 경제에 뜻을 두고 있다. 과거제도에 혐오를 느껴 벼슬길에 나아가지는 않은 야인의 신분으로서 쓰러져 가는 나라를 살리는 길은 벼슬길에 나아가 經國濟民하는 것이 아니라, 하찮고 천하게 보일 수도 있는 농사일을 통해서 국가의 부강을 이룩해야 한다는 데에 있다는 것이다.

이러한 구당의 의지는 나라를 구하기 위한 방책으로 富强함이 최우

---

26) 上揭書, p.71.

선이라고 역설하는 데에서 여실히 드러난다.

> 오직 우리의 광복의 방도는 한결같이 평화에 말미암으며, 그
> 성취의 방도는 오직 부강함에 달렸으니 스스로 부강의 방책을
> 만들지 못하고 단지 광복의 일을 바라는 것은 앉아서 백 년 동안
> 강물이 맑아지기를 기다리는 것과 다름이 없다.[27]

이 글은 을사보호조약으로 실질적인 국권이 일본으로 넘어간 이후
인 1907년에 쓰여진 것이다. 그러나 부강으로써 국권을 수호해야 한다
는 이러한 의지는 구당이 일본에 유학하기 이전부터 표출되고 있었던
것이다. 경제적 부강을 통해 나라를 살려야겠다는 의지는 <만영육수>
에서 뿐만 아니라, 미국에 유학했다가 귀국할 무렵인 1885년에 지은
<讀富國策有感>에서도 여실히 드러나고 있다.

> 富國誠多策
> 徒論不若無
> 奮然行管晏
> 勝似說唐虞
> 竊祿非良士
> 明農亦丈夫
> 正懷法思德
> 達識起疏迂

> 부국에는 참으로 방법이 많으니
> 쓸데없는 논의는 없는 것만 못하네.

27) 『兪吉濬全書』 권4, 「平和克復策」, p.277.
'惟我光復之道 一由平和 而其平和之方 亶在富强 不自爲富强之策 只望光復
之業者 無異於坐俟百年之河淸'

　　　　분연히 管仲과 晏嬰의 정책을 행한다면
　　　　당우시대 보다 나으리라 말할 수 있도다.
　　　　봉록을 훔치는 건 좋은 선비가 아니지만
　　　　농사에 밝은 것은 대장부의 일이로다.
　　　　올바로 법을 생각하고 덕을 생각하라
　　　　통달한 지식이 성기고 어설픔을 일으키리라.[28]

　　1-2행에서 富國의 방도가 세상에 난무하지만 진정한 부국은 탁상공론으로 되는 것이 아니라고 하면서, 3-4행에서 春秋時代 齋의 賢臣이었던 管仲과 晏嬰처럼 결단을 내려 행한다면 그 어느 나라보다도 부강해질 것이라 노래하고 있다. 그러나 현실은 어떠한가. 제나라의 재상이 되어 부국강병책을 써서 桓公이 覇者가 되는데 결정적 역할을 한 관중이나 제나라의 재상으로 검약정치를 주장했던 안영과 같은 인물은 간 데 없고, 5행에서 보이듯이 俸祿만을 탐하는 관리만이 있을 뿐인 것이다. 7-8행에서처럼 법과 덕을 염두에 두지 않고, 자신의 사욕만을 채우고 있는 것이다. 이러한 관리들이 지닌 통달한 지식은 국가를 부강케 하는데 아무 소용이 없는 것이다. 그야말로 무용지물의 지식인 것이다. 따라서 6행에 보이듯이 농사에 밝아 생산을 극대화하는 일이 오히려 나라를 살찌워 국가를 바로 세울 수 있는 요체이며, 이는 곧 대장부로서 해야 할 일이라는 것이다. 여기서 구당이 말하는 경제는 천박한 선비들이 말하는 舊經濟가 아니라[29], 實事求是와 利用厚生의 정신에 입각한 경제, 즉 농사를 통해 생산력을 극대화 시켜 실질적으로 나라를 부강케 하는 新經濟인 것이다.

---

28) 上揭書 권5, 「矩堂遺稿」, p.91.
29) 구당이 이 시기에 쓴 <寫懷>라는 시 안에 '下士休論舊經濟(천박한 선비여 옛 경제를 논하지 말라)'라는 구절이 있다(『兪吉濬全書』 권5, 「矩堂遺稿」, p.91).

2) 詩文을 통한 의식의 변환

이처럼 구태에서 벗어나 새로운 지식을 지니고, 과감하게 실천하는 것만이 나라가 살 수 있는 길임을 역설하는 구당의 모습은 그의 시문 학관에서도 그대로 반영되고 있다.

雲行水止付天公
每看昏黃朝復紅
八月隨人交玉錦
三年貴國坐房櫳
世情閱盡心嫌細
時事聽多耳恨聰
我欲從君文字食
南尋花柳北丹楓

구름가고 물 고요함은 天帝에게 맡겼거니
늘 황혼이 지나면 다시 아침이 밝아오네
팔월에 사신을 따라가 예물을 교환하고
삼년 만에 귀국하여 방에 들어앉았네.
세정을 두루 겪어 조그만 일에도 마음이 꺼려지고
시사를 많이 듣노라니 귀 밝은 것이 한이라네.
나 그대 따라 글이나 짓고자 하여
남쪽의 꽃과 버들 북녘의 단풍을 찾아다니네.[30]

이 시는 <贈錦淸> 중 두 번째 수이다. 30세의 구당은 1885년 12월 16일 미국유학을 마치고 유럽을 거쳐 귀국하지만, 김옥균과의 친분을 이유로 우포도대장 韓圭卨에 의해 체포되어 포도청 구치장에 한 달 이

---

30) 『兪吉濬全書』 권5, 「矩堂遺稿」, pp.100-101.

상 구금되었다가 후에 한규설의 집과 민영익의 별장에서 7년간의 연금생활을 하게 된다.[31] 이 때 구당보다는 연상이었지만 허심탄회하게 말동무, 글동무 하던 이가 바로 錦淸 韓鎭璜이었다. 구당은 금청에게 주는 시를 여러 수 지었는데, 이 시는 비교적 연금생활 초기에 쓰여진 것이다.

3-4행에서는 미국에 보빙사의 수행원으로 갔다가 눌러앉아 3년에 걸친 유학생활과 유럽여행을 마치고 귀국하여 방에 갇혀있는 자신의 모습을 그리고 있다. 연금생활을 하는 처지였지만 비교적 자유스러웠던 구당은 6행에서처럼 세상 돌아가는 일을 상세히 들을 수 있었다. 그러나 일본과 미국유학, 그리고 유럽여행 등을 통해 그간 쌓아왔던 그의 새로운 지식과 견문, 그리고 결연한 의지는 쓰러져 가는 나라를 붙드는 데 아무런 도움이 되지 못하고 있었다. 구당의 근대사상은 차치하고서라도, 구당에게 도움을 주는 것조차 꺼려지던 상황이었기 때문이었다. 그의 우국충정은 오히려 경계의 대상이었던 것이다. 따라서 입을 다물고 속으로만 나라 걱정을 할 수밖에 없었던 구당은 어수선한 정세를 접할 때마다 답답하기 그지없었으니, 차라리 귀나 어두워 세상을 외면이라도 할 수 있었으면 좋겠다는 자조 섞인 심정을 토로할 수밖에 없었다.

이러한 모습은 1885년 귀국 직후에 지은 <長安夜>와 <自美洲歸拘南山下>에서도 잘 드러나고 있다.

<長安夜>
歲暮長安夜
孤燈意轉新
三年遠遊客

---

31) 이광린, 「유길준」, 東亞日報社, 1992, p.68.

萬里始歸人
國弱深憂主
家貧倍憶親
讀書竟何用
小覺也傷神

해가 저물어가는 장안의 밤
외로운 등불 아래 생각이 갈수록 새롭네.
삼년을 멀리 떠돈 나그네
만 리 길에서 비로소 돌아온 사람이라.
나라가 약하니 임금이 매우 걱정되고
집이 가난하니 부모님 생각 간절하구나.
독서하여 끝내 어디에 쓰리오.
조금 깨우친들 정신만 아프구나.32)

<自美洲歸拘南山下>
歲暮終南夜
孤燈意轉新
三年遠遊客
萬里始歸人
國弱深憂主
家貧倍憶親
梅花伴幽獨
爲報雪中春

한 해가 저물어 가는 남산의 밤
의로운 등불아래 생각이 갈수록 새롭네.

---

32) 『兪吉濬全書』권5, 「矩堂遺稿」, p.91.

삼년을 멀리 떠돈 나그네
만 리 길에서 비로소 돌아온 사람이라.
나라가 약하니 임금이 매우 걱정되고
집이 가난하니 부모님 생각 간절하구나.
매화를 바라보며 그윽이 홀로 있노라니
눈 오는 가운데 봄이 왔다고 알려주네.33)

거의 같은 시기에 쓴 시로 보이는 이 두 수의 시는 『구당유고』와
『구당시초』에 각각 수록되어 있는데, 그 내용은 거의 다를 바 없다.34)
이 두 시에 공히 보이는 '나라가 약하니 임금이 매우 걱정되고, 집이
가난하니 부모님 생각 간절하구나.'라는 구절에서도 구당의 심정이 여
실히 드러나고 있다. 나라일과 집안일이 걱정은 되지만, 아무 것도 할
수 없는 처지인 것이다. 따라서 <長安夜>의 7-8행에서처럼 배운 것이
도리어 병이 되는 형편인 것이다. 차라리 아무 것도 모르고 있었다면
이러한 아픔은 없었을 것이라는 자탄마저 나오게 되는 것이다. 그러니
앞서 예시한 <贈錦淸>의 7-8행에서처럼 구당은 세상사를 모두 잊고
봄이면 꽃놀이, 가을이면 단풍놀이하면서 시나 지을 수밖에 없었던 것
이다.
그러나 유길준은 좌절하고만 있지는 않았다. 여기서 주목할 것은 구

33) 上揭書 권5, 「矩堂詩鈔」, p.181.
34) 동일한 정조의 시가 각기 다른 제목으로 실려 있는 것은 『구당시초』 서문에서
밝히고 있듯이, 『구당시초』 소재의 시가 김윤식에 의해 편집되는 과정에서 약
간의 수정이 있었다는 데에서 기인하는 것으로 보인다. 또한 <長安夜>의 7-8
행이 <自美洲歸拘南山下>의 7-8행처럼 바뀐 것도 흥미로운 일이다. <장안
야>에서의 비탄에 섞인 정조가 <자미주귀구남산하>에서는 희망의 서곡으로
전환되고 있는 것이다. 이는 『구당시초』 소재의 시가 유길준의 만년에 제 3자
에 의해 게재되었다는 데에서도 기인하는 한편, 한시 작법상의 기교에 있어서
도 보다 나은 표현이라 간주되어 김윤식에 의해 수정, 가필된 것이라 보여진
다.

당이 이 시기에 『서유견문』을 집필하는 동시에, 금청과 더불어 많은
시를 지었을 뿐만 아니라, 시문학론에 대해서 논쟁을 벌이기도 하였다
는 사실이다.

　　금청은 늘 글은 각기 돌아갈 바가 있고, 또한 각기 법도가 있
　으며, 그 쓰임과 쓰이지 않음에 있어서는 문장의 사이를 잘 살펴
　서 해야 한다고 하였다. 예컨대 시 짓는 사람은 李吻이나 蘇軾이
　사용한 글자를 쓸 것이며, 곁으로 한 걸음만 벗어나도 안 된다고
　한 것이다. 때문에 나는 그렇지 않은 것으로 생각한다고 하였다.
　시 짓는 법은 마땅히 전인을 답습하여야 할지라도 만약 그것이
　부끄럽다면 마땅히 스스로 다른 문호를 세울 것이며, 用事하는
　법도 고인의 어구에 젖어 있을 필요가 없다고 하였다. 이에 詩家
　의 작은 논쟁을 일으켰다.35)

　이 글은 <贈錦淸> 바로 다음에 수록된 글이다. 금청은 전통적인 한
시의 작법을 고수하고 있는 반면, 구당은 글이 구시대의 語句나 作法
에 머무를 필요가 없으며, 새로운 경지의 개척이 필요하다고 주장하고
있다. 이러한 혁신적인 문장론은 그가 이 글 바로 다음에 실은 문장론
에 대한 한시 4수 가운데에서 '文章生出新門戶(문장은 새로운 문호에
서 나오는 것이니)'이니, 따라서 '一時人了一時文(한시대의 사람에게
는 한 시대의 문장이 있어야 하리)'36)이라는 표현에서 첨예하게 드러
나고 있다. 즉 새 시대에는 새로운 문장이 있어야 한다는 것이다. 그러

---

35) 『愈吉濬全書』 권5, 「矩堂遺稿」, p.101.
　　'錦淸 每言文字 各有區歸 而亦各有矩劃 其用捨不可無審度于文章之間 如作
　詩者用李蘇所用之字 而不可傍走一步云 故余以爲不然 其作句之法 宜蹈前人
　而若恥之.宜別門戶自立 至於用字之矩 不必沾沾于古人之拳下 遂成一詩家小
　鬪'
36) 『愈吉濬全書』 권5, 「矩堂遺稿」, p.102.

나 구당의 입장에서 보면 당시의 지식인들은 새로운 시대가 도래 하였
음에도 불구하고, 아직도 '문장의 구절을 찾아내거나 경전을 표절하고,
바람과 구름의 뜬 그림자를 붙들려 하고, 달빛과 이슬의 헛된 모습을
농할 뿐'37), 지식인으로서 이 나라를 살리는데 어떠한 도움도 되지 못
하고 있었던 것이다. 科文에 몰입한 사람, 그리고 그러한 문장을 통해
관리가 된 사람을 이처럼 비판하였기에 구당은 일찍이 과거를 포기하
고 그 시대에 맞는 새로운 학문세계에 뛰어들었던 것이다. 이러한 그
의 문장론은 글을 어떻게 쓸 것인가 하는 작시법 자체로 끝나는 것이
아니라, 바로 그가 평생 동안 견지하고 있었던 새로운 지식과 과감한
결단을 통해 나라를 살리고자 하는 마음과 일맥상통하고 있다.

구당의 문장론과 애국심의 관계는 다음의 글에서 여실히 드러나고
있다.

> 온 나라의 풍조가 기세가 높고 진동하며, 앞서 가고자 하는
> 경쟁이 날로 심하고 지식을 계발함이 날로 새롭거늘, 우리는 이
> 에 긴 밤 가운데 유유자적하고 고대의 태평시대를 노래하고 송
> 나라의 남긴 쌀겨를 씹으면서 홀로 천하에 잘났다고 여기고, 명
> 나라 이후의 의관을 답습하면서 스스로 만세에 높다고 여기며
> 외교가 무엇을 하는 것인지 자주가 무엇을 이름인지 알지 못하
> 였습니다.38)

문장을 통해 벼슬길에 나아가고, 문장을 통해 그들의 삶을 노래하는

---

37) 上揭書 권5, 「科文弊論」, p.240.
  '尋摘章句 剽竊經傳 批拂風雲之浮光 穿弄月露之虛影'
38) 上揭書 권4, 「平和克復策」, pp.267-268.
  '萬國之風潮 滔滔之盪 進取之競爭日劇 啓發之知識日新 我乃優遊長夜之中
  而謳歌古代之泰平 暻宋餘之糟粕 而獨賢天下 襲明後之亥冠 而自高萬世 不知
  外交之爲何事 自主之爲何名'

지식인들이 시대의 흐름을 간과한 채 기존의 질서와 전통만을 고수하며 스스로 만족하면서 외교와 자주가 무엇인지조차 모르고 있다가 일본에 국권을 빼앗기게 되었음을 한탄하는 내용이다. 이것은 '조선인은 중국책을 읽어온 이래로 완고함이 습성을 이루어 애국심이 어떤 것인지를 알지 못하고 각자 자신을 위해 마음을 써 조그만 이익을 꾀한 것이 오래되었다'[39]는 표현과도 일맥상통한다. 즉 구시대의 글과 구시대의 사고로써는 새로운 시대의 새로운 문제에 봉착한 나라를 구할 수 없다는 것이다. 결국 구당을 구태에서 벗어나 새로운 지식과 과감한 실천으로써만이 나라가 살 수 있는 길임을 역설하고 있는 것이다. 따라서 구당이 앞서 예시한 <漫詠六首>와 <讀富國策有感> 등에서 신경제를 노래하고 있는 것은 바로 이러한 의식과 같은 맥락에서 표출된 것이라 할 것이다.

이러한 근대적 사유를 지닌 구당은 연금생활을 청산한 후 갑오경장을 통한 개혁 작업의 선봉장으로 나서게 된다. 그러나 구당은 황제의 아관파천으로 인해 일본에 망명·유배되는 생활을 하게 된다. 2년 여에 걸쳐 일선에서 실천되었던 구당의 애국심은 다시 걱정스럽고 안타까운 심정으로 남게 된다. <西望>이라는 시가 이 시기 그의 심정을 잘 보여주고 있다.

烟波西望遠
秋色似長沙
去國愈憂國
離家或忘家
他鄕生白髮

39) 上揭書 권5,「與福澤諭吉書」, p.278.
'朝鮮人自讀漢書以來 頑固成習 不知愛國心爲何等事 各自爲心 只讚小利者久矣'

獨坐見黃花
最是傷心處
天涯數鴈斜

안개 물결 이는 서쪽 멀리 바라보니
가을빛이 흡사 긴 모래밭 같구나.
나라를 떠나니 더욱 나라 걱정이 되고
집을 떠났으나 간혹 집을 잊는다.
타향에서 흰 머리가 나니
홀로 앉아 국화를 바라본다.
가장 마음이 아픈 언저리에
하늘가에 기러기들 비스듬히 날아가네.40)

이 시는 『구당시초』에 실려 있어 그 제작연대를 정확히 알 수는 없다. 그러나 '西望', '白髮'이라는 시어를 사용한 것으로 보아 그가 일본에 망명 중일 때 쓰여진 것으로 보인다. 이 시의 3-5행은 이 시의 앞에 수록되어 있는 <秋夜登海寺樓>의 5-6행에서 '半生憂國餘丹肺 千里懷人易白頭 (반평생 나라를 근심하는 마음은 가슴속에 가득하고, 천릿길 고향생각에 벌써 흰머리가 되었구나.)'41)라고 읊고 있는 것과 유사하기 때문이다. 이렇게 볼 때 <서망>은 <추야등해사루>와 더불어 그가 일본에 망명하여 생활하던 시기에 지어진 것으로 보아야 할 것이다.

이 시에서는 그의 실천적이고도 적극적인 애국심의 표현은 표층에 드러나지 않고 있다. 경제를 통한 부국의 의지라든가, 사고의 전환을 통한 자주와 평화의 획득과 같은 의지는 이면에만 자리 잡고 있을 뿐인 것이다. 개혁의 선두에 서서 그의 애국심을 유감없이 발휘하던 구

---

40) 上揭書 권5, 「矩堂詩鈔」, pp.186-187.
41) 上揭書 권5, 「矩堂詩鈔」, p.185.

당은 時勢에 밀려 고국을 떠나 멀리서 나라의 앞날을 걱정만 하는 처지에 놓이게 된 것이다. 자신의 새로운 지식과 개혁적 의도는 더 이상 용납되지 않는 극한상황에 처하게 된 것이다. 그러나 구당은 이러한 처지를 원망하거나, 비관하지 않고 있다. 6-7행에서 보이듯이 가슴 아프게 홀로 앉아 어떠한 일도 하지 못하고 단지 국화만을 보는 처지이면서도 나라의 장래에 대한 걱정으로 일관하고 있는 것이다.

그러나 이러한 구당의 우국충정에도 불구하고 그가 52세 되던 1905년, 우리의 실질적인 국권이 일본으로 넘어가는 을사보호조약이 체결되었다. 이 때의 심정을 읊은 <乙巳五條約을 歎하고>라는 시가 남아 있다.

> 晉代淸談警百世
> 宋儒眞學貫三才
> 胡來畢竟無長策
> 交輿神州拱手回

> 진나라 때 맑은 이야기는 백세를 경계하였고
> 송나라 선비들의 주자학은 三才를 꿰뚫었네.
> 오랑캐들이 몰려오자 필경 좋은 대비책이 없어서
> 서로 장안에서 팔짱만 끼고서 돌아가는구나.[42]

시대를 살릴 수 있는 이론을 겸비하고, 시대를 풍요롭게 할 수 있는 진정한 학문을 한다고 하던 학자들이 외세의 침입에는 속수무책으로 있는 나약한 모습을 비유적으로 그리고 있다. 진정한 지식인의 역할을 풍자적으로 읊고 있는 것이다. 구당은 당시의 지식인들이 진정한 지식

---

42) 上揭書 권5, p.209.

인으로서의 역할을 충실히 행하지 않았다고 여겼고, 이로 인해 나라가
일본에 넘어가는 수모를 당할 수밖에 없었다고 생각하며, 그러한 비극
적인 현실을 한탄하고 있다. 구당이 평생 생각하던 참학문은 바로 시
대의 흐름을 정확히 통찰하고 나라를 위기에서 구해낼 수 있는 학문을
의미하였다. 나라를 부강하게 할 수 있는 실질적인 새로운 지식을 부
단히 습득하고, 그러한 지식을 실천에 옮길 수 있는 과감한 결단을 겸
비한 지식인이야말로 명실상부한 참 지식인인 것이다. 이러한 우국충
정의 참 지식인상은 그의 시와 시론에서 드러나듯이, 구당이 평생 동
안 견지하였던 모습이었던 것이다.

4. 선각자의 고난과 회한

1) 좌절된 雄志

　　구당은 일본을 비롯한 미국과 유럽 지역에서 견문을 익힌 최초의 유
학생이었으며, 새로운 학문과 견식을 지니고 구태에서 벗어나 시대에
맞는 국가를 만들려고 노력했던 지식인이었다. 이러한 선각자로서의
구당의 삶은 순탄치 않은 것이었다. 1885년 12월 유학에서 돌아오자마
자 포도대장에게 체포되어 7년 여에 걸친 연금생활을 하였고, 구당의
근대의식이 실천에 옮겨지고 있을 즈음인 1896년 2월 황제의 아관파
천으로 인해 12년 여를 일본에 망명하여 살아야 했다. 더욱이 일본에
망명 중이던 1902년 6월 혁명일심회의 환국공작이 발각되어 3년 가까
이 일본의 八丈島를 비롯한 섬 등지에서 유배생활을 하였다. 그 후
1907년 7월 고종의 퇴임과 더불어 귀국하였으나, 일본이 내리는 일체
의 관직이나 작록을 받지 않고 고종이 하사한 詔湖亭에서 은거하며 교

육에 전념하다 세상을 떴다. 이제 선각자로서의, 그리고 한 인간으로
서의 구당의 고난과 회한을 살펴보기로 한다.

> 有志平生不負心
> 簞瓢軒冕任升沈
> 桃紅漫鬪三春色
> 竹翠猶存四季陰
> 驥展駑駘終鈍馬
> 鳳來鸞鶴亦凡禽
> 男兒百世芳名在
> 靑史留看後進欽

> 평생 큰 뜻을 지녀 마음을 저버리지 않고
> 빈천과 영달은 벼슬길의 進退에 맡겨두네.
> 붉은 복숭아꽃 어지러이 피어난 봄날에도
> 대나무 푸른빛은 그대로 있어 사계절 그윽하다.
> 천리마가 둔마 중에 있으면 끝내는 둔마가 되고
> 봉황이 난학 중에 들면 또한 뭇새에 불과하네.
> 남아라면 백세에 아름다운 이름을 남겨
> 청사에 머물러 후진이 보고 흠향케 하리라.43)

<寫懷>라는 제하의 이 시는 구당이 18세이던 1873년에 지어진 것이
다. 男兒로 태어나 큰 일을 하고자 하는 雄志가 넘쳐흐르는 시다. 1-2
행에서 큰 뜻을 세웠다면 빈천이나 영달은 안중에도 없음을 노래하고
있다. 그러나 6-7행에서처럼 아무리 천리마이고, 봉황의 뜻을 지녔다
하더라도 그 뜻을 같이 하는 이들과 함께 있지 못하다면 결국 그들에

---

43) 上揭書 권5, 『矩堂遺稿』, p.20.

휩쓸려 그 뜻이 사라지고 말 것임을 경계하고 있다. 결국 7-8행에서 구당은 남아로서 靑史에 길이 남을 이름을 남기고자 하는 원대한 포부를 밝힘으로써 노래를 마치고 있다. 이러한 원대한 포부를 지닌 구당이었기에 그 당시 일반의 선비들에게 있어서 가장 동경과 흠모의 대상이었던 벼슬길에 나아가는 것조차 거부하고, 새 시대에 맞는 새로운 학문을 하기로 결심하였던 것이다. 그러나 그가 택한 길은 어느 누구도 걷지 않았던 생소하고도, 고독한 길이었다.

　1884년 미국유학을 하던 중 지은 <旅舍秋感>에서 이러한 심정이 잘 드러나고 있다.

　　　　　　病骨秋蘇冠帶輕
　　　　　　授衣時節雁南征
　　　　　　長空月出澄淸氣
　　　　　　大陸風行叱咤聲
　　　　　　藏跡一生仙佛老
　　　　　　游心千古漢唐明
　　　　　　夜深獨對重陽酒
　　　　　　滿朶寒花起遠情

　　　　　　高閣身居積翠中
　　　　　　泉香石氣潤簾樵
　　　　　　千門待曉金宮漏
　　　　　　萬里聞秋玉宇鴻
　　　　　　酒國夢魂澄化月
　　　　　　兵燈鬖鬖颯生風
　　　　　　遙知昆季田家樂
　　　　　　土爐松月飯二紅

軟塵康濟笑營營
北學南遊白面輕
病起衣巾寬禮數
秋來鄕國渺神情
百年樓積松翠陰
初日山浮石氣清
認取如今眞事業
書成足記酒中名

병든 몸이 가을에 소생하니 관과 대가 가볍고
음력 9월이 되니 기러기 남으로 돌아가네.
너른 하늘에 달이 뜨니 맑은 기운 감돌고
대륙에 바람 스치니 꾸짖는 소리 같구나.
한평생 숨은 자취 신선 부처 도사와 같고
천고 세월 떠도는 마음 한·당·명나라일세.
깊은 밤 홀로 중양절의 술을 마시려니
가득 늘어진 겨울꽃이 고향 생각을 일으킨다.

높은 누각에 푸른 기운이 쌓인 가운데
자연의 향기가 발사이로 젖어든다.
온 집마다 금궁의 물시계 들으며 새벽을 기다리고
만 리 밖의 가을 소리 듣는 궁궐의 큰선비로다.
술나라의 몽롱한 혼이 달처럼 맑아지고
군대의 등불 아래 수염이 회오리바람에 인다.
형제들의 농가의 즐거움을 멀리서나마 알겠으니
화롯불 밝은 솔불아래 홍시 두 개 먹겠지.

티끌세상 태평하니 웃음소리 가득하고
북에서 배우고 남으로 떠돌지만 창백한 얼굴이 홀쭉하구나.

병이 생겨 옷과 두건은 예절 분수에 너그럽고
가을이 오니 고향생각에 정신이 아득하구나.
백년의 누각에 쌓인 솔이 푸른 그늘을 만들고
해가 산 위에 떠오르니 돌의 기운이 맑아라.
지금처럼 참된 사업을 알고 취한다면
글을 이루어 족히 술자리에 이름을 기록하리.[44]

　3연으로 이루어져 있는 <객사추감>이라는 제하의 시다. 이국타향에
서의 외로움을 잘 그려내고 있다. 고국에 있었다면 重陽節에 가족 친
지와 더불어 교외로 나아가 단풍놀이와 花煎을 즐기며 술 한 잔 기울
이며, 시 한 수도 지을 수 있었을 것이다. 또한 추운 겨울날 화롯불 곁
에 형제들이 옹기종기 모여 앉아 차디찬 홍시를 먹으며 정담을 나눌
수도 있었을 것이다. 만 리 이국땅에 나와 있는 구당으로 서는 잔잔한
그리움을 안고 객사에서 홀로 술잔을 기울이며 그 마음을 달랠 수밖에
없는 처지였던 것이다. 그러나 1연에서 암시하는 것처럼 모자와 띠가
무거울 정도로 병에 시달리는 것은 구당에게도 참기 어려운 고통이었
을 것이다. 그것이 고향을 그리워하는 鄕愁病이든, 혹은 가벼운 질병
이든 간에 객지에서 홀로 겪는 병이라면 모자나 띠조차도 무겁게 느껴
질 정도로 중압감을 주었을 것이다. 이러한 고통은 3연의 '북에서 배
우고 남으로 떠돌지만 창백한 얼굴이 홀쭉하구나.'라는 표현에서 더욱
애절하게 드러난다. 선례가 없는 최초의 유학생으로서의 어려움인 것
이다. 그러나 雄志를 품고 自意로 만 리 이국땅에 나와 있으니 이 정
도의 외로움과 고통은 스스로 달랠 만도 하다. 마지막 연의 7-8행에서
처럼 지금하고 있는 일이 진정으로 남아로서 할 일이라면 이 정도의
외로움과 고통은 참아낼 수 있는 것이다.

---

44) 上揭書, p.89.

이러한 이국땅에서의 향수보다 견디기 어려운 것은 고국 땅에 돌아
와 죄 없이 장장 7년 간의 연금생활을 할 수밖에 없었던 처지였을 것
이다.

劍脫長鯨國步艱
淸明舊色見南山
主人未是强留客
日際疑雲化雨還

푸른 바다에서 칼을 뺄 때 나라 형편은 어려웠는데
청명한 옛 물색의 남산을 바라보네.
주인은 객을 억지로 잡아두는 것이 아니라 하니
어느 날에야 구름이 비되어 내리듯 돌아갈꼬.45)

<思親詞 五十四首> 중의 한 수인 이 시는 포도대장 한규설의 집에
연금되어있던 시기에 지은 것이다. 그야말로 내 집처럼 편히 지내라는
한규설의 권고가 있었으나, 어디까지나 연금은 연금인 것이다. 남산의
잔뜩 흐린 먹구름이 비가 되어 쏟아지듯이, 답답한 연금생활에서 어서
풀려 부모님을 뵐 수 있기를 고대하는 구당의 안타까운 심정이 잘 드
러나고 있다. 귀국하자마자 체포, 구금, 연금으로 이어지는 선각자의
고통은 이루 헤아릴 수 없을 지경이었을 것이다.

栗烈風吹雲亦同
雪華如掌白濛濛
寒山殖聚無雙寶
大地收成混一功

四海九州瓊玉界
天間萬戶水晶宮
暖爐獸炭銷金帳
且對梅花倒酒紅

自北西南又自東
太虛一白四望通
萬人如海冠皆玉
千樹交花山不童
太界圓明疑見月
寒橘浮逈訝乘虹
梁園昨夜相思遠
安得扁舟入剡中

萬象淋灘忽有無
通中不絶地天孚
飛過草木生精采
覆遍山河滌穢汚
寶壁連城孰秦趙
素封比屋盡唐虞
朝來多少扶節意
四海同寒一褐吾

매서운 바람불고 구름 또한 여전한데
손바닥만한 하얀 눈송이가 자욱이 내린다.
겨울 산에 쌓인 걸 보니 비길 데 없이 보배롭고
대지를 거두어 이루니 온통 하나의 공이로다.
사해 구주가 모두 옥 같은 세상이요
온 세상의 집들이 수정으로 만든 궁궐일세.

난로에 골탄을 넣어 황금 이불에 몸을 녹이고
다만 매화를 마주하고 얼굴이 붉도록 술잔을 기울이네.

북으로부터 서남으로 또 동으로부터
온 우주가 한결같이 희고 사방이 훤하게 뚫렸다.
바다와 같이 많은 사람들의 갓이 모두 옥 같고
온 숲에 꽃이 섞이고 산은 민둥하지 않구나.
큰 세계가 둥글고 밝으니 달을 보는 듯하고
겨울 다리가 멀리 떠있어 무지개를 타고 있는 듯하다.
양원에서 어젯밤 멀리 고향을 생각했는데
어찌 조각배는 섬땅으로 들어가는가.

삼라만상이 녹아내려 홀연히 있다가 없어지고
통하여 끊이지 않으니 천지를 믿을 만하네.
날듯이 흔들리는 초목이 정교한 채색을 내고
온 산하를 뒤덮어 더러움을 씻어낸다.
寶玉이 성에 이어졌으니 누가 진이고 조나라인가.
큰 부자들의 나란히 선 집은 모두 당우시대로다
아침이 와서 얼마간 지팡이를 잡고 생각하니
온 세상이 똑같이 추운데 오진 나만 베옷일세.[46]

3연으로 이루어진 <長安見雪>이라는 제하의 이 시는 1885년 12월 미
국유학에서 돌아온 직후의 겨울에 쓴 것으로 추정된다. 여기서의 長安은
당시의 수도였던 한양을 의미하는 것이므로 포도청에 구금된 직후 아니
면, 한규설의 집으로 이송되어 연금되자마자 지어진 시로 보인다.

어려운 상황에 처하게 된 구당에게도 눈이 오는 풍경은 아름다움 그
자체였다. 온 세상의 더러움을 덮어주고, 온 천하를 옥으로 장식한 듯

---

46) 上揭書, pp.90-91.

이 화려하게 꾸며내는 눈의 위력에 감탄을 하고 있다. 민둥산마저도 화려하게 꾸며내고 온 세상 사람들을 부귀하게 만드는 눈의 황홀경에 느긋한 마음으로 술잔을 기울이고 있다. 도대체 이 나라가 열강들 속에서 비틀거리는 나라인지, 태평천하를 구가하는 나라인지 조차 모를 정도로 아름답게 보이고 있는 것이다. 그야말로 근심걱정 없는 평화로운 세상, 구당이 이룩하고자 하는 이상적인 국가가 이루어졌을 때의 환희가 바로 이러한 모습이었을 것이다. 그러나 이러한 여유로움과 기쁨은 2연의 7-8에서 보듯이 일시적인 것이었을 뿐이었다. 하얀 눈이 일시적으로 만든 이상향은 3연의 7-8에서처럼 완전히 깨어지고 만다. 아침에 일어나서 보는 세상은 간밤의 아름다움과는 달리 차가운 현실로 다가올 뿐이다. 아름다운 세상은 온 데 간 데 없고 추위에 휩싸인 싸늘한 세상만이 눈앞에 펼쳐지고 있는 것이다. 문제는 온 천하가 그러한 추위에 휩싸여 있건만, 구당 자신은 그러한 추위를 막을만한 변변한 옷조차 없다는 데에 있다. 물론 '一褐'이라는 표현은 '베옷' 그 자체라기보다는, 자신을 따뜻하게 감싸줄만한 知己가 한 사람도 없다는 현실을 비유한 표현일 것이다. 엄동설한에 온기가 전혀 없는 벌판에 홀로 서있는 가련한 처지인 것이다. 정치역학에 밀린 선각자의 포부와 이상은 나래를 펴보지도 못한 채 冬將軍의 위세에 눌려있는 것이다.

이러한 선각자의 아픔은 연금생활의 초기였던 1886년에 지은 <感懷>라는 시에서 잘 드러나고 있다.

> 靑春今又至
> 白面竟何成
> 笛月晨過壁
> 烽烟夕集楹
> 所懷在水遠
> 無事憂天傾

投筆長風起
悠然萬里情

푸른 봄은 지금 또 오는데
白面書生은 이제껏 무엇을 이루었나.
달빛 젖은 피리소리 새벽녘 성채를 지나가고
봉화연기는 저녁 무렵 서까래에 모여드네.
그리는 바는 물가 멀리에 있는데
일없이 해 저무는 것을 근심한다.
붓을 던지니 장풍이 일어나
유연히 이역만리의 생각이 나게 하네.47)

　　연금생활을 하게 된 자신의 처지와 미국생활에 대한 회한이 교차하
고 있다. 1-2행에서는 세월이 지나 또 다른 봄이 오고 있지만, 그 동안
자신이 이루어놓은 것은 무엇인가 하는 자탄을 드러내고 있다. 구당은
서구의 문화와 문물을 익혀 새로운 시대를 맞이하고 있는 조국의 앞날
을 위해 무엇인가 이루어야 하겠다는 이상과 포부를 지니고 미국생활
을 자청했었다. 그러나 새로운 지식을 습득하는 데에만 정열을 쏟았던
그로서는 시국이 돌아가는 사정을 알지 못했다. 따라서 갑신정변 발발
소식을 듣고 조국의 운명을 걱정하는 마음만 앞서 앞뒤를 재지 않고
급히 귀국하였던 것이다. 그러나 그가 습득한 신학문과 그의 우국충정
은 당시의 정세 속에서 일고의 가치조차 없었다. 오히려 갑신정변의
주역이었던 김옥균과의 만남을 빌미로 연금이라는 부당한 대우만을
받게 되었다. 혼란한 시국 속에서 책만 아는 백면서생이 당할 수밖에
없는 고난이었던 것이다
　　이러한 고난 중에서 구당은 5-6행에서 보이듯이 미국에서의 열정적

47) 上揭書, p.97.

인 삶과 그를 지도해주었던 스승에 대한 그리움, 그리고 자신의 무력
함을 그려내고 있다. 이 시의 말미에 '내 스승 茅氏는 미국 동쪽에 있
고, 나는 근심에 어두워 시국을 알지 못했다. 고로 경련에서 언급하였
다.'라는 註를 붙이고 있어 이러한 구당의 심정을 보충설명하고 있다.
茅氏는 구당이 덤머 아카데미(Dummer Academy)에 입학하기 전부터
구당을 지도했던 당시의 피바디 박물관장인 모스 교수를 지칭한다. 이
처럼 자신을 돌보아주었던 그 스승은 이역만리에 떨어져 있어 어떠한
자문도 받을 수 없는 형편이고, 자신은 걱정스러움만 앞서 시국을 알
지 못한 채 무작정 귀국하여 고난을 겪고 있으니, 8행에서처럼 자유롭
게 자신의 뜻을 펴던 그 시절을 회고하게 되는 것이다.

> 達窮偕道智愚均
> 到處交人若飮醇
> 錐脫三年囊有客
> 圖看萬國尺爲隣
> 每將詩令書空紬
> 欲講禪乘學果因
> 與予耦耕從歸去
> 阿誰江上問歸津

> 영달과 곤궁은 같은 길이며 지혜와 우둔도 마찬가지니
> 도처에서 사람 사귀기를 맛난 술 마시듯 하네.
> 재능을 보일 기회를 찾아 삼 년을 떠돌며
> 만국을 살펴보아 지척의 이웃으로 여겼네.
> 늘 시 쓰자는 약속을 하여 글을 허공에 옮기도 하고
> 불가의 이치를 강독하며 인과를 배우고자 하네.
> 그대와 함께 나란히 이로부터 떠날지니
> 강가에서 뉘에게 돌아갈 나루터를 물으리오.48)

3연으로 이루어진 <共錦淸>라는 제하의 세 번째 연인 이 시 역시 <감회>와 마찬가지로 유학시절의 자유분방함에 대한 동경과 연금생활을 하고 있는 현재의 답답한 심정을 대비시켜 그려내고 있다. 1-4행까지는 3년 여에 걸친 미국유학과 유럽여행을 하면서 자유롭게 사람을 만나고 자신의 힘을 길러가던 밝고 활기찬 모습을 그리고 있다. 여러 나라를 떠돌며 새로운 문물과 제도를 경험하고, 온갖 사람을 만나 다양한 삶을 접하면서 모든 사람과 모든 나라가 결국은 하나라는 인식을 하고 있다. 바로 만민평등과 만국평화의 사상이다. 그러나 이러한 구당의 근대적 성향은 귀국하자마자 그의 육체와 더불어 연금되었다. 5-8행에서는 이러한 연금 상태에서 그의 말벗이자 글벗이었던 금청과 더불어 시를 쓰며 소일할 수밖에 없는 심정을 표현하고 있다. 1행에서의 영달과 곤궁, 지혜와 우둔을 하나로 보는 것은 6행에서 佛家의 이치를 배우고자 하는 마음으로 연결되고 있다. 이러한 色卽是空 空卽是色의 마음으로 7-8행에서는 아무 거리낌 없이, 아무 욕심 없이 훌훌 털고 떠나려 하지만, 정작 갈만한 곳은 그 어느 곳에도 없다. 이 상태에서 자신이 무엇을 해야 하는지, 자신의 마음을 어디로 돌려야 하는지조차 결정할 수 없는 것이다. 그야말로 막막함 그 자체인 것이다. 이러한 막막함은 <中泉贈藤田大尉>라는 시에서 '我車將何適(나의 걸음이 장차 어디로 갈 것인가.)'49)라고 하는 데에서도 잘 드러나고 있다.

青春輕薄艶功名
一劍西遊擬請纓
幼日桑蓬爲崇學
貽多鶴髮倚門情

---

48) 上揭書, p.132.
49) 上揭書, p.187.

젊은 시절 경박하게 공명을 탐하여
검 하나로 서녘세계 유람함이 벼슬이라도 되는 것으로 여겼네.
어릴 적 큰 뜻을 보일 때부터 조짐이 있었나니
부모님께 문가에서 기다리는 애달픔을 많이 끼쳤구나.50)

결국 유길준은 <思親詞>의 네 번째 수에서 자신이 일본, 미국에서
유학한 것과 유럽 등지를 여행한 것이 오히려 부모님께 걱정만을 남겨
드리고, 자신은 곤경에 처하게 되었음을 직접적으로 토로하기에 이르
렀다. 이역만리에서 자신이 추구하고자 했던 것은 이 땅의 개화와 발
전이었다. 그러나 젊은 날의 이러한 雄志는 정치역학이라는 시세에 밀
려 무참히 꺾이고 마는 것이다. 유길준의 순수하고도 열정적인 우국충
정이 가족들에게 고통을 안겨주고, 자신에게는 화가 되어 돌아온 것이
다. 아직까지 여건이 성숙되지 않은 환경에서 당할 수밖에 없었던 선
각자의 아픔 그 자체였던 것이다.

2) 역경 극복의 노력

구당은 위에서 살펴본 바와 같은 연금생활의 아픔과 막막함에서 벗
어나 그가 서구를 떠돌며 보고 느낀 것을 세상에 알려야 하겠다는 일
종의 사명감으로 『서유견문』을 썼다. 실의와 좌절에 안주할 수 없었을
뿐만 아니라, 자신의 포부와 이상을 死藏시킬 수는 없었던 것이다. 급
기야 구당이 37세 되던 1892년 11월 연금이 해제되고, 그의 지식과 경
험은 빛을 발할 수 있었다. 그러나 그러한 구당의 활기찬 모습은 1896
년 황제의 아관파천으로 인한 일본망명으로 다시 꺾이게 된다. 더욱이
1902년 혁명일심회의 한국공작이 발각되어 일본에서 유배생활까지 하

50) 上揭書, p.109.

게 된다. 이 때 지은 시 중 <小笠原島 題古筠金公舊址 有公手種遺草>
가 있다.

> 寥落亭臺絶海濱
> 十年回首隔前塵
> 庭草不知人已去
> 靑靑猶似舊時春

> 해변가 절벽 위에 정자 터만 쓸쓸한데
> 10년 전 지난 자취 돌이켜 생각하네.
> 뜰의 풀은 사람이 벌써 가버린 것도 알지 못하고
> 푸른 모습 옛날 봄 그대로인 듯하네.[51]

구당은 일본망명 중이던 1902년 5월 小笠原諸島 중 母島로 유배가
게 되었다. 그 이듬해 5월에는 다시 八丈島로 이송되어 되었는데, 이
시는 그 때 古筠 金玉均이 1년간 유배되어 있었다는 小笠原諸島 중의
하나인 父島에 들러 김옥균이 손수 심은 화초를 보고 지은 것이다. 七
言絶句의 이 시는 <夏日發向南海>[52]와 더불어 유배생활 중의 회한을
잘 그려내고 있다.

12년 여에 걸친 망명생활도 모자라, 그 중의 3년은 이국땅 落島에서
유배생활을 해야만 했던 구당의 만감이 교차하고 있다. 더욱이 김옥균
과는 사적으로 이전부터 친분이 있었기는 하지만, 갑신정변 후 해외에
서 단지 그를 만났다는 이유만으로 7년여에 걸친 연금생활을 했던 구
당으로서는 김옥균이 직접 심었다는 화초 한그루를 보고 그야말로 감
회가 남달랐을 것이다. 김옥균이 소일했을 정자터에 올라서 보니 김옥

---

51) 上揭書, p.198.
52) 上揭書, p.197.

균은 간 데 없고, 그가 손수 심어놓고 즐겼을 화초 한 그루만이 푸른빛
을 띠고 있다. 심은 이는 이미 이 자리에 없거늘, 화초는 이러한 기막
힌 사연을 아는지 모르는지 무심하게 서 있는 것이다. 김옥균의 전철
을 밟아 또 다른 낙도로 이송되는 구당으로서는 이 일이 남의 일이 아
니라, 바로 자신의 일이었던 것이다. 자신의 이상과 포부를 제대로 펴
보지도 못한 채 겪고 있는 10여년에 걸친 이러한 고난과 수모를 어느
누가 알아줄 것인가. 말 못하고 서있는 화초만이 그의 심경을 알아주
는 듯하다. 時勢의 흐름에 아랑곳하지 않고 항상 있는 그대로의 모습
을 지니고 있는 화초야말로 시세에 밀려 고난을 당하고 있는 구당이
절실히 渴望하던 모습이었을 것이다.

> 忠或爲奸信或疑
> 百年人事坐觀碁
> 滿天風雨旗亭夜
> 撫劍疎燈讀出師

> 충신이 혹 간신이 되고 믿음이 혹 의심을 받으며
> 백년의 인생사를 앉아서 바둑판 보듯 하는구나.
> 하늘 가득한 비바람에 정자의 깃발 날리는 밤
> 칼 어루만지며 희미한 등불 아래 출사표를 읽는다.[53]

연대미상의 <題旅舍壁>이라는 제하의 이 시는 구당이 구당 그 자체
로 받아들여지지 못하고 있는 현실에 대한 아픈 마음을 잘 나타내고
있다. 충신이 모함으로 인해 하루아침에 간신이 되고, 신의로 사람 대
하는 것이 도리어 의심을 받는 현실인 것이다. 그 피해자는 물론 구당

---

53) 上揭書, p.187.

자신이다. 선각자로서 남보다 한 발 앞서가는 이에 대한 시기와 모함
의 발로인 것이다. 이러한 폐해에 대해 島山 安昌浩는 다음과 같이 지
적하고 있다.

> 내가 바루 살피었는지 모르거니와 오늘 우리 사회를 대표한
> 지도자가 세우어지지 아니한 것은 지도자가 없다는 것이 리유가
> 되지 못함은 물론이거니와, 이밖에 다른 리유가 많다고 할는지
> 모르거니와 가장 큰 리유는 우리 사회의 큰 원수라고 할만한 싀
> 기 하나 때문입니다. 우리 사람은 지도자 될 만한 사람은 꺼꿀어
> 치어 지도자 못되기에 노력하는 듯합니다. 우리 역사에 리순신
> 은 가장 비참하고 적당한 실례입니다. 꼭 지도자로 삼고 후원하
> 여야만 할 처지었거늘 선인들은 시기하고 모함하여 꺼꾸야 말았
> 고, 근래에도 유길준 같은 어른은 우리의 지도자 되기에 합당하
> 였건마는, 우리의 선인들은 그를 지도자로 삼지 아니하고 앞밖
> 과 무시를 더하다가 마침내 그의 불우한 일생이 끝날 때에야 성
> 대한 회장을 한 것을 보고 나는 슬어하였습니다. 언제던지 이 현
> 상이 변한 후에야 조선 사회가 사회다운 일들을 하는 길에 들어
> 서겠습니다.[54]

도산은 구당이 만년에 국민교육을 위해 세운 興士團이 1911년 일제
에 의해 강제 해산된 후, 1913년 그 이름을 그대로 따서 새로 흥사단
을 세우고 있음에서도 알 수 있듯이 구당을 대단히 높게 평가하고 있
었다. 도산은 이 글을 통해 시기와 모함이 나라의 지도자를 매장시키
고 있다고 개탄하고 있다. 특히 구당은 지도자가 되기에 합당하였음에
도 불구하고, 많은 사람들이 앞서가는 그를 후원하기보다는 시기와 모
함으로 쓰러뜨렸음을 아쉬워하고 있다.

---

54) 『三千里』 1937년 1월호의 「協同論」(『兪吉濬全書』 권5, p.389).

　결국 구당은 선각자로서 그의 의지와 능력을 제대로 발휘해보지도
못한 채 불우하고도, 비참한 일생을 보내야 했던 것이다. 이러한 모습
은 金允植이 『구당시초』 서문에서 '(구당은) 당시 사람들에게 경고하
고자 했으나, 사람들이 그를 의심하고 시기하여 중상모략의 유언비어
가 나돌아 오랫동안 구금되어 있었다.… 뭇 사람들의 비방을 한 몸에
받았으나 몸이 희생되는 것을 돌보지 않았다. 개혁을 할 즈음 이를 달
갑지 않게 여기는 사람들이 매우 많았다'[55]라고 한 데에서도 여실히
드러나고 있다 최초의 유학생으로서, 그리고 당대의 지식인으로서 나
라의 위급함을 구하기 위해 경고를 하고자 하였으나 의심과 시기에 찬
중상모략이 빗발쳐 결국 7년을 갇혀 지냈고, 우국충정 하나로 개혁 작
업에 헌신적인 노력을 기울였으나 역시 이를 곱게 보지 않던 이들에
의해 다시 12년에 걸친 일본 망명길에 올라야 했던 것이다.
　그러나 구당은 이러한 압박과 무시를 개탄만 하고 있지는 않았다.
<題旅舍壁>의 4행에서 보듯이 의심과 시기가 난무하는 세상이지만,
언젠가는 출사표를 던질 날이 오리라는 기대를 하며 그 날을 준비하고
있었던 것이다. 그럼에도 불구하고 구당에게 그 날은 오지 않았다. 갑
오개혁 때부터 불과 1년 6개월여에 걸친 기간만이 나라를 위해 그가
그간 쌓아왔던 지식과 경험을 사용할 수 있는 시간이었다. 이 기간 외
에 구당에게 주어진 것은 20여 년에 걸친 연금생활과 망명생활, 그리
고 유배생활 등 실로 험난한 길뿐이었다. 고통과 시련의 연속이었던
것이다.
　구당은 52세 때인 1907년 8월 일본 망명생활을 청산하고 꿈에 그리
던 고국에 돌아왔다. 그는 일체의 벼슬과 봉록을 마다한 채, 고종이 하

---

55) 『兪吉濬全書』 권5, 「矩堂詩鈔」, p.161.
　　'欲以警告時人 而時人 多疑忌之. 以飛語中傷 長在縲絏之中 … 特立於衆謗之
　　中 以身爲犧牲 而不顧也 改革之際 不悅者滋多'

사한 노량진 詔湖亭에 기거하면서 교육사업에만 전념하였다. 이미 망한 나라에서 영화를 누릴 수 없다는 생각 때문이었다. 뿐만 아니라 그가 평생 견지해왔던 이상과 포부를 펼치기에는 이미 때가 늦었던 것이다.

> 晨興梳白髮
> 淸氣滿書幃
> 江雪生牛步
> 天曉照鶴飛
> 南山開戶近
> 十里入城稀
> 歲暮關情甚
> 孤兒未授衣

> 새벽녘 일어나 백발을 벗노라니
> 밝은 기운이 서책과 휘장에 가득하다.
> 강가에는 눈이 서서히 쌓이고
> 아침 햇살은 나는 학을 비추네.
> 남산이 문을 열면 가깝게 다가오고
> 십리 안이 성에 들어와 아스라하다.
> 세모라 감정이 더욱 깊어지는데
> 고아들에게는 옷도 아직 못주었네.[56]

　<晨起書懷>라는 제하의 이 시에는 유길준이 고아원장을 맡고 있던 시기에 쓰여진 것이라는 주가 붙어 있다. 그는 그의 만년인 1909년에 棄兒收養所 總裁職을 맡고 있었는데, 이 시는 아마 이 시기에 쓰여진 것으로 보인다. 이제 커다란 국가의 문제보다는 그가 할 수 있는 교육

---

56) 上揭書, p.180.

사업과 사회사업에 그의 남을 힘을 쏟았던 것이다. 언제까지나 좌절과 회한에만 머무를 수 없었기 때문이었다. 흥사단을 조직한 것도 이러한 노력의 일환이었다. 1907년 일본 망명생활을 청산하고 귀국한 유길준은 귀국하자마자 興士團과 隆熙學校와 恩露學校를 연이어 설립하였다. 다음 해에는 황제에게 小學敎育에 대한 의견을 제출할 뿐만 아니라,『勞動夜學讀本』을 출간하여 교육에 끊임없는 열정을 다했다. 아울러 私立興仁學校 평의장, 敎育俱樂部 총무, 勞動夜學會 고문으로 추대되었다. 이 시를 짓던 1909년에는 흥사단 내의 興隆農林講習所 소장, 富平桂昌學校 총재, 水湖學校 贊成長, 果川光明學校 贊成長, 養源學校 고문, 水原烏山明新學校 교장, 永同稽山學校 총재, 新興學校贊成長 등에 추대되어 육영사업에 혼신의 힘을 쏟음으로써 후진을 양성하는데 그 여생을 바쳤던 것이다. 언제까지 시대의 성숙하지 못함을 탓하며 좌절만 할 수는 없었던 것이었다. 그가 젊은 날에 경험하고, 생각해 오던 것을 정치가 아닌 교육을 통해 이룰 수 있다는 자신감이 넘치던 시기라 할 것이다.

養痾非勇退
習靜幸恩休
鷗鷺堪同樂
江湖亦有憂
妻知護酒夜
兒說讀書秋
聖世多閒日
優遊得自由

병을 키운 건 용기 있게 물러나려 해서가 아니고
고요함을 익힌 건 은혜로운 휴식 얻기를 바라서였네.

갈매기와 함께 즐거움을 나누지만
강호에도 또한 근심이 있도다.
아내가 술을 마련하는 밤을 알고
아이는 책 읽는 가을을 기꺼워하는구나.
성은의 세상이라 한가한 날이 많아
여유 있게 노닐면서 자유를 누리네.57)

<詔湖亭秋日>이라는 제하의 이 시는 조호정에서 만년을 보내면서
쓴 시이다. 파란만장한 삶의 끝 무렵에 오는 한가로움과 자유로움이
잔잔히 배어나오고 있다. 1-2행에서처럼 그간의 시련과 갈등 속에서
구당은 자연히 병들 수밖에 없었다. 이제 그러한 열정과 포부는 접어
두어야만 할 시기가 온 것이다. 그의 새로운 지식과 경험, 그리고 과감
한 결단력은 이미 망한 나라에서는 더 이상 소용되지 않는 것이다. 개
혁도 나라가 있을 때의 개혁이고, 근대화도 나라가 건재할 때의 근대
화인 것이다. 이제 시기와 모함에서 야기되었던 고난과 회한에서 벗어
나 조용히 휴식을 취하고 싶을 따름인 것이다. 그렇다고 평생을 간직
해왔던 나라에 대한 근심이 온통 사라진 것은 아니다. 3-4행에서 보이
듯이 갈매기와 더불어 자연을 벗하는 즐거움을 나누지만, 마음속 깊은
곳에 자리 잡고 있는 우국충정의 마음을 완전히 지울 수는 없는 것이
다. 그러나 5-8에서처럼 오랜 기간의 구금과 연금에서 풀려난 구당에
게 있어서는 가족과 더불어 지내는 행복감, 그리고 자유롭게 노닐 수
있는 여유만큼 소중하고 기쁜 일은 없었을 것이다. 26세에 일본유학으
로 시작된 그의 인생역정 중 처음 가져보는 행복과 여유였을 것이다.
선각자로서 받을 수밖에 없었던 아픔과 갈등은 구당이 59세였던 1914
년 9월 30일, 그의 별세와 더불어 조용히 마무리된다.

---

57) 上揭書, p.204.

이상과 같이 볼 때 구당의 시세계는 그의 삶과 불가분의 관계 속에서 진행되었음을 알 수 있다. 실학사상과 개화사상으로 무장한 그는 시 역시 구태의연한 고인의 작시법을 답습하는 데에서 벗어나 그 시대에 맞는 새로운 경지를 추구해야 한다는 시론을 펼치고 있다. 前代 詩豪들의 난삽한 어구를 그대로 쓰기보다는 당대의 새로움을 추구해야 한다는 것이다. 가히 개화의 선각자로서, 근대적 지식인으로서의 그의 삶과 부합하는 획기적인 발상이라 아니 할 수 없다. 결국 구당의 시세계는 획일화된 작시법에서 벗어나 그의 개혁적인 삶의 방식과 맞물려 있다 할 것이다.

V. 結 論

　본 연구에서는 19세기 한국에서 이루어진 근대화의 과정에서 兪吉
濬이 어떻게 전통적 기반과 신문명을 조화시키면서, 국가의 발전을 이
루고자 노력했는지에 주목했다. 당시 동아시아의 여러 나라는 서구문
명의 갑작스런 도래에 대한 다양한 대응방식을 보여준다. 한국에서는
그러한 다양한 대응방식 중 하나인 開化思想이 1800년대 중반부터 나
타났다. 개화사상은 시대의 흐름을 적적히 파악하여 서구의 신문명을
적극적으로 수용하고자 노력하고자 한 사상이었다. 이러한 새로운 사
상적 분위기 속에서 최초로 외국에 나아가 서구문화를 배우고자 노력
을 했던 초기 선각자가 兪吉濬이다.

　본 연구에서는 개화 초기 선각자인 兪吉濬에 주목하였다. 유길준은
개화사상을 체계화한 인물로서 일본과 미국유학, 유럽 여행을 통하여
서양의 새로운 문물과 지식을 직접 접했기에 당시 개화기 지식인의 한
사람으로 서구 문물이나 문명을 어떻게 보고 관찰했는가 하는 점을 고
찰하는 것은 개화기의 한국을 이해하는 데 필수적이기 때문이다. 또한
이러한 고찰은 초기 근대화과정에서 보여주는 개화사상가의 진면목,
나아가 당시 지식인의 의식의 흐름을 추출해 내는 데 있어 관건이 되
기 때문이다.

　본 연구에서는 유길준의 대표적 저술인 『西遊見聞』, 『矩堂遺稿』,
『矩堂詩鈔』 등이 그의 개화사상을 가장 잘 드러내는 책이라는 점을 감

안하여 그의 근대사상의 형성과정과 면모를 추출해내는 주 연구 자료로 삼았다. 본 연구의 논의를 정리하면 다음과 같다.

I장에서는 그간의 연구 성과를 검토하여 보다 심도 있게 유길준의 개화사상을 살필 수 있는 방법을 제시하였다. 이러한 논의의 전개는 지금까지 이루어진 선학의 연구 성과에 기초한 것이며, 그동안의 성과에서 보여지는 미흡하고 왜곡된 부분을 보완·수정할 수 있는 방법을 모색하였다. 아울러 기존의 논의에서 다루어지지 않았던 새로운 자료를 발굴함으로써 유길준의 사상과 문학의 새로운 면모를 밝힐 수 있는 방안도 제시하였다.

II장에서는 전통적 한문학과 실학에 바탕을 두고 자신의 학문적 영역을 넓혀가던 유길준이 새로운 시대적 요구에 발맞추어 신학문에 눈을 돌리고, 근대사상을 습득하는 과정에 대해 살폈다. 한국의 초기 일본 유학 실태와 유길준의 일본 유학생활의 비교와 실증적인 검토를 통하여 그가 일본에서 무엇을 배웠으며, 그 결과로서 스스로의 전통적 사상을 어떻게 변화·발전시켰는가하는 점에 주안점을 두었다. 그 결과로 개화초기 한국의 개화사상은 일본에 대한 모방이 아니라 일본을 매개로 서양문명의 수용이 이루어졌으며, 이러한 목적을 위해 많은 개화사상가들이 주로 일본에 유학했다는 것, 그리고 유길준의 일본유학은 이러한 초기 유학생사에 있어 선구적인 역할을 하였으며, 이를 통하여 서구의 문화와 신학문을 받아들임으로써 그의 사상을 변화, 발전시켰다는 것을 밝혔다.

유길준의 일본유학은 다른 유학생들처럼 단순한 기술의 습득이나, 정책 수행을 위한 단순제도의 시찰이 아닌, 지극히 기본적이면서도 중요한 사상이나 제도의 배경적 측면까지를 배우는 계기가 되었다는 점에서 특별한 의미를 지닌다. 유길준은 福澤諭吉이 경영하는 慶應義塾에 입학하여 서구문물과 새로운 지식을 접하게 된다. 유길준은 경응의숙에서 福澤諭吉을 통하여 서구문명의 여러 지식과 그의 문명개화에 대한 사상, 그리고 국민계몽의 위한 필요성과 방법 등에 대하여 많은 시사와 감응을 받았다. 福澤諭吉의 영향 중 국한문혼용체의 사용은 특별한 의미를 지닌다. 국한문혼용체의 사용은 대중계몽과 연관되는데, 福澤諭吉은 일반대중에게 보다 쉽고 친숙하게 지식이나 사상을 전달하기 위해서는 예전의 전통적인 漢文體가 아닌 평이한 문장을 써야 한다고 주장했으며, 이러한 견지에서 유길준은 『西遊見聞』도 국한문혼용체로 출간한 것으로 보인다.

이어 유길준은 민영익의 주선으로 한국 최초의 국비유학생이 되어 미국에 체류하였다. 당시 유길준은 피바디 박물관의 관장이자 생물학자인 모스(E. S. Morse)로부터 지도를 받았다. 후에 덤머 아카데미에 입학하여 미국에서의 정식 학교생활을 시작하는데, 이 학교에서 다른 미국인 학생과 똑같이 수업 받고 생활하는 과정에 서서 서구문명의 기반이 되는 새로운 지식뿐만 아니라 서구 민주주의와 문화를 직접 체득하게 되었다. 특히 미국생활에서 주목할 것은 모스를 통한 진화론의 영향이다. 유길준은 이미 일본에서 福澤諭吉의 진화론에 바탕을 둔 사회진화론을 접했으나, 그의 사상 형성에 영향을 미친 진화론의 원류는 일본에서 만난 바 있는 모스였다. 時務學이 주 관심이었던 유길준은 이러한 진화론에서 한 걸음 더 나아가 진화론의 관점을 인간 사회에 적용시켜 사회와 국가간의 경쟁과 진보의 개념으로 확대시킨 사회진화론에 많은 생각을 두었다. 이러한 진화론의 입장에서 유길준은 국가나 사회간의 경쟁을 부득이한 것이므로 이를 통하여 부단히 발전해 나아가야 한다는 「競爭論」과 弱肉强食 또는 適者生存이라는 사회진화론적 논리에서 국가간의 경쟁이 모두 옳은 것은 아니므로 조선과 같이 약한 나라는 중립이라는 보호적 장치를 써야 한다는 「中立論」을 썼던 것이다.

Ⅲ장에서는 『西遊見聞』의 저술배경과 福澤諭吉의 『西洋事情』과의 비교를 시도하였다. 이 부분에 대해서는 이전에 많은 연구가 시도된 바가 있다. 그러나 보다 정치한 비교 검토를 통하여 미흡하다고 생각되는 부분을 살피고자 하였다. 특히 『서양사정』이 어떻게 구성되었는가를 검토하여 『서유견문』과 보다 자세하게 비교함으로써 福澤諭吉의 영향뿐만 아니라, 유길준의 독자성을 밝히는 데 주안점을 두었다. 다음으로는 『西遊見聞』에 대한 구체적인 고찰로서, 『서유견문』에 나타난 유길준의 다양하고 예리한 관점들을 신문명론 및 문명의식, 문명의 문물에 대한 자각, 세계 각 도시에 대한 관찰과 경이감, 문장에 대한 의식 변화 등으로 나누어 살펴보았다.

기존의 연구에서 '문명론 및 문명의식'을 기준으로 유길준을 논할 때, 선학들이 반드시 논의한 부분 가운데 하나가 「개화의 등급」이다. 그러나 이 개화의 등급에 대한 개념이 유길준의 독자적인 것인지, 아니면 福澤諭吉의 『서양사정』 이외의 저작물 속에서 논한 「개화」의 개념을 재설명한 것인지에 대한 논란이 있어왔다. 때문에 여기에서는 어느 정도까지가 유길준의 독자적인 면이 나타난 것인지를 심도 있게 살피고자 노력했다. 또한 '文明과 문물에 대한 시각'에서는 『西遊見聞』에 나타난 서구문명을 구체적인 機器, 設備 등을 제시함으로 해서 그런 것을 어떻게 관찰하였으며, 어떻게 설명했는가를 살폈다. 특히 유길준의 비판적 시각이 나타난 독자적 紀行體驗의 부분은 그의 서구문물에 대한 관심이 여실히 드러나는 부분이다. '각 나라의 사정'에서는 각국을 여행하면서 유럽의 각 나라와 도시의 어떤 부분에 관심을 가졌으며, 이를 어떻게 보고 느꼈는가 하는 것에 대해 고찰하였다. 이는 유길준이 여행기를 통하여 서구각국에 대해 어떻게 인식하였으며, 이를 통해 그의 개화사상과 근대사상을 어떻게 확립하였는가를 보여주는 단서가 되고 있다.

끝으로 '文章論'에서는 국한문혼용체로 기술된 『西遊見聞』이 어떤 생각에서 나왔는가를 福澤諭吉의 경우와 비교하면서 그들의 문체 및 문장작성에 관한 견해를 밝혔다. 또한 이러한 부분에서는 한국 최초의 신문인 <漢城旬報>와 <漢城周報>의 문체와 관련지어 유길준이 견지하고 있던 文章論의 의미를 살펴보았다.

Ⅳ장에서는 유길준의 문학에 나타난 근대적 사상과 우국충정을 지금까지 거의 도외시되었던 그의 漢詩 文集인 『矩堂遺稿』와 『矩堂詩鈔』를 통해서 고찰하였다. 유길준이나 福澤諭吉은 모두 漢文에 뛰어난 사람들이며, 그들의 개화에 대한 정열이 漢詩에 잘 나타나고 있기 때문이다. 여기서는 그러한 작품들을 골라서 문학에 나타난 유길준의 개화의식과 근대사상, 격변기 지식인의 懷恨과 애국심의 양상에 대해 살펴보았다. 이러한 유길준의 문학적 특징 및 성향을 밝히는 작업은 아직까지 이루어지지 않았던 작업으로 정치사상가로서 뿐만 아니라, 문인으로서의 유길준에 대한 면목을 살피는 데 그 의의가 있다.

유길준은 어린 시절 鄕試에서 지은 시가 장원으로 뽑혔을 뿐만 아니라, 그의 인생을 바꾸어놓는 결정적 인물이었던 당시의 홍문관 대제학이었던 朴珪壽가 그 시를 보고 감탄했을 정도의 시적 재능을 지니고 있었다. 당대의 개척자이며 선각자인 동시에 지식인으로서의 표충적 의식은 『서유견문』을 비롯한 수많은 글에서 여실히 드러나는 바이지만, 그의 내면적 의식세계는 그의 한시에서 첨예하게 드러나고 있다. 격동의 시대를 살며 고뇌하던 선각자의 진솔한 모습이 400여 수에 달하는 그의 漢詩에 그대로 용해되어 있는 것이다.

유길준의 시세계는 그의 삶과 불가분의 관계 속에서 진행되었다. 실학사상과 개화사상으로 무장한 그는 시 역시 구태의연한 고인의 작시법을 답습하는 데에서 벗어나 그 시대에 맞는 새로운 경지를 추구해야 한다는 시론을 펼치고 있다. 前代 詩豪들의 난삽한 어구를 그대로 쓰기보다는 당대의 새로움을 추구해야 한다는 것이다. 가히 개화의 선각자로서, 근대적 지식인으로서의 그의 삶과 부합하는 획기적인 발상이었던 것이다. 결국 구당 유길준의 시세계는 획일화된 작시법에서 벗어나 그의 개혁적인 삶의 방식과 맞물려 있는 것이다.

본 연구에서는 개화기 우리의 근대사상 형성에 가장 중요한 인물로 손꼽기에 주저함이 없는 유길준의 위상을 그의 행적과 문집 등을 통하여 고찰하고자 하였다. 구당 유길준은 개화 초기 선각자로서 누구보다도 주목받는 활동을 하였으며, 그만큼의 浮沈도 많았다. 워낙 다난한 삶을 살았던 인물이기에 전 생애를 골고루 조명하여 그 의미를 온당하게 밝히는 부분에는 미숙한 점 또한 없지 않다. 특히 본 연구는 유길준의 개화사상이 형성되고, 이것이 저작으로 이루어지는 그의 20-30대가 연구의 중심이 되었다. 그리고, 시문집에 나타난 한시를 통하여 전 생애에 걸친 내면적 의식세계를 살펴보는 정도에서 그치고 있다. 갑오경장의 주역으로 자신의 시문학을 펼친 40대와 일본에서의 망명생활, 이후 민중계몽을 위해 노력하는 말년에 대한 연구는 다루지 못하였다. 따라서 앞으로의 연구과제로 남겨 두고자 한다.

참고문헌

[자료]

『朴殷植全書』, 壇國大學校 東學研究所, 1975.

『西遊見聞』, 景仁文化社, 1969.

『韓國史資料選集』(V;最近世篇), 重版, 1989.

『海行摠載』(第11, 12輯), 重版, 民族文化推進會, 1989.

國史編纂委員會, 『修信使記錄』, 探究堂, 1974.

유동준, 『兪吉濬傳』, 일조각, 1987.

이광린, 『兪吉濬』, 동아일보사, 1992.

채 훈, 『西遊見聞』, 대양서적, 1976.

編纂委員會, 『兪吉濬全書』(全5卷), 일조각.

韓國學文獻研究所, 『舊韓末日帝侵略史料叢書』(3)(7), 亞細亞文化社, 1994.

허동현, 『兪吉濬論 疏選』, 일조각, 1987.

[국내저서]

고병익, 『東아시아의 傳統과 近代史』(『傳統文化와 西洋文化(I)』), 成均館
　　　大學校 出版部, 1985.

國史編纂委員會, 『韓國史論』 5, 民族文化社, 1981.

권석봉, 『청말 대조선 정책사 연구』, 일조각, 1992.

금장태, 『동서교섭과 근대한국사상』, 성균관대학교출판부, 1993.

김윤식, 『한국문학사』, 제21판, 민음사,1991.

김을한,『실록 동경유학생』, 탐구당, 1986.

김을한,『韓國新聞史話』, 探究新書, 1976.

김태준,『비교문학산고』, 민족문화문고간행회, 1985.

김학동,『한국 개화기 시가 연구』, 시문학사, 1990.

대학신문사,『한국근대사의 재조명』, 서울대학교출판부, 제4판, 1988.

류영열,『開化期의 尹致昊 研究』, 한길사, 1985.

문 태,『김옥균전기』, 을유문고, 을유문화사, 제13판, 1985.

문일평,『韓美50年史』, 探究新書, 1975.

민두기,『중국 근대사연구』, 중판, 일조각, 1992.

박동운,『民族思想論』샘터사, 重版, 1984.

박종근(박영재 역),『청일전쟁과 조선』, 중판, 일조각, 1993.

박종홍,『韓國思想史論巧』, 瑞文堂, 1977.

백 철,『신문학사조사』, 초판5쇄, 신구문화사, 1989.

백종기,『韓國近代史硏究』, 朴英社, 1981.

소재영 · 김태준,『여행과 체험의 문학』, 민족문화문고간행회, 1987.

손인수,『한국개화교육연구』, 일지사, 1985.

신근재,『한국 근대문학의 비교연구』, 일조각, 1995.

신용하,『독립협회 연구』, 중판, 일조각, 1990.

신용하,『한국근대사와 사회변동』, 제7판, 문학과지성사, 1986.

역사학회,『일본의 침략정책사 연구』, 중판, 일조각, 1990.

역사학회,『한국사의 반성』, 신구문화사, 1990.

엽건곤,『梁啓超와 舊韓末文學』, 法典出版社, 1980.

유영익,『갑오경장 연구』, 일조각, 1990.

유영익,『한국 근현대사론』, 일조각, 1992.

윤치호(송병기 역),『尹致昊日記』上 · 下卷 探究新書, 1975.

이광린 · 신용하,『한국문화사 - 근대편』, 제4판, 일지사, 1993.

이광린,『개화기의 인물』, 연세대학교 출판부, 1993.

이광린,『개화당 연구』, 일조각, 중판, 1993.

이광린, 『개화파와 개화사상연구』, 일조각, 1989.

이광린, 『김옥균』, 동아일보사, 1994.

이광린, 『한국개화사상연구』, 중판, 일조각, 1989.

이광린, 『한국개화사연구』, 일조각, 1990.

이광린, 『한국개화사의제』, 중판, 일조각, 1990.

이광린, 『한국사강좌』(V ; 근대편), 일조각, 1988.

이기백, 『역대한국사론선』, 새문사, 1993.

이완재, 『초기개화사상연구』, 민족문화사, 1989.

이우성, 『實是學舍散藁』, 창작과 비평사, 1995.

이우성, 『韓國의 歷史像』, 創作과 批評社, 1983.

이원순, 『조선서학사연구』, 일지사, 1986.

이재선 · 김학동 · 박종철, 『개화기문학론』, 형설출판사, 1988.

이현희, 『韓國開化百年史』, 乙酉文庫, 1976.

인문과학연구소편, 『전통문화와 서양문화(II)』, 성균관대학교 출판부,
        1987.

趙潤濟, 『國文學史槪說』 19版, 乙酉文化社, 1989.

천관우, 『한국사의 재발견』, 중판, 일조각, 1992.

한국정치외교사학회, 『갑신정변연구』, 평민사, 1985.

한상일, 『서울에 남긴 꿈』, 건국대학교 출판부, 1993.

한우근, 『韓國通史』, 26版, 乙酉文化社, 1983.

황준헌(조일문 역), 『朝鮮策略』 재판, 건국대학교 출판부, 1988.

편집부, 『여행과 체험의 문학』(일본편), 민족문화문고간행회, 1985.

편집부, 『한국의 사회와 문화(VII)』, 한국정신문화연구원, 1986.

편집부, 『한국의 사회와 문화』(제5집), 한국정신문화연구원, 1985.

H. N. 앨런(신복룡 역), 『朝鮮見聞記』 朴英文庫, 重版, 朴英社, 1984.

W. E. 그리피스(신복룡 역), 『隱者의 나라 韓國』, 平民社.

H. B. Hulbert(신복용 역), 『대한제국멸망사』, 중판, 평민사, 1985.

H. N. 알렌/J. S. 케일(신복용 외 역),『조선견문기・전환기의 조선』, 평민
　　사, 1986.
P. 시볼트(유상희 역),『조선견문기』, 박영사, 1987.
O. N. 데니(유영박 역),『淸韓論』, 초판, 동방도서, 1989.
F. H. Harrington(이광린 역)『개화기의 한미관계』, 일조각, 1992.
F. A. 매켄지(이광린 역),『한국의 독립운동』, 중판, 일조각, 1992.

[국내논문]

1. 일반논문

강만길,「兪吉濬의 한반도 중립화론, 분단시대의 역사인식」,『창작과 비
　　평』, 창작과 비평사, 1978.
김대환,「한말 지식인의 개화의 갈등」,『한국의 사회와 문화』제7집, 한국
　　정신문화원연구원, 1986.
김민수,「大韓文典 巧」,『인문・사회과학』제5집, 서울대학교, 1957.
김병하,「兪吉濬의 경제사상」,『동양학』제4집, 단국대 동양학연구소,
　　1974.
김영모,「유학생에 대한 일고」,『조선지배층연구』, 일조각, 1977.
김영모,「한말외래문화의 수용계층 - 개화기 유학생의 실태」,『문학과 지
　　성』, 문학과지성사, 1972.
김영호,「실학과 개화사상의 관련 형태」,『문학과 지성』, 문학과지성사,
　　1973.
김영호,「兪吉濬의 개화사상」,『창작과 비평』, 일조각, 1968 가을.
김원모,「한미외교사연구」,『한국사의이해』(근대・현대1), 신서원, 1991.
김윤식,「개화기 문학양식의 문제점」,『동아문화』제12집, 서울대 동아문
　　화연구소, 1973.
김태준,「일동기유와 西遊見聞」,『비교문학』제16집, 1992.

김홍수, 「19세기말 한국인의 서양에 대한 인식」, 『한국사의 이해』(근대·
　　현대1), 신서원, 1991.

박성래, 「한·중·일의 서양과학 수용」, 『한국과학사학회지』 제3권 제1
　　호, 한국과학사학회, 1981.

박영재, 「근대 일본의 아시아 인식」, 『러일전쟁이후 일본의 한국침략』, 일
　　조각, 1990.

백종기, 「개화사상의 전개와 자유민권론」, 『논문집』 제25집, 성균관
　　대,1979.

백종기, 「한일수호(강화) 조약에 관한 역사적 고찰」, 『논문집』 13집, 성균
　　관대, 1968.

백천풍, 「한·일·중 삼국 문인의 유학체험고」, 『일어일문학 연구』 제3집,
　　한국일어일문학회, 1982.11.

송병기, 「개화기 일본유학생 파견과 실태(1881-1903)」, 『동양학』 제18집,
　　단국대학교동양학연구소, 1988.

신용하, 「구한국 지식인의 의식과 사회적 기능」, 『한국의 사회와 문화』
　　제5집, 한국정신문화연구원, 1985.

안춘근, 「兪吉濬의 일본견문기 - 관광략기에서」, 세대, 1970.7.

정옥자, 「紳士遊覽團考」, 『역사학보』 제27집, 역사학회, 1965.

유영익, 「갑오경장 이전의 兪吉濬」, 『갑오경장연구』, 일조각, 1990.

유영익, 「西遊見聞과 兪吉濬의 보수적 점진개혁론」, 『한국근현대사론』,
　　일조각, 1992.

유영익, 「西遊見聞論」, 『갑오경장연구』, 일조각, 1990.

윤병희, 「兪吉濬의 입헌군주제」, 『동아연구』 제13집, 서강대 동아연구소,
　　1987.

윤홍노, 「개화기 진화론과 문학사상」, 『동양학』 16집, 단국대학교 동양학
　　연구소, 1986.

이광린, 「김옥균의 저작물」, 『문학과 지성』, 문학과 지성사, 1972.

이광린, 「미국유학시절의 兪吉濬」, 『한국사연구』 1, 일조각, 1968.

이광린, 「兪吉濬의 개화사상 - 西遊見聞을 중심으로, 『한국개화사상연구』, 일조각, 1979.

이광린, 「일본 망명시절의 兪吉濬·兪吉濬의 영문서한」, 『개화파와 개화사상 연구』, 일조각, 1989.

이기문, 「독립신문과 한국문화」, 『주시경학보』 4집, 주시경연구소, 1989.

이명재, 「개화기 문학에 미친 중국 신문학의 영향」, 『어문논총』 제1집, 경희대학교대학원 국어국문학과, 1985.

이재호, 「번역과 국가발전」, 『인문과학』 제13집, 성균관대학 인문과학연구소, 1984.

이조영, 「兪吉濬의 군주론 연구 - 西遊見聞과 정치학을 중심으로」, 『동아연구』 제22집, 서강대 동아연구소, 1991.

이희평, 「김윤식의 동도적 세계관 일고」, 『동양고전연구』, 동양고전학회, 제3집, 1994.

전봉덕, 「박영효와 그의 상소 연구 서설」, 『동양학』 8집, 단국대 동양학연구소, 1978.

정응수, 「근대문명과의 첫만남」, 『한국학보』 제63집, 일지사, 1991 여름.

채훈, 「西遊見聞에 대한 몇 가지 고찰」, 『숙대학보』 14, 숙명여자대학교, 1974.

최박광, 「서양의 충격과 일본근대사상의 변천」, 『전통문화와 서양문화』 (1), 성균관대학교, 인문과학연구소편, 1985.

2. 학위논문

강극언, 「한국의 근대화와 兪吉濬의 법사상」, 서울대 석사논문, 1994.

경난수, 「兪吉濬의 新教育論의 思想과 活動」, 관동대 석사논문, 1993.

김광민, 「개화기의 교육근대화 논의에 관한 연구-兪吉濬의 교육사상을 중심으로-」, 서울대 석사논문, 1985.

김봉렬, 「兪吉濬 개화사상의 연구」, 경희대 박사논문, 1989.

김용석, 「開化期의 政治思想에 관한 硏究-朴珪壽, 金玉均, 兪吉濬의 政治 思想을 中心으로-」, 동아대 석사논문, 1987.

김혜경, 「兪吉濬의 교육활동에 관한 일고찰」, 이화여대 교육대학원 석사 논문, 1984.

노영택, 「兪吉濬의 개화사상 연구」, 효성여자대학교 대학원 석사논문, 1984.

라성원, 「兪吉濬의 敎育思想」, 홍익대 석사논문, 1986.

박배영, 「兪吉濬의 文明開化論에 關한 硏究」, 성균관대 석사논문, 1996.

서재복, 「兪吉濬의 開化敎育思想 연구」, 충남대 석사논문, 1991.

송남선, 「兪吉濬의 開化敎育論 연구」, 이화여대 석사논문, 1990.

엄태환, 「兪吉濬의 敎育思想 연구」, 공주대 석사논문, 1992.

유승균, 「兪吉濬의 정치・경제사상 연구」, 계명대 석사논문, 1986.

유영열, 「개화기 윤치호 연구」, 고려대학교 대학원 박사논문, 1984.

윤병희, 「大韓帝國末期 兪吉濬의 思想과 活動」, 서강대 박사논문, 1993.

이완재, 「초기 개화사상 연구」, 경희대 대학원 박사논문, 1987.

이원영, 「개화사상의 構造的 分析」, 이화여대 박사논문, 1994.

이조영, 「兪吉濬의 君主論 연구: 西遊見聞과 政治學을 중심으로」, 서울대 석사논문, 1991.

이진봉, 「兪吉濬의 敎育思想」, 중앙대 교육대학원 석사논문, 1986.

이현금, 「兪吉濬의 敎育改革思想硏究」, 동국대 교육대학원 석사논문, 1986.

임길성, 「兪吉濬의 교육사상과 그 실천에 관한 연구, 성균관대 박사논문, 1994.

장문식, 「兪吉濬의 政治思想」, 영남대 석사논문, 1993.

정일홍, 「兪吉濬의 開化期 敎育課程 연구: 「西遊見聞」을 중심으로」, 단국 대 석사논문, 1991.

정주환, 「한국 근대 수필의 문학사적 연구: 개화기에서 1920년대까지」, 우석대 박사논문, 1996.

채남숙, 「俞吉濬의 정치사상」, 이화여대 대학원 석사논문, 1982.
최병식, 「俞吉濬의 문명사회론과 계몽사상」, 한국정신문화연구원 석사논
　　　문, 1985.

[국외 저서]

姜東鎭, 『日本の朝鮮支配政策史研究』, 東京大學出版會, 1979.

姜在彦, 『近代朝鮮の變革思想』, 評論社, 1973.

姜在彦, 『近代朝鮮の思想』, 未來社, 1984.

姜在彦, 『朝鮮近代史硏究』, 日本評論社, 1982.

久保井規夫, 『図說 朝鮮과 日本의 歷定 - 빛과 그늘 근대편』, 明石書店,
　　　1994.

今西錦司, 『進化とはなにか』, 講談社學術文庫, 1976.

金榮作, 『韓末ナショナリズムの研究』, 東京大學出版會, 1975.

今永淸二, 『福澤諭吉の思想形成』, 勁草書房, 1979.

旗田巍, 『日本人の朝鮮觀』, 勁草書房, 1969.

男爵加藤弘之, 『進化學により觀察したる日露の運命』, 文學博士東京博文館
　　　藏版, 1904.

內田政雄, 『與地地略』(全13册), 1870.

戴季陶, 市川宏 譯, 『日本論』, 社會思想社, 1972.

大久保利謙編, 『外國人の見た日本』 第2卷, 筑摩書房, 1961.

島田謹二, 『日本における外國文學』 上・下卷, 朝日新聞社, 1976.

島田謹二・富士川英郎・永上英廣, 『比較文學讀本』, 研究社, 1973.

飯田鼎, 『福澤諭吉』, 中公新書, 1984.

白井喬二, 『日本逸話大事典』, 東方出版, 1967.

福鎌達夫, 『明治初期百科全書の研究』, 風間書房, 1968.

福澤諭吉, 『福翁自博』, 講談社文庫, 1971.

福澤諭吉協會, 『福澤諭吉百通の手紙』, 中央公論美術出版, 1984.

さねとうけいしゅう,『中國留學生史談』, 第一書房, 1981.

山口一夫,『福澤諭吉の西航巡歷』, 福澤諭吉協會, 1980.

山辺健太郎,『日本の韓國倂合』, 太平出版社, 第12版, 1976.

山下重一,『スペンサ一と 日本近代』, 御茶の水書房, 1983.

上垣外憲一,『維新の留學生』, 主婦の友社, 1978.

上垣外憲一,『日本留學と革命運動』, 東京大學出版會, 1982.

石附實,『近代日本の海外留學史』, ミネルヴァ書房, 1972.

細井肇,『漢城の風雲と名士』(影印本), ぺりかん社, 1985.

小野川秀美,『淸末政治思想硏究』, みすず書房, 1969.

沼田次郎・松擇弘陽　校注 『西洋見聞集』(日本思想大系 66), 岩波書店,
　　　1974.

小泉信三,『福澤諭吉』, 岩波新書, 1966.

申國柱,『近代朝鮮外交史硏究』, 有信堂, 1966.

永井道雄・原芳男・田中宏,『アジア留學生と日本』, 日本放送出版協會, 1973.

永井道雄,『近代化と敎育』, 東京大學出版會, 1969.

柳父章,『飜譯語成立事情』, 岩波新書, 1982.

柳田泉,『明治初期飜譯文學の硏究』, 春秋社, 1961.

尹健次,『朝鮮近代化敎育の思想と運動』, 東京大學出版會, 1982.

伊藤正雄,『福澤諭吉論考』, 吉川弘文館, 1969.

伊藤精正雄,『福澤諭吉-警世の文學精神』, 春秋社, 1979.

李瑄根(金定漢 譯),『韓民族の閃光-韓末秘史』, 國書刊行社, 1978.

林毅陸,『金玉均傳』上卷, 慶應出版社, 1944.

田中彰,『「腕亞」の明治維新』, 日本放送協會, 1984.

朝鮮史硏究會,『朝鮮の歷史』(15刷), 三省堂, 1983.

佐藤誠三郎, R. ディングマン編,『近代日本の對外態度』, 東京大學出版會,
　　　1974.

池田滿壽夫,『模倣と創造』, 中公新書, 1969.

川口久雄編,『幕末明治海外體驗詩集』, 大東文化大學東洋硏究所, 巖南堂

書店, 1984.

彭澤周,『明治初期日韓淸關係の硏究』, 塙書房, 1969.

平川祐弘,『西歐の衝撃と日本』, 講談社學術文庫, 1985.

ドロシー. G. ウェイマン(蜷川親正 譯),『エドワード. シルベスター. モース 上.』
　　　下卷, 中央公論美術出版, 1976.

E. O. ライツャワー講談社,『日本近代の新しい見方』, 現代新書, 1965.

F. A. マツケケンジ-(渡辺學 譯注),『朝鮮の悲劇』, 東洋文庫, 平凡社, 1972.

M. B. ジャンセン(加藤幹雄 譯),『日本-二百年の變貌』, 岩波書店, 1982.

색인

마